1952 – 2022

内蒙古师范大学
70周年校庆
70th ANNIVERSARY OF
INNER MONGOLIA NORMAL UNIVERSITY

内蒙古师范大学七十周年校庆学术著作出版基金资助出版

李淑章／著

众里寻他千百度

淑章谈古诗词

中华书局

图书在版编目（CIP）数据

众里寻他千百度：淑章谈古诗词/李淑章著. —北京：中华书局,2022.8
ISBN 978-7-101-15807-6

Ⅰ.众… Ⅱ.李… Ⅲ.古典诗歌-诗歌欣赏-中国
Ⅳ.I207.22

中国版本图书馆 CIP 数据核字（2022）第 113087 号

书　　名	众里寻他千百度：淑章谈古诗词
著　　者	李淑章
责任编辑	任凯龙
责任印制	管　斌
出版发行	中华书局
	（北京市丰台区太平桥西里 38 号　100073）
	http://www.zhbc.com.cn
	E-mail:zhbc@zhbc.com.cn
印　　刷	北京盛通印刷股份有限公司
版　　次	2022 年 8 月第 1 版
	2022 年 8 月第 1 次印刷
规　　格	开本/920×1250 毫米　1/32
	印张 20⅛　插页 6　字数 385 千字
印　　数	1-5000 册
国际书号	ISBN 978-7-101-15807-6
定　　价	68.00 元

　　李淑章　山西右玉人。幼读私塾，迷恋古诗文，深得塾师偏爱。耄耋之年仍痴迷谈诗说词。

　　自1956年从教直到2022年，李淑章从未离开三尺讲台，任内蒙古师范大学文学院教授，是全国教育系统劳动模范，荣获"人民教师奖章"。退休前后60余年，其足迹除遍布内蒙古自治区各盟市外，还频频应邀至北京与海南等省市的学校、幼儿园，开展有关中华传统文化与语文教学等方面的讲座。

　　李淑章从上世纪七十年代起就开始著书立说，本人撰写及主编的图书十余部，多为解析古诗文方面的读物。由于作品时有妙解，又能雅俗共赏，所以深受读者欢迎，其中专著《文言虚词例释》曾两次再版，全国发行16余万册。

淑章先生谈诗，其最明显的特点是语言朴实而亲切，令人如听一位渊博的老师对你娓娓而谈，上下古今，信手拈来，而时有妙解，启人智慧。这是我在各种有关诗词赏析的著作里看到的很有特色的一本。

——钱梦龙（前教育部全国中小学教材审定委员会审定委员、著名特级教师）

《众里寻他千百度：淑章谈古诗词》不同于那些洋洋洒洒、吞云吐雾的大块赏析之作。它的各篇评析，开宗明义，独具匠心，并旁征博引，凿凿有据地纠正了一些传统的误释；它的解说，鞭辟近里，妙趣频出，娓娓道来，令人朗然而晓。总之，这是一部不落窠臼、别开生面的古诗词赏析之作。

——余家骥（内蒙古师范大学著名教授，全国优秀教师）

说诗者阅历愈丰，识见日广，感受益深。李先生在耄耋之年仍笔耕不辍，谈诗说词，慧眼独具。于古之作者来说，可谓解人正不易得。叶嘉莹先生在其《浣溪沙》词中写道："莲实有心应不死，人生易老梦偏痴。千春犹待发华滋。"虽人生易老，但传承中华优秀传统文化之意长存，我想李先生也正有与叶先生同样的志意。

——陆有富（内蒙古师范大学文学院院长，博士师从叶嘉莹先生）

作者接受中华书局邀请，担任《中华优秀传统文化》（内蒙古卷）总顾问
左一：作者；右一：时任中华书局副总编辑、现任三联书店总编辑尹涛

作者应邀在呼和浩特市车站小学讲中华传统文化

作者应邀到呼和浩特市阳光学校指导语文教学

作者在呼和浩特市清心舍学堂为中小学生讲解经典古诗词

为海南省中职学校骨干教师讲座结束后，作者与当地教师合影

作者受邀为海南首届少年诗词大会获奖人员颁奖

作者参加内蒙古自治区图书馆主办的经典诗词朗诵活动

游昭君博物院

寻幽州台

秋瑾像前留影

作者伉俪在海南五指山景区留影

无可奈何说淑章

《北方新报》总编 李德斌

　　李淑章先生的大作《众里寻他千百度：淑章谈古诗词》一书的前期准备工作终于就绪，那天夜间老先生再一次下达命令要我作序。于是第三次感到惶恐，惶恐之后便是徒唤奈何。因为老先生这次给出的理由是：他与《北方新报》以及与我有特殊缘分。

　　与李淑章先生交往的时长几乎与《北方新报》的办报历程相一致，已经整整20年了。这期间，老先生屡有大作见诸《北方新报》的相关版面。也许正是因为如此，老先生似乎一直认为他和《北方新报》及我有着特殊缘分，并且心存感激，殊不知《北方新报》是占了大便宜的：老先生以生花妙笔写就的锦绣文章，20年来一直都是这张报纸的质量标杆。

　　今天大家手里捧着的这本佳作，便集结于《北方新报》为老先生特设的一个同名栏目。记得是在《北方新报》主办的某次公益活动上，老先生又向我打开了话匣子，他说他经过实地考察，发现李白《望庐山瀑布》中的飞流直下三千尺，根本不是什么浪漫主义的夸张，而是现实主义的写照。这一奇谈怪论令我惊讶，然而细听罢老先生的条分缕析，内心却终于折服。于是经过几次探讨，便有了这个栏目，并且最终有了这本书。

为了这个栏目和这本书，老先生以80多岁的高龄不惜挑灯夜战，没有拼掉老命实属万幸。他一共探讨了100首经典古诗词，可以说篇篇都是佳作。且不说其字里行间充溢的深厚学养以及严谨的治学精神，单是其深入浅出的解析手法，就会为读者带来特殊的书香快乐。对此，大家不妨翻开扉页亲自去感受一二。

老先生皓首穷经，退休20多年来坚持为传承中华经典文化奔走呼号而不知老之将至的顽童形象，又嬉笑着挤进了我的脑海，几次挥手道别，他竟然赖着不走……

瞻之在前，忽焉在后

——读"淑章谈古诗词"有感

内蒙古师大附中语文教研组组长　于海斌

毫耋老人李淑章教授笔耕不辍，能在两年多的时间里写作发表专栏文章"淑章谈古诗词"百余篇，着实让我这个后生晚辈佩服不已。我之前虽零散看过其中某些篇目，感佩李教授在古诗词鉴赏方面独出心裁，老而弥笃，但直到最近得以拜读该专栏的全部篇章，大呼过瘾醍醐灌顶之外，更加真切立体地感受到作为老一辈语文人的淑章教授严谨的治学精神和超拔的人格魅力。

感悟一：赏读诗词，读懂为先

作为一个高中语文教学者，在古诗鉴赏教学过程中，我们往往有一个困惑——浩如烟海的参考书没少看，林林总总的教学方法没少学，废寝忘食的备课没少干，可是我们在讲台上口若悬河，学生们依然无动于衷。为什么会这样？淑章教授的"淑章谈古诗词"告知了答案：要想让学生鉴赏诗词，就得先让他们读懂诗词——要想读懂诗词，先详细解释难以理解的词语，再进行白话翻译！妙哉，此法！智哉，我师！虽然白话翻译在一定程度上冲淡了诗味儿，但此举对一个初登教坛的师者或者初涉鉴赏的学子来说，都是至关重要的基础工作。基础不牢固，鉴赏大厦的上层建筑，就无法建造，更无处安放。

感悟二：娓娓道来，如在眼前

淑章教授的文采不一定最好——虽然他也写出过"怒横霜面伏魑魅，欣作冰唇吻泥沙"的诗句，但他在写作时表现出的教学语言绝对值得我们学习。你听，他在介绍诗人高适，"他的'著名'主要体现在……你看，高适不简单吧"（《别董大》）；你听，他在描述李清照的愁，"她的愁是聚拢的、凝缩的、内敛的，即憋在心头出不来的"（《醉花阴》）；你再听，他在替悲惨的奴隶呐喊，"他们已经愤怒到了极点，他们豁出命来要造反了——他们一定要逃出这个牢笼，去寻找能让他们快乐的地方"（《硕鼠》）……准确而生动的语言文字，牵动着读者和学子的心。

感悟三：细说手法，覆盖完全

诗词鉴赏最让学生甚至老师头疼的就是那团剪不断、理还乱的手法了。一会儿象征，一会儿托物言志；一会儿借景抒情，一会儿触景生情；一会儿对比，一会儿衬托；一会儿虚写，一会儿对写……好在，淑章教授帮我们细致精密地理清了——

设问、承上启下、拟人（《望岳》）、借景抒情、呼告（《别董大》）、对比、衬托、对仗、情景交融（《闻官军收河南河北》）、互衬、动静结合、反衬（《枫桥夜泊》）、用典、绘声绘色（《早发白帝城》）、双关（《送元二使安西》）、炼字（《登鹳雀楼》）、排比、反复、拟人（《江南》）、叠词、互文（《江畔独步寻花》）、对写（《九月九日忆山东兄弟》）……不仅古代诗歌鉴赏所需手法技巧一网打尽，而且以诗说法，方便理解。

感悟四：独立思考，独抒己见

对先贤作品的注释鉴赏工作，本身就是一次冒险，而淑章教授不仅敢于以身犯险，更能从险境中寻得珠玉瑰宝。面对《送元二使安西》"透露出一种轻快而富于希望的情调"的结论，面对《相思》是爱情诗的说法，面对《黄鹤楼》"古律相配"的技法，面对《凉州词》表达反战情绪的评论，面对《登鹳雀楼》中"欲穷千里目"的解释，面对《逢雪宿芙蓉山主人》中"主人"的指代，面对《鹿柴》中"响"的释义……淑章教授逐一对这些有待商榷的问题进行了辨析。

令人心生佩服的，还有李教授旁征博引、自出机杼的解析。例如，他这样解释《相思》中的"春来发几枝"："这是个设问句，诗人似乎是对朋友说：'你到了南方仔细看看，然后告诉我，初春时，红豆长出来多少枝丫呀？'诗人哪里是在问红豆，他明明是通过设问来寄托对朋友的思念之情呀！"这让我几十年来对该句的懵懂理解，瞬间清晰起来！

感悟五：资料拓展，知能得兼

鉴赏诗词强调"知人论世"，因为任何一首诗词不可能孤立于诗人的经历而存在。淑章教授在这百余篇中几乎介绍了所有中小学阶段和我们相遇的古圣先贤，尤其能通过轶事趣闻展现诗人的精神风貌。

鉴赏《归园田居》前，先讲陶渊明的故事；鉴赏《回乡偶书》前，先讲贺知章的故事；鉴赏《早春呈水部张十八员外》前，先讲几个韩愈与年轻人的故事……故事的代入感太强了，冷冰冰的鉴赏变成了热乎乎的对话，知其事，想读其诗，想见其人，先贤从故纸堆中一跃而起，仿佛站立在我们面前——这样的教学现场何其真实！这样的教学效果焉能不好？

感悟六：巧设疑问，别有洞天

教学过程中，老师对学生的提问至关重要，但如何提问又困扰着语文教育工作者。淑章教授的提问艺术，为我们提供了一种可资借鉴的范本。淑章教授能够最大限度调动学生的思考。在鉴赏《伐檀》"彼君子兮，不素飧兮"时，他问读者："（你们）想想，一年四季什么都不干，却坐享其成，丰衣足食，这究竟是不是不劳而获？是不是白白吃闲饭？"自然就让读者体会出诗句反讽的意味；在鉴赏《天净沙·秋思》"断肠人在天涯"时，他问读者："曲中的'断肠人'是马致远吗？"这样的提问，瞬间开阔了学生的思维。

感悟七：知识积累，回归名篇

语文学习要避免无效性，就得用心积累点滴的知识。淑章教授在"淑章谈古诗词"的百余篇文章中，帮我们提炼整理了中学阶段学生应该掌握的所有重点词语。如《观书有感》中"渠""那""为"，《龟虽寿》中的"烈士"，《迢迢牵牛星》中"去"，《石灰吟》中"等闲"，《夏日绝句》中"江东"，《饮湖上初晴后雨》中"欲"，《九月九日忆山东兄弟》中"处"，《山行》中"坐"，《乐游原》中"只是"，《回乡偶书》中"相"……它们与高考文言文、诗歌鉴赏的知识点、考点有着紧密的联系。

感悟八：创设情境，浮想联翩

在教学过程中，优秀的教师往往能创设学生容易接受的情境，使学生身临其境，全身心融入教学过程。淑章教授为我们提供了可资借鉴的模式。他在鉴赏《鹿柴》"空山不见人，但闻人语响"诗句时，为我们声情并茂地创设了这样的情境："这天，太阳刚从东方探出头来，王维已在他的别墅中看书了。突然从空旷的山谷里不断地传来这样的声音：'王摩诘——王摩诘——我们来了——我们来了——'王维知道，那是他的几个友人来了。于是，他立刻放下书走到门口，大声应道：'听见了——听见了——你们快来呀——你们快来呀——'这样的回声，在深山里迂回曲折，此起彼伏；很久很久，才慢慢停下来。"这样的情境创设，让读者身临其境，直接而强烈地感受到那种宁谧和喜悦！

感悟九：创新作业，随文变迁

毫无疑问，布置有针对性且高质量的作业，是优秀语文教师的标志。淑章教授这百余篇鉴赏文字为我们提供了学习的样本。例如，为了突出《人日思归》所要表达的情感，他设计了"写一首表达思念之情的短诗"的作业；为了探究《江上渔者》的意义与价值，他建议读者联系范仲淹一生的思想与行为，结合《岳阳楼记》，来理解范仲淹的改革家身份；为了更深刻地体会、掌握《江南》的写作技巧，他设计了"模仿《江南》的某一两种写法，写一首诗或一篇散文"的作业……

感悟十：谦逊可爱，老而弥坚

李淑章教授严谨却不严肃，做学问很酷却不耍酷，不惧权威却不恃才傲物，耄耋之年却能青春永驻！他总是谦逊地说他的作品是"拙作"，他的见解是"鄙见"，他的体会必是"粗浅体会"，提出观点必定"不揣冒昧"，进行赏析务必"试着赏析"，表达看法往往"不完全同意"。淑章教授可爱的一面还体现在他的文字活泼幽默有生气，例如他在赏析《迢迢牵牛星》

"纤纤擢素手，札札弄机杼。终日不成章，泣涕零如雨"四句，为了表达牵牛星就是为了做织女星的陪衬时，和读者开起了玩笑："作者如此写，牵牛星看了也肯定会拍案叫绝的"——这样的玩笑，读来让人会心莞尔，堪称妙绝！

我是李教授的学生，虽天生愚拙，但也一直在朝着先生的期许前进，他老人家身上的人格魅力给我精神上的鼓舞是要终生铭记的。一见到这位老人，我的脑海里总是回荡着这几句话："仰之弥高，钻之弥坚，瞻之在前，忽焉在后。夫子循循然善诱人，博我以文，约我以礼，欲罢不能。即竭吾才，如有所立卓尔。"

我的老师李教授"循循然善诱人"，他是我心目中教师的楷模，是"语文"的代言人，是"热爱"的化身。永远向他学习，永远向他致敬！

目　录

附录

跋

采葛

诗经

彼采葛兮，一日不见，如三月兮！

彼采萧兮，一日不见，如三秋兮！

彼采艾兮，一日不见，如三岁兮！

诗 文 赏 析

《诗经》的这首诗，往往被视为典故"一日不见，如隔三秋"的出处。要想读懂这首诗所蕴含的思想内涵，可以考虑先从字词入手。

例如，诗中的"彼"是指采葛、采萧、采艾的那个人；葛，即葛藤，这是一种蔓生植物，块根可食，茎可制纤维；萧，也是植物名，蒿的一种，即艾蒿，有香气，古时用于祭祀；艾，多年生草本植物，它的叶子可供药用，可制成艾绒灸病。三秋，一说为三个秋季，或秋季的三个月，有时又指一年（如，三冬也指一年）。

讲到这一首诗的时候，不少朋友都会有疑问，"彼"指代的究竟是什么人，性别是男是女？这个问题，其实很难讲清楚。

有人说，这是一首男子思念女子的诗，理由是采葛以织布，采萧以祭祀，采艾以治病，似乎更加符合古代女子的人设；但也有人认为，即使采葛、采萧、采艾的都是女子，也不能断定这种思念之情的表达对象是同性友人或异性友人。但有一点可以达成共识，就是字里行间流露出来的是人与人之间的深厚感情。

那么，这种思念之情到了怎样的程度呢？或许我们可以从它的修辞手法上说一说。

这首诗共三章，用的是"复沓"（也就是反复）的修辞手法。

诗中不少相同的词语是反复出现的。例如，"一日不见"的反复出现为表达思念而不断加码：第一章说一天不见，就好像隔了三个月；第二章说一天不见，就好像隔了九个月，一下子成了原来的三倍；而第三章说一天不见，就好像隔了三年。对此，我们可以作一番猜测：

第一种情况，可以假设"彼"采葛、采萧、采艾，连着走了三天，而某人在这三天里，一次也没见到人家。那么，结果是：头一天见不到，觉得像过了三个月；第二天见不到，感觉好像过了九个月；第三天同样还是见不到，感觉仿佛过了整整三年。这说明，某人想见到"彼"的迫切程度，是与日俱增的。

第二种情况，可以假设"彼"采葛、采萧、采艾后，某人都见到了。按理说，某人应该轻松一点了。可为什么见到了，反而想得更厉害呢？这只能说明，三次见面后，对"彼"的感情更加浓烈了！

第三种情况，可以假设这首诗写"彼"采葛、采萧、采艾，都只是一种依托或借代，它其实就是写这个人对那个人的崇拜、敬佩、景仰，甚至是爱慕的情感。

这样看来，诗中的思情，大致就可以总结一下了：

第一点，这首诗可以表达热恋中的男女对时间的心理体验，也可以表达同性对同性的思念与牵挂。

第二点，不管是哪个人，也不管是哪个国家，能被对方如此牵肠挂肚，这个人、这个国家，必然在某些方面有值得欣赏之处。否则人家是不会那样痴情的。

第三点，朋友之间或者国与国之间的爱慕，也是相互的。如果只是一方情愿而另一方无动于衷，那友谊是绝不会持久的。

所以，如果想让对方念念不忘，那你就应该在德艺等方面丰富自己，完善自己。否则，恐怕没有什么人会对你说"一日不见，如三秋兮"的！

伐檀

诗经

坎坎伐檀兮，置之河之干兮，河水清且涟猗。不稼不穑，胡取禾三百廛兮？不狩不猎，胡瞻尔庭有县貆兮？彼君子兮，不素餐兮！

坎坎伐辐兮，置之河之侧兮，河水清且直猗。不稼不穑，胡取禾三百亿兮？不狩不猎，胡瞻尔庭有县特兮？彼君子兮，不素食兮！

坎坎伐轮兮，置之河之漘兮，河水清且沦猗。不稼不穑，胡取禾三百囷兮？不狩不猎，胡瞻尔庭有县鹑兮？彼君子兮，不素飧兮！

诗 文 赏 析

《伐檀》是一首杰出的现实主义诗篇，它收录在《诗经·魏风》中，通过嘲骂剥削者不劳而获，反映了社会民众对贵族统治者的不满。

为了帮助大家更好地理解诗意，我们先对其中部分字词的读音释义作简单梳理。干，一声，指的是水边；廛（chán），"缠"字的假借，古代的度量单位，三百廛就是三百束；县（xuán），通"悬"，悬挂；素餐，通俗理解为白吃饭，指不劳而获；亿，"繶"的假借，犹"缠"；特，一说为三岁大兽；漘（chún），意思是水边；囷（qūn），一说是圆形的谷仓；飧（sūn），熟食，这里泛指吃饭。弄清楚了生僻字词的意思，可以尝试用白话翻译一下第一章：

叮叮当当把檀树砍，树干树枝放河滩，河水清清波纹欢。你不耕种来不收割，为什么三百捆粮食往回搬？你一年四季不打猎，为什么院子里面挂猪獾？你们这些"君子"呀，可从来不是白吃饭！

发挥一下想象，一群伐木人在砍伐檀树的时候，想到自己长年劳累，生活却痛苦不堪；而那些既不耕种又不狩猎的贵族统治者，却过着不劳而获的生活。伐木人觉得这太不公平了，于是，从心底发出愤怒的声音。

第一章开篇三句诗描绘了三个情景，"坎坎伐檀兮"写的是正在砍伐檀树的一群伐木人；"置之河之干兮"写的是伐木人把一株株木材搬到岸边；"河水清且涟猗"写的是伐木人眼底的情景，面前的河水波纹浅浅，正哗哗地向前流淌。面对此情此景，伐木人们在想什么呢？

紧接的几句马上给出了答案："不稼不穑，胡取禾三百廛兮？不狩不猎，胡瞻尔庭有县貆兮？彼君子兮，不素餐兮！"原来，他们没完没了地劳累，竟然不是为了他们自己；原来，他们累死累活砍伐的木材，都得一捆一捆地搬到贵族家中。这太不公平了！于是，他们心里堆积已久的愤怒，就一下子爆发了出来："那些自称君子的人们，他们从来不耕种不收割，可为什么三百捆粮食往回搬？他们一年四季从来不打猎，可为什么院子里挂猪獾？他们这些'君子'，纯粹是不劳而获呀！"

这里的"彼君子兮，不素餐兮"，其实是反语，是更具杀伤力的讽刺："啊呀，你们说得不对！人家那些君子呀，可从来不是白白吃闲饭哪！"想象一下，一年四季什么都不干，却坐享其成，丰衣足食，这究竟是不是不劳而获？是不是白白吃闲饭？

接下来的第二章与第三章，有人说是第一章的重复，只是反复咏唱而已。笔者不完全同意这种说法，对此作三点思考：

首先，说这首诗共有三章是用了反复咏唱的手法，这是对的。但之所以要反复咏唱，主要不是因为音乐的需要，而是因为诗人要反复表达伐木民众的思想感情。让他们只喊一声，不足以发泄他们积久的愤怒！所以，反复咏唱的形式，是由不可不吐的言语决定的。

其次，三章诗的前三句中，有几个不同的字：干与侧、漘不同，涟猗与直猗、沦猗不同。这些不同的字，透露了一个信息：伐木民众们不是只在某一两个地方劳动，今天可能在这条河边，明天却又到了那条河边，一切都由不得民众自己做主，而河水的深浅与当时气候的变化，是他们无法预料的；然而，无论让他们到什么地方受苦，无论遇到的环境怎样恶劣，他们都得撑下去。

第三，三章诗的后几句中，也有几个不同的字：廛与亿、囷不同，貆与特、鹑不同，餐与食、飧不同。这些不同的字也清清楚楚告诉我们：贵族统治者们的生活是极其奢侈的，而他们的这种生活往往建立在民众痛苦的基础之上。贵族的院子里挂着各种飞禽走兽，何止是貆、特、鹑呢？这与民众在酷热中劳作、在狂风暴雨里挣扎，已然形成了鲜明的对比。

当然，这首诗的现实主义色彩还集中体现在，它提出了几个非常尖锐的社会问题：一是不劳而获的现象究竟是怎么造成的？从古到今，究竟是谁养活谁？二是有史以来，每次社会革命的根本原因究竟是什么？三是联系当今的现实，再想想我们自己，究竟怎样做才能让这个社会平等、公正、文明、和谐呢？

硕鼠

诗经

硕鼠硕鼠，无食我黍！三岁贯女，莫我肯顾。逝将去女，适彼乐土。乐土乐土，爰得我所。

硕鼠硕鼠，无食我麦！三岁贯女，莫我肯德。逝将去女，适彼乐国。乐国乐国，爰得我直。

硕鼠硕鼠，无食我苗！三岁贯女，莫我肯劳。逝将去女，适彼乐郊。乐郊乐郊，谁之永号？

诗文赏析

《硕鼠》收录在《诗经·魏风》中，是当时魏国的民歌。一说为"刺重敛"，一说为奴隶们反对剥削、向往乐土。

为了帮助大家更好地理解诗意，我们先对其中部分字词的读音释义作简单梳理。硕鼠，大老鼠，比喻贪得无厌的剥削者；三岁贯女（rǔ），侍奉你多年。三岁，多年；贯，侍奉；女，同"汝"，你；逝，同"誓"，这里是发誓的意思；去，离开；爰，乃，于是；德，加恩，施惠；直，同"值"；劳，慰劳，不是劳动；谁之永号，号，大哭或呼喊。

《硕鼠》全诗三章，每章的意思相近。以第一章的诗句为例，翻译成白话的意思是：大老鼠呀大老鼠，不要吃我们的黍！多年来我们养活你们，你们却从来对我们不管不顾。我们发誓从此离开你们，到我们向往的乐土。乐土呀乐土，那才是我们最好的去处！

开篇时说，这首诗是在控诉奴隶主对奴隶的剥削与压迫。下面，仍然以第一章为例，对其中涉及到的修辞方法作简要赏析：

1.恰当而形象的比喻。

这个比喻，本体是指贪得无厌的奴隶主，喻体则是指贪婪而可憎的吃得又肥又大的老鼠。只要我们想想老鼠丑陋、狡猾、窃食等可恶的特点，我们就会体会到那时的奴隶们对奴隶主厌恶与仇恨到了何种程度！

2.鲜明而强烈的对照。

一是"女"与"我"的对照，二是"三岁贯女"与"莫我肯顾"的对照。"我"是"三岁贯女"，而"女"是"莫我肯顾"。如果说，"女"与"我"的对照明显地揭示了不同阶级或阶层的对立关系，那么，"三岁贯女"与"莫我肯顾"的对照，就是具体地告诉读者，"女"与"我"是剥削与被剥削的关系。这样写不仅使读者认识到在那个社会里究竟谁养活谁的道理，而且使他们形象地感受到"我"长期被剥削的悲惨与痛苦，以及"女"对"我"的残酷与无情。"我"实在不堪忍受这种折磨了，于是就产生了"逝将去女，适彼乐土"的想法。对文学创作而言，这种手法称作铺垫。

值得一提的是，这首诗中的"女"与"我"不是指两个人，而是指地位迥然不同而且相互对立的两个群体。

3.激烈而愤怒的呼告。

有一种修辞手法叫"呼告"，是作者通过想象他们要写的人或物好像就在眼前，以此直接向那人或那物呼喊或倾诉。呼告必须在情绪非常激动时才可运用，否则就会成为无病呻吟。

这首诗以近似命令的语气喊道："无食我黍！"你看，他们竟敢对掌握着生杀大权的奴隶主如此警告，说明他们已经愤怒到了极点，他们豁出命来要造反了——他们一定要逃出这个牢笼，去寻找能让他们安乐的地方！古人早就会用呼告的修辞手法了。《尚书》里记载了老百姓面对残暴的夏桀喊出的一句话："时日曷丧，予及汝皆亡！"当时，夏桀把自己比作太阳，老百姓就喊道："你这个太阳什么时候死，我们就与你同归于尽！"《硕鼠》与《尚书》里都用了呼告，二者有异曲同工之妙。

这首诗同样运用了反复咏唱（即重章复沓）的手法，其作用已在赏析《伐檀》时讲过了，这里从略。

末了，谈谈历来对于"乐土"的理解：第一种说法，认为"乐土"只是作者的一种幻想，代表着奴隶们对美好生活的憧憬，当然也体现了他们要改变自己命运的坚定态度和决心；第二种说法，认为"乐土"指的是奴隶们还希望回到原来的生活环境中。持这种看法的人，他们认为这首诗的背景应该是在封建社会的初期，奴隶们虽然拥有一定的人身自由，但他们遭到了新兴地主阶级的残酷剥削，觉得日子过得还不如从前。于是，他们就发牢骚：与其受这种罪，还不如回到原来的"乐土"呢？此处还是更倾向于第一种说法。

《诗经》概述

《诗经》作为我国第一部诗歌总集，收集了从西周初年到春秋时期500多年的诗歌，共305篇。

如果以内容为标准，可分为风、雅、颂三个部分：风，也叫国风，国，就是地区；风，就是地方民歌的意思；有十五国风，共160首。雅，主要是朝廷乐歌，分大雅和小雅，共105首。颂，主要是宗庙乐歌，有40首。

如果以表现手法为标准来分，则有赋、比、兴三种：赋，就是铺陈（敷陈其事而直言之也）；比，就是比喻（以彼物比此物也）；兴，就是起头（先言他物以引起所咏之词也）。

《诗经》这部书，从思想内容和创作艺术两个方面看，价值最高的是"风"，即地方民歌。

《诗经》的成书

有一种说法，认为《诗经》的采集者是尹吉甫。他是黄帝之后裔，周宣王时期的大臣，文武双全。有研究古代文献的学者说，他不仅仅是采集民歌，而且还亲自创作了不少作品。现在不少地方都找证据，想证明尹吉甫就是他们那里的人。比如，湖北省房县就说他是房县（即房陵）人，理由是房县民间有大量有关尹吉甫的传说故事，更有大量的文物遗迹，他们还发掘出当地民歌，与《诗经》的乐歌非常吻合。此外，河北的南皮县、山西的平遥县、四川的泸州等地，也想证明尹吉甫与他们有密切关系。不过，这一切都还没有定论。一般来说，大家都觉得《诗经》的多数篇章，就如同现在的民歌一样，很难找到真正创作之人。

但是，尹吉甫这个人是有的，而且可以肯定，他对《诗经》的采集与形成是有贡献的。

孔子删订"诗三百"

《诗经》的作者是谁，历来就有争论。但孔子是《诗经》的删改者、编订者，却都认可。《诗经》在先秦时期，是被称为《诗》的，有时也称《诗三百》。西汉时，它被尊为儒家的经典后，才有了《诗经》这个叫法。

至于孔子，这里就不作详细介绍，只告诉大家，他生于公元前551年9月28日，逝世于公元前479年4月11日，他的故乡是春秋时的鲁国，即现在的山东曲阜。孔子是我国古代著名的思想家与教育家。他教学生读的书是"六经"：诗经、书经（尚书）、仪礼、易经、乐经、春秋；简称为：诗、书、礼、易、乐、春秋。他教学生的本领是"六艺"：礼仪、音乐、射箭、驾车、写字、术数；简称为：礼、乐、射、御、书、数。这里提醒读者：六经有时也叫六艺。

离骚（片段）

屈原

长太息以掩涕兮，哀民生之多艰。

亦余心之所善兮，虽九死其犹未悔。

路漫漫其修远兮，吾将上下而求索。

诗 文 赏 析

　　《离骚》是我国古代著名爱国诗人屈原的代表作，其中不乏一些耐人寻味的"金句"。接下来，我们一起分析其中蕴含的思想与情怀。

长太息以掩涕兮，哀民生之多艰

　　屈原虽是个当官的，但他处在被流放的环境之中。一般来说，他可能会情绪低落，或想办法去迎合那些有权的人，好给自己找一条回去的路。可他没有这样做，而是借此机会，深入接触劳动人民，身临其境地感受人民的痛苦。

　　但是，当他看到"民生"的艰难，而又知道自己无法解救他们时，他感到无限的悲痛与无奈。一声长叹后，诗人捂着脸哭了！太息，意思是叹息；掩涕，就是掩面哭泣的意思；至于"兮"，那是一个句中的语气助词，相当于现代汉语中的"啊"。

亦余心之所善兮，虽九死其犹未悔

　　这句话的意思是：自己内心所珍爱并追求的，即使死无数次，也不会后悔。诗中的"亦"，是语气词，无实义；"善"，当珍爱、喜好讲。这一句话，不仅流露出诗人追求理想的执着，也蕴含着他对国家对人民的深厚感情。他希望自己的国家能够抗击秦国的侵略，为此，他即使牺牲，也在所不辞。

屈原展现出的虽死不悔的精神气度，对后世影响极大。可以这样说，几千年来，中华儿女的血脉中，无不渗透着诗人的这种情怀！

路漫漫其修远兮，吾将上下而求索

《离骚》全篇之中，这一句流传最广。意思是说：在追寻真知、真理尤其是理想方面，道路还十分漫长。诗人表示，为了获得它，他可以上至天空、下至地底，不遗余力地去探索。漫漫，这里是无边无际的意思；修远，就是又长又远的意思，修，指长度；上下，指上天下地，即到天上到地底的意思。

这句话激励作用太大了，以至于今天千千万万的学子，即使他们没有读过《离骚》，甚至不知《离骚》是何人所写，都知道它。因为如此形象生动的说法，最容易拨动人们的心弦，并引起读者共鸣！

从《离骚》问世之后，千百年来，这则"金句"就一直激励着那些有志者，并成为他们的座右铭。尤其当他们遇到挫折，倒在地上，觉得精疲力尽，想着放弃时，这两句总会浮现在他们的脑海中，使他们精神为之一振，并重新催生出前行的力量。

小　结

相对于《离骚》整篇而言，这三句诗并不显眼；但如果把诗人寄托其中的思想情感叠加起来去品味，就不难理解为什么千百年来，人们几乎都以"高山仰止，景行行止"的崇敬心情缅怀屈原，学习屈原。一言以蔽之：因为这位诗人崇高的人格与超群的智慧，为后人树立了心系民生之情怀的典范，以及追求真理之奋斗精神的典范！

以身殉国的屈原

屈原（公元前340年—前278年），名平，字原，又字灵均，出身于楚国的贵族。由于他既懂得内政，又懂得外交，加上口才与文章都好，所以，起初很受楚怀王的信任，曾做到左徒那样的高官。在国内，他主张改革内政；在外交上，他主张联合齐国，对抗秦国。但是，楚怀王身边的其他高级官员，还有楚怀王宠爱的妃子郑袖等人，由于受了秦国使者张仪的贿赂，联合起来诽谤与攻击屈原。楚怀王听信了那些人的话，屈原被疏远了。结果，楚怀王也被秦国骗去了，秦国把他关押起来，最后死在了秦国。

后来，楚怀王的儿子顷襄王即位，屈原又受到了进一步的迫害，他被流放到汨罗江一带。据《史记·屈原贾生列传》记载：公元前278年，秦国大将白起带兵攻破了楚国的国都郢都。屈原这时心如刀割；但他知道自己无法挽救祖国了，于是在旧历五月五日这天，写了绝笔诗《怀沙》之后，就抱了一块石头，跳到汨罗江里去了。他用自己的生命谱写了一曲壮丽的乐章。

屈原与端午节的传说

传说屈原死后，楚国的老百姓非常悲痛，他们纷纷到汨罗江边去追悼屈原。渔夫们划起船只，在江上来回打捞他的遗体。据说，有一位渔夫拿出事先准备好的饭团、鸡蛋等食物，扔进江里，意思是让江里的鱼虾吃饱了，不要去伤害屈原的身体。人们看到他这么做，就都来仿效，大家用各种办法保护屈原的身体。一位老医师拿来一坛雄黄酒倒进江里，想用雄黄酒把蛟龙、水兽弄晕，以免伤害屈原。后来，人们又怕饭团被蛟龙吃掉，就用楝树叶包上饭团，外面再缠上彩丝，这就是粽子。千百年来，端午节吃粽子的风俗，在我国盛行不衰，而且流传到朝鲜、日本及东南亚各国。

现在，每年的农历五月初五，赛龙舟、吃粽子、喝雄黄酒的风俗，据说就是纪念屈原的。人们还把这一天定为端午节。

有人可能问："为什么叫端午节呢？"有一种解释说："端"字有"初始"的意思，"端五"就是"初五"；而按照历法五月正是"午"月，因此"端五"也就渐渐演变成了"端午"。

以上只是一种传说，未必是真的。但从这个传说中，可以看出我国人民对屈原的尊敬、爱戴与怀念之情是多么深沉与浓厚啊！

（原文出自《北方新报》，有删改）

沧浪之水①

沧浪之水清兮，

可以濯我缨。

沧浪之水浊兮，

可以濯我足。

①诗题又作《孺子歌》

诗 文 赏 析

《沧浪之水》见于《孟子》《楚辞》等历史典籍中，一说为春秋战国时期流传在汉北一代的民歌。

为了帮助大家更好地理解句意，我们先对其中部分字词的释义作简单梳理。沧浪，古水名，据《尚书·禹贡》记载："嶓冢导漾，东流为汉，又东为沧浪之水"；濯，洗；缨，指系在脖子上以固定冠的带子；兮，语气词，相当于现代语气词"啊"。这首诗翻译成白话，就是：如果沧浪之水很清澈呀，那就用它洗我的帽缨；如果沧浪之水是浑浊的呀，那就只好用它来洗我的脚了！

下面，我们看看《孟子》一书是在什么样的背景下记录"沧浪之水"的。

> 孟子曰："不仁者可与言哉？安其危而利其灾，乐其所以亡者。不仁而可与言，则何亡国败家之有？有孺子歌曰：'沧浪之水清兮，可以濯我缨；沧浪之水浊兮，可以濯我足。'孔子曰：'小子听之！清斯濯缨，浊斯濯足矣，自取之也。'夫人必自侮，然后人侮之；家必自毁，而后人毁之；国必自伐，而后人伐之。《太甲》曰：'天作孽，犹可违；自作孽，不可活。'此之谓也。"
>
> ——《孟子·离娄上》

简单翻译一下这段话，孟子说："对那些不仁不义的人，能同他们讲什么道理吗？他们在危险中贪求安全，从灾难中谋求私利，以国破家亡身陨为代价享乐。如果可以和这些不仁不义的人讲道理，那怎么会发生亡国败家的事呢？曾经有一首童谣是这样唱的：'如果是清澈的沧浪水呀，就拿来洗我的帽缨吧；如果是浑浊的沧浪水呀，就拿来洗我的脚吧！'孔子说：'弟子们听着：清澈的水就用来洗帽缨，浑浊的水就用来洗脚，这取决于水本身呀！'所以，一定是一个人先自己侮辱自己，然后别人才敢侮辱他；一定是一个家族先自我破坏，别人才敢来毁坏它；一定是一个国家内部先互相征伐，别的国家才敢来征伐它。《太甲》上说：'上天降下灾祸，还可以躲避；而自己造孽做坏事，那就是自取灭亡。'说的就是这个意思。"

从孟子的这段言论看，他大概是要告诉人们：千万不要做污浊的事情，一定要活得干干净净，清清白白。

那么，除了孟子的告诫外，我们是否还可以获得更多的启发呢？此处简要总结了三点：

第一，善行必有鲜花相伴，恶行定与臭草为伍。因为你是清澈的河流，所以，人家就捧出最讲究最爱干净的帽缨与你亲近；因为你是污浊的河流，所以，人家就伸出最脏最臭的双脚来让你洗涤。这其实也就是"善有善报，恶有恶报"的意思。

第二，听孔子的言，行自觉之道。孟子引出"沧浪之水"后，接着又提到了孔子教育弟子的说法，其目的恐怕不仅是为了强调那首《孺子歌》的重要性，也许还想阐述更深刻的道理。例如，孟子借孔子说的"小子听之"与"自取之也"的话，启发世人：你们一生中获得的辉煌与美好，那全是对自身德行应有的回报；而你们一生中遭遇的打击与恶心事，那也怪不得别人，都是咎由自取呀。从这一方面也可以看出，孔子强调的修身，其实是内求，也就是"行有不得者，皆反求诸己"。根据孔子的提示，好运与厄运都是你自身决定的！一辈子自觉地做好事，不做坏事，这恐怕就是他留下的启示人生的深刻道理吧！

第三，适应环境，决定取舍。这首诗歌还启发我们，自身的选择与进退，应当考虑时代特点以及自身所处的境况。人生在世，外在事物以及环境往往对个人的发展产生一定影响。所以，能够因时因地做出恰当的判断并有所行动，就显得非常重要了。比如，你遇到的是浑浊的河流，你就要警惕，千万不要让自己美好而干净的帽缨沾上它的污秽；如果你遇到的是清澈的河流，那就可以洗洗你的帽缨，甚至干脆跳入其中洗个澡也无不可。

传说中的诗人与诗本事（节录）

古人比现在人欢喜唱歌。现在的智识阶级发抒情感，做的是诗词，写在纸上，只读不唱；非智识阶级发抒情感，唱的是山歌，很少写在纸上，也没有人注意。古人不是这样：智识阶级做的是诗，非智识阶级做的也是诗；非智识阶级作的诗可以唱，智识阶级做的诗也可歌唱。所以古人唱在口里的歌诗，一定比现在人多。那时的音乐又很普及，所唱的歌诗，入乐的自然不少。

……

惠公入而背外内之赂。奥人诵之曰："佞之见佞，果丧其田。诈之见诈，果丧其赂。得之而狃，终逢其咎。丧田不惩，祸乱其兴！"（《国语·晋语三》）

楚狂接奥歌而过孔子曰："凤兮！凤兮！何德之衰？往

者不可谏，来者犹可追。已而！已而！今之从政者殆而！"
（《论语·微子》）

有孺子歌曰："沧浪之水清兮，可以濯我缨；沧浪之水浊兮，可以濯我足。"（《孟子·离娄》）

这都是随口唱歌，并没有音乐的辅助的。这一类的"徒歌"，当时不知有多少首，但现在传下来的只有千万分之一了。

（节录自《顾颉刚古史论文集》，有删改）

垓下歌

项羽

力拔山兮气盖世，

时不利兮骓不逝。

骓不逝兮可奈何？

虞兮虞兮奈若何？

诗文赏析

根据《史记·项羽本纪》的记载，《垓下歌》是项羽兵败后吟唱的一首诗，表达了项羽当时的心声。虽然只有28个字，但却写出了项羽叱咤风云的一生，也抒发了他陷入刘邦军队重重包围之中的那种愤懑与无可奈何。

为了帮助大家更好地理解句意，我们先对其中部分字词的释义作简单梳理。垓（gāi）下，古地名，据说在今安徽省内，具体在哪里，有争议；拔，这里是"移"的意思，不能当"拽"讲，拔山，就是移山；兮，文言助词，类似于现代汉语的"啊"；骓（zhuī），指项羽所乘之乌骓马，逝，这里指奔跑；虞，项羽的爱妻，即虞姬；奈若何，拿你怎么办；若，你，指虞姬。

下面，简要赏析一下这首诗。

当你初次读到"力拔山兮气盖世"的时候，恐怕会吓一跳：这是什么人，说话的口气这么大！等回顾完项羽的传奇经历，可能又会想：英雄就该是这样！"力拔山兮"，意思是力量可以移山啊；"气盖世"则是说气概可以压倒战胜所有的世人。从这句诗中，我们可以作两点联想：一是项羽真是"千古无二"的英雄，诗句虽然有些夸张，但你觉得这样的说法用在项羽身上也无不可；二是项羽这样评价自己，恐怕正是他目中无人的自白，以此显露他最终失败的原因。

"时不利兮骓不逝"传递给读者以下信息：项羽面对兵败被

围的困局，似乎没有对自己优柔寡断、有勇无谋、沽名钓誉的行事风格进行反思，甚至都没有想想自己对亚父范增的怀疑是否妥当；他只是感慨时机对他不利，认为上天要毁灭他。你看他的话：时机对我不利呀，连我的乌骓马也跑不动了。

第三句"骓不逝兮可奈何"，似乎是第二句的重复，夹杂着项羽悲从中来、无可奈何的反复呻吟。你看，当年声名赫赫的西楚霸王，如今竟落得人困马乏、心力交瘁又束手无策的境地。处境的变化、心境的落差不禁令人叹惋。

"虞兮虞兮奈若何"一句，是接着第三句"可奈何"的又一次重复呻吟。"虞兮虞兮"，是项羽面对爱人的呼告："我深深爱着的虞姬啊虞姬啊！""奈若何"是问虞姬："我已精疲力尽了，马也跑不动！可你该怎么办呢？"虽然说项羽不是"气短情长"之人，但说他是爱江山也爱美人的英雄似乎也无不妥！

假设有人要问："虞姬是怎么回应的？"或许我们可以回顾一下"霸王别姬"的故事，一种说法认为，在项王自刎之前的一天夜间，酒后的虞姬佯作高兴的样子，为项羽拔剑起舞，最后突然自刎而死；但这个"霸王别姬"的故事是后人想象的，司马迁的《史记·项羽本纪》中并未记录虞姬的结局，相关的线索也只有下面这段话：

> 项王则夜起，饮帐中。有美人名虞，常幸从；骏马名骓，常骑之。于是项王乃悲歌慷慨，自为诗曰："力拔山兮

气盖世，时不利兮骓不逝。骓不逝兮可奈何，虞兮虞兮奈若何！"歌数阕，美人和之。项王泣数行下，左右皆泣，莫能仰视。

现在，我们可以说基本上讲清了这首《垓下歌》的来龙去脉，而且也对中国历史上的这位传奇人物有了一些了解。至于读者对其诗其人怎样评价，以及从中受到怎样的启发，那就是见仁见智了。

项羽是楚国名将项燕之孙，是我国古代以勇武见长的武将。清代著名《史记》评论家李晚芳评司马迁的《项羽本纪》时写道："羽之神勇，千古无二；太史公以神勇之笔，写神勇之人，亦千古无二。"

项羽的父亲早亡，他是在叔父项梁的培养下长大的。项梁让他去认字写字，他不想学；又学剑，还是不学。项梁生气了！项羽说：学字，只能写一些人的姓名罢了；学剑，也只能抵挡一个人而已。我要学能够抵挡万人的本事。于是，项梁就让他学习兵法；他很高兴，但结果还是半途而废。有一次，秦始皇外出巡游时，许多人围观；项梁和项羽叔侄俩也站在旁边观望。项羽看见威风凛凛的秦始皇，就脱口而出："这有什么了不起的，将来我一定要取代他！"

秦朝末年，爆发了陈胜吴广领导的农民起义，刘邦和项羽率领的两支军队也起来推翻秦朝的统治。一次，项羽的起义军与秦将章邯率领的秦军在巨鹿（今河北邢台市）大战。当时，项羽引兵渡过漳水（据说是由巨鹿东北流向东南的一条河）。项羽就命令全军：把做饭的锅全部砸碎，把渡河的船全部沉到河里，只带三天的粮食。以此激励士卒：此战不胜，必死无疑！结果大破秦军。从此，项羽的军队威震四方。我们熟悉的成语"破釜沉舟"就来源于此。

后来，刘邦与项羽为了争夺天下又打了起来。最初刘邦根本不是项羽的对手，后来由于种种原因项羽节节败退，最后被刘邦的军队围困在垓下（今安徽省内）。那时项羽手下只剩几十人了。他对手下将士说："不是我项羽不行，是天要灭我呀！"说罢，他率兵再次冲进刘邦的军队中，一口气杀了好几百人，他自己也受伤十几处。

此时，他们已经到了乌江江边。乌江亭长劝他渡江，以便东山再起；而项羽坚决不肯。他说："江东八千多子弟跟着我去打仗，现在无一人生还；江东父老即使怜悯我，我还有什么脸面再见他们？"于是，他把自己心爱的乌骓马赠给亭长，然后拔剑自刎。

（原文出自《北方新报》，有删改）

大风歌

刘邦

大风起兮云飞扬，

威加海内兮归故乡，

安得猛士兮守四方？

诗 文 赏 析

《大风歌》是汉代开国皇帝刘邦（公元前256年—前195年）创作的一首诗歌，刘邦，就是汉高祖，沛丰邑中阳里人，他是我国古代杰出的政治家。根据《史记·高祖本纪》的记载，这首诗歌是他率军击溃黥布叛乱之后，路过家乡沛县时所作。本诗只有三句话，前两句充满了雄浑霸气，最后一句则流露出他对天下尚不安定的担心。

为了帮助大家更好地理解句意，我们先对其中个别字词的释义作简单梳理。威，威望，权威；加，施加；四方，指国家。

下面，简要赏析一下这首诗。

第一句"大风起兮云飞扬"，从字面上看，好像是写刘邦回故乡时的天气情况。其实，这句诗正是运用了比喻的手法，展现了秦末农民起义风起云涌的形势。我们从这句诗里，似乎可以听到陈胜"王侯将相，宁有种乎"的豪言，仿佛可以听到项羽"彼可取而代也"的壮语。当然，更能够感受到刘邦这位胜利的英雄在狂风暴雨中、在惊涛骇浪里的奋斗精神，以及终于横扫天下的不可阻挡的气势。

第二句"威加海内兮归故乡"，承接第一句，写出刘邦在血雨腥风中，身经百战，终于战胜了所有对手，甚至能逼得"力拔山兮气盖世"的项羽走投无路，最终自刎于垓下。现在刘邦夺得了天下，以皇帝的身份荣归故里，这是一种怎样的气势与

力量呀！从平民成为帝王，积累起来的威势，彰显着刘邦才是
"拔山盖世"的英雄；"海内"一词，勾勒出刘邦所统治的广袤
天下。至于"归故乡"三个字所包含的那种复杂的思想与情感，
则是深埋在刘邦的豪迈气势之中。

　　第三句是"安得猛士兮守四方"，由此联想到一个叫"衣锦
还乡"的成语，有些人说这个成语即源于《大风歌》，而且赋予
这个成语一种贬义，好像说刘邦当年"归故乡"就是忘乎所以
与得意洋洋。其实，这是一种误解。

　　回顾前两句，哪里表现了刘邦的忘乎所以与得意洋洋呢？
恰恰相反，这首诗最令人敬佩的地方，恐怕正是刘邦这位开国
之君既没有像项羽一样刚愎自用，也没有效仿秦始皇追求长生
不老。他没有沉浸在"威加海内"的歌舞之中，也没有陶醉在
"归故乡"的欢呼声里。他清醒地知道，只要稍有不慎，由自己
掌权的天下就可能落入他人之手。最后这句"安得猛士兮守四
方"，恰恰才是整首诗的点睛之笔，写得最精彩，也印证了刘邦
高瞻远瞩的眼光与居安思危的意识。因为他认识到，秦始皇的
天下只传了两代就灰飞烟灭了；他也清楚地知道，当年威震天
下被世人称作"盖世英雄"的项羽，只称霸了几年便以"自刎
别姬"的悲惨结局收场。

　　刘邦当然希望他的江山能够世代相传，可是，他环顾海内，
存在太多不安的因素，内忧外患非常严重。如果没有真正能够
安内御外的"猛士"，他此时坐拥的"海内""四方"，早晚也

会崩溃！司马迁在《史记·高祖本纪》里这样写道："高祖乃起舞，慷慨伤怀，泣数行下。谓沛父兄曰：'游子悲故乡。吾虽都关中，万岁后吾魂魄犹乐思沛。'"读了这段话，读者也许会同意我的分析！

可以说，无论从内容上还是从形式上，《大风歌》对读者的启发都是深刻的，短短三行诗，蕴含的思想内容及对后世的影响，确实不同凡响；如果简单地用"表达了刘邦重返故乡的得意之情和安邦定国的迫切心愿"之类的语句来概括这首诗的内涵与情感，或许才是对作者的亵渎。

对于《大风歌》的赏析也至此打住，因为我怕再写下去，有好多人会来嘲笑的！

刘邦斩蛇

刘邦曾经当过亭长（据说就是管十里以内的乡间小官，主要负责治安）。一次，他奉命押送一批刑徒去骊山服劳役，结果半路上很多人逃跑了；刘邦任其逃跑，也不去追赶。但有十几个人不愿意丢下他一个人，表示愿意跟他一起逃亡。他们走着走着，突然，发现有条大蛇拦路，大家无法前进。这时，刘邦分开众人独自迎着那蛇走过去；只见他手起剑落，那蛇被拦腰砍成两截儿。又走不远，他们看见一个老太太在路边啼哭，问原因，她说：她的儿子是白帝的儿子，刚才变成蛇，却在路边被赤帝的儿子杀了。

这个故事颇为传奇，显然是刘邦当皇帝后人们编造的，目的是要人们相信刘邦是真龙天子，他当皇帝是天意！

鸿门宴

刘邦同秦国的军队作战时，首先攻占了咸阳，同时守住函谷关，企图称王。项羽得知后，觉得刘邦抢了他的头功，非常生气。于是仗着自己兵多将广，带领数十万大军驻扎在鸿门，准备一举消灭刘邦。当时，刘邦的人马远不及项羽，如果与项羽对抗，必然是一败涂地。于是聪明的刘邦听从张良等人的意见，立刻亲自到鸿门求见项羽，刘邦和项羽表示，他派军队把守函谷关，不是不让项羽进来，恰恰相反，正是等着项羽来接管的；只是因为事情太多，加之路途遥远，未能及时报告，还请将军恕罪。项羽信以为真，不仅没有杀他，还摆下酒宴招待他。但是，按照项羽和他的谋臣范增原来的意思，是要杀掉刘邦的。结果，由于刘邦一番请罪的话，使得项羽改变了主意。我们从这里可以看出刘邦的灵活机动与深谋远虑，也可以看出项羽的优柔寡断与目光短浅。

刘邦用人

刘邦战胜项羽后，曾在洛阳大摆酒宴，他趁着酒兴问他的部下："各位王侯将领都说说，我得到天下的原因是什么？项羽失掉天下的原因又是什么？"他的部下都讲了各自的看法。刘邦听后，说："你们只知其一，不知其二。在军帐内出谋划策，决胜千里之外，我不如张良；平定国家，安抚百姓，供给军粮，我不如萧何；率领千军万马，打无不胜，攻无不克，我不如韩信。但这三位豪杰，我都能重用他们：这才是我取得天下的原因。而项羽有范增给他出谋划策却不利用，这就是他失败的原因。"部下们听了，没有一个不服气的。

（原文出自《北方新报》，有删改）

长歌行

汉乐府

青青园中葵，朝露待日晞。

阳春布德泽，万物生光辉。

常恐秋节至，焜黄华叶衰。

百川东到海，何时复西归？

少壮不努力，老大徒伤悲。

诗 文 赏 析

这是一首咏叹人生的诗歌，用形象而浅显的比喻，比喻人生的短暂。不少评论文章这样认为：诗人由园中葵想到自己，想到青少年，鼓励大家都应当珍惜时间。我觉得这样的评论固然不错，然而仅仅如此，我们好像还未能因此获得更多的教益。这里不揣冒昧，想谈谈拙见，希望大家批评指正。

为了帮助大家更好地理解句意，我们先对其中个别字词的释义作简单梳理。长歌行，是汉乐府曲调名；葵，冬葵，我国古代蔬菜之一，可入药；晞，天亮，这里指阳光照耀；阳春，温暖的春天；布，给予；焜（kūn）黄，形容草木凋落枯黄的样子；华，同"花"；徒，只，也有人解释为"白白的"。

把这首诗翻译成通俗易懂的白话文，就是：绿色园圃中的冬葵啊，叶片上滚动着颗颗露珠，它们在等待着朝阳的洗礼。看，那温暖的春天，给人间施恩布德，它为万物带来了光辉。但那冬葵却担心秋季的到来，那时它的花叶会很快衰败。唉，百川都流入东方的大海，什么时候才能西归？我们年轻时如果不努力，年老后就只能伤悲！

开篇说，这是一首咏叹人生的诗歌。那它是用怎样的手法来咏叹人生呢？本文认为，此诗从头到尾是以"美景不常在"与"百川不倒流"这些人所共知的现象，来比喻人生只能由少年走向老年，而不会再由老年变成少年；其初衷是鼓励青年人要珍惜时光，努力奋斗，有所作为。

前六句共有两个比喻："园中葵"绿色的叶片上滚动着露珠，期待朝阳的照耀，结果它终于等来了春阳的光辉；这分明在告诉读者，人生也一样，我们都是在父母等亲人的哺育下逐渐成长起来的。这是第一个比喻。但"园中葵"是不会永远艳丽的，秋天一来，它就花落叶衰，失去昔日的光彩；这分明又告诉读者，我们每一个人也像"园中葵"那样，都会被无情的时间折磨到由盛而衰，由年少到年老的。这是第二个比喻。

从七八两句开始，喻体由"园中葵"转成百川流到东海后再不西归了，而本体则是我们人的一生只能从少年到老年，却永远不可能从老年变成少年了。诗人并没有在这里戛然而止，而是斩钉截铁地亮出了自己的观点：少壮不努力，老大徒伤悲。

这样一来，前八句就全成了喻体："园中葵"是由盛到衰的，百川是只能东流不能西归的。而后两句就成了本体：人年老后就再不能回到年轻时了，所以，只有珍惜时光，趁年轻时努力奋斗，才能有所作为。

整首诗歌还通过鲜明的对比，试图激发读者的奋斗精神。

前四句写的是阳春美景：你看，春天的早晨，"园中葵"的绿叶上滚动着圆圆的露珠，在朝阳下闪着亮光，多像朝气蓬勃的帅男靓女呀！紧接的两句"常恐秋节至，焜黄华叶衰"，呈现出的画面是：凄凉的秋季一来，"园中葵"的绿叶迅速枯黄凋零，失去了昔日的绚丽光彩。这里作者运用的正是对比的手法。

下面的"百川东到海，何时复西归"，则是以浩浩荡荡东流的欢快与难以西归的无奈作鲜明的对比。

最后"少壮不努力，老大徒伤悲"这两句，更是运用对比手法的点睛之笔，写出了蕴藏在作者胸中很久的那种不吐不快的声音，达到了"留有余地，发人深思"的效果。

应该说，这首诗的作者是精通哲理的。他俯瞰人生的视角，广博而深邃。你看，整个自然界是这样的：时空不停地变换，四季是春夏秋冬，万物是生老病死。但是，有人读了这首诗会问：作者用"园中葵"由盛到衰与"百川"只能东流不能西归来比喻人生，认为人生也是如此；可是，"园中葵"第二年却仍然可以焕发出勃勃生机，"百川"虽然不能西归，却也可以在东海中照样滚滚流淌，可人一旦逝去就不会复生。这样的比喻是否有点牵强附会？其实，这正说明作者留下了思考的余地。

试想一下："园中葵"虽然在秋季到来时枯黄萎缩了，但它曾经有过青春的艳丽与辉煌；"百川"虽然不能西归了，但它也曾有过浩浩荡荡流向东方的气势和声响。如果作为万物之灵的我们，在少壮之时不曾努力过，也没有给后人留下任何一点有用的东西，那么，这样的人生除了"伤悲"，还有什么意义吗？怎样才能使人生不伤悲呢？英国著名的诗人威廉·布莱克写道："辛勤的蜜蜂永没有时间悲哀。"如果我们也能像蜜蜂那样辛勤地飞来飞去，在百花园中采蜜，我们的人生也就会如"园中葵"与"百川"一样焕发出夺目的光彩！

诚然，人的生命规律中，青春与时光是不可逆的，不努力是"伤悲"的，但努力的结果，还不同样是"伤悲"吗？可是，聪明的人们又很快醒悟："园中葵"虽然第二年又生长出来了，可它已不是去年那株"园中葵"了；"百川"虽然还在流淌，可它也不是原来的样子了。那么，作为万物之灵的人们由于生前的努力而繁衍的后代、创造的生命财富，难道不是如同"园中葵"与"百川"一样，又获得了新生吗？

上邪

汉乐府

上邪！

我欲与君相知，

长命无绝衰。

山无陵，

江水为竭；

冬雷震震，

夏雨雪；

天地合，

乃敢与君绝！

诗 文 赏 析

《上邪》这首诗属于汉代乐府民歌中的"鼓吹曲辞"，句意通俗易懂，对后世的影响很大，是爱情诗中的绝品。

先简要解释一下字词。上邪（yé），上天啊；上，即上天；邪，是语气助词。衰，衰减或断绝。陵，指山顶。震震，形容打雷的声音。雨（yù），名词活用作动词，下雨。乃敢，才敢，才能，"敢"在这里表示一种委婉的语气。

全诗的大意为：上天啊！我渴望与你相亲相爱，希望这种感情永不衰减。除非山峦没了顶端，除非江水完全枯竭，除非寒冷的冬天雷声滚滚，除非炎热的夏日雨雪纷飞，除非天地合在一起，除非发生这样的事情，我对你的情意恐怕才能断绝！

好多文人所写的爱情诗，往往含蓄迂回。尤其写到女孩子的用语，更是羞羞答答，遮遮掩掩。而这首诗则转作一个女子在直抒心意。坚定的爱情誓词，热烈的情感表达，展现了古人对于爱情的另一种态度。

诗的开头是直白的誓言。古人敬天畏命，对天发誓，是庄重而严肃的。这位姑娘开口呼喊上天，希望上天为她作证。她说："我欲与君相知，长命无绝衰。"以此表达对于爱情的执着与痴迷。接着列举了"山无陵""江水为竭""冬雷震震""夏雨雪""天地合"五种天地间的大变化，层层递进，以此衬托宣誓的坚定心意。

试想一下，如果山峰消失了，江水枯竭了，关于爱情的誓言，并不会消失；若是冬天突然出现滚滚雷声，夏天突然下起鹅毛大雪，自然界发生巨大的变化，爱情的誓言也还会存在。或许只有整个宇宙的终结，也就是天与地重新合在一起，万物归于寂的时候，彼此之间的许诺才会断开。可以说，这种对于爱情的执着与痴迷，已经达到与生命同在的高度。

在《上邪》这首诗中，作者直抒胸臆，他对于爱情的态度，直白率性，既期待长相厮守，又不惧沧海桑田的世事变迁，在他看来，或许只有"天地合"的那个瞬间，爱情的誓言才会消失。当然，千万不要认为这首诗只是拿来表达女性对男性的爱恋，它也可以是男子对于女子的告白！

此外，这首诗给后世的启发不止于此。著名剧作家曹禺的历史话剧《王昭君》中有一段描述，说的是当昭君出现在朝堂时，她当着汉元帝与呼韩邪的面就唱了《上邪》这首歌。元帝听罢说她"有罪"，理由是在这样的嘉宾面前，唱起这样儿女的情歌，是失礼的。听了元帝的话后，昭君镇静地回答说：

陛下，礼发于诚，声发于心，行出于义。天生圣人都是本着"义"和"诚"的大道理治理天下的。于今，汉、匈一家，情同兄弟，弟兄之间，不都要长命相知，天地长久吗？长相知，才能不相疑；不相疑，才能长相知。长相知，长不断，难道陛下和单于不想"长相知"吗？难道单于和陛下不要"长不断"吗？长相知啊，长相知！这岂是区区的男女之情，碌碌的儿女之意哉！

元帝听罢忍不住连连点头，说道："好，好！"呼韩邪也忍不住了，说道："啊，陛下，这真是说得好极了！"

从这个角度说，《上邪》这首诗阐明或表达的不仅是男女之间的爱情，而且也蕴含着人与人、民族与民族、国家与国家之间那种和谐相处与真诚合作的情怀。

江南

汉乐府

江南可采莲，

莲叶何田田，

鱼戏莲叶间。

鱼戏莲叶东，

鱼戏莲叶西，

鱼戏莲叶南，

鱼戏莲叶北。

诗 文 赏 析

这是一首汉乐府民歌中的采莲歌，直观呈现了一幅游玩嬉戏的画面，有人认为，欣赏莲花、欣赏湖水、欣赏鱼儿戏水，描写的是男女爱情。

江南，泛指长江以南的地区。可，这里是值得或适宜的意思，不应理解为可以或应该。何，副词，多么。田田，指莲叶茂盛又相连的样子。

这首诗有几个奥妙奇特之处，值得展开一论。

第一，全诗没有一个描写颜色与声音的词语，而声色都呈现出来了。莲，是什么颜色？莲叶，是什么颜色？在哪儿采莲？那地方，又是什么颜色？鱼，是什么颜色？它只有一种颜色吗？采莲有声音吗？采莲人说话吗？是一个人说话，还是多个人说话呢？

以景或物为对象的诗歌创作，为了突出色彩或声音，往往离不开红、黄、蓝、白等具象化的词语以及拟声词，而这首民歌却独辟蹊径，通过几个名词"莲""莲叶""鱼"等，以及"采""戏"等动作，让我们如亲眼见到画面一般，如亲耳听到美妙声音一样。尽管没有使用任何渲染色彩或描述声音的词语，但声色皆出。岂不妙哉！

第二，叙述没有围绕人的活动展开，却处处都是人的活动。你看，第一句的"江南可采莲"，分明是诗人在说话呀！至于他是不是采莲者，那就任你想象了。莲花并不鲜见，诗人却要突出"江南"二字，这是因为莲花以江南为盛；至于那神秘的采莲人，又会撩拨读者的另一种想象。还有诗中的"鱼"指谁？它究竟在干什么？这些都是奥妙奇特之处！

第三，通过描写"莲叶"的规模与样态拓宽想象的空间，"莲叶何田田"中的"田田"不仅表示莲叶的圆阔，而且写出了它们紧紧相连的样子。这既是明写莲叶之美，更是在暗示采莲人之多、姿态之美，以及她们之间的亲密！至于，"鱼戏莲叶东，鱼戏莲叶西，鱼戏莲叶南，鱼戏莲叶北"，不仅写出了水之宽广，而且突出了采莲者、"鱼"和"莲叶"戏耍的欢快与恋恋不舍的情怀。其艺术之奥妙奇特，真令人拍案叫绝！

上述三方面内容，为读者展开想象提供了空间。大家知道，写什么、怎么写，这事作者可以做主，而作品一旦写出来，读者怎么理解、怎么评价，是褒是贬，作者就无权过问与干涉了。名言"有一千个读者，就有一千个哈姆莱特"，说的就是这个意思。例如，小朋友读这首诗，他们可能会被水中的游鱼所吸引；女孩子读这首诗，她们也许会想象自己划着船，在清清的湖水中边采莲边唱歌；语文老师读这首诗，或者会联想到《木兰诗》"东市买骏马，西市买鞍鞯，南市买辔头，北市买长鞭……"

此外，从写作艺术上说，这首诗还有两个方面值得借鉴。

一是构思巧妙，层次清晰。前三句是第一层，总写人在采莲、鱼在莲叶间嬉戏的情景；后四句是第二层，写鱼在水中，忽东，忽西，忽南，忽北地自由自在地遨游。

二是兼用排比、反复与拟人的手法。这种手法主要表现在后四句上。排比，一看就知，但同时也是"隔行反复"的手法：你看，四句中，除了"东南西北"四个字外，其他完全相同；此外，一个"戏"字，一下子把鱼写成了人。这大概是这首诗的真谛所在。大胆猜一下，这在水中、在莲叶中玩疯了的，真是鱼吗？

最后，青少年朋友们读了《江南》以后，可以尝试与朱自清《荷塘月色》"曲曲折折的荷塘上面，弥望的是田田的叶子……"作一番对比。问问自己，还记得朱自清在这篇散文中引用《西洲曲》"采莲南塘秋，莲花过人头；低头弄莲子，莲子清如水"的诗句吗？还有周敦颐的《爱莲说》，你还能背诵吗？古人笔下的莲花有哪些主要特点？如果让你模仿《江南》的诗体，写一首诗或一篇散文，你有什么好的创意吗？

东门行（本辞）

汉乐府

出东门，不顾归。来入门，怅欲悲。盎中无斗米储，还视架上无悬衣。拔剑东门去，舍中儿母牵衣啼："他家但愿富贵，贱妾与君共哺糜。上用仓浪天故，下当用此黄口儿。今非！""咄！行！吾去为迟！白发时下难久居！"

诗 文 赏 析

《东门行》描写了一位贫民受无衣无食的生活绝境所迫，不得不拔剑走上反抗道路。主人公流露出对妻儿的不舍、内心的挣扎与最后的决绝，以悲剧为底色的复杂心绪汇集到了一起。

先来了解一下个别词语的释义。东门行，分"本辞"与"古辞"，前者即未经增改的原作。东门，主人公所居之处。来入门，出门之后，再次返回。盎（àng），古代的一种瓦盆，腹大口小。还视，回头看。儿母，指孩子的母亲，即主人公的妻子。哺糜（bǔmí），吃粥。仓浪，同"沧浪"，青色；仓浪天，即青天。今非，指丈夫这种冒险行为不对。咄（duō），呵叱声，即丈夫拒绝妻子的劝告而发出的声音。吾去为迟，我已经去晚了。下，脱落。

借第一人称的视角，简单梳理一下本诗的大意：我刚才出东门后，本来就没打算返回；可我忍不住又进门看看，结果令我更加悲哀。我环顾屋里，米罐中没有粮食可以充饥，衣架上没有衣服用来遮体。于是，我拔剑再次离开家门，孩子的母亲拉住我的衣服哭泣。她说："别人家只愿富贵，我甘心和你吃粥喝稀。上有青天，下有幼子。你现在这样不对！"我愤怒地喝道："不要管！我去了！现在出发已经迟了！我的白发都已经脱落了，这种苦日子，实在难以熬下去！"

如果借用第三人称视角，还可以这样解读本诗：一个贫民因为实在生活不下去了，就拔剑要走上反抗的道路。可他的妻子哭着不让他这样，她拉住丈夫的衣襟哭着说道："别人有钱就让他们有去吧，哪怕再苦的日子，我也甘心与你在一起过下去！你千万不能去走冒险的路啊！"听了妻子的话，他却愤怒地甩掉她的手，狠狠地说："你别说了！我早就应该这样，现在去都迟了！苦日子把我的头发都消磨白了，它们一根根地掉下来，我怎么还能再等下去？"

这首诗极善运用富有表现力的动词，揭示出人物的心理活动与当时的生活境况。如"出""顾""入""视""拔""去"这几个动词连用，既可以看出主人公的肢体动作，还能看出他的心理变化。他先是出了门要走，想不再回顾的，可是走了几步，又进得门来。这一"出"，一"顾"，一"入"，生动地表现了主人公铤而走险的无奈与犹豫。读之令人泪下！后面接着又用了"视""拔""去"三个动词，说明他又一次看到无衣无食、家徒四壁的惨状，并由此产生了绝望的心境。至于后面所用的"牵"与"啼"两个动词，其笔力重抵千斤：不仅写出了当时社会中底层百姓的困苦生活，也流露出夫妻情谊的深厚，侧面揭露了统治者不顾民生的罪恶。

这首诗还善于运用对比手法。诗中写到主人公的表现，开始是"出东门，不顾归"，这就告诉读者，他原来是下了决心不打算归来的，但又不得不归来，说明他还是有所顾念的，他顾念的当然是妻子与儿女了。就是这个前后矛盾的行为向读者展现了主人公极其复杂的心理活动。我们可以想象，他是怎样腾腾地走出去，但没走几步，却又呆立在门外不动了；此时他突然犹豫了，不想走了，于是他又迈着沉重的脚步回到家里。可是，为什么最后又"拔剑东门去"呢？原因不是他优柔寡断，而是"盎中无斗米储"与"架上无悬衣"的悲惨现实使他不得不最后下定决心，竟不顾妻子的牵衣而啼，毅然决然地离家而去。

此外，"词语跳跃"的手法，不仅为读者带来"戛然而止"的感觉，而且也给读者留下一定的想象空间。例如，"出东门，不顾归"与"来入门，怅欲悲"之间就是一个跳跃：既然出去不回来，怎么又进了门呢？主人公留下一句"白发时下难久居"之后，结局如何，作者只字未写。这种文学创作手法，人们常以英国作家莫泊桑的《项链》为典范，以说明文学作品结局留白的奥妙。其实，这种写法我国的古人早已运用得炉火纯青了！

乐府诗的名称和来源

乐府诗作为一种诗体的名称,是由汉代专门掌管音乐的一个官署名称——"乐府"而来的。汉代人把当时由乐府机关所编录和演奏的诗篇称为"歌诗",魏晋六朝时人,才开始称这些歌诗为"乐府"或"乐府诗"。如梁代刘勰著《文心雕龙》,在文体分类上,除《明诗》《辨骚》篇外,另有《乐府》篇一类。我国现存最早的一部文学总集《昭明文选》,在诗文分类上,于赋、诗、骚之后,也另立"乐府"一门。从此,在中国古典诗歌中,便有了"乐府"或"乐府诗"这一门类和名称。汉代乐府机关,是汉武帝刘彻时开始设立的。它的主要任务是编制乐曲、训练乐工和收集歌诗。据《汉书·艺文志》说:"自孝武帝立乐府而采歌谣,于是有代、赵之讴,秦、楚之风,皆感于哀乐,缘事而发,亦可以观风俗,知薄厚云。"不管当时的统治者采诗的目的如何,是供政治借鉴也好,供娱乐也好,而在客观上它起了收集和保存大量民歌的作用，这在文学史上是具有重要意义的。汉代以后，魏晋时代仍有乐府机关的设置，但未见记载有采集民间诗歌的事。只是两汉时代的乐府民间歌辞，有些还在演唱，这对于汉乐府诗歌无疑起了保存和流传的作用。

南北朝乐府诗的特点

从题材上说，南朝乐府民歌以写男女恋情的内容为多，其特点可以总结为：

（一）以五言四句的短章为主，间也有一些四言、七言和杂言体。它的情味隽永、形式整齐的五言四句体小诗，对后世"绝句"体诗的兴起，有直接影响。

（二）南朝乐府民歌中的爱情诗，有相当一部分是属于一问一答对唱形式的，所谓"郎歌妙意曲，侬亦吐芳音"（《子夜歌》），这类诗实际是组曲，需要合起来读。

（三）歌辞中经常运用双关隐语。所谓双关隐语，就是用同音而不同义的字，把所要表达的意思掩盖起来，如用"丝"、"莲"、"藕"、"碑"、"梧子"等，代替"思"、"怜"、"偶"、"悲"、"吾子"等，这种表达方式是南朝乐府民歌中一个显著的特色。

北朝乐府民歌又与南朝乐府民歌有许多不同，北朝乐府民歌一部分原是少数民族语言的作品，后被译为汉文的；另一部分是北地少数民族歌手用汉语创作的;当然,也有一部分是居住在北地的汉人的诗篇。现存的北朝乐府民歌总共约七十首,数量上没有南朝乐府民歌多,但题材却比较广泛,它反映了各种社会问题,特别是有关战争的题材在其中占重要地位。北歌的作品风格与南歌的婉转含蓄不同,一般表现得十分粗犷豪爽。形式上,北歌也以五言四句为多见,但也产生了像《木兰辞》那样的叙事长篇。

(节录自《文史知识》第3期,有删改)

迢迢牵牛星

古诗十九首

迢迢牵牛星，皎皎河汉女。

纤纤擢素手，札札弄机杼。

终日不成章，泣涕零如雨。

河汉清且浅，相去复几许！

盈盈一水间，脉脉不得语。

诗 文 赏 析

这首诗选自《古诗十九首》，借牛郎织女的故事传说，抒发男女之间因爱情受到挫折而痛苦忧伤的心情。字里行间相思不能相近的思绪，刻画了一位古典的思妇形象。

下面先梳理其中的词语释义。迢（tiáo）迢，遥远的样子。皎皎，明亮的样子。牵牛星，河鼓三星之一，隔银河和织女星相对，俗称"牛郎星"，是天鹰星座的主星，在银河东。河汉女：指织女星；河汉，即银河。擢（zhuó），抽，这里是伸出的意思。杼（zhù），织布机上的梭子。章，指布帛上的纹理，这里指整幅的布帛。去，距离。复几许，又能有多远。盈盈，满溢或充盈的意思。脉（mò）脉，含情相视的样子。

本诗的大意为：那遥远的牵牛星呀，还有那皎洁的织女星。织女伸出纤细洁白的双手，只听得，织布机铮铮而鸣。因为想着牛郎，整天也织不出多少，而泪水如雨，洒个不停。他们隔着清清浅浅的银河呀，相距不远而音信不通。他们在盈盈银河的两边，脉脉含情相望，却无语无声。

本诗在创作手法上特色鲜明。

首先，用词独具匠心。例如，开头两句，写牵牛星用的词是"迢迢"，而写"河汉女"，即织女星，却用"皎皎"。有人说这里采用了互文的手法，理由是牵牛星也皎皎，织女星也迢迢。本文对此持有另一种看法，考虑到作者用"皎皎"形容的是"河汉女"，而形容女子用"皎皎"，是为了表现女性之美，恐怕这才是作者的匠心所在。

此外，以"河汉女"对应"牵牛星"具有两方面好处：一是避免了单调；二是用了拟人的修辞手法，把织女星写活了；同时，为后面写"纤纤素手"与"弄机杼"事先做好了铺垫。

又如后面两句"纤纤擢素手"与"札札弄机杼"，用的是对偶的修辞手法："纤纤"对"札札"，是形容词对形容词；"擢"对"弄"，是动词对动词；而"素手"对"机杼"，则是名词对名词。

其次，善于运用"绿叶衬红花"的写法。从"纤纤擢素手"到"泣涕零如雨"，这四句全是具体写织女星的相思表现，不曾有一句写牵牛星的相思情景。很明显，作者写织女星时，用的笔墨最多。打个比方，这里的织女星好像一朵红花，而牵牛星却好像绿叶在她的周围映衬着。这样写至少有三个好处：一是省去不少笔墨，二是从织女星身上可以想到牵牛星的心情与表现，三是给读者留下欣赏的空间。

第三，运用对比的写法，暗含弦外之音。"河汉清且浅，相去复几许？盈盈一水间，脉脉不得语"。这四句用相距之近来对比相见之遥遥无期。你看，银河既清且浅，牵牛星与织女星相隔并不远，却只能相视，连句话都说不上。而"盈盈"之水与"脉脉"之情这个对比，又会引起读者的种种思考：是谁如此残酷，让牵牛星与织女星遭受如此折磨呢？读者显然不会真的怪罪什么王母娘娘，他们会想到人间的某些高高在上的人们，是他们剥夺了人们在爱情以及其他方面的自由。恐怕也是这首诗的弦外之音吧！

作品轶闻

《古诗十九首》

余冠英论"古诗"

"古诗"本是后代人对于古代诗的普通称谓，汉人称《诗经》为古诗，六朝人也称汉魏诗为古诗。汉诗中有一批流传到梁、陈时代，不但"不知作者"或作者"疑不能明"，而且题目也失传了（其中有些是乐府歌辞，但篇题已失），对于这些诗，编集者便一概题为《古诗》，例如《文选》卷二十九所录的《古诗十九首》就是这样。

（节录自余冠英《汉魏六朝诗选》）

步出夏门行·观沧海

曹操

东临碣石，以观沧海。

水何澹澹，山岛竦峙。

树木丛生，百草丰茂。

秋风萧瑟，洪波涌起。

日月之行，若出其中；

星汉灿烂，若出其里。

幸甚至哉，歌以咏志。

诗文赏析

　　曹操，字孟德，谯郡（今安徽亳州）人。三国时著名的军事家、政治家和文学家。其人精通兵法，善于写诗。他的诗主要是抒发自己的政治抱负，气魄雄伟，他的作品大多集中在《魏武帝集》中。《观沧海》这首诗，是曹操北征乌桓凯旋后登临碣石山时所作。表面上是描写大海的雄伟景象，实际上是借此抒发诗人开阔的胸襟，表现他统一中原的雄心壮志。

　　先来了解一下诗中的字词。步出夏门行，是汉乐府中的一种曲调名，与题意和诗意均无关系。碣（jié）石，山名；公元207年秋，曹操征讨乌桓凯旋时经过这里；但碣石山究竟在哪里，学者们有过争论，后来秦皇岛孟姜女庙附近的孟姜女坟出土了一批文物，证明昌黎县城北的碣石山，就是当年曹操所登临的碣石山。澹澹（dàn dàn），水波荡动的样子。竦峙（sǒng zhì），耸立。星汉，银河，天河。"幸甚至哉，歌以咏志"，直译这两句诗的意思是，幸运到极点了，（所以）用诗歌来吟诵（我的）愿望；较为通行的说法认为，这是配合音乐时的套语，与诗的内容无关。

　　本诗的创作手法，有三个较为突出的特点，分别是：借景抒情，寓情于景；有动有静，动静结合；明暗相生，虚实互映。下面简要论述一下。

　　先说借景抒情，寓情于景。

　　描写看到的景物，又把自己的思想感情寄托于所看到的景物之中，这就叫"借景抒情"，或者叫"寓情于景"。例如，"水何澹澹，山岛竦峙；树木丛生，百草丰茂；秋风萧瑟，洪波涌起"这六句描述的是他看到的景物。"水何澹澹，山岛竦峙"这两句是写在水波荡漾的大海上，有巍然耸立的山岛，它们点缀在绿色的海面上，使大海显得神奇而壮观。"树木丛生，百草丰茂。秋风萧瑟，洪波涌起。"这四句写诗人在眺望大海时见到了一些令人振奋的景象：树木浓密而蓬勃，百草丰美而繁荣；秋风瑟瑟而轻吹，巨浪滚滚而涌动。虽然写的是秋天的景象，可没有丝毫冷清的样子；诗人写出的是一个生机勃勃的秋天，动静相融的景象尽收眼底。

　　最惊人的妙句是："日月之行，若出其中；星汉灿烂，若出其里。"这四句仍然是写景，但却不是现实的景物，而是诗人想象中的雄宏景观，这分明在表现曹操统一中原的雄心壮志。有人说，曹操是把自己比作太阳与月亮的，这是囿于"与日月争辉"的谬解。曹操才不做日月呢，他要做吞吐"日月"与"星汉"的大海！

　　再说有动有静，动静结合。"树木丛生，百草丰茂"，这是静景；"秋风萧瑟，洪波涌起"，这是动景。静景与动景相结合，既写出山岛的幽静，又写出大海的澎湃，宛如碣石山前演奏的一曲美妙的交响乐。试想，当胜利班师的诗人听到如此的自然之音，他的心情该是怎样的呢？

最后说明暗相生，虚实互映。诗中写作者当时实实在在看到的景物，是实写，也可以叫做明写，写作者想象中景物，是虚写，也可以叫做暗写。这种明暗虚实的变化，穿透了眼前所见实实在在的景物，虚写与实写前后相接，彼此相连，相映成辉。于是，诗人就有意无意地用虚实互映的手法，把他当时按捺不止的狂喜与还要继续干一番更大的事业的抱负呈现在读者面前。

如果能进一步联系《龟虽寿》中"老骥伏枥，志在千里"的诗句来分析，我们会更加清楚、更加深刻地体会到曹操不同凡响的艺术造诣与人生追求。

步出夏门行·龟虽寿

曹操

神龟虽寿，犹有竟时。

腾蛇乘雾，终为土灰。

老骥伏枥，志在千里。

烈士暮年，壮心不已。

盈缩之期，不但在天；

养怡之福，可得永年。

幸甚至哉，歌以咏志。

诗 文 赏 析

《龟虽寿》是《步出夏门行》的最后一章，作于建安十二年（公元207年），这时曹操已53岁。这首诗表达了诗人对生活的热爱与对人生价值的追求之情。

先简单梳理一下诗中的词意。神龟，传说中的通灵之龟，据说可以活几千年。腾蛇，传说中与龙同类的神物，能腾云驾雾。枥（lì），马槽。烈士，指有远大抱负的人，这里不是指为正义事业牺牲的人。盈缩，指人的寿命长短。盈，满，引申为长；缩，亏，引申为短。但，仅，只。养怡，指调养身心。

本诗的大意是：神龟虽然长寿千年，但仍然有生命终结之时；腾蛇尽管能乘雾而飞，但最终也会化为土灰而死。年老的骏马伏在马槽上吃草，它的志向仍然是一日千里。有远大抱负的人到了晚年，其雄心壮志也不会停止。人的寿命长短，不只是由上天决定的，只要自己善于调养身心，生命就可以延长。高兴极了，就用这首诗歌来表达我的心意。

从创作手法上看，这首诗有两个突出的特点，分别是：巧用比喻；通过对照加转折的表现手法，揭示了人生的意义。

诗歌开始写神龟，接着写腾蛇，再后来写老骥，最后写烈士。这四者之间是什么关系呢？前三者，是喻体，而"烈士"却是本体。原来作者是要用神龟、腾蛇、老骥的特点来说明烈士的情况的：神龟、腾蛇虽然长寿，却也有终结之日，烈士也同样如此；老骥伏枥是要日行千里，而暮年的烈士也有继续奋斗的雄心壮志。这样看来，写神龟，写腾蛇，写老骥，最后都是为了写烈士。而这里的"烈士"又是谁呢？当然是曹操。

诗的开头写道："神龟虽寿，犹有竟时。腾蛇乘雾，终为土灰。"接下去，似乎应该是"烈士长寿，最后也死"吧？可作者接下来写的是"老骥伏枥，志在千里。烈士暮年，壮心不已"。通过这种别开生面的对照与转折相结合的写法，揭示了曹操自强不息的豪迈气概，展现了曹操老当益壮、奋斗不止的精神风貌。同时也启示读者：人生的意义与健康的秘诀在于要有理想，要有追求，要永远保持思想上的青春。

其实，曹操清楚地知晓，死亡是不可抗拒的自然规律，即使是神龟、腾蛇一类神物，也有终结之日。他不像秦始皇那样去寻找长生不死之药，但他也不会听天由命，他相信：只要正确地调养身心，生命就可以延长，而延长生命则是为了有所作为。自然规律虽然不可抗拒，但人的智慧与力量也是不可低估的。

前面说过，写这首诗时，他是53岁，已经平定了乌桓叛乱与消灭了袁绍残余势力，正准备南下征讨荆州与东吴。此时，他由神龟与腾蛇联想到人总是要死的，所以诗的开头便无限感慨，似乎有一点凄婉。但他接着就想到了伏枥老骥的表现，于是立刻想到自己应是"烈士"，应像老骥那样以日行千里的精神状态去实现自己的伟大理想。

这里要说明一点，诗中所写的"养怡"绝不是无所事事，坐享其成，而是指信心百倍，对前途充满希望，始终保持一种胜不骄败不馁的状态与热爱生活的乐观精神。事实也证明，曹操真的做到了。他的这首诗作，给后世留下了深刻影响。

七步诗

曹植

煮豆持作羹，漉菽以为汁。

萁在釜下燃，豆在釜中泣。

本自同根生，相煎何太急？

诗 文 赏 析

　　这首诗最早见于南朝刘义庆的《世说新语》，故事梗概如下：曹操的长子曹丕做了皇帝后，忌恨才华横溢的弟弟曹植。一次，他命曹植在七步之内作诗一首，否则就要把他处死。曹植听了，走到第六步的时候，就吟出诗来。因为曹丕要曹植七步之内成诗，所以后人称此作为《七步诗》。后世认为，这一故事具有比较强的演义色彩。今天流传的版本，只有四句，即：煮豆燃豆萁，豆在釜中泣。本是同根生，相煎何太急？余冠英《三曹诗选》里认为，四句版本以豆萁相煎，比骨肉相残，用喻浅显，所以能广为流传。

　　简单梳理一下诗中的字词：持，用来或拿来。羹（gēng），用肉或菜做成的糊状食物。漉菽以为汁，意思是把豆子的残渣过滤出去，留下豆汁作羹。漉（lù），过滤。菽，豆类植物。萁，豆类植物脱粒后剩下的茎。相煎，相，不是互相，而是指"煎"这个动词所涉及的对象；就诗的字面意思而言，相煎，就是"煎豆"，即"萁"在煎熬它同根生的"豆"。

　　曹植的这首诗是被曹丕逼着写的，而且是必须在七步之内作成，否则处死。对于一个胆小的人而言，在这种情境下，就算平时会写诗，恐怕也吓得没词儿了。可曹植则不然，他不是急着随便想出几句来保命，而是从容不迫地用巧妙的比喻来倾吐自己的心声。前四句叙述了燃萁煮豆这一常见的生活现象，生动描绘了"萁"在釜下肆意燃烧而"豆"在锅中被煎煮的过程。

如果说曹植吟出前四句时，曹丕尚不知他在说什么，那么，当曹植吟毕后两句时，曹丕怎么还会不懂其中的弦外之音。"萁"与"豆"本是"同根"，一如曹丕与曹植同父同母的关系。如此对待亲弟弟，不就如同以"萁"煮"豆"吗？在釜中"泣"的哪里是"豆"，那分明是自己的弟弟在啜泣啊！于是，曹丕感动了，羞愧了。以不起眼的事物作喻，却异常贴切，不得不佩服子建的"八斗"之才！

本诗用词精炼、形象、生动。例如，"汁"与"羹"这两个字都是表示事物的名词，粗看起来，只是用来告诉读者燃萁煮豆要做什么，但仔细琢磨，这样做的最后目的是要把豆子粉碎，使之先成为"汁"，然后成为供人吃的"羹"呀！于是，这个燃烧着的"萁"之无情和残酷也就不言自明了。绘声绘色的描述也有例证，如"燃"与"煎"除了使读者看到红红的火苗，还使读者听到呼呼燃烧着的炉火与咕嘟咕嘟煮豆子的声音。于是，"萁"之贪婪而迫不及待的样子，就完全暴露出来了。至于所说的生动，指的是把没有生命的东西写活了，例如，"豆在釜中泣"一句，如果写成"豆在釜中悲""豆在釜中吟""豆在釜中啼""豆在釜中哭""豆在釜中号"等等，不也行吗？诗中写"豆"在釜中被煎煮的声音，用"吟""啼""哭""号"，虽然都是拟人，但哪一个也没有"泣"字的韵味，只有"豆"在锅中的那种忽大忽小、断断续续的声音，才与人在伤心时的啜泣声极其相似呢。

当然，除了创作手法的特色，本诗还富有深刻的寓意。例如，好多人从中受到启发，想到这首诗告诉我们兄弟之间骨肉相残是人生的悲剧，想到凡是有违天理、有违人伦常情的事都是可耻的。这种通俗易懂而又不乏生动的事例，或许正是它能流传千百年的原因之一。

《三曹诗选》（节录）

建安诗篇流传下来的不足三百首，其中曹植的诗最多（约八十首），其次是曹丕（约四十首），再其次是王粲和曹操（各二十余首）。诗人的作品保存下来或多或少，可以有种种原因，但其质量是否禁得起时间淘汰往往是主要原因之一。从现存建安诗的质量看来，曹王四家也正该排在建安诗人的最前列。由于三曹在当时诗坛的领袖地位，由于其作品成就较高，留存的又较多，便自然地成为后人研究建安诗的共同时代特征的主要资料。因而他们的代表性也就较高于同时的作家。这就是三曹（主要是曹植）诗在建安作品中值得我们首先注意的原因。

曹操二十岁举孝廉，在灵帝朝曾因"能明古学"被任命为议郎。又曾以骑都尉的军职参加镇压黄巾起义。献帝初，地方"豪右"起兵讨董卓，曹操因陈留人卫兹的资助，招募了五千人，加入讨董联军。后来因为收编青州黄巾三十余万，实力雄

厚起来，便成为"逐鹿"中原的"群雄"之一。等到他击破了
他的最大竞争对手袁绍之后，就以"相王之尊"挟天子以令诸
侯，成为北方的实际统治者。

他在政治设施和文学倾向上都表现为一个反对两汉传统
（也就是反正统）的人物。他的《求贤》、《举士》、《求逸才》诸
令强调用人唯才，便打破"经明行修"这一个传统的仕进标准，
其目的就在打破家世门第的限制，从各阶层提拔人才。这样就
摧抑了士族地主的特权，而扩大了非士族地主阶层的势力。

曹丕是曹操的次子，他的哥哥曹昂早死，所以曹操的爵位
归他继承。由于曹操造成的局势，他在公元220年水到渠成地
受汉朝"禅让"，做了大魏皇帝，在位五年又七个月。曹丕的政
治理想不同于曹操，他追慕汉文帝的无为政治。他的文学制作
现存辞赋或全或残共约三十篇，诗歌完整的约四十首，据钟嵘
《诗品》原有百余首。他的《典论》一书现存三篇，其中《论文》
一篇是文学批评的重要文献。他说：

> 盖文章经国之大业，不朽之盛事。年寿有时而尽，荣
> 乐止乎其身，二者必至之常期，未若文章之无穷。是以古
> 之作者，寄身于翰墨，见意于篇籍，不假良史之辞，不托
> 飞驰之势，而声名自传于后。

而曹植自幼在古典文学的修养方面就打了基础，十岁时就

能诵读诗论及辞赋数十万言。他也爱好民间文学，对"俳优小说"也能大量熟记。他的文学创作生活开始得很早，他自己曾说："少小好为文章。"又说："少而好赋，其所尚也，雅好慷慨，所著繁多。"他自己曾删定少年时代作品编成《前录》七十八篇。

曹植一生分为前后两期，由于他的生活前后不同，诗的内容也见出差异，但其作品展现现实主义精神是公认的。

（节录自余冠英《三曹诗选》，有删改）

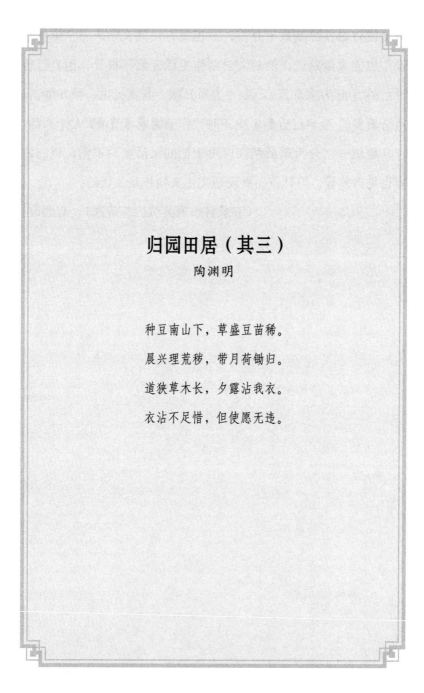

归园田居（其三）

陶渊明

种豆南山下，草盛豆苗稀。

晨兴理荒秽，带月荷锄归。

道狭草木长，夕露沾我衣。

衣沾不足惜，但使愿无违。

诗 文 赏 析

陶渊明是晋代诗人，名潜，字元亮，浔阳柴桑（今江西九江）人，自号"五柳先生"。早年曾做过几次地方小官，41岁时任彭泽（今九江境内）令，只干了不足百日，就辞官归隐田园，直到逝世。他的诗作用语给人留下的印象是浅显平易，实际上，内里的含义往往深刻而富有哲理。

简单梳理一下本诗的字词。南山，指江西九江的庐山。晨兴，早上起来；兴（xīng），起来。理荒秽，即除杂草。带月，顶着月光；带，同"戴"，披着或顶着。荷锄，扛着锄头；荷（hè），作动词，扛着。草木长，草和树都长得高；长（cháng），因草木高，才可以打湿衣裳。愿无违，愿是名词，指心愿，即初心；无违，即不要违背；愿无违，即不要违背初心（隐居躬耕的最初心愿）。

这首诗写的是诗人归隐后的生活，平实的文字展现的是恬淡宁静的隐居心境。其写作特色体现在三个方面：

一是亲切自然，如叙家常。"种豆南山下，草盛豆苗稀"。这两句诗引用了西汉杨恽"田彼南山，芜秽不治"的典故，如同诗人跟朋友说话一样："我回田园后在南山脚下种了一片豆子，结果种得不好，草长得倒很茂盛，可是豆苗却稀稀疏疏的。"你看，多自然，多亲切。其他诗句也明白如话。陶渊明的诗作能够流传至今，恐怕于此有关。

二是对比鲜明，照应独特。诗人使用了对比的艺术手法。比如，"草盛"与"豆苗稀"形成对比：一边是开垦荒地，另一边是因为耕种的经验不足，所以出了洋相。此外，诗人还运用了照应的手法。读者也许会说：看不出哪里是照应呀！请注意：前面写"草盛豆苗稀"与"晨兴理荒秽"，后面写"带月荷锄归"。因为"草盛"才说"荒秽"，要解决"草盛""荒秽"的问题，才需要"带月"与"荷锄"。你看："晨兴"与"带月"相照应，"草盛""荒秽"又与"荷锄"相照应。这正是诗艺的奇特之处。

三是意境美好，感情纯真。这首诗运用了四种表达方式：记叙、描写、抒情与议论。前两句"种豆南山下，草盛豆苗稀"，主要是记叙；后四句从"晨兴理荒秽"到"夕露沾我衣"，主要是描写；最后两句是议论兼抒情。中间四句宛如一幅画作，又如同一曲轻音乐。"晨兴理荒秽，带月荷锄归"这两句诗，情景中自有声韵，虽然耕种的效果不佳，但诗人还是坚持每天一早就奔向田地间，直到月亮出来的时候才扛着锄头回来。而"道狭草木长，夕露沾我衣"两句，则把诗人深居田亩细致入微的观察淋漓尽致地书写出来。

"衣沾不足惜，但使愿无违"这两句被视为全诗的点睛之笔，是毫不掩饰地直抒胸臆：哪怕平凡的生活少不了面对艰难困苦，但诗人归隐的初心一直未变，这种执着，一定程度上反映了他对士人品格的坚守。这种纯粹感，是少见的。

陶渊明传

萧统

陶渊明字元亮，或云潜字渊明，浔阳柴桑人也。曾祖侃，晋大司马。渊明少有高趣，博学善属文，颖脱不群，任真自得。尝著《五柳先生传》以自况……时人谓之实录。

亲老家贫，起为州祭酒，不堪吏职，少日，自解归。州召主簿，不就，躬耕自资，遂抱羸疾。江州刺史檀道济往候之，偃卧瘠馁有日矣。道济谓曰："贤者处世，天下无道则隐，有道则至。今子生文明之世，奈何自苦如此？"对曰："潜也何敢望贤，志不及也。"道济馈以粱肉，麾而去之。

后为镇军、建威参军，谓亲朋曰："聊欲弦歌，以为三径之资，可乎？"执事者闻之，以为彭泽令。不以家累自随，送一力给其子，书曰："汝旦夕之费，自给为难，今遣此力，助汝薪水之劳。此亦人子也，可善遇之。"公田悉令吏种秫，曰："吾常得醉于酒，足矣。"妻子固请种粳，乃使二顷五十亩种秫，五十亩种粳。岁终，会郡遣督邮至，县吏请曰："应束带见之。"渊明叹曰："我岂能为五斗米折腰向乡里小儿！"即日解绶去职，赋《归去来》。

征著作郎，不就。江州刺史王弘欲识之，不能致也。渊明尝往庐山，弘命渊明故人庞通之赍酒具于半道栗里之间邀之。渊明有脚疾，使一门生二儿舁篮舆。既至，欣然便共饮酌，俄顷弘至，亦无迕也。先是颜延之为刘柳后军功曹，在浔阳与渊明情款。后为始安郡，经过浔阳，日造渊明饮焉。每往必酣饮致醉。弘欲邀延之坐，弥日不得。延之临去，留二万钱与渊明，渊明悉遣送酒家，稍就取酒。尝九月九日出宅边菊丛中坐，久之，满手把菊。忽值弘送酒至，即便就酌，醉而归。

渊明不解音律，而蓄无弦琴一张，每酒适辄抚弄，以寄其意。贵贱造之者，有酒辄设。渊明若先醉，便语客："我醉欲眠，卿可去。"其真率如此。郡将尝候之，值其酿熟，取头上葛巾漉酒，漉毕还复着之。

时周续之入庐山事释慧远，彭城刘遗民亦遁迹匡山，渊明又不应征命，谓之"浔阳三隐"。后刺史檀韶苦请续之出州，与学士祖企谢景夷三人，共在城北讲礼，加以雠校。所住公廨，近于马队。是故渊明示其诗云："周生述孔业，祖谢响然臻。马队非讲肆，校书亦已勤。"

其妻翟氏，亦能安勤苦，与其同志。自以曾祖晋世宰辅，

耻复屈身后代，自宋高祖王业渐隆，不复肯仕。元嘉四年，将
复征命，会卒，时年六十三。世号靖节先生。

折杨柳歌辞（二首）

其一

遥看孟津河，杨柳郁婆娑。

我是虏家儿，不解汉儿歌。

其二

健儿须快马，快马须健儿。

跋跋黄尘下，然后别雄雌。

诗文赏析

《折杨柳歌辞》原来是有曲调的，可唱，被归入横吹曲一类，唱时有鼓角相配。《乐府诗集》中共收录了五首《折杨柳歌辞》，内容相连贯，主要为出征之人临行时与亲人相互赠答之词，这是其中的第四首与第五首。

简要梳理一下诗中词语的释义：孟津河，指孟津处的黄河；孟津，地名，在河南孟县南。郁，树木茂密的样子。婆娑（pó suō），盘旋舞动，这里指杨柳随风摇曳的样子。虏家儿，这是译者对当时北方少数民族少年的一种称呼。跋跋（bìbá），快马飞奔时马蹄击地声。黄尘，指快马奔跑时扬起的尘土。别雄雌，意思是分高低，决胜负。

这两首诗独具艺术特色。前一首诗用词讲究，寄托了丰富情感。以"遥看"为例，把征人瞭望孟津河畔的画面定格住，现在要出征了，再看看那里的景物吧，这也许就是最后一次了。诗人什么都没说，只"遥看"一词就胜过千言万语！"我是虏家儿"把作者的身份道了出来，原来是北方的少数民族。而"虏家儿"对"杨柳郁婆娑"的景象倍感新奇，也反映出作者可能来中原不久。

我们可以想象这样一幅画面，在出征前夕，征人与送行之人在边疆的某个场地尽情欢乐，"虏家儿"和"汉儿"全都开怀而饮，载歌载舞。此时此刻最是无拘无束，自由自在。假设此时一位"汉儿"唱了一首自己认为得意的歌，唱罢，等着在座的"点赞"；而这时本是"虏家儿"的作者已是醉意浓浓之时，而歌者偏偏要他评论一番，于是，他边笑边随口说道：我是"虏家儿"，你唱了些什么，本人压根儿没听懂！当然，这也可能是本来听得懂却故意说听不懂的一种调侃。

笔者生长在内蒙古自治区，对于汉族与少数民族青少年互相学习语言的情况有一定的了解，他们在学习过程中，往往故意运用各自的语言进行逗趣与调侃。有时让在场的人们笑得前仰后合。那种氛围，只有身临其境而又对两种语言有所了解的人才能感受得到！

诗人似乎在用对比的手法告诉读者，"虏家儿"与"汉儿"是亲密无间的战友。所以，笔者如此概括这首诗的主旨：它写出那个时代北方少数民族豪爽的性格特点，以及他们与汉族并肩作战之时所表现出的真挚情谊。

后一首诗描写了一场激烈的赛马，通过回环等修辞手法的运用，着力于"炼字"，并借动景抒真情。

"健儿须快马，快马须健儿"这两句：第一句以"健儿"开头，以"快马"结尾；而第二句则以"快马"开头，又回到第一句，以"健儿"结尾。而作者所以这样写，并非刻意玩弄什么回环的写作技巧，而是用通俗的语言揭示了"健儿"与"快马"之间相互依存、难舍难离的亲密关系。第一句用"须"，是为了说明"健儿"离不开"快马"；而第二句用"须"，则是突出"快马"也离不开"健儿"。作者对"健儿"与"快马"同样看待，并不是忽略了人的重要性，恰恰相反，他如此强调马的作用，正是告诉读者，马儿的竭力飞奔，离不开"健儿"的精心呵护。

诗的最后两句"跃跋黄尘下，然后别雄雌"："跃跋黄尘"是写景，意在展示万马奔腾、惊心动魄的赛马场面；"然后别雄雌"，分明是作者出面告诉读者：无数的"健儿"驾驭着无数的"快马"在竭力地奔驰着，而究竟谁是胜利者，那就看谁最先到达终点。以"然后别雄雌"收尾，想象的闸门被打开了，读者如同置身于广阔的草原上欣赏一场盛大的赛马活动，全场都在等待着为最后的胜利者欢呼的那一刻！

敕勒歌

敕勒川，阴山下。

天似穹庐，笼盖四野。

天苍苍，野茫茫。

风吹草低见牛羊。

诗 文 赏 析

《敕勒歌》是家喻户晓的北朝民歌，史书记载，东魏大丞相高欢的军队被西魏打败后，士气低落，曾让斛律金演唱此歌。它由鲜卑语译成汉语，《乐府诗集》里有"其歌本鲜卑语，易为齐言"的说法。

简要梳理一下字词释义：敕勒，古代种族名。敕勒川，有的认为在山西的朔州一带；有的认为在内蒙古呼和浩特大黑河流域和包头昆都伦河流域；有的认为在如今的内蒙古土默川平原，就是包头的土右旗大部和呼和浩特的土左旗小部分。我们看到的资料中，大多认为，敕勒川就是土默川，即指今内蒙古呼和浩特一带。阴山，在今内蒙古自治区北部。穹庐，指用毡布搭成的帐篷，类似现在的蒙古包。四野，草原的四面八方。苍，青色；苍苍，湛蓝湛蓝的。见，同"现"，显露。

虽然这首民歌只有27个字，却生动形象地展现了北方大草原的宏伟景象，同时歌颂了当时游牧民族的生活，以及他们那种自豪而又潇洒乐观的情怀。

"敕勒川，阴山下"交代了敕勒川的地理位置，同时请出雄伟的阴山，来做辽阔草原的背景。这就像我们在电影中经常看到的画面：先给你显示一下宏观景象，当你被它吸引后，接下来才领着你，欣赏更加精彩的个性奇观。

先是"天似穹庐，笼盖四野"。放眼望去，那是天野相接而壮阔的奇观，天空宛如无比巨大的圆顶毡制帐篷，盖住了草原的四面八方，一眼望不到尽头，如同一方世界。

然后是"天苍苍，野茫茫"。天空是湛蓝色的，不像有些人说的是灰蒙蒙的。茫茫，描绘了广大而辽阔的景象。"野茫茫"正是形容敕勒川的广大辽阔。原来这块土地是这样的：天空是湛蓝湛蓝的，田野是无边无际的！

接下来把视线放底，呈现出的是一幅"风吹草低见牛羊"的画面。有人说，他去过草原，也见过草原上的牛羊。可那草并不高，牛羊在草原上吃草，是看得清清楚楚的，并非"风吹草低"后才显现的呀！是的，可这种说法至少忽略了以下两种情况：一是他看到的只是某一处草原，那里的草的确比较低矮；如果他到过呼伦贝尔大草原，恐怕就不会如此说了。二是诗人所写的草原与现在的草原是大不相同的：那时牧民的家乡，是与蓝天相连的绿色草原，是牛羊的世界。由于牧草格外丰茂，牛羊统统隐没在那绿色的海洋里。如果我们生活在那个时代，一阵微风过后，在绿草起伏的瞬间，你会看到各色的牛羊在其中忽隐忽现。

有人可能说："这首民歌并未写田野的颜色呀！"我们要说：这正是作者匠心独运的绝妙所在！你看，写田野时，并没说"绿茫茫"。为什么？因为作者想让读者从"风吹草低见牛羊"这样的景色中，自己想象与体会。草是绿的，但又并非一概都是绿的，况且深浅老嫩的草色也不尽相同。更何况，还有游走在茫茫草原上成群的颜色各异的牛羊啊！

从写作艺术上看，这首诗不仅运用了比喻、对偶、叠音等修辞手法，还善于使用静态描写与动态描写相结合以及寓情于景的艺术手法。以作者对"风"的描写为例，他把读者的听觉、视觉甚至嗅觉全都调动起来了。你看，"吹""低"与"见"，这三个连续的动作，哪一个不是风支配的？它使人们听到了箫笛一般的声音，看到了色彩斑斓的形象，闻到了绿草的芳香。

这首民歌对后世产生了深远的影响，特别是内蒙古现代诗歌创作与歌曲创作。例如，蓝蓝的天上白云飘，白云下面马儿跑。例如，著名的《牧歌》："蓝蓝的天上，飘着那白云；白云下面，是雪白的羊群。羊群好像是那斑斑的白银，撒在草原上，多么爱煞人！"还有大家都熟悉的腾格尔创作的《天堂》："蓝蓝的天空，清清的湖水，绿绿的草原。奔驰的骏马，洁白的羊群，美丽的姑娘。啊！我的家乡！我的天堂！"这些作品恐怕都从《敕勒歌》中汲取了某种营养！

末了还想补充一点，说敕勒川在阴山下，其实就是在大青山下。因为大青山是阴山的支脉。呼和浩特，是"青色城市"的意思。如果你在内蒙古听到"青城"这个词，不要疑惑，因为它指的就是呼和浩特。来到这里后，一定要登上昭君墓的顶端，去领略一下"天似穹庐，笼盖四野"的奇观啊！

作品轶闻

北朝诗

古意二首（其一）

颜之推

十五好诗书，二十弹冠仕。楚王赐颜色，出入章华里。作赋凌屈原，读书夸左史。数从明月宴，或侍朝云祀。登山摘紫芝，泛江采绿芷。歌舞未终曲，风尘暗天起。吴师破九龙，秦兵割千里。狐兔穴宗庙，霜露沾朝市。璧入邯郸宫，剑去襄城水。未获殉陵墓，独生良足耻。悯悯思旧都，恻恻怀君子。白发窥明镜，忧伤没余齿。

咏怀（六首）

庾信

其一

楚材称晋用，秦臣即赵冠。离宫延子产，羁旅接陈完。寓卫非所寓，安齐独未安。雪泣悲去鲁，凄然忆相韩。唯彼穷途恸，知余行路难。

其二

畴昔国士遇，生平知己恩。直言珠可吐，宁知炭欲吞。一顾重尺璧，千金轻一言。悲伤刘孺子，凄怆史皇孙。无因同武骑，归守霸陵园。

其三

榆关断音信，汉使绝经过。胡笳落泪曲，羌笛断肠歌。纤腰减束素，别泪损横波。恨心终不歇，红颜无复多。枯木期填海，青山望断河。

其四

摇落秋为气，凄凉多怨情。啼枯湘水竹，哭坏杞梁城。天亡遭愤战，日蹙值愁兵。直虹朝映垒，长星夜落营。楚歌饶恨曲，南风多死声。眼前一杯酒，谁论身后名？

其五

周王逢郑忿，楚后值秦冤。梯冲已鹤列，冀马忽云屯。武安檐瓦振，昆阳猛兽奔。流星夕照镜，烽火夜烧原。古狱饶冤气，空亭多枉魂。天道或可问，微分不忍言。

其六

日色临平乐，风光满上兰。南国美人去，东家枣树完。抱松伤别鹤，向镜绝孤鸾。不言登陇首，唯得望长安。

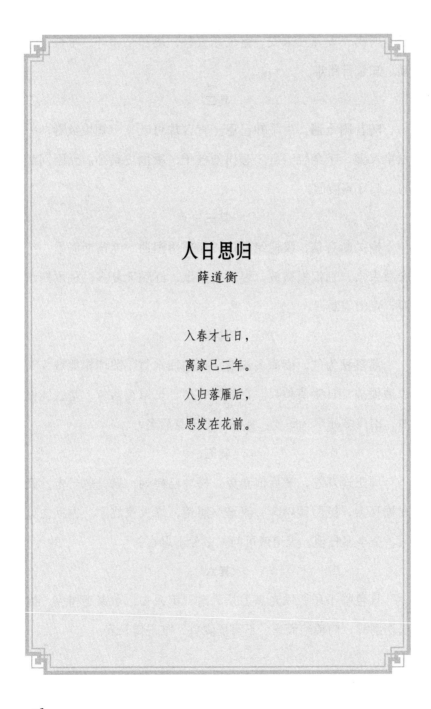

人日思归

薛道衡

入春才七日，

离家已二年。

人归落雁后，

思发在花前。

诗 文 赏 析

薛道衡(公元540年—609年),隋代诗人,字玄卿,河东汾阴(今山西万荣)人,年少已显聪慧,历仕北齐、北周,隋朝时期,官至司隶大夫,在诗文成就上,他与卢思道齐名。

标题里的"人日",按旧俗为农历的正月初七。入春,即以春节作为春天到来的标志。传说,鸿雁会于正月从南方返回北方,人归于后,归心在前,呈现出鲜明的对照。思,指的是返乡之心。

这是一首独具特色的思乡诗。《隋唐嘉话》对其进行了一番颇具演义的记录,说这首诗是薛道衡出使南陈时创作的。从诗句中可以体会到,他出使到南陈时,陈后主显得很骄傲,也许有意慢待他。于是,在接见时,他念出了这四句诗。相传,他刚念出"入春才七日,离家已二年"时,立刻遭到了讥笑,讥笑者恐怕在想:明明说是"七日",怎么却又说是"二年"呢?笑声未止,诗人的后两句诗便脱口而出:"人归落雁后,思发在花前。"讥讽之笑声,瞬间变成了连连赞叹的声音。

许多人可能会打一个大大的问号。其实,前两句的诗意不难理解,只要仔细琢磨琢磨,就会觉得诗人话中有话。请想想,薛道衡是在年前出使陈国的,可陈后主接见他正好是在"入春"后第七天的"人日"。这两句恐怕是想告诉后主:你在这个"人日节"接见我,挺好呀!但我告诉你,我在你的国家已经住了两年了!

这种写法并不鲜见，春联"一夜连双岁，五更分二年"与之相似，意思是说，大年夜的前一段时间还是头一年，紧接着后一段时间就是第二年了。计量时间的单位从日切换到了年，从表面上看，诗人仿佛只是在诉说自己的思乡之情，可后主应该不会不知道诗人的弦外之音。

后两句"人归落雁后，思发在花前"，那更是点睛之笔。诗人感慨入春后雁群已经北飞，自己却还没有启程。"思发在花前"是对"人归落雁后"的深化，人虽未动，万千思绪早已生发出来。

从形式上讲，四句诗两两对仗，格外工整。从内容上看，一个"才"字，把诗人来到陈国的时间仅仅七天这一信息表达了出来，以说明时间之"短"。转而"已"字续接"二年"，时间上的一短一长，把思乡之情填进时间与空间两个维度里。在诗人心中，"短"是假的，"长"才是真的。这里，诗人又运用了对比的艺术手法。读到这里，用"归心似箭"来形容作者思乡之迫切，恐怕都是苍白无力的。

我们不妨再猜测一下，诗人是不是暗示陈后主：雁群都离开这里向北飞去了，你还等什么？快归顺我们吧！这样分析，并非凭空想象，按照史书上的记载，隋灭陈之前，薛道衡曾多次访陈，未尝没有劝说陈归顺隋朝的任务。

结尾还要说一句：你读了《人日思归》有何感悟？能用几十个字写一首表达某种思念之情的短诗或短文吗？

薛道衡直言

　　薛道衡在北齐、北周和隋这三个朝代里都做过官，每一朝都做秘书一类的工作。当时的人都喜欢他的诗文。隋文帝杨坚常说：薛道衡的诗文称他的心意。隋文帝统一北朝后，南朝还有陈国比较强大。隋文帝还曾派薛道衡出使陈国，隋文帝的儿子隋炀帝杨广，对他也很赏识。但是，人有所长，也有所短。薛道衡的"短"，就是为人太迂太直，不懂得转弯子。结果由此掉了脑袋。事情是这样的：隋炀帝即位后，对薛道衡心存爱慕。但几次派他到外面当官，他要么拒绝，要么干上很短一段时间，就要求退职。后来隋炀帝同意他回京做官。可他到京后，却呈上去一篇《高祖文皇帝颂》，对隋文帝大加赞颂。其中含有隋炀帝不如隋文帝的意思。隋炀帝读了，虽然气得要命，但文章明里是赞颂自己的老子，也就不好马上对他怎样，但朝廷里的人已经看出皇帝要收拾他了。薛道衡的朋友提醒他注意，可他就是不听。

一次，朝廷讨论制订新的法令，好久没有结果。薛道衡便在下面散布说："如果高颎（jiǒng）不死，新法早就制定而且实行了！"高颎是隋文帝的宰相，后因得罪了隋炀帝，被处死。隋炀帝得知后，怒不可遏，当即给他定了一个"悖逆"的罪名，命他自尽。人们常说："欲加之罪，何患无辞！"薛道衡只是个读书人，手中没有一兵一卒，怎么能叛逆造反呢？薛道衡的悲剧，不仅可以看出他的性格特点，还可以看出那个时代的恐怖与隋炀帝这个皇帝的残酷。

（原文出自《北方新报》，有删改）

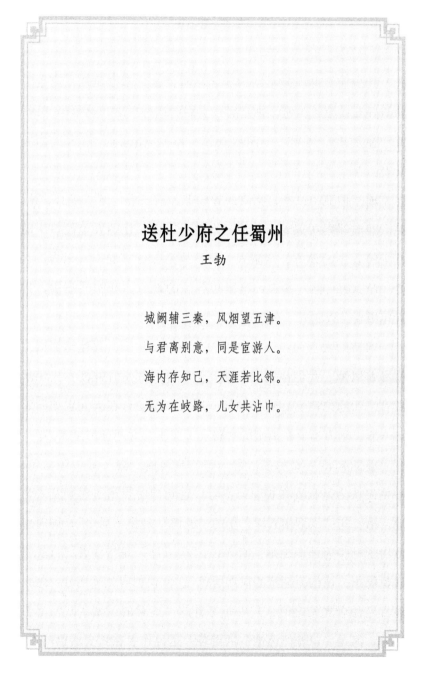

送杜少府之任蜀州

王勃

城阙辅三秦，风烟望五津。

与君离别意，同是宦游人。

海内存知己，天涯若比邻。

无为在岐路，儿女共沾巾。

诗文赏析

杜少府，此人姓杜，他的名字叫什么，不得而知，应是王勃的好友；至于少府，则是唐代县尉的通称。之，这里当"到"或"往"讲。蜀州，今四川崇州。城阙（què），指唐代都城长安。

辅，护卫。三秦，指陕西省一带；辅三秦，当"辅于三秦"讲，即被三秦护卫着。五津，指四川境内长江的五个渡口，即杜少府要去的地方。宦游人，离开故乡去做官的人。无为，不要。歧（qí）路，岔道；这里指分手的地方。儿女共沾巾，指青年男女儿女情长，哭哭啼啼，泪湿衣巾。

本诗的大意为：三秦之地护卫着京城长安，我遥望那蜀州弥漫着风烟。我们离别的心绪完全一样，都是背井离乡去谋求做官。四海之内有你这样的知心朋友，即使远在天涯也如同邻居一般。千万不要在离别的岔路上，像小儿女那样泪湿衣衫。

前两句诗主要写景，第一句"城阙辅三秦"是个被动句，不要误认为是长安在护卫三秦呀！这句同时点出了送别友人之地。第二句"风烟望五津"里的"五津"是指"蜀州"，同时也点出了杜少府任职之地。有人说，"望五津"是指作者"自长安遥望蜀州，视线为迷蒙的风烟所遮"。此说似有欠妥之处：怎么能肯定作者送别之时，长安正好升起"迷蒙的风烟"呢？笔者认为，这是"望五津风烟"的倒装，是说作者在长安遥望蜀州，那里弥漫着风烟。因为是远望，所以，是朦朦胧胧的，有如弥漫着风烟。这样理解，更符合作者的离情别绪。

三、四两句触景生情，写作者送别友人时的思绪。这里有一个问题，"与"字多被视为介词，"与君"往往被解释为"跟你"或"和你"。那是不是说"与君离别意，同是宦游人"的解释就是"跟你离别的感情，我们都是离乡背井做官的人"呢？这恐怕说不过去。

笔者认为，这里的"与"字解释为"结交"或"交往"似乎较妥。关于"与"字的这种用法，苏洵的《六国论》里有一例："齐人未尝赂秦，终继五国迁灭，何哉？与嬴而不助五国也。"意思是，齐国并不曾贿赂秦国，可是最终也随着五国的灭亡而灭亡了，这是为什么呢？（因为齐国）结交秦国（即同秦国要好）却不去援助五国呀！据此，"与君离别意，同是宦游人"这两句诗可否这样理解：我们彼此交好，面对离别与远去，难免对外出为官心生感慨。这样解释，更好地诠释了作者与杜少府之间的深厚情谊。

"海内存知己，天涯若比邻"两句再一次出现转折，情绪也从伤感转向乐观与豪迈，其实，这正是作者与杜少府之间深厚友谊的生动写照。此外，这种率性洒脱，也把王勃的人物形象立体展现出来。千百年来，《送杜少府之任蜀州》这首诗，人们不一定都知道，但王勃的这两句诗却脍炙人口，人们往往用来表达朋友之间虽隔千山万水却情谊依旧的心声。

有人认为，最后两句意在慰勉友人不要像青年男女一样，为离别泪湿衣巾，而要心胸豁达，坦然面对，全诗的气氛是豪放的。实际上，诗人此处想要表达的情感应当更加复杂。比如说，王勃所以写"无为在歧路，儿女共沾巾"，是不是告诉我们，杜少府当时已经哭了呢？杜少府已经哭得"沾巾"了，作为哭者挚友的王勃，会怎样呢？当然，他说了"海内存知己，天涯若比邻"，但请问：我们谁敢断定，王勃说那句话时，就不会眼泪"沾巾"呢？

简单小结一下，如果说王勃这首诗表达了真挚的友谊是永恒的，不受时空限制与阻隔的；笔者非常同意。但如果说，这首诗"一洗往昔送别诗中悲苦缠绵之态，体现出诗人高远的志向、豁达的情趣和旷达的胸怀"，想来还是需要进一步商榷的。

文才出众的王勃

王勃小时候特别聪明，据说六岁的时候就能写文章。九岁那一年，他读到了唐代大学者颜师古注解的《汉书》，认为书中有不少错误，就作了一篇《汉书指瑕》（瑕，即瑕疵，就是毛病）。我们先不管谁对谁错，单说一个九岁的孩子，就能读懂那样深奥的书，同时质疑学术权威的文章，这本身就值得我们学习。还有我们现在说的"腹稿"这个词儿，也与王勃有关。据说，王勃写文章时，先是磨好一池墨，然后喝上几杯酒，最后蒙头大睡。醒后提笔就写，一字不改。人们说，王勃睡觉是在打"腹稿"。

王勃文才出众，不到20岁就被授予等级为七品的朝散郎。但不久因为他写文章挑起了皇帝儿子之间的矛盾，就被免了官。后来有个叫曹达的官奴犯了罪，求王勃帮助把他藏起来，王勃没有多想，就照办了。可是过了几天，王勃担心受到牵连，就私自把这个官奴杀了。结果，王勃被判死刑。不过，事情也凑巧，此时正赶上朝廷大赦，王勃算保住了性命。王勃闯祸后，他的父亲也被降了官，贬到交趾（地名）担任县令了。

父亲到了交趾后，王勃前去探望。他路过钟陵（现在的江西南昌）时，正是重阳节，当地姓阎的都督在滕王阁设宴招待宾客，王勃也受到了招待。本来阎都督事先让他的女婿作好一篇序文，到时想炫耀一下。但他还假惺惺地请大家赐文。结果，一向高傲的王勃毫不客气地答应由他来写。阎都督生气地离开现场，让他的属下看王勃写，告诉属下：王勃写一句就转达一句给他听。最后，阎都督发现王勃真是个奇才。据说当听到"落霞与孤鹜齐飞，秋水共长天一色"时，阎都督便激动地走了进来，连夸王勃是奇才。王勃当时写的文章，就是我们提到的《滕王阁序》。

后来，王勃渡海时遇大浪溺水而死，也有人猜测是他自己投海身亡的。

（原文出自《北方新报》，有删改）

咏鹅

骆宾王

鹅，鹅，鹅，

曲项向天歌。

白毛浮绿水，

红掌拨清波。

诗 文 赏 析

骆宾王，唐代文学家，浙江义乌人。他与王勃、杨炯、卢照邻一起，被人们称为"初唐四杰"。当时，武则天废去刚登基的中宗李显，另立李旦为帝，她自己出来掌权，而且想进一步当皇帝。这就引起一些大臣的愤怒。身为开国元老李绩的孙子李敬业，带头起兵反对。骆宾王也参加到反对的行列之中，还为李敬业写了讨伐武则天的文章《讨武氏檄》。这篇文章写得非常好，据说，武则天读后称赞说："这样的人才，为什么没有发现？这实在是宰相的过错呀！"后来兵败，骆宾王和李敬业都下落不明，有人说他被乱军所杀，有人说他出家当了和尚。

为了纪念他，现在的义乌市修建了骆宾王公园。这是一块小小的园地，公园内外成了两个世界：公园外，是喧闹的现代都市；公园内，却是古雅而宁静的地方：美观幽雅的亭台楼阁，曲折别致的小桥长廊，一只只白鹅在湖中游戏歌唱。同闹市相比，是另一幅纯粹而自然的美丽图画。这个公园，也是当初省内唯一的仿唐历史文化公园。沿着左边的小路走去，就到了骆宾王七岁时咏鹅的骆家塘一带。再沿着湖边走，还可以参观骆宾王纪念馆。

关于本诗，有一则小故事。小时候的骆宾王，住在义乌县城北的一个小村子里。村外有一个池塘，叫骆家塘。每年到了春天，柳树变绿了，柳丝低垂下来，就像一条条丝带，那池塘里的水特别清澈。好多白色的鹅在水面上游来游去，还不住地唱起歌来。景色优美极了。有一天，骆宾王家中来了一位客人。客人见骆宾王长得可爱，而且伶牙俐齿，就很喜欢他，而且想试试他有何本事。于是就在骆家塘前，指着一群白鹅，要他以鹅为题做诗。骆宾王稍加思索，就吟出了一首诗。这就是我们现在学的《咏鹅》。

咏，这里是指用诗词来叙述或描写某一事物。项，脖子的后部，这里是指鹅的脖子。红掌，指红色的鹅掌。拨，划动或拨开。清波，指清澈的池水，也就是指"绿水"。

据说，诗人写这首诗时，只有七岁。他那时还是一个孩子，所以一切都是从孩子的角度与心态出发的。

你看，他一只一只地数鹅，可是，数到三个时就不数了，因为鹅太多了。在成年人看来，鹅叫声并没有什么特别之处，而用孩子的眼光看，就变成了唱歌。"曲项向天歌"一句，把鹅向天高歌的姿态展现出来，足见孩童观察事物有其独到之处。接下来的"白毛浮绿水，红掌拨清波"，描写了鹅在水中自由玩耍的情景。你看，一"浮"一"拨"，这两个动作，生动地表现了鹅游水嬉戏的姿态。此外，孩童对于颜色的敏感也超乎寻常："白毛""绿水""红掌"。想象一下：鹅披着洁白如雪的羽毛，浮在绿色的水面上，红色的脚掌惬意地拨弄着清水，那该是多么高兴啊！

平生际遇多坎坷

青年骆宾王曾在道王李元庆府中做过属员。李元庆当时正做着滑州等地的刺史，府中吏员如云，骆宾王不受重视，坐了三年冷板凳。有一天，不知李元庆是真要简选人才了呢，还是出于寻开心，他忽发奇想，令骆宾王写篇文章，谈谈自己有何才能。骆宾王写是写了，但其内容却出乎李元庆意料之外，他不仅没有自叙其能，反而说出："……若乃脂韦其迹，乾没其心，说己之长，言身之善，觍容冒进，贪禄要君，上以紊国家之大猷，下以渎狷介之高节，此凶人以为耻，况吉士之为荣乎！"结尾是："不奉令。谨状。"骆宾王的这一行动，表明这位年轻人恃才傲物，意气很盛，他不想低三下四地去干吹吹拍拍的事情。

这种狷介的性格作风，诚然难以在官场中发迹。所以他直到三十多岁，还是一个白丁。"十年不调"，长期寄人篱下的生活教训了他，使他逐渐明白，自己那种僵硬清高的态度，于政治前途颇有妨碍。他在一首诗中带点总结性的口气说："少年识事浅，不知交道难"（《咏怀》）。他终于犟不过现实，不得不向习俗低头。一方面他在生活上放纵起来，常与博徒等为伍；另一方面，他开始向一些官员上书自荐。上书对象有中央政府派出巡察各地的廉察使，有国家人事主管部门吏部的尚书、侍郎，有作为地方长官的州刺史，也有刺史的助手长史、司马等，甚至还包括一些县令、县主簿。上书的内容则大抵是要求对方担当伯乐，使自己这匹"逸骥"能有一试才干的机会。

然而，骆宾王的宦运并未因他态度的改变而亨通起来。人们对他过去的傲慢姿态记忆犹新，觉得他这样前倨后恭，来个一百八十度大转弯，很不自然。他不但得不到有力者的认真援引，反而得了个"浮躁浅露"的名声。直到麟德元年（664），他才偶尔得了个机会。那年唐高宗李治到泰山封禅，齐州各界推举骆宾王写了一篇"请陪封禅表"，这篇表文不过是给李治这件劳民伤财的"隆典"唱几句颂词，但它似乎颇起了作用，嗣后骆宾王即被擢为奉礼郎。尽管这是个小小的闲职，他还是做不长，不久就因故遭到贬谪，被罚去西域从军，又转至西南姚州参加对边地部族的军事行动。他在军中，虽然不能奋戈冲锋，但那支笔也还有用武之地，特别在姚州时，统帅李义对他颇为器重，军中露布文书，多由骆宾王草拟。

经过多年的戎伍生活以后，骆宾王又做过几任县主簿，最后在仪凤三年（678）被提升为侍御史。这个中央政府的检察官，是骆宾王一生所达到的最高职务。不过好景依然不长，就在当年，他被诬以赃，下狱久絷。在狱中，他的悲愤真是到了极点，他又是做诗又是写赋，借以自解。有一首著名的《在狱咏蝉》：

> 西陆蝉声唱，南冠客思侵。
>
> 那堪玄鬓影，来对白头吟。
>
> 露重飞难进，风多响易沉。
>
> 无人信高洁，谁为表予心。

这次囹圄生活，给他精神上留下了难以愈合的创伤。他对功名也改变了热烈追求的态度，"年来岁去成销铄，怀抱心期渐寥落"。因此，尽管他出狱后还被授了个临海县丞的吏职，但他的情绪很低落，勉强到临海（今浙江省临海县）任所，干了不多久，就觉得很无聊，弃官而去。

（节录自《文史知识》第 3 期，有删改）

登幽州台歌

陈子昂

前不见古人，

后不见来者。

念天地之悠悠，

独怆然而涕下！

诗 文 赏 析

陈子昂（公元659年—700年），唐代文学家，字伯玉，梓州射洪（今属四川）人。考中进士后，受武则天的赏识，曾担任右拾遗一职。后来辞官回乡，结果被陷害入狱，死于狱中。

诗中的幽州，是古代燕国的都城，也就是现在的北京市。前，即过去。后，即未来。来者，指诗人想象中的后代人。悠悠，用以形容时间的久远和空间的广阔。怆然，形容悲伤凄凉的样子。

陈子昂的这首诗写于打仗途中。诗人怀才不遇，屡屡受到打击，眼看报国宏愿成为泡影。于是，借《登幽州台歌》这首诗，把自己失意的境遇与寂寞苦闷的心情，一股脑倾倒出来。

有一种说法，认为"前不见古人"中"古人"是指能够礼贤下士的燕昭王。对此，笔者有所质疑。诗人所登的幽州台虽然是古代燕国的故址，但不能肯定他的所思所想，就必须与燕国有关，更不能说只是有关燕昭王的事情。如果说诗人因怀才不遇而有所缅怀，那也不一定只想到燕昭王一个礼贤下士的国君呀！这种遐想，应当是诗人联想到自身经历而发出的感慨。

由此，"后不见来者"所表达的意思也就不言而喻了。要么是将来的人们，他来不及见到了，要么是即使能见到，也超不过他对古人的想象。所以，他不去看，也不去想了。

令诗人心生痛苦的，并非"不见古人"，也不是"不见来者"，而是那些他想见见不着、不想见也得见的今人。可这些今人之中，谁忠谁奸，谁智谁愚，有谁来评说？又有谁来奖惩啊？若问：这些使他最痛苦的，为什么不直接写出来？是不想写呢，还是不敢写呢？如果不想直接写，更能彰显艺术魅力的话，那么不敢写，又是为什么呢？仔细想想这两个问题，我们不禁佩服诗人高超的创作艺术。

如果说前两句里附了弦外之音，那么后两句则转化成了无声的语言。

诗人在写到"古人"与"来者"时，他分明已经起了"念"，却绕开"古人"与"来者"，把虚无缥缈的"天地"化为念念不忘的对象。这究竟是为什么？其实，这正反映出诗人有苦无处诉、有话不敢讲的那种无法形容的寂寞与苦闷。这时的陈子昂，真的是快要憋死了！

终于，诗人"怆然而涕下"了：他什么也没说，只是在默默地流泪。我们好像听到诗人在自言自语：哭，不犯法吧？而且，我是因为看到这空荡荡的天地，想到这人生苦短，才哭的呀！如果连哭也不让，那你们就随便吧！

不知"悠悠"的"天地"看到幽州台上这位诗人可怜的样子，会不会生出恻隐之心，难道真的要让他"叫天天不应，叫地地无声"吗？

我们终于懂得了，这首诗所以传诵不已，脍炙人口，主要原因恐怕是诗人心底深处的声音引起了广大读者的共鸣。

陈子昂与幽州台

公元696年，契丹反叛朝廷，武则天派她的侄子武攸宜率军征讨。此时，陈子昂在他的军队里是一个参谋一类的官职。武攸宜根本不懂军事，却自以为是。陈子昂文武双全，他多次提出自己的作战方案，但武攸宜总是拒绝。结果在与契丹交战时，连吃败仗。陈子昂请求分兵万人，让他作先锋去同敌人作战，武攸宜还是不准。陈子昂一次次献计，武攸宜一次次拒绝；最后竟然把陈子昂的官职由参谋贬为军曹，不让他参与重大事务。陈子昂悲愤交集。

此时，他正在幽州。一天黄昏，他登上了黄金台（据说是春秋时代燕昭王修建的招贤纳士之地）。他极目远望，心生感慨，便创作了这首《登幽州台歌》。

古书上说，燕昭王修建黄金台后，招来乐毅等武将文才，最后帮助他大败齐国，取得了胜利。这座黄金台，便是幽州台。

至于这座高台的故址究竟在哪里，争论就多了：有人说在北京的大兴，有人说在河北定兴县高里乡北章村，等等。

(原文出自《北方新报》，有删改)

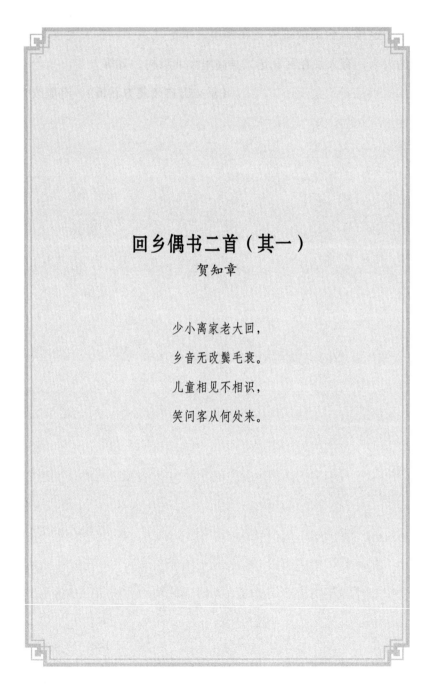

回乡偶书二首（其一）

贺知章

少小离家老大回，

乡音无改鬓毛衰。

儿童相见不相识，

笑问客从何处来。

诗 文 赏 析

贺知章（公元659年—744年）是唐代著名诗人，他的家乡在今天的浙江。其人生性活泼，自由豪放，善谈笑，好饮酒，年少时便以诗文而闻名。他与李白是好朋友，二人曾留下一段"金龟换美酒"的佳话。他三十多岁考取进士，一直到八十多岁才告老还乡。这篇《回乡偶书二首》之一，是千古传诵的名篇，有人认为，本诗写于贺知章告老还乡以后。

《全唐诗》载《回乡偶书》二首，我们此处只选其一。另一首仅供读者参考：

离别家乡岁月多，近来人事半消磨。

惟有门前镜湖水，春风不改旧时波。

本诗的大意为：（我）年轻的时候就离开了家乡，直到变成了老翁才回来。乡音一点都没有改变，可两鬓的毛发已经稀疏而斑白。孩子们见到我都不认识我，一个个向我围了过来。他们笑嘻嘻地问道："这位客人，您是从哪儿来的呀？"

对于本诗的鉴赏，可以从以下三个方面入手：一是品味诗题中的"偶"字；二是探究诗人回到故乡的心情；三是感受那幅充满戏剧性又耐人寻味的画面。

史书上说，贺知章辞去官职，告老返回乡时，已是八十五六岁的人了。这时距他离乡已有五十多个年头。《回乡偶书》的"偶"字，不只是说这首诗是偶然写的，而且流露出了作者对诗的看法：诗应该来自真实的生活，表达真情实感。

诗的前两句写诗人刚回到故乡时的心情。这两句是写诗人离家时风华正茂，现在归来，已是两鬓白霜。但诗人是不忘故乡的，也许他在说：我还是一口乡音，从未改变。可是故乡还记得我吗？这样写，不仅表现出诗人刚回到这个熟悉而又陌生的环境中的心情，而且也为后两句"儿童相见不相识，笑问客从何处来"作了铺垫。

诗的后两句则是一幅充满戏剧性而又耐人寻味的画面。从"笑问客从何处来"，读者不仅可以看到一群天真活泼的孩子，而且可以感受到作者对故乡孩子的喜爱：看，家乡的孩子一个个笑容可掬，他们是多么懂得礼貌啊！当然，不要忘记，诗人曾经也是这里的孩子呀！而现在这里的孩子却把他当作陌生的客人，对此，诗人心海中又会涌起怎样的波澜呢？诗人在此为读者留下了想象的空间。全诗只有儿童的"笑问"，却没有诗人的任何回答。这样收尾，有一种"此时无声胜有声"的效果。这种"有问无答"的写法，既表现出诗人写作艺术的高超，更流露出诗人无法说出的内心之煎熬。

全诗通俗易懂，明白如话。没有一点难懂的地方，却对人启发很大。每位读者都会结合自己的生活经历，体会到这首诗的深刻含义与曲折的思想感情。

咏柳

贺知章

碧玉妆成一树高，

万条垂下绿丝绦。

不知细叶谁裁出，

二月春风似剪刀。

诗 文 赏 析

贺知章的情况已作过介绍，这里从略；下面从三个方面讲讲这首诗。

首先看一下本诗的字词。碧玉，绿色的玉，这里用来比喻春天嫩绿的柳叶；另外，碧玉一词还被人们拿来指代小户人家的美貌少女。以《乐府诗集》为例，其中有"碧玉小家女，不敢攀贵德"的诗句。妆，即装饰、打扮。一树，满树；一，满或全的意思。绦(tāo)，用丝编成的绳带，这里指像丝带一样的柳条。裁，即裁剪。

然后是诗句大意：高高的柳树长满了碧绿的新叶，轻柔的柳叶垂下来，就像万条绿色的丝绦。这细细的嫩叶，是谁裁剪出来的呢？原来是二月的春风呀，它宛如一把灵巧的剪刀。

我们说，《咏柳》作为一首咏物诗，写的是早春二月的柳树。这首诗一环扣一环，前两句是描写，写柳树高大的身段与柔美的姿态：由"碧玉妆成"引出"绿丝绦"。后两句是议论，用设问的方法对春风进行赞美：由"绿丝绦"引出"谁裁出"，又由"谁裁出"引出"似剪刀"来。这首诗耐人寻味的地方很多，接下来着重看一下它的创作特点，这里总结了两点：一是生动而合理的想象，二是用典巧妙。

首句"碧玉妆成一树高"，一下笔，柳树就成为碧玉美人的化身。这里，"碧玉"不只是个形容词，她化身成为婀娜多姿的人物。于是，"万条垂下绿丝绦"也就顺理成章地变成这位美人的绿色裙带。

"高"字，看似在写柳树，其实是突出了亭亭玉立的美人形象，她身材苗条，娇美靓丽，甚是漂亮。至于"垂"字，则进一步把她纤细的腰身在微风中轻轻摆动的样子展现出来。这是比喻和拟人两种修辞手法的巧妙融合。

"谁裁出"是承接"绿丝绦"而来的，诗人先把"春风"写成人，因为既然问"谁"，那就是指人了；诗人说"细叶"是春风裁出的，这说明用的是拟人手法。可诗人最后又把春风比作剪刀，这样春风又变成物了。可是，"剪刀"需要人来操作呀！那谁是操作者呢？当然是春风。于是，春风又成了人。

这就是诗人艺术想象的整个过程：既巧妙又合理。而诗中出现的一连串的形象，自然天成，毫无雕凿之嫌。

至于本诗的用典，则更显巧妙。一般而言，用典的作用应该能使读者从中获得更多的知识与受到多方位的启发，但有的诗人用典常常把读者引入迷宫之中。如果读者不了解诗文中的人物或事件，就无法读懂这首诗。而《咏柳》则不然。比如，诗中的"碧玉"是用了典的，知道这个典故的读者，对于画面生动性的体会更强；而不知道"碧玉"这个典故的人，照样也可以进行一种直观理解，不会有"满头雾水"的苦恼。这是高超而巧妙的表达艺术。

欣赏了贺知章的《咏柳》，大家不妨试用一下比喻和拟人的修辞手法，写写你所熟悉而又喜欢的某件物品或某种景物。

旧唐书：贺知章传

知章性放旷，善谈笑，当时贤达皆倾慕之。工部尚书陆象先，即知章之族姑子也，与知章甚相亲善。象先常谓人曰："贺兄言论倜傥，真可谓风流之士。吾与子弟离阔，都不思之，一日不见贺兄，则鄙吝生矣。"知章晚年尤加纵诞，无复规检，自号四明狂客，又称"秘书外监"，遨游里巷。醉后属词，动成卷轴，文不加点，咸有可观。又善草隶书，好事者供其笺翰，每纸不过数十字，共传宝之。

时有吴郡张旭，亦与知章相善。旭善草书，而好酒，每醉后号呼狂走，索笔挥洒，变化无穷，若有神助，时人号为张颠。

金龟换酒

贺知章喝酒是出了名的。他与朋友一块喝酒时，总要喝得尽兴才肯罢休。有一次，他请李白喝酒，但是没带酒钱。怎么办？他眉头一皱，有了办法，只见他毫不犹豫地解下身上佩带的金龟，就是金子做成的乌龟（当时官员的佩饰物），付了酒钱，与李白开怀畅饮，一醉方休。这就是著名的"金龟换美酒"的故事。

还有，杜甫写过《饮中八仙歌》，其中头两句"知章骑马似乘船，眼花落井水底眠"就是写贺知章的。所谓"八仙"，就是指包括贺知章和李白在内的志同道合的八个文人。贺知章官职最高，资格最老，岁数最大。杜甫这首诗中说他喝醉酒后，骑着马往回走，那样子就像坐在船上，摇来晃去的；他醉眼朦胧，眼花缭乱，结果跌到井里去了。但他自己并不知道，大概还以为是回了家呢，于是，就在井里呼呼地睡着了。杜甫用夸张的手法描写贺知章酒醉后的样子，非常生动地表现出他无拘无束的性格特征。

（原文出自《北方新报》，有删改）

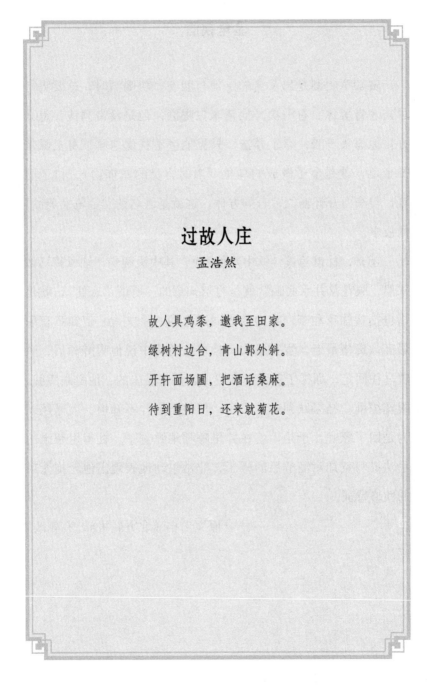

过故人庄

孟浩然

故人具鸡黍，邀我至田家。

绿树村边合，青山郭外斜。

开轩面场圃，把酒话桑麻。

待到重阳日，还来就菊花。

诗 文 赏 析

　　孟浩然（公元689年—740年），唐代诗人，湖北襄阳人。他一生没有做过官，基本过着隐居生活。他与王维是山水田园诗的代表，史称"王孟"。这首田园诗是他的代表作，既写了农家恬静的生活情景，也写了他与老朋友之间的情谊。从诗的内容看，写作的季节可能是夏末秋初。

　　先说一下诗中的字词释义。过，拜访。故人庄，老朋友的田庄；故人，老朋友；庄，田庄。具，准备。郭，古城墙有内外两层，内层叫城，外层叫郭；这里的郭，应指村庄的外墙。场圃，场，指翻晒粮食、碾轧谷物的空地；圃，菜园。把酒，端起酒杯；把，是动词，不是介词。话桑麻，说说农家事。桑麻，指桑树和麻，这里泛指庄稼。就，接近，这里是欣赏的意思。

　　下面就这首诗的创作艺术具体说一说。

　　先说首联"故人具鸡黍，邀我至田家"的叙事艺术。这两句似乎只是一般的叙事，给读者的第一印象，就是有人请诗人吃饭。但仔细想想，就会发现其中蕴含着诗人丰富的情感。请注意诗句中的两个人（"故人"和"我"）与两种食物（"鸡"和"黍"）："故人"和"我"，表明两人之间的亲密关系；"鸡"和"黍"，则是告诉读者，他们吃的是有肉有米的田家饭，而不是山珍海味式的佳肴。此外，还应注意诗人用的三个动词：

"具""邀""至"。"具"是准备，只一个字就写出了"故人"的盛情；而有"邀"即"至"，则不仅写出了"故人"对"我"应邀的期盼与确信，也写出"我"受"邀"之后的欣喜和迫不及待的心情。于是，诗的起笔两句，就使农家情趣与朋友之间的深厚情谊跃然纸上了。

再说颔联"绿树村边合，青山郭外斜"的典型化写景艺术。这两句是对"至田家"的承接：诗人来到故人的"田家"放眼一望，这里风光无限，使他应接不暇。如何把他欣赏到的美景分享给读者呢？诗人匠心独运，采用了典型化写景艺术，即是在满目缤纷的景物中，选取最能代表"田家"恬静特点的那些镜头，也就是环绕在村边的绿树与横亘于庄外的青山。一个"绿"字，一个"青"字，明媚的画面顿时呈现在读者眼前。用今天的时髦词语来形容，故人的田庄就是一个天然大氧吧！短短十个字，就使我们的眼睛（视觉）、鼻子（嗅觉），甚至嘴巴（味觉），同时享受到了绝美的农村风光与静谧的田园生活。

接着是颈联"开轩面场圃，把酒话桑麻"的转折艺术，本部分至少有三大特点：

一是由写物转到写人。颔联纯粹是写物的，好像诗人用照相机为我们拍摄了两张风景照片似的；而颈联则主要是写人的。这种转折并不突然，因为前面写的景物太美了，所以就要打开窗户再看看。这一看不要紧，又发现了面前的"场圃"，于是又由"场圃"想到了"桑麻"。其中的"开""面""把""话"，极其形象地写出了"我"和"故人"一边喝酒、一边神聊的情态。

二是由写远景转到写近景。"绿树"在"村边","青山"在"郭外",这都是远景;而"面场圃"与"话桑麻"却在屋里,在眼前,都是近景。一远一近,不仅写出了"田家"无时不美、无处不妙的景物,更写出了诗人与故人之间的真挚友情。

三是由静态描写转到动态描写。不管是"村边合"的"绿树",还是"郭外斜"的"青山",都是静景;而颈联中的"场圃"与"桑麻",由于它们前面有表示动作的"面"与"话",所以二者就结合成为活的景物了。诗人如此转化描写手法,绝不是刻意玩弄写作技巧,而恰恰是他与故人无拘无束、自由自在倾诉心声的最佳方式。

最后说尾联"待到重阳日,还来就菊花"的空白艺术。尾联是这首诗的点睛之笔。前面三联写挚友相聚的美好景象,以及他们促膝倾谈的快乐,都是为最后两句作铺垫的。

"待到重阳日,还来就菊花",这两句是谁说的?是"故人"说的?还是"我"说的?还是诗人心里想的?有人这样写道:"孟浩然深深为农庄生活所吸引,于是临走时,向主人率真地表示将在秋高气爽的重阳节再来观赏菊花和品菊花酒。"这显然是强加于诗人的。也许有人问:"那你说是谁说的?"答曰:"不知道。"大胆猜测一下,诗人是不是有意留下一个空白,让读者自己想象呢?

"待到重阳日,还来就菊花"中的"还"字当什么讲?就这首诗而言，"还"字可以有三个读音，有三种讲法：读 huán 时，可当"回"讲；读 hái 时，可当"再"讲；读 xuán 时，同"旋"，即"立即"之意。究竟哪一个是诗人的意思呢？诗人没说，那就只能见仁见智了。巧妙之处在于，无论你解释成哪一个意思，都毫无例外地能够表达"故人"与"我"之间的亲密关系，以及他们对相聚的期待。

我们认为，"待到重阳日，还来就菊花"这两句是诗的结尾，也是诗的开头。作为结尾，它是对全诗的回顾与总结；作为开头，它许下了再次相聚的约定。

请听他们临别时的对话：

"今天玩得真高兴啊！什么时候能比今天更高兴呢？"

"不久就是重阳节了，那时菊花盛开，满园飘香啊！怎么样？"

"那就定了！"

"说话算数！"

"哈哈——"

"哈哈哈——"

以上所说，或许就是诗人匠心独运的空白艺术吧！

春晓

孟浩然

春眠不觉晓,

处处闻啼鸟。

夜来风雨声,

花落知多少。

诗 文 赏 析

本诗流传至今，知名度极高。许多人认识孟浩然，正是始于《春晓》。

"春眠不觉晓"一句，有的辞书这样解释"不觉晓"：不知不觉中天亮了。如果这样解释，全句的意思就应该是说，春天里睡觉，睡得不知不觉中天就亮了。

笔者认为诗中的"不觉"应是睡醒的意思。《现代汉语词典》与《通用规范汉字字典》对觉（jué）字的解释中，都有睡醒一项，而且都举"大梦初觉"为例。还有《庄子·齐物论》中也有这样的句子："昔者庄周梦为胡蝶，栩栩然胡蝶也。自喻适志与，不知周也。俄然觉，则蘧蘧（qú）然周也。"译成白话则是："从前庄子做梦变成了蝴蝶，而且是一只栩栩如生的蝴蝶。自己感到十分适意，完全忘记自己是庄周了。一会儿醒来，却惊讶地发现，原来还是庄周。"又如，柳宗元的《蝶恋花·帘幕东风寒料峭》："绣被五更春睡好，罗帏不觉纱窗晓。"再如，宋人张先的《玉树后庭花》："宝床香重春眠觉，魫（shěn）窗难晓。"

以上几例无须翻译，读者自会看出，其中的"觉"字都是睡醒的意思，同我们现在常用的"觉得""知觉""觉察"等词中的"觉"字的含义大不相同。尤其是"宝床香重春眠觉，魫（shěn）窗难晓"，更可以证明《春晓》中的"觉"确实只能当睡醒讲。

据此，笔者认为，"春眠不觉晓"的意思应是：春天的觉好香啊，还没睡醒天就亮了！这样理解，是不是更合情理，更有诗的味道？我们好像还可以想象到诗人打哈欠、伸懒腰的样子呢。这里还要说明一下：古书中认为觉字当睡醒讲时应读 jiào，可现在只有当"睡觉"讲时，才读 jiào。

第二句"处处闻啼鸟"，好多书上是这样讲的：到处可以听见鸟的鸣叫声。

笔者认为这样解释似乎也不妥：一是没说明"闻啼鸟"是倒装句；"闻啼鸟"就是"闻鸟啼"，因须押韵，故倒装。二是"处处"不能解释为"到处"。请想想，诗人刚刚睡醒，恐怕正躺在床上，怎么会到处走动，去听鸟叫呢？

若问：既然这样，那"处处"怎么讲呢？处字，除当"处所、地方"讲外，还可表示时间，可以译作"时候"或"时"。

如李白《秋浦歌十七首》其十五："白发三千丈，缘愁似个长。不知明镜里，何处得秋霜。"何处，即什么时候。又如，崔颢《题潼关楼》："向晚登临处，风烟万里愁。"登临处，即指登临时。再如，韩愈的《早春呈水部张十八员外》："天街小雨润如酥，草色遥看近却无。最是一年春好处，绝胜烟柳满皇都。"其中，"最是一年春好处"是说，当远看大地上显现出绿绿的草色的时候，那正是一年中春天最好的时光。

而《春晓》这首诗中的"处处"正是"处"字的叠用，即"时时"的意思。

啊，原来"处处闻啼鸟"是形容诗人刚睡醒就不时地听到鸟在啼叫。这样讲，不仅在文字上有了根据，是不是还可以照应第一句诗，说明是鸟的叫声把诗中人唤醒呢？

至于"夜来风雨声"，显然是诗人的回忆。由于不时听到鸟的鸣叫，诗人自然会隔窗看到户外的景色，而且还会想象到"等闲识得东风面"的大好春光。于是，他想到了昨夜的风雨之声。

最后一句"花落知多少"，承接第三句而来，诗人产生了疑问：昨夜的风雨会不会有损于这大好春光呢？诗人在问谁呢？是问别人，还是问自己？还是问大自然？

这使我们想到了李清照的《如梦令》："昨夜雨疏风骤，浓睡不消残酒。试问卷帘人，却道海棠依旧。知否？知否？应是绿肥红瘦！"李清照问的是"卷帘人"，"卷帘人"的回答是"海棠依旧"；而李清照却不相信，她断定是"绿肥红瘦"。很明显，李清照的词，是以"昨夜"的"雨疏风骤"暗指她所处的恶劣环境，而"绿肥红瘦"正是比喻她身心受到的严重摧残。孟浩然之间，则是有问无答，意味深长，发人遐思。

笔者认为，孟浩然的这首诗之所以脍炙人口，不仅因为他善于选取特殊的角度，以其亲身体验，从室内想到室外，又从今晨想到昨晚，更重要的是，他本来非常喜爱春天，却不落描绘春天美景之窠臼，只一句"处处闻啼鸟"，便令人浮想联翩；他是非常怜惜春天的，生怕它渐渐离去，但他的笔下一扫那种"春去也"的凄凉情调，而是用最后一问这一神来之笔，倾吐了他的心声：春天是我们大家的，每一朵花、每一片叶，都是春天赠给我们的礼物呀！那么，我们该怎样留住这美好的春天呢？

历来，诸多评论《春晓》的人都认为这首诗是表达诗人喜爱春天与怜惜春天的情怀，这是不错的；但很少有人更多地探索诗人孟浩然的艺术匠心。笔者不才，写了以上这些文字，试图尽量向诗人靠近一点，同时也虚心求教于读者。

孟浩然以诗失意

唐襄阳孟浩然，与李太白交游。玄宗征李入翰林，孟以故人之分，有弹冠之望。久无消息，乃入京谒之。一日，玄宗召李入对，因从容说及孟浩然。李奏曰："臣故人也，见在臣私第。"上令急召赐对，俾口进佳句。孟浩然诵诗曰："北阙休上书，南山归敝庐。不才明主弃，多病故人疏。"上意不悦，乃曰："未曾见浩然进书、朝廷退黜。何不云'气蒸云梦泽，波动岳阳城'？"缘是不降恩泽，终于布衣而已。

诗林广记（节录）

杜甫云："吾怜孟浩然，短褐即长夜。赋诗何必多，往往凌鲍谢。"又云："复忆襄阳孟浩然，新诗句句尽堪传。"

岁暮归南山

北阙休上书，南山归弊庐。

不才明主弃，多病故人疏。

白发催年老，青阳逼岁除。

永怀愁不寐，松月夜窗虚。

《隐居诗话》云："孟浩然为王维所知，维待诏金銮殿，召之，商确风雅。适明皇驾至，孟浩然仓黄伏床下。维不敢隐而以直奏，明皇曰：'朕闻此人久矣。'因召见，使进所业。浩然诵此诗，明皇曰：'朕未尝弃人，卿自不求仕，何诬之甚也？'因命放归南山。世传如此，而《摭言》诸书载之尤详。且浩然布衣，阑入宫禁，又犯行在所，而止于放归，明皇宽假之亦至矣。乌在以一'弃'字而议罪乎？"

《漫叟诗话》云："孟浩然诗云：'不才明主弃，多病故人疏。'唐玄宗闻之曰：'卿自弃朕，朕何弃卿？'又孟贯诗云：'不伐有巢树，多移无主花。'周世宗闻之曰：'朕伐叛吊民，何谓"有巢""无主"？'二子正坐诗穷，可谓转喉触讳者也。"

临洞庭湖

八月湖水平，含虚混太清。

气蒸云梦泽，波动岳阳城。

欲济无舟楫，端居念圣明。

坐看垂钓者，空有羡鱼情。

《西清诗话》云："洞庭，天下壮观。骚人墨客，题者众矣。终未若'气蒸云梦泽，波动岳阳'气象雄张，旷然如在目前。"

夜归鹿门寺歌

山寺鸣钟昼已昏，渔梁渡头争渡喧。

人随沙岸向江村，余亦乘舟归鹿门。

鹿门月照开烟树，忽到庞公栖隐处。

岩扉松径长寂寥，惟有幽人自来去。

胡苕溪云："浩然《夜归鹿门歌》云：'山寺鸣钟昼已昏，渔梁渡头争渡喧。'不若岑参《巴南舟中即事诗》云'渡口欲黄昏，归人争渡喧'一联，语简而意尽，优于孟也。"

登鹳雀楼

王之涣

白日依山尽，

黄河入海流。

欲穷千里目，

更上一层楼。

诗 文 赏 析

王之涣（公元688年—742年），唐代诗人，晋阳（今山西太原）人，早年迁居绛州（今山西新绛县），曾任冀州衡水主簿，由于与世俗不合，就辞官而去。后来他又当过文安县尉，不久去世。据说，他"慷慨有大略，倜傥有异才"，为人豪放不羁，常击剑悲歌；由于其诗韵调优美，朗朗上口，所以多被谱曲，广为传唱。

古今评论家，一致认为这首诗表现了诗人积极进取的精神与高瞻远瞩的胸襟，蕴含着站得高才看得远的哲理。诗题中的鹳雀楼，旧址在山西永济县，楼高三层，下临黄河，相传经常有鹳雀在这里停留，故得名。白日，指太阳。穷，尽。欲穷千里目，是"目欲穷千里"的倒装，指眼睛要想穷尽千里之遥。更，再。

本诗的艺术创作手法，有三个比较突出的特点：一是写景与议论丝丝入扣；二是对仗与炼字相得益彰；三是情怀与哲理相互交融。

前两句写景："白日依山尽"是写太阳和远山相依，"黄河入海流"是写黄河与大海相亲。这两句诗展现了诗人登楼所观看到的雄伟壮美、气势磅礴的景象。试想，当我们置身于如此环境之中，总该用一些词语来形容此时此刻的感受吧？比如用上"心旷神怡"或"爽心悦目"等词语，甚至来点儿抒情的句子。

可是诗人却不落窠臼，没用使用任何抒情的词句。在看到眼前雄伟壮美、气势磅礴的景象后，诗人并没有停下脚步，而是流露出高瞻远瞩、想要放眼更加广阔天地的心绪。

诗人对于黄河入海的想象是由眼前的景象引出的，至于诗人的议论则给所写的景象平添了更加奇妙的色彩。这岂不是写景与议论丝丝入扣？

本诗另一个特点是对仗兼顾炼字，炼字不忘对仗，相辅相成，相互映衬，相得益彰。古体诗中，绝句并不要求对仗，这首诗对仗工整，属于对仗艺术中的正对："白日"和"黄河"是名词对名词，"千里"与"一层"是数量词对数量词。而后两句同时是对仗艺术中的流水对："欲穷千里目"与"更上一层楼"是假设关系。此外，这首诗在"炼字"方面也是下了功夫的，它给读者的感觉是自然天成，毫无雕琢之嫌的。你看，"白日"和"黄河"，用了两个名词就绘出傍晚时太阳与黄河的鲜明色彩；而"依"和"入"的动作趋向展现出太阳与山峦难舍难离的恋情，以及黄河和大海相见恨晚的拥抱。仔细想想，诗人所用"欲穷"与"更上"之间，有没有蕴含着他对美好事物的憧憬，以及决心登上人生的高峰，实现"一览众山小"的雄心壮志呢？

至于相互交融的情怀与哲理则另有体现。我们说，"白日依山尽，黄河入海流"，表面上是写景，其实是抒发诗人的一种情怀：他热爱大自然，他喜欢登高望远，他执着于对人生意义与天地的思索。否则，他登上鹳雀楼，为何不欣赏上下远近的人、事、物、景，却独去关注"白日"与"黄河"的命运呢？

更值得注意的是，诗人的议论不是离开写景另起炉灶，而是继续写景。可是，后两句"欲穷千里目，更上一层楼"究竟写了什么景物呢？谁也不知道，但谁都可以想象。这是空白，是意境，也是艺术。

凉州词

王之涣

黄河远上白云间，

一片孤城万仞山。

羌笛何须怨杨柳，

春风不度玉门关。

诗 文 赏 析

王之涣的这首诗又名《出塞》，也题作《听玉门关吹笛》。上篇介绍过诗人的情况，本文主要讲讲这首诗所展现的广阔意境，以及诗人的复杂情怀。

诗题中的凉州，坐落在今天的甘肃省武威市。据《乐府诗集·乐苑》记载，唐开元年间，常年驻守西部边关的陇右节度使郭知运把他搜集到的《凉州曲》献给酷爱音乐的唐玄宗。玄宗非常高兴，就让教坊（当时官方的音乐机构）翻成中原曲谱，并配上新的歌词演唱，所配的歌词就称为《凉州词》。后来，《凉州词》不仅出现在宫廷，而且流传至民间，当时也称为《凉州歌》。唐代许多诗人都曾为《凉州曲》写过新词，其中就有王之涣。有人统计过，起名为《凉州词》或以凉州为背景的唐诗有一百多首。

仞，指古代的长度单位，约七尺或八尺。羌笛，是羌族的一种乐器。怨杨柳，这里的杨柳，指一种叫《折杨柳》的歌曲，唐朝有折柳赠别的风俗。怨，当哀怨讲；怨杨柳，应指《折杨柳》这种哀怨的调子。诗的后两句是说：羌笛何必吹起《折杨柳》这种哀怨的曲调；要知道，春风是吹不到玉门关来的啊！

度，越过。联系诗中的"羌笛"与"春风"，解释为"吹到过"更加合适。玉门关，始建于汉代的一座城池，其遗址在今甘肃省酒泉市敦煌城西北九十公里处的戈壁滩中，为丝绸之路通往西域的咽喉要隘。学术界普遍认为，唐代的玉门关位于今甘肃省安西县城东五十公里处的疏勒河岸双塔堡附近，据说此城已淹没于深水之中。此外，还有一些说法，恕不赘述。

就本诗的创作艺术而论，它绘制了一幅苍茫雄伟的景象图，为读者留下想象的空间。

第一句"黄河远上白云间"，其用语如画家泼墨一样，只一笔就把边塞风光的特点表现得淋漓尽致。白云与黄河本来没有什么必然的联系，可在诗人的笔下，它们就高兴地拉起手来。你看，汹涌澎湃的黄河此时竟然变成银色的丝带，而且徐徐伸长，一直延伸到白云之间。"上"这个动词，把黄河徐徐流淌的样子展现了出来。第二句"一片孤城万仞山"，诗人仍然用他的语言作画，寥寥数笔，就把矗立在白云与黄河之间的巍然高山展现出来。至此，诗人停下画笔，他欣赏着、思索着……

三、四句如身临其境的倾听，又如意味深长的告慰。我们说，古诗文中常以杨柳比喻离别之事。"怨杨柳"，既指向《折杨柳》的哀怨曲调，又带有离别的意味。从诗题的别称看，作者很可能去过玉门关。不然，怎么会以《听玉门关吹笛》为题呢？这里表达的，正是诗人听到《折杨柳》那种哀怨曲调后，想到的戍边战士思念家乡的凄楚无奈的心情，这是身临其境的倾听。而与杨柳依依作别的春风，恰是诗人与战士交织在一起的心声和鸣。

以此为基础，把四句诗联系起来考虑，再看一下王之涣所要表达的思想感情。他当然不想打仗，当然希望化干戈为玉帛，但是他自知无能为力；而且他也知道，对于战争，自古以来也无人能够说清谁对谁错。那么，现在他身处蓝天白云之下，在滔滔流淌的黄河岸边，在辽阔无垠的荒漠之中，听着戍边的战士用羌笛吹奏起《折杨柳》的凄婉曲调，他该说些什么，写些什么呢？他不能沉默，但又不知说什么是好。犹豫再三，终于对身边的战士说道："请不要再吹《折杨柳》这样催人泪下的曲子了！我知道你们想家了！《折杨柳》是在呼唤杨柳呀！要知道，杨柳是以春风为伴的，而春风是吹不到玉门关的呀！"

从这个角度说，这首诗是诗人在万般无奈的思绪中对战士的一种告慰啊！

名伶唱佳句

王之涣是盛唐时期的著名诗人。可是，《旧唐书》与《新唐书》都没有他的传记。我们只能从其他书中得知他的一些情况。比如，唐人靳能所作《唐故文安郡文安县太原王府君墓志铭并序》与元代文学家辛文房《唐才子传》都写到了王之涣。

这里讲有关他的一个小故事。王之涣同当时著名诗人王昌龄、高适是好朋友。一次，他们三人在旗亭恰遇不少"梨园名伶"（就像今天的有名歌手），王昌龄就说："我们三人都是有名的诗人，但没确定名次。现在就来确定一下：请这几位乐人唱用我们的诗谱成的歌曲，谁的多谁就排在前面。"他的这个提法得到了三个人的同意。于是，乐人开始唱了起来。一人先唱了王昌龄的两首绝句，另一人唱了高适的一首绝句。唱罢，王之涣说，这些词都不甚高雅，能不能再唱唱高雅一点的。过了一会，一位著名的女乐人唱道："黄河远上白云间，一片孤城万仞山。羌笛何须怨杨柳，春风不度玉门关。"接着，又唱了两首绝句，都是王之涣所作。三人听罢大笑。当诸乐人知道，连着唱的三首歌原来其作者都是王之涣时，便下拜道："肉眼不识神仙！"

这里要补充一句，有人考证说，《登鹳雀楼》这首诗的作者应该是唐代诗人朱斌。理由是《国秀集》里就有朱斌的《登楼》诗一首，同《登鹳雀楼》一字不差，而《国秀集》为唐诗选本，三卷，由芮挺章编选，并且芮挺章就是唐代人。

（原文出自《北方新报》，有删改）

黄鹤楼

崔颢

昔人已乘黄鹤去，此地空余黄鹤楼。

黄鹤一去不复返，白云千载空悠悠。

晴川历历汉阳树，芳草萋萋鹦鹉洲。

日暮乡关何处是？烟波江上使人愁。

诗 文 赏 析

　　崔颢(hào)（？—754年），唐代诗人，汴州（今河南开封）人。他曾考中进士，当过太仆寺丞与司勋员外郎。其诗歌创作风格质朴，而用情真挚，早期的诗作多表现为细巧艳丽，后期的诗作则多显雄浑奔放。这首《黄鹤楼》意境高远，是其最著名的一首诗，李白对此诗赞不绝口。

　　黄鹤楼始建于三国时期，历代屡建屡毁，相传，曾有古人在此乘黄鹤登仙，因而得名。《太平寰宇记》记载：黄鹤楼，在县西二百八十步，昔费祎登仙，每乘黄鹤于此楼憩驾，故号为黄鹤楼。悠悠，形容云朵飘荡的样子。川，意指平原。历历，十分清楚，如在眼前的样子。萋萋，是对草木茂盛的形容。

　　这首诗的大意是：昔日的仙人早已驾着黄鹤飞走了，这里只留下空荡荡的黄鹤楼。黄鹤飞走一去不返，千百年来只剩下白云在这里飘游。晴天平原上，青翠的树木清晰可辨；鹦鹉洲旁，茂盛的芳草也美不胜收。而此刻，暮色已经来临，我的家乡又在何处？只有江上雾蒙蒙的水波，勾起我心头的烦愁。

　　这首诗有几个问题，值得一论。

　　首先是"古律相配"的评论。所谓"古律相配"，指的就是"古体诗"与"律诗"相配合。历来，不少诗评人认为，这首诗妙在做到了"古律相配"。有人这样说："此诗前半首用散调变格，后半首就整饬归正，实写楼中所见所感，写从楼上眺望汉阳城、鹦鹉洲的芳草绿树并由此而引起的乡愁，这是先放后收。倘只放不收，一味不拘常规，不回到格律上来，那么，它就不是一首七律，而成为七古了。但崔颢的《黄鹤楼》确实也别出机杼，所谓古律相配，浑然一体，遂难以超越。"

这一观点意在说明这首诗之所以能获得古今读者的欣赏，主要在于崔颢能做到别人做不到的"古律相配"。

对此，笔者想表达另一种看法。从不名作者的《诗经》到屈原的《离骚》，到汉代以来的乐府诗，再到唐代的诗词等，脍炙人口的诗作可谓汗牛充栋，请问：哪一首诗是因为其在格律上有所突破，才受到读者青睐的？况且就唐诗而言，不少诗作并没有完全遵守格律的限制。曹雪芹在《红楼梦》中，借林黛玉之口说过："若是果有了奇句，连平仄虚实不对都使得的。"我想，用这句话来评论崔颢《黄鹤楼》锤炼语言的艺术，恐怕更有说服力。

其次是笔者对《黄鹤楼》能成为千古名篇的一些思考。这首诗写于何时，已无从查考；所以诗人通过《黄鹤楼》要表达什么情感，也似乎无从谈起。但幸亏古书上有些记载，可以帮我们结合诗中所写，窥视诗人的胸怀。一是《旧唐书》与《唐才子传》等书中都说，崔颢中过进士，有才能，但品德方面恐怕没有什么人奉承，他好赌博，好饮酒，向往游侠生活……二是不管中进士后还是做官后，也未发现他有什么建树，却有机会到各地游荡；三是他留下的诗有40多首，其中几乎找不到什么昂扬向上或关注民生的内容。

纵观《黄鹤楼》全诗，诗人的悲喜是被外物左右的，并无"不以物喜，不以己悲"的"古仁人"的情怀。前四句写"鹤去楼空""白云悠悠"，流露出来的是他由于不得志而心里空荡荡的感受。五、六两句写历历在目的"晴川"与茂盛美好的"芳草"，使他眼前为之一亮，流露出一丝欣慰。可是，好景不长，最后两句的"日暮"与"烟波"，一下子勾起他的思乡之情，心中泛起无限的烦愁。这恐怕是崔颢《黄鹤楼》所表达出来的全部思想感情！

我们说，这首诗很难在内容方面读出什么激励人积极向上的思想感情，但在写作艺术上却给读者以豁然开朗甚至美不胜收的感觉。究其原因，大概有三点。

一是想象中的意象与现实中的意象相结合。这首诗一开头就在读者面前呈现出仙人驾鹤而飞的景象，当你正沉浸在想象之中时，诗人突然一掌打来，使你顿时清醒：原来眼前只是白云下面的一座空楼而已。这种瞬息而变的意象，蕴含着诗人追古述今的感慨。

二是善于用对比的手法成就情景交融的艺术。这首诗前两句是对比，后两句也是对比。对比的结果，使"驾鹤而去""不复返"的想象之景与"空楼""白云"的现实之景结合起来，形成了美好幻想与现实之间的反差。融情于景的写法，毫无雕琢之嫌，这该是怎样一种高超的艺术！

　　三是融入了"欲言又止"的弦外之音。其实，诗人很想通过诗句吐露他的满腹心事。你看，全诗以"烟波江上使人愁"收尾，似乎告诉读者，前面所写的一切，都是为了表达他的烦愁。但是，到底愁从何来？诗人却欲言又止。

崔颢《黄鹤楼》当为第一

元代辛文房编撰的《唐才子传》有这样一则记载：李白曾到处游历，一次，他登上黄鹤楼后，诗兴大发，同来的朋友等着欣赏他的大作。可就在这时，他忽然看到楼壁上崔颢的题诗。李白读罢，说道："眼前有景道不得，崔颢题诗在上头。"另外，南宋有位文学批评家叫严羽，号沧浪逋客，他在著作《沧浪诗话》中写道："唐人七言律诗，当以崔颢《黄鹤楼》为第一。"这两则事例，足见崔颢这首诗的确不同凡响。

《鹦鹉赋》与鹦鹉洲

三国时期，有个叫祢（mí）衡的才子，他在江夏太守黄祖手下做事。一次，黄祖的儿子黄射让祢衡陪他到长江中的江心洲打猎。那天，名叫碧姬的歌女斟满一盅酒到祢衡面前，祢衡接过酒杯一饮而尽。此时，有人献给黄射一只鹦鹉，黄射又把鹦鹉转赠祢衡，并请他写一首咏鹦鹉的文章。祢衡一挥而就，写了一篇《鹦鹉赋》。赋的大意是说：鹦鹉是一只神鸟，可是没有人认识它，只把它当作笼中的玩物。后来，黄祖看到了《鹦鹉赋》，觉得是在影射自己，于是借故把祢衡杀了，当时，他还不到三十岁。

相传，后人为了纪念祢衡，就把江心洲改叫鹦鹉洲了。据说唐朝时，此洲在汉阳西南长江之中，后来被水冲没。

（原文出自《北方新报》，有删改）

九月九日忆山东兄弟

王维

独在异乡为异客，

每逢佳节倍思亲。

遥知兄弟登高处，

遍插茱萸少一人。

诗 文 赏 析

王维，字摩诘，生于公元701年（或699年），死于761年，他是盛唐时期的著名诗人、画家。原籍祁县（今属山西），后迁至蒲州（今山西永济）。他年轻时中过进士，当过给事中（五品官，能接触皇帝的奏章）这样的官。安禄山叛军攻陷长安时，他曾受伪职。平叛后，降了职，后来又担任尚书右丞，世称王右丞。中年以后，居于蓝田辋川，过着亦官亦隐的生活。

本诗的字词，有三处需要注意。一是"登高处"三字，"登高"是一个词，"处"是一个词。登高，即登上高山，指农历九月九日登高的习俗，这天叫重阳节，也叫登高节。处，当时候讲，不当处所讲。登高处，即登高的时候。二是"兄弟"一词，指的是弟弟，而非哥哥与弟弟；因为王维弟兄共五人，他是老大。三是"茱萸"，一种常绿带香的植物，也是中药，据说可以祛病避邪。

赏析这首诗，可以从以下几个角度展开。

首先是"独在异乡为异客"。有的说法认为，这句诗是写"年轻的士子独自游历在外，漂泊无依，孤独凄然"的情感。这种说法似有欠妥之处。因为王维当时在长安并非"游历"，而是准备求取功名；不是"漂泊无依"，而是交往甚广；不是"孤独凄然"，而是"艺压群雄"。既然是"春风得意"之时，他为什么还要写一个"独"，两个"异"呢？其实，这正是这首诗的奥妙所在！

一个"独"字，至少告诉读者两层意思：一是那时只有王维一个人在外，他的亲人都不在身边；二是那时他接触的人再多，也无法替代亲人之间无话不说的感情。两个"异"字，分明告诉读者，京城虽然美轮美奂，花团锦簇，却并非自己的家乡，它也许能够吸引别人，但无论如何也消磨不了诗人那浓烈的思乡之情。所以，一个"独"字，两个"异"字，传递的正是王维这位诗人独有的那种纯真的亲情与乡情！

其次是"每逢佳节倍思亲"。这句的点睛之词语，是"每"和"倍"。一个"每"字，告诉读者，没有哪一个"佳节"不想家的。一个"倍"字，明里是告诉读者，"每逢佳节"他就加倍地"思亲"，暗中却启示读者：远在京城的诗人不仅佳节时"思亲"，而且每时每刻都在"思亲"，只是佳节时这种感情更为强烈了。况且诗人不仅是"思亲"，而且也是在思乡呀！因为家乡过节时的那种场面、那种氛围，在京城是感受不到的。

最后，把"遥知兄弟登高处"与"遍插茱萸少一人"连起来看。在九月九日重阳节这天，王维格外想念亲人，尤其是他的几个弟弟。这里，有必要再说说"登高处"的意思。许多人认为，登高处就是登上高的地方。这可能并不恰当。"登高"是一个双音词，指登上高山；"处"是一个单音词，指时候。在古汉语中，"处"字有时表示时间，当时候讲。后两句的意思是，诗人在遥远的京城好像感觉到，他的弟弟们登高的时候，身上都插上了茱萸，他们在说："今天我们之中，就少了大哥一个人啊！"

明明是诗人在思念弟弟，却不说出来，而偏偏要说弟弟们在思念自己。这是一种什么样的写作艺术呢？研究诗词的学者，给它起了个名字，叫"对写法"，这是我国古典诗歌中的一种特殊的表现手法，也叫"主客移位法"。所谓"主"，即抒情的主体；所谓"客"，即抒情主体所关注的人或物。

诗人在表达主观情感的时候，往往不从自身写起，而是把抒情主体"我"放在客体的位置，把客体放在抒情主体的位置，假想客体对"我"的思念、牵挂等复杂情感。明明是他想着人家，却说人家思念着他；明明是你自己孤独，却说是对方凄凉；明明是我望月思乡，却说是对方看天怀人。

王维这首诗用"对写法"表达自己对亲人的思念，诗人好像对他的弟弟们说：大哥想你们，可以忍着，或者把这种痛苦放在手掌里掰碎，可你们想大哥，该怎么办呢！可以说，"对写法"的应用，是对诗人情感的一种加深。他思念着家乡，他眷恋着亲人，但他不知该如何表达这种感情。这是怎样的一种辗转反侧的痛楚，这是怎样的一种揪心撕肺的惆怅啊！

鹿柴

王维

空山不见人，

但闻人语响。

返景入深林，

复照青苔上。

诗 文 赏 析

　　王维隐居的辋川，据说有胜景二十处，鹿柴（zhài）就是其中之一。本篇收在他的《辋川集》中，这是其中的第五首。

　　一、诗的前两句展现了天人交融的和谐美。

　　诗中的"响"，当回声讲。初中语文课本有一篇标题为《三峡》的课文，是北魏时郦道元的作品。其中形容三峡猿猴的叫声时，就用了"空谷传响"这个词。课文下面这样注解："空荡的山谷里传来了回声。响，回声。"这个注解非常正确。王维这首诗前两句写的环境，与《三峡》写的环境类似：都是空旷的山谷，都有回声。区别只在于，郦道元写的是猿猴啼叫的回声，而王维写的是"人语"的回声罢了。

　　没有"人"，就不可能有"语"；没有"空山"，就不可能有"响"。诗中的"人"，可以是一个人，也可以是几个人；可以是王维的友人，也可以是山中其他的人。不管是谁，他们都与"空山"汇成了一支乐曲。

　　我们不妨想象一下：这天，太阳刚从东方探出头来，王维已在他的别墅中看书了。突然从空旷的山谷里不断地传来这样的声音："王维——王维——我们来了——我们来了……"王维知道，那是他的几个友人来了。于是，他立刻放下书走到门口，大声应道："听见了——听见了——你们快来呀——你们快来呀……"

这样的回声，在深山里迂回曲折，此起彼伏；很久很久，才慢慢停下来。这种空灵的美感，无异于天籁之音。

二、诗的后两句酷似一幅物我一体的奇幻画面。

诗中的景，指阳光，不是指影子。夕阳的光辉返照在深山中的密林里，与林中的青苔相会了。这是一幅怎样的图画呀！夕阳的光辉是红色的，而青苔是绿色的，红绿交融的景象，令人心生遐想。有人或许会想象王维与他的友人正在告别，甚至还能听到他们约定下次相见的时间与地点。当然，有人可能认为，诗人所描写的其实是一种缺憾美，因为这深林中的美好，转瞬即逝。

三、这首诗描绘了一幅明灭相依的人生经卷。

不少赏析的文章认为，《鹿柴》是以动写静，意在展现辋川恬静优美的田园风光，表现诗人隐居山林、脱离尘俗的闲情逸致。而笔者更觉得这首诗其实是描绘了一幅明灭相依的人生经卷。下面具体从三方面谈一谈：

首先，从诗句本身来看，前两句主要写的是动，但前两句中的"空山"，却是在写静；后两句粗看起来是写静，但其中的"返景"和"入"，不是也在写动吗？况且，夕阳还在不声不响地移动着。所以，我们不能主观断定是"以动写静"，也不能把诗歌意旨归结为表达诗人脱离尘俗的闲情逸致上。

前面已经介绍过，诗人当时的生活状态是"亦官亦隐"，就其思想感情方面说，正好反映了王维当时那种十分复杂的矛盾心理：他既想做官，享受富贵，又想隐居山林，远离名利，过恬静优雅的生活。

其次，王维的诗多是蕴含禅意的。这首诗里包含着诗人对事物的明灭、隐现与有无的感悟和思考。比如，"空山"与"响"之间，可以使人们想到宇宙的静谧与声响，想到社会的喧闹与沉寂；"景"与"青苔"之间，可以使我们想到自然界物与物的离合，想到人与人相逢时的喜悦与分别时的无奈，等等。而这一切，并非诗人所强求，而完全取决于不同读者对自然、对社会与对自己的不同理解与感受。

最后，王维不仅是诗人、画家，更是一位艺术家，他的艺术创造，是多个维度的。从"空山"与"响"，我们可以思考，那个"人"为什么看不见？从"返景"与"青苔"的会合，我们不禁赞叹"深林"的巧妙：若不是它的遮掩，夕阳与青苔哪会有如此浪漫的邂逅？此外，"复"字的运用也极具内涵。有人说，"复"字说明，头一天已经照过，今天还来照，表示对山林的爱恋。这样讲自有道理，但诗人用"复"字，其实也在说：这个太阳清晨就从东方射来它的光辉，拥抱过林中的青苔；但它还不满足，到了傍晚时分，硬是又来重温这种幽会的美好！

送元二使安西

王维

渭城朝雨浥轻尘，

客舍青青柳色新。

劝君更尽一杯酒，

西出阳关无故人。

诗文赏析

这首诗是王维送朋友去西北边疆时所作。有乐人给它谱了曲，名为"阳关三叠"。因为它写的是离情别绪，适合表达友情，所以人们在饯别的宴席上常常诵唱。后来入乐府，成为当时久唱不衰的歌曲。

元二，姓元，排行第二，是作者的朋友。使安西，出使到安西去。使，出使；安西，指唐代安西都护府，在今新疆库车附近。渭城，送别之所，在长安西北，渭水北岸。朝雨，早晨下的雨。浥（yì），湿。阳关，在今甘肃省敦煌县西南，是古代通往西域的要道。

前两句"渭城朝雨浥轻尘，客舍青青柳色新"是写景，这两句诗其独特之处有三点：

第一，只用十四个字就写出了送别的时间、地点，以及当时的环境氛围。时间是初春的早晨，地点是渭城的客舍之中，环境与氛围是微雨润泽轻尘之际与柳色呈现新绿之时。多好的季节，多好的地方，朋友元二却要到遥远而荒凉的边疆去。

第二，用了双关的艺术手法，表达依依不舍之情。古代送别人们常借柳树的意象联想到"留"字：因为"柳"与"留"谐音。所以，从古到今，诗词中出现了"柳"字，多与送别有关。后来，"柳"渐渐成为离别的象征。王维送别朋友，正好在柳树新绿之时，于是他不失时机地写出"客舍青青柳色新"的妙句，收到情景交融的艺术效果。

第三，运用反衬的手法，为后面所写作好铺垫，却无丝毫雕琢之嫌。如果不看后面的诗句，读者看到这两句诗时，应是陶醉于诗中所写的初春美景之中，恐怕不会有什么伤感。而这正是诗人匠心独用之所在。

后两句"劝君更尽一杯酒，西出阳关无故人"是抒情，其奥妙之处至少也有三点：

第一，前后照应。要知道，"阳关"是人们所熟悉的荒凉之地，而"安西"则是更加荒凉的边疆，"阳关"已经没有故人了，何况是"安西"呢？

第二，用明呼告暗写景的手法表达诗人与朋友离别时心中的千言万语。翻看唐宋诗词名篇，大多送别诗前面总是写景，接着往往是用直接抒情或间接抒情的方式表达诗人的惜别之情。而王维的这首送别诗却别开生面，一是用"呼告"的手法直接与朋友说话，二是暗写饯别的席间情景。从"劝君更尽一杯酒，西出阳关无故人"这两句诗中，我们难道仅仅听到诗人在劝酒吗？难道不是同时看到席间情景吗？

第三，前两句与后两句用了反衬或对比的手法，表达诗人依依惜别的情怀。

有人评论说：前两句"从清朗的天宇，到洁净的道路，从青青的客舍，到翠绿的杨柳，构成了一幅色调清新明朗的图景，为这场送别提供了典型的自然环境。这是一场深情的离别，但却不是黯然销魂的离别。相反地，倒是透露出一种轻快而富于希望的情调。"

笔者此处想表达另一种看法：诗的前两句用"清朗的天宇""洁净的道路""青青的客舍""翠绿的杨柳"勾勒出"色调清新明朗的图景"，绝不是"透露出一种轻快而富于希望的情调"，恰恰相反，是为了表达诗人对朋友元二的深厚情谊。你看，这"色调清新明朗的图景"多么美好啊！多么令人心旷神怡呀！可是，我的朋友却要离开这里，"西出阳关"，去那人烟稀少的地方！

所以，前两句写美好之景，后两句写凄清之情，用的正是反衬或对比的手法，哪里是为了"透露出一种轻快而富于希望的情调"呢！这种写法流露出的，可是诗人的忧伤、惆怅、鼓励以及劝慰啊！

相思

王维

红豆生南国，

春来发几枝？

愿君多采撷，

此物最相思。

诗 文 赏 析

《相思》又名《江上赠李龟年》，全诗自然明快而又委婉含蓄，当时的乐人李龟年为它谱曲，流行于江南一带。一般认为，本诗是王维创作的借咏物而寄托思念的诗。

这里的红豆，是指一种生在江南地区的植物，结出的果实像稍扁的豌豆，鲜红色，其果实不可食用。采撷（xié），采摘。相思，这里不是指互相思念，而是思念某人。

总体上说，本诗的创作风格平实浅白，红豆亦是常见事物，以其寄托人与人之间的相思情谊，其内涵更加隽永而有韵味。

起句"红豆生南国"，会使我们想到：南方的东西多了，为什么只说红豆呢？原来这种红豆有动人的故事。据说，生于南国的红豆，它的果实又红又圆，很好看，南方人常常采摘下来，作为装饰品佩戴。还说古代有一位女子，她的丈夫战死在边疆，她日日思念，夜夜哭泣，最后哭倒在树下，不久化为红豆，在春天的时候生长发芽。于是，人们就称红豆为相思子。这样看来，王维起句就写"红豆"与"南国"，其用意非同一般。

有人说"春来发几枝"并不是在问，而是说红豆在初春时只生长出不多的枝丫。其实，这是个设问句，诗人仿佛在嘱咐朋友："你到了南方仔细看看，然后告诉我，初春时，红豆能长出多少枝丫。"诗人哪里是在问红豆？他明明是通过设问来寄托对朋友的思念之情呀！而这个寄托，只有看了后两句诗，才可以领悟到。

关于"愿君多采撷，此物最相思"，有的评论这样写道："这首诗是青年王维所作爱情诗的代表。该诗由物感怀，借助红豆鲜艳色彩和有关的动人传说，以含蓄深沉而清新流畅的语言，传达浓烈的相思之情，十分感人。"笔者在此想谈谈另一种看法。我们知道，古诗词中的"相思"，并非全部指代男女之间的爱情，有时也用来表达朋友之间的友情。比如白居易的"老来多健忘，唯不忘相思"，其中的"相思"是指思念他的朋友皇甫朗之。而"愿君多采撷"看似是在开玩笑，其实是想说：你想我时，就去采摘红豆吧！多多地采，就是一直想念我呀！噢，说不定王维还想请他的朋友多采些红豆连串起来，作为项链佩戴呢！

通篇来看，"此物最相思"是全诗点睛之笔。尤其是"此物"两字简直是神来之笔！想一想，如果把"此物"改成"红豆""此豆"或"此果"，那就毫无诗意了。"此物"二字，不仅避免了用字重复，而且与"睹物思人"相契。啊，原来王维心里想着朋友，他虽然也知道朋友会同样想念自己，但还是有几分担心：万一这小子事多忘了我怎么办？于是，他用"愿""多"这样的能愿动词和形容词，又用了"红豆"与"此物"这样含义相同而各具色彩的名词，最后干脆用"相思"这个动词，倾吐出自己对挚友的深厚情谊！

最后，关于"相思"这个词，我还得多说几句。人们看到这个词总会想到"相思病",而且总把"相"字理解为互相的意思。这其实有些欠妥。在特定的语境中，不能将它理解为互相的意思了。如"儿童相见不相识"中的两个"相"，以及《聊斋志异·狼三则》"狼不敢前，眈眈相向"中的"相"，表示的是一方对另一方有所施为。"相思"也同样。比如，一男子路遇一个美女，回家后便得了相思病。你说，这里的"相思"能解释为互相思念吗？恐怕只能解释为"想那美女"吧！

据此，"此物最相思"的句意也就明晰了：这种红豆啊，最能勾起思念我（王维）的心绪。当然，诗人是既希望朋友每看见这种有特殊含义的红豆，就能想起"我"，也暗示朋友："我"也正在思念"你"呀！

九月初九的传说

《续齐谐记》是一本中国古代神话志怪小说集，其中记载着一则这样的故事：汝南人桓景，跟随费长房学道。一天，费长房对桓景说："九月初九那天，你家将有大灾，但有法破解。你让家人各做一个彩色的袋子，里面装上茱萸，缠在臂上，登上高山，再饮菊花酒。这样就可以躲过灾难。"

九月初九这天，桓景一家，按照费长房说的去做。傍晚回家一看，结果，家中的鸡犬牛羊都已死亡，他们因外出而安然无恙。

这仅仅是个传说。重阳节这天人们身插茱萸、饮服菊花酒，或许还会使人们联想到端午节悬挂艾叶、饮雄黄酒的习俗。毕竟，在古人看来，端午节乃是春夏交替之时，重阳节则是秋冬交替之时，都是疾病容易流行的时节。

从这个角度说，我们的祖先应该很早就有了预防疾病的科学思想。

仕途坎坷的王维

安史之乱时，身为皇上的唐玄宗仓皇出逃，狂奔至四川。

史书上说，玄宗出逃时，王维不及逃跑，做了安禄山的俘虏，而且逼他当官。王维一看不好，就吃了一种药，把嗓子弄哑，他想用这种办法表示反抗。当时，安禄山把他押入菩提寺，让他吃尽苦头，受尽折磨，最后逼他当了伪官。

安史之乱平定后，王维当然面临审判。那时对待当过伪官的，就像后来对待"汉奸"一样。史书上说，当时，惩办伪官有六个级别，最严重的是杀头，最轻的是流放。那么，王维的命运如何呢？这得从头说起。

原来安禄山曾在洛阳的凝碧池大搞庆功会，并逼着唐玄宗的梨园弟子（也就是皇家乐团）为他奏乐。梨园弟子们都思念皇上，一个个泣不成声。其中一个名叫雷海清的乐人，扔掉乐器，面向京都长安，嚎啕大哭。安禄山大怒，当即下令残酷地肢解了雷海清。当时，王维正被安禄山拘禁于菩提寺。他听到后，凄然泪下，并作了一首诗，其诗如下：

> 万户伤心生野烟，
> 百官何日再朝天？
> 秋槐花落空宫里，
> 凝碧池头奏管弦。

第一句是说，百姓与宫廷都受难，满目烟尘。第二句是说，天子离开了国都，百官流离失所，何时再能朝拜天子呀？第三句是说，宫室荒芜，宫中的槐树落叶纷纷。最后一句是说，安禄山这帮叛贼却在奏乐唱歌，庆祝胜利。

王维受审判时，有人就把这件事向皇上汇报了。皇上唐肃宗（唐玄宗成了太上皇）派人调查，结果得知真有这么回事。皇上当然很感动，于是，皇上便宽恕了王维，只给了他降职的处分。

不过，不管在别人眼里还是王维自己眼里，这总是个污点。所以，王维为此抱憾终生。

（原文出自《北方新报》，有删改）

静夜思

李白

床前明月光，

疑是地上霜。

举头望明月，

低头思故乡。

诗 文 赏 析

李白（公元701年—762年），是唐代著名的浪漫主义诗人，字太白，号青莲居士，又号"谪仙人"，与杜甫并称为"李杜"。年少时四处游历，天宝初年，曾因诗名入翰林，后遭权贵排挤，离开长安。他的一生，留下了大量脍炙人口的不朽诗篇，或表达对权贵的蔑视，或批判腐败的政治，或同情百姓的疾苦，或表达对祖国山河的热爱。

此处的床，一说为井栏。《汉语大词典》写道：床，同"牀"。它的第四个义项这样解释："井上围栏。"而且引了《乐府诗集·舞曲歌辞三·淮南王篇》："后园凿井银作牀，金瓶素绠汲寒浆"，还引了李贺的《后园凿井歌》："井上辘轳牀上转，水声系，弦声浅"。其实，很多唐代诗文中的"床"也当"井上围栏"讲，而且就写作"床"而不是异体字"牀"。如李白的《长干行》中有"郎骑竹马来，绕床弄青梅"之句，其中的"床"就是"井上围栏"之意。现在还听到有人说"井床"，其实说的就是井栏。

疑，好像，不能讲成怀疑。古代不少有"疑"字的诗句中，"疑"字就当好像讲，如"山重水复疑无路"；还有"疑是银河落九天"，是说银河好像从高空中流下来，而不是怀疑银河是不是真的从天上落下来。

有一种观点认为，"疑是地上霜"是叙述，而非摹形拟象的状物之辞，是诗人在特定环境中一刹那的错觉。为什么会有这样的错觉呢？持这种观点者写道："这两句所描写的是客中深夜不能成眠、短梦初回的情景。这时庭院是寂寥的，透过窗户的皎洁月光射到床前，带来了冷森森的秋宵寒意。诗人乍一望去，地上好像铺了一层白皑皑的浓霜；可是再定神一看，四周围的环境告诉他，这不是霜痕而是月色。月色不免吸引着他抬头一看，一轮娟娟素魄正挂在窗前，秋夜的天空是如此的明净！这时，他完全清醒了。"

不少人认为诗中的"床"是卧具，而"疑"是怀疑或恍恍惚惚，弄不清楚。其实，这都是不妥的。

"床前明月光"的"床"，不是指睡觉的床，也不是指坐床，而是指井栏。这在解词时已经讲过。这首诗中的"床前"，应是庭院里井栏的正面（南面）。"床前明月光"告诉读者，诗人看到的井栏前那一片亮亮的东西，不是别的，而是"明月光"。既然如此，怎么又会怀疑它是"地上霜"呢？

"举头望明月"的"举头"当然是抬头的意思，这正好证明诗中的"床"不是房屋内的卧具或坐具。因为如果是指它们，那诗人举头看到的只能是房顶，怎么能望到明月呢？须知，古代的窗子是纸糊的，不是玻璃的，所以，躺在或坐在床上，无论怎么"举头"，看到的也只能是屋里的东西。诗人只有在庭院里举头，才可以看到天空中的月亮！

"低头思故乡"的"低头"，与"举头"上下对应，形象地揭示了诗人的内心活动，一幅生动的月夜思乡图展现在读者的面前。

纵观全诗，并无奇丽的想象，而是聚焦在平实的叙述中：这天是月明之夜，诗人在庭院里散步。突然发现井栏前面一片月光，好像地上铺了一层白霜。于是，他先抬头望望明月，接着低下了头，思乡之情油然而生。庭院、井栏、天空、月光、诗人……融合在一起，构成一种静谧、清冷而又和谐统一的意境，恰到好处地表现了诗人远在异乡、触景思乡的情感。

诸君觉得这样分析有点道理吗？

夜宿山寺

李白

危楼高百尺，

手可摘星辰。

不敢高声语，

恐惊天上人。

诗 文 赏 析

　　李白的诗风，除了雄奇豪迈，还往往极具想象力，本诗正是此类代表。危，即高的意思，不应理解为危险。星辰，指天上的星星。

　　"危楼高百尺"不只是写楼高，而且也写出了山之高耸。你想，诗人登上了高山，继而登上了高楼，最后又登上了高楼的最高层，是不是离天更近了呢？诗的开头一下引起读者的兴趣：为什么诗人用了"危"与"高"意思相近的两个词？是李白的疏忽呢，还是另有深意？我说是后者。如果替换了"危"与"高"二字，把此句改为"此楼高百尺"或"高楼有百尺"等，读起来便索然无味了。有的评论文章说"危楼高百尺"是夸张，这是有待商榷的。例如，李白写过庐山瀑布，其中一首说它是"三千尺"，另一首则说它是"三百丈"，这都是写庐山瀑布的大约长度，并非夸张。还有，毛泽东写的《登庐山》有一句"跃上葱茏四百旋"，其中的"四百旋"也不是夸张，而是说，上庐山的盘山路大约有四百圈左右。

　　"手可摘星辰"紧承前一句，除了又一次突出山高与楼高之外，还勾起了读者的想象：诗人登楼的时间是夜晚，否则怎么会有"星辰"呢？人在高楼之上，高楼则置于夜幕之中，仿佛与广阔的天空融为一体，原本遥不可及的星辰，好像一伸手就能抓到。

　　"不敢高声语，恐惊天上人"两句，展现了诗人炉火纯青的炼字造诣。你看，"不敢"与"恐"不只是写诗人的心理活动，也不一定是自言自语，很可能正是描绘诗人与一起登楼者悄悄说话的情境呢！请想想，明明是"恐惊天上神"，为什么偏偏要写成"恐惊天上人"呢？难道天上会有人吗？难道"神"字会影响诗的格律或平仄吗？如果都不是，那么，李白诗中的"人"字，又有何用意呢？这一点诗人是不会告诉我们的，他分明在撩逗读者，让读者展开想象的翅膀，在他用诗句铺设成的广阔天空中自由飞翔。此刻不禁联想到李白所作的另外两句诗，一是《月下独酌》里的"举杯邀明月，对影成三人"，一是《梦游天姥吟留别》的"脚著谢公屐，身登青云梯。半壁见海日，空中闻天鸡。……云之君兮纷纷而来下。……仙之人兮列如麻"。

　　其实，联系李白一生所写的诗文，其独特的创作风格一如他的品质与性格，那就是行云流水、一气呵成的语言特色，那就是汩汩流淌又能一泻千里的浩然气势，那就是色彩斑斓近乎飘飘欲仙的奇妙想象，那就是书写真实兼容浪漫主义的交响乐曲。

望庐山瀑布

李白

日照香炉生紫烟，

遥看瀑布挂前川。

飞流直下三千尺，

疑是银河落九天。

诗 文 赏 析

李白一生，有好几次来过庐山。他在庐山写了好多歌颂这里秀丽景色的诗篇。安史之乱时，五十来岁的李白正在庐山隐居。有人说，这首诗就写在这个时期；也有人说，是写在他最后一次到庐山之后。

诗题中的庐山，位于今江西省九江市北部。香炉，指香炉峰，因其外形很像香炉，故得名。川，河流，这里指瀑布。疑，好像，不能讲成怀疑。九天，形容天高，古人认为天有九重（层），九天是天的最高层。

从创作艺术的角度讲，比喻手法的运用以及巧妙用字可以说是本诗的两大特色。

第一句"日照香炉生紫烟"用了暗喻，太阳照在香炉峰上，升起袅袅紫烟，这里的紫烟，其实是飘动着的云雾。那么，为什么说是紫烟，而不说是别的颜色的烟呢？原来，李白是早晨去望瀑布的。早晨太阳的红光照在高高的香炉峰上，那时矗立于蓝天里的香炉峰顶，正好飘动着一团团的云雾：红色的阳光、蔚蓝的天空、白色的云雾，这三种颜色融合在一起，展现在李白眼前的，岂不是"紫烟"吗？李白运用比喻之妙可知矣！

再说"生"字的妙用。"日照香炉生紫烟"这句诗中的"生"字，也可以写成"腾""升""蒙""袅"等等，为什么诗人偏偏要用"生"字呢？因为，只有"生"字，才能使香炉峰获得生命，使人感到，那紫烟是有灵性的香炉峰创造出来的。而且，为后面的诗句作了铺垫，即为写瀑布设置了奇特的背景。

第二句"遥看瀑布挂前川"，"遥看瀑布"四个字照应了题目，"挂前川"仍然采用了比喻的手法，意思是说，瀑布像一条河流挂在观赏者的眼前。此处的"挂"字用得更妙。妙在何处？它化动为静，暗中又藏着一个比喻，诗人把瀑布比成一条悬挂在绝壁上的白色丝绸，绘出一幅壮美的山水画来，也顺理成章地引出后面的"银河"。

第三句"飞流直下三千尺"，有人说"三千尺"是"极力夸张，写山的高峻"。这是一种误判，我曾到过庐山，凭肉眼从香炉峰顶看下面的潭水，那瀑布的高度恐怕有千米，也就是一公里；若按市尺计算，三千尺就是一公里呀！如果按唐代的丈量标准计算，庐山瀑布则显得更高了。所以，这句诗里的"三千尺"不是夸张，而是实写。再说，如果为了突出"山的高峻"，为什么不干脆写成"三千丈"呢？李白有"白发三千丈"的诗句，那才是夸张呢！

那么，这句里有比喻吗？有，"飞流"两个字就是。"流"是名词，指河流，不是动词。诗人承接上句的"川"，进而把瀑布比作飞奔而下的河流。它的作用不仅是突出了瀑布凌空而下、喷涌飞泻的气势，更重要的是，为最后一句要展示的奇特景象制造了悬念。

这一句的"直"字用得极其形象。我们知道，瀑布有好多种，有的像万泉喷涌，有的像百花飞溅，而庐山瀑布却不是这样。李白用一个"直"字，写出了庐山瀑布的另一个特点：它的依托是高耸而陡峭的峭壁，它是一冲到底的。

最后一句"疑是银河落九天"。不少人把这句中的"疑"字理解为怀疑。比如，有的书上写道："飞流直下的瀑布，使人怀疑是银河从九天倾泻下来。"这是错误的。你想，诗人既然怀疑"银河落九天"，那就是说，原来不是。这岂不是又否定了自己的想象。所以，只有把"疑"字讲成好像，才能表达出诗人那种独特的感觉：啊呀，这瀑布太神奇了，多像银河从最高的天空落下来的呀！哪里是像呀，简直就是啊！

这句诗中，比喻的本体是从香炉峰直泻下来的瀑布，而喻体则是从最高的天空落下来的银河。这个比喻极其恰当，因为庐山瀑布的实景就是如此。香炉峰笔直陡峭，与蓝天相接，其峰顶有一个凹字形的小口，酷似一座香炉。那瀑布正是从这个小口泻下来的。我们远远看去，那瀑布简直就是从天上落下来的。

这种比喻兼夸张的手法，全面展现出庐山瀑布的壮观。此外，这句的"落"字不仅写出了庐山瀑布的起点之高，也隐含着它的响声。我们都感受过一个物件从高处落下的情景，比如看到过它们落下时的样子，听到过它们落下时的声音。但是，银河从天空倾泻到人间的情景是怎样的，这个悬念的设计，恐怕是为了引出读者的想象而作的铺垫。

读了本诗，想必朋友们对李白那种胸襟开阔、超凡脱俗的精神境界又有了更加深刻的体会。

赠汪伦

李白

李白乘舟将欲行，

忽闻岸上踏歌声。

桃花潭水深千尺，

不及汪伦送我情。

诗 文 赏 析

关于本诗，有这样一则故事。相传，李白在游历期间，有一个叫汪伦的小官，听说他正住在叔父李冰阳家里，便写信邀请李白到他家做客。信上说："先生好游乎？此处有十里桃花。先生好饮乎？此处有万家酒店。"

李白听说有如此美景与美酒，便欣然而往。他们见面后，李白就急着要看十里桃花和万家酒店。汪伦却笑着告诉李白："我说的十里桃花，是指这里的桃花潭，共十里长；我说的万家酒店，是指一个酒店，这家酒店的主人姓万。"

李白听后大笑不止。于是，汪伦留李白连住好几天，每天都以美酒相待；离别时，还送他八匹骏马和不少绸缎。李白深深感激汪伦的盛意，离别时就写了这首《赠汪伦》。

欣赏本诗，需要注意两点：一是将欲行，意思是准备要走，但还没走；二是踏歌，不是一边走一边用脚打拍子，而是中国传统民间舞蹈，又名跳歌、打歌等，它是一种群舞，舞者成群结队，手拉手，以脚踏地，边歌边舞。

本诗的大意为：李白乘船准备走了，突然听到岸上有好多人唱歌的声音。当他知道这是汪伦来为他送行时，就激动地吟诗道："桃花潭水深千尺，不及汪伦送我情。"

这首诗一开始就创设了悬念：李白离开时，为什么不是汪伦随他而来？这幅离别画面究竟是怎样的呢？ 试想一下，李白要走了，而汪伦还要挽留；李白执意要走，汪伦便道："如果你真的要走，我可不送！"李白表示："你不送，明天我也得走了！"第二天，李白上了船，真的不见汪伦的影子。他正在船头纳闷，突然听到了唱歌的声音，接着看到汪伦等人从树林里牵着手，边唱边舞地走了出来。

啊！原来，汪伦故意说不送他，是要给他一个惊喜。李白激动万分，感慨汪伦送别他的礼仪太隆重，感慨与汪伦结交下的情谊，哪怕面前的桃花潭水深达千尺，也不能与这份情谊相提并论。

通俗易懂的四句诗，就像我们平时说话一样，读起来十分亲切。全诗用了比喻的修辞方法，以"深千尺"的"桃花潭水"为喻体，来说明"汪伦送我情"这个本体。但李白有意用了"不及"二字，而不用"恰似"或"如同"这样的比喻词，不仅显示了李白与汪伦之间的情义非一般的友谊可比，而且更加突出了当时李白无比感动的心情！

黄鹤楼送孟浩然之广陵
李白

故人西辞黄鹤楼，

烟花三月下扬州。

孤帆远影碧空尽，

唯见长江天际流。

诗 文 赏 析

本诗选自《李太白全集》卷十五。李白二十七岁时，在湖北安陆住了十年之久。在这里，他结识了比他大十二岁的孟浩然（唐代田园诗人），两人很快成了好朋友。后来，孟浩然乘船东下到广陵去，李白为其送行。注意：孟浩然当时过着隐居的生活，他"下扬州"，是到景致优美的地方去游历，而不是上任或被贬，也不是到遥远的边疆。

黄鹤楼，见崔颢《黄鹤楼》的注解。广陵，即江苏的扬州。故人，老朋友，这里指孟浩然。烟花，形容柳絮如烟的春天景物。碧空尽，指孟浩然所乘之船消失在碧蓝的天边。尽，消失。

作为一首送别诗，它与王勃《送杜少府之任蜀州》、王维《渭城曲》的情调大不相同。为什么这样说呢？原因有二：一是他们所送别的友人，其志趣与去向大不相同；二是李白的性格与创作风格更不同于王勃与王维。下面就试着用比较的方法赏析李白这首诗。

本诗的前两句是"故人西辞黄鹤楼，烟花三月下扬州"，《送杜少府之任蜀州》的前两句是"城阙辅三秦，风烟望五津"，《渭城曲》的前两句是"渭城朝雨浥轻尘，客舍青青柳色新"。

三首诗前两句都写了送别的地点与当时的景象。这是它们的共同点。但是，李白的诗句中洋溢着对所写景物的美好想象，基调是欢快的；因为朋友要去的地方是令人向往的扬州。扬州，自古就是名胜之地，加之当时是太平盛世，送别的季节是春意盎然的"烟花三月"；而他的挚友孟浩然又是从黄鹤楼顺长江而下，一路上想必是繁花似锦。而且，到了扬州，更会享受那"春风十里扬州路"的美景与生活。所以，李白没有理由心生凄楚之情。但是，《送杜少府之任蜀州》与《渭城曲》所写之景物则不然：要么是表现渺茫之意，要么是反衬惜别之情；他们无论如何也欢快不起来。

这首诗的后两句是"孤帆远影碧空尽，唯见长江天际流"，《送杜少府之任蜀州》的最后两句是"无为在歧路，儿女共沾巾"，《渭城曲》的后两句是"劝君更尽一杯酒，西出阳关无故人"。三首诗后两句都是表达诗人对朋友的深情厚谊。这是它们的共同点。但是，李白是把这种感情融入到他所写的景物之中，而《送杜少府之任蜀州》与《渭城曲》却都是以直接抒情的方式表达友情的。这种不同，不仅可以看出他们送别友人所处地位与境遇之不同，而且反映出他们性格与创作风格之间的差异。

可能有人会问：李白的这首诗整体风格是轻松愉快的，那抒发压抑的感情时，难道也是如此吗？这里我们借《秋浦歌》（十五）看看："白发三千丈，缘愁似个长。不知明镜里，何处得秋霜！"这首诗里的意象，都是围绕一个"愁"字展开的。你看，"白发三千丈"是一个夸张句，再加上一个"何处得秋霜"的问句，表现出来的是李白对"愁"的个人感受，这种诗风，恰是由他的性格与创作风格决定的。

有人说，李白的豪放与浪漫主要表现在对自己的关注上，他很少考虑别人。这种看法似乎有失偏颇。拿这首诗的后两句来说，粗看起来，同《送杜少府之任蜀州》与《渭城曲》两首诗的后两句比较，好像真是如此。你看人家的诗，一个是劝朋友不要伤心，一个是担心朋友别后的孤单；而李白却不顾这一切，独自欣赏起他看到的"碧空"与"长江"来了。其实，这首诗的后两句"孤帆远影碧空尽，唯见长江天际流"，正展现了李白性格与创作风格中最光彩之处。

有人这样分析："李白一直把朋友送上船，船已经扬帆而去，而他还在江边目送远去的风帆。……帆影已经消逝了，然而李白还在翘首凝望，这才注意到一江春水，在浩浩荡荡地流向远远的水天交接之处。"对于这个角度的分析，我还想补充几句。

一是"孤帆"一词不是写挚友的孤单，而是写李白对江中成百上千的船只全不在意，只凝视着孟浩然渐渐远去的帆影。

二是笔者认为"才注意到一江春水……"的分析欠妥。因为一直流到"天际"（天边）的"长江"，在诗人的笔下并非是滚滚的江水，它早已化作诗人汩汩倾泻的心潮了。诗人的心绪随着这只"孤帆"远去，要一直送到"烟花三月"的扬州。

你看，李白雄浑潇洒的性格与创作风格之中，其实从来就不乏细腻与缠绵的情怀。如果再联系他《渡荆门送别》中写的

"仍怜故乡水，万里送行舟"的诗句，读者定会有更深的体会。而这样的诗句，恐怕不会出现于王勃与王维诗中的。这是不是李白的独特之处呢？

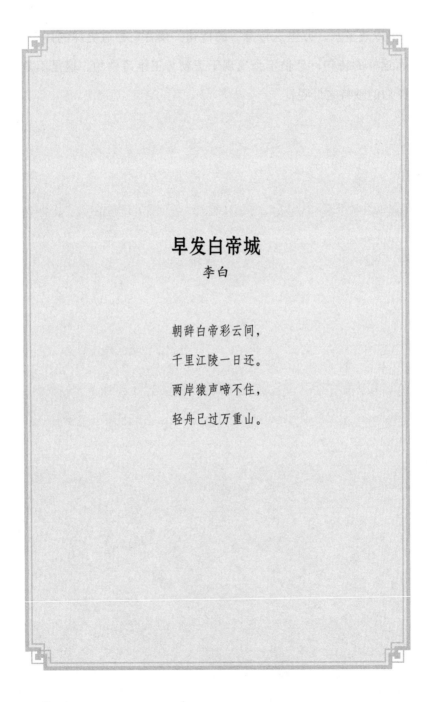

早发白帝城

李白

朝辞白帝彩云间，

千里江陵一日还。

两岸猿声啼不住，

轻舟已过万重山。

诗 文 赏 析

本诗的写作背景，不少评论家如马茂元、郭沫若等，都认为写于安史之乱以后。为使读者了解得具体一些，这里还需讲讲有关的历史。

安史之乱初期，唐玄宗逃奔于蜀（今四川），太子李亨奉命征讨安禄山；于此同时，唐玄宗的另一个儿子永王李璘也奉命带兵平叛。那时，李白在江西庐山隐居，李璘得知后，多次派人请他出山，李白答应了。后来，李亨未经唐玄宗同意，就宣布自己当上了皇帝（唐肃宗），尊唐玄宗为太上皇。由于李亨兵多将广，唐玄宗只好派人把自己的玉玺（皇上的大印）送给李亨。可是，永王李璘不太听他的指挥，李亨就怀疑他想争夺帝位，于是以重兵相压，李璘兵败后被人所杀。李白由于为永王李璘效力过，结果被扣上"附逆"（意思是投靠叛逆集团）的罪名，被流放到夜郎（今贵州境内）去。恰巧好多地方遭受荒年，肃宗宣布大赦。当时李白正行至四川的白帝城一带，忽然收到赦免的消息，当然非常惊喜，随即乘船东下江陵。马茂元等认为，《早发白帝城》这首诗就是他在乘船途中或到了江陵之后写的。

诗中出现的字词，有几处需要注意。发，出发，启程。白帝，指白帝城，故址在今重庆市奉节县白帝山上；因白帝城与巫山相近，所以，诗中之彩云是指巫山之云。江陵，指今湖北省江宁县。

从创作艺术的角度说，这首诗有五个特色。

一是用典巧妙。李白这首诗暗引了郦道元的文章，用了典。其中，"千里江陵一日还"化用了郦道元所写《三峡》中的内容："自三峡七百里中，两岸连山，略无阙处。……或王命急宣，有时朝发白帝，暮到江陵，其间千二百里，虽乘奔御风，不以疾也。"而"两岸猿声啼不住"也是化用《三峡》中"高猿长啸，哀转久绝"之句。这都是用典。其效果是，让知道这一典故的人拍案叫绝；不懂这一典故的人也能获得景与声的体验，这就叫"巧妙"。

二是对比精绝。这首诗有两处用了对比的手法：一处是"千里江陵"与"一日还"对比。这个对比，分明是以"千里"（距离之远）与"一日"（时间之短）数字之间的悬殊，表示船行之速；另一处则是"两岸猿声啼不住"与"轻舟已过万重山"之间的对比。这是听觉与视觉不同感受的对比，不仅表现出景物美与声音美，而且照应了"千里江陵一日还"，暗示船行速度之快！对比之精，指用词准确精炼；对比之绝，指善于用明暗交织的手法，使读者有赏心悦目之感。

三是绘声绘色。诗的第一句"朝辞白帝彩云间"，"朝""白帝""彩云"都是绘色。请想想，灿烂的曙光，以及高耸入云的白帝山与建立其上的白帝城，该有几种颜色呢？它们和"彩云"交相辉映的刹那，确实是一幅妙景。讲到绘声，读者马上就会想到"两岸猿声啼不住"。但读者至少还应想到"轻舟"与"万重山"吧！因为"轻舟"使我们听到船行水中的声音，"万重山"使我们听到回荡于万山丛中之高猿的啼叫声。

　　四是情溢言表。这首诗四句，共二十八个字；字句间处处洋溢着诗人的心情。诗的首句是"朝辞白帝彩云间"，接着应该写船行的经历与感觉了吧？可李白写的却是"千里江陵一日还"。先写曙光中，白帝城上空彩云缭绕，李白陶醉在这美妙的景色之中，因为今天就要乘船到江陵了。这是一喜！他带着几分兴奋与欣喜上了船，结果，千里之遥的江陵，真的一天就到了！李白心里也许在想："太好了，这正是我夜思梦想的速度呀！"于是他迫不及待地要把这个消息告诉关心他的亲人与友朋。这又是一喜！你看，这是不是欢喜之情溢于言表！写罢前两句，他又回味这一天船行中的见闻与感受，于是才有了"两岸猿声啼不住，轻舟已过万重山"的妙句。这仍然是写他的惊喜。

　　五是用字考究。船，本身无所谓轻重，但由于船是顺流而下，速度如飞，所以，诗人宛如身在一片树叶之上。这是怎样的一种享受啊！至于"已"字，粗看起来，它是一个副词，好像没有什么实在意义。但你仔细思索一番，就会感受到李白把他的兴奋之情融于语言之中。如果把"已"字换成"飞""驶"或"便"字等，虽然意思无多大变化，对平仄也无伤害，但用来表达李白船到江陵之后的欢快，恐怕在火候掌握上还是有问题的。

李白出生地之争

　　李白的出生地，向来就有争议：有的说是四川，有的说是中亚碎叶（碎叶在唐代属于中国，现在属于吉尔吉斯斯坦，郭沫若曾进行过专门的考证）。这里引述一段网上看到的信息：2008年10月，吉尔吉斯斯坦文化信息部部长拉耶夫就对中国媒体表示，诗人李白的出生地碎叶城，就是现在吉尔吉斯斯坦境内的托克马克市，他们正与中方协商要为李白塑造一个纪念雕像，推动两国的李白文化。过了一年，吉尔吉斯斯坦又派人访问安陆，希望托克马克与安陆两个城市能够以李白为纽带，共同担负起弘扬李白文化的责任，并由此促进其他方面的交流与合作。

　　以上关于李白出生地的争论，足见李白不凡的一面，仅供读者参考。

《夜宿山寺》写的是哪座山、哪个寺？

有的专家考据，认为李白这首诗作于湖北省黄梅县，写的是黄梅县蔡山峰顶上的江心寺，诗题是《题峰顶寺》："夜宿峰顶寺，举手扪星辰。不敢高声语，恐惊天上人。"根据是蔡山峰顶上的江心寺是唐初尉迟恭修建，而且正殿的大梁上曾书有"贞观八年（公元634年）尉迟恭敬修"的字迹；还说山石镌刻有李白"夜宿江心寺"诗句。此外，还有"蔡山江心寺十二景"之说："江心古寺、支公晋梅、危楼百尺、诗仙泼墨、石狮望江、竹缆遗痕、残岩夕照、噌吰锣鼓、龟峰独秀、义门古墓、王母莲池、浔阳古井。"其中"危楼百尺"与"诗仙泼墨"显然是说《夜宿山寺》这首诗写于此地。

而另一种看法，则认为《夜宿山寺》其实是李白年少时写的《上楼诗》："危楼高百尺，手可摘星辰。不敢高声语，恐惊天上人。"理由是四川省绵阳市龟山顶上有座越王楼。越王是指唐太宗李世民第八子李贞，越王楼就是他任绵州刺史时所建。说这座楼规模宏大，富丽堂皇，楼高十丈（即百尺），时居四大名楼之首（滕王阁高九丈，黄鹤楼高六丈，岳阳楼高三丈）。还说它所收录的李白、杜甫、王勃、陆游等历代大诗人题咏越王楼诗篇多达154篇。而李白年少时是去过越王楼的。

笔者认为小学语文课本所选的《夜宿山寺》应是李白年少时写的《上楼诗》。理由有三：一是它与《上楼诗》内容一字不差；二是诗中写"危楼高百尺"，而越王楼正是"楼高十丈（即百尺）"；三是诗中的字字句句都流露着孩子的天真纯洁的情感。问题是，小学语文课本的编者不该随便改变诗的题目。

李白醉戏高力士

唐代笔记小说《酉阳杂俎》有一则故事，说是李白名播海内后，唐玄宗曾召李白进宫写诗配乐。李白喝得醉醺醺的，没过多久便创作出好多首诗。

这时李白就把脚伸到皇上宠爱的太监高力士的面前，让他给自己脱靴子。皇上只顾自己欣赏李白的诗，也就任由李白的性子。高力士看向玄宗，皇上也不理他，于是，只好给李白把靴子脱下来。

类似的传说还有很多，像李白让玄宗最宠爱的杨贵妃给他研墨，等等。当然，这些传说不一定可靠，但你可以想想：为什么会有这样的传说？

别董大（其一）

高适

千里黄云白日曛，

北风吹雁雪纷纷。

莫愁前路无知己，

天下谁人不识君！

诗文赏析

高适（公元700年？—765年）是唐代著名诗人，字达夫。他的"著名"主要体现在下列四个方面：一是他与唐代另一名诗人岑参齐名，并称"高岑"；二是他与王昌龄、岑参、王之涣三人合称唐朝"四大边塞诗人"；三是他曾与李白、杜甫这两位诗坛巨星在洛阳相识，并一同游历过不少地方，后来有人称他们为"三贤"；河南省开封市禹王台有个"三贤祠"，就是纪念他们三个人的；四是《旧唐书》上有句话："有唐以来，诗人之达者，唯适而已。"你看，高适不简单吧？

然后说说董大。一种说法认为，他是当时著名的琴师董庭兰。董庭兰幼年贫困，曾经以乞讨为生；后来刻苦学习音乐，他不仅会弹琴，而且善于作曲，还会写诗。当时的宰相房琯（河南人，字次律）非常欣赏他。唐代诗人崔珏写过一首题为《席间咏琴客》的诗："七条弦上五音寒，此艺知音自古难。唯有河南房次律，始终怜得董庭兰。"诗中的"七条弦"指的是七弦琴，"此艺"是指弹奏七弦琴的艺术。盛唐时盛行胡乐，能弹奏或欣赏七弦琴这类古乐的人不多。诗中的"房次律"是指宰相房琯，"怜"有爱或喜欢之意。你想能得到宰相欣赏的音乐家，其交往之广，名声之大，自不必说。

据说，由于高适也通音律，常与董大切磋，所以成了好朋友。这首《别董大》写于宰相房琯被罢之后，董大也就离开了长安，境况很不好。而那时的高适也很不得志，到处游历。当时，高适与董大于睢阳（故址在今河南省商丘县南）见了一面。这就是《别董大》的写作背景。

诗题《别董大》，原诗共二首，这是第一首。董大，即董庭兰，因为排行是老大，所以称董大。"千里黄云白日曛"，意思是大片的黄云把太阳遮得昏昏暗暗的；曛（xūn），形容天色昏黄的样子。

前两句"千里黄云白日曛，北风吹雁雪纷纷"，不仅交待了送别的季节与当天的具体时辰，而且写出了傍晚风雪交加的寒冷凄凉的情景。当时高适的处境并不如意，在风雪交加的黄昏下送别，心情不免有些沉郁忧伤。诗人用渲染环境的手法来倾泻心中雾霾，这是典型的借景抒情。

后两句"莫愁前路无知己，天下谁人不识君"，是诗人对董大说的话。有人对此评论说："诗人在即将分手之际，全然不写千丝万缕的离愁别绪，而是满怀激情地鼓励友人踏上征途，迎接未来。"有人还说："踏上征途此去你不要担心遇不到知己，天下哪个不知道你董庭兰啊！话说得多么响亮，多么有力，于慰藉中充满着信心和力量，激励朋友抖擞精神去奋斗、去拼搏。因为是知音，说话才朴质而豪爽。"对此，笔者想谈谈自己的体会。

说后两句诗是对朋友的劝慰或慰藉，这是合理的，而以"全然不写千丝万缕的离愁别绪""满怀激情地鼓励友人""说话才朴质而豪爽"来揣测作者的心意，则有些欠妥。

笔者认为，后两句诗至少有下面几个含义：

一是前两句所描写的景物，董大看在眼中，必然如高适一样，会心生凄凉悲伤的情感；高适知道这一点，为了使董大从消极的情绪中解放出来，于是他言不由衷地说出后两句诗来。当时高适说那句话的语气，恐怕不是满怀激情地鼓励友人，大概仅是一种无可奈何的安慰而已。

二是诗中的"愁"与"莫"已然交代了二人话别时的情景与诗人的心境。"愁"这个字，写出了董大当时失意与忧伤的样子；"莫"，这里当"不要"讲，这个字透露出的意思是，高适看到董大愁苦的表现，可能强作笑颜地说道："你可不要这样呀！"所以，不管是高适还是董大，在这种情景下，不太可能有什么高昂的情绪或豪爽的语言。

三是诗人委婉地鼓励董大不要过分悲伤，不要因失去了宰相房琯这样的"知音"就心灰意冷，应该相信这个世界上，还会有人欣赏你的。请注意后一句的"前路"，那是运用了双关的修辞手法的：明里是指董大此去所到之处，暗里是指董大此后的前程，即未来的希望。至于"天下谁人不识君"这句诗，完全是夸张。但这种夸张又不是毫无根据的吹捧，而是出自内心的赞叹。因为董大在长安受到那么多人赏识，早已是遐迩闻名的大音乐家了，所以，不管走到哪里，都不会缺少"知音"的。

旧唐书：高适传

高适者，渤海蓨人也。父从文，位终韶州长史。适少濩落，不事生业，家贫，客于梁、宋，以求丐取给。天宝中，海内事干进者注意文词。适年过五十，始留意诗什，数年之间，体格渐变，以气质自高，每吟一篇，已为好事者称诵。宋州刺史张九皋深奇之，荐举有道科。时右相李林甫擅权，薄于文雅，唯以举子待之。解褐汴州封丘尉，非其好也，乃去位，客游河右。河西节度哥舒翰见而异之，表为左骁卫兵曹，充翰府掌书记，从翰入朝，盛称之于上前。

禄山之乱，征翰讨贼，拜适左拾遗，转监察御史，仍佐翰守潼关。及翰兵败，适自骆谷西驰，奔赴行在，及河池郡，谒见玄宗，因陈潼关败亡之势曰："仆射哥舒翰忠义感激，臣颇知之，然疾病沉顿，智力将竭。监军李大宜与将士约为香火，使倡妇弹箜篌琵琶以相娱乐，樗蒲饮酒，不恤军务。蕃浑及秦、陇武士，盛夏五六月于赤日之中，食仓米饭且犹不足，欲其勇战，安可得乎？故有望敌散亡，临阵翻动，万全之地，一朝而失。南阳之军，鲁炅、何履光、赵国珍各皆持节，监军等数人更相用事，宁有是，战而能必胜哉？臣与杨国忠争，终不见纳。陛下因此履巴山、剑阁之险，西幸蜀中，避其蚤毒，未足为耻也。"玄宗嘉之，寻迁侍御史。至成都，八月，制曰："侍御史高适，立节贞峻，植躬高朗，感激怀经济之略，纷纶赡文雅之才。长策远图，可云大体；谠言义色，实谓忠臣。宜回纠逖之任，俾超讽谕之职。可谏议大夫，赐绯鱼袋。"适负气敢言，权幸惮之。

……

适喜言王霸大略，务功名，尚节义。逢时多难，以安危为己任，然言过其术，为大臣所轻。累为藩牧，政存宽简，吏民便之。有文集二十卷。其与贺兰进明书，令疾救梁、宋，以亲诸军；与许叔冀书，绸缪继好，使释他憾，同援梁、宋；未过淮先与将校书，使绝永王，各求自白。君子以为义而知变。而有唐已来，诗人之达者，唯适而已。

绝句

杜甫

两个黄鹂鸣翠柳，

一行白鹭上青天。

窗含西岭千秋雪，

门泊东吴万里船。

诗 文 赏 析

杜甫（公元712年—770年）是唐代人，字子美。他的祖先是襄阳（今属湖北）人，后来迁居到河南巩县（今河南巩义）。多次应试也未考取进士，于是漫游各地。三十几岁的时候，在洛阳遇见了比他大十一岁的李白，二人一见如故。杜甫曾赞扬李白："笔落惊风雨，诗成泣鬼神。"文学史上，二人合称"李杜"。

安史之乱后，叛军打到长安，杜甫逃至陕西的凤翔，谒见唐肃宗，虽然谋到了官职，却并未得到重用。后来杜甫弃官到四川成都，在浣花溪边盖了个草堂，人们称它"浣花草堂"。晚年的杜甫举家离开四川，结果在湘江途中病死。

绝句，是一种诗体名，共四句。每句五个字的，叫五言绝句（简称五绝），每句七个字的，叫七言绝句（简称七绝）。这首诗就是七绝。西岭，位于四川省成都市西郊，大邑县西岭镇境内，距成都近百公里，现在已是四川省级风景名胜区。千秋雪，指千年不化的积雪。东吴，三国吴政权地处江东，因此得名。

这首《绝句》是杜甫在成都的浣花草堂写的。安史之乱平定后，杜甫回到他的草堂。那时，他的心情很好，当他看到院子内外生机勃勃的景象，不禁诗兴大发，就写下了这首小诗。当时他共写了四首《绝句》，我们选的是其中的一首。

从创作艺术的角度说，这首诗至少有五个特点：

一是色彩搭配得非常美。你看：黄鹂是金黄色的，翠柳是碧绿色的，白鹭是纯白色的，青天是蔚蓝色的。别忘了，船停泊在什么地方呀？那是泛着绿波的江水呀！还有"千秋雪"呢！那又是怎样的颜色呢？而且，这些颜色又是互相映衬的："黄"与"翠"相衬，"白"与"青"互映……绘制出五彩缤纷的春天！

二是动静结合得非常好。请注意：翠柳是静景，但黄鹂鸣于翠柳是动景；青天是静景，而白鹭上于青天是动景。而且，"鸣"作用于我们的听觉，是婉转悦耳的声音；"上"作用于我们的视觉，是展翅高飞的英姿。这幅生机盎然的画面，不禁令人沉醉其中。

三是有远有近，有高有低。请看：西岭的千秋雪，是远景；门前的江水与船只，是近景。白鹭上青天，是高处的景物；黄鹂鸣翠柳，是低处的景物。远与近各有千秋，高与低交相辉映。诗人写景，由近及远，由下而上，自然而然，潇洒自如，毫无故意雕琢之嫌。

四是巧用数字。黄鹂，是两个；白鹭，是一行。雪，虽千年而不化；船，自万里而驶来。诗中用了一、二、千、万这样的数字，由小到大，由少到多，视野逐渐变得开阔，从直观的景象，到涌上心头的种种思绪。

五是情景交融。前两句里，黄鹂鸣翠柳中的"翠柳"，恰是初春万物萌生的时空中，极有代表性的植物与颜色。而且，黄鹂的鸣叫声，又给人一种清脆悦耳的感觉。直上青天的"白鹭"，写出了大自然的蓬勃生气。第三句先写诗人凭窗远眺，由于是晴天丽日，所以才能看到西岭上的皑皑白雪。一个"含"字，一下子把西岭雪山嵌入窗内，融为一幅奇妙的画面。诗人用他的神来之笔，把远处的景物展现在我们的眼前。最后一句，通过"泊"字，把诗人多年飘泊不定、渴望归乡的心绪表达了出来。即使家乡再远，哪怕是万里之遥，如今也有了盼头。

纵观全诗，如同四幅独立而又连贯的图画：草堂院内翠柳的颜色与黄鹂的鸣叫，带给诗人愉悦的心情；以此为牵引，诗人由近及远、由低到高地仰视远眺，看到了空中展翅的白鹭，看到了门前的航船，最后望到了远处千年不化的雪山。此情此景，既体验到舒畅与快乐，心灵深处又不禁生出些许慨叹！

望岳

杜甫

岱宗夫如何？齐鲁青未了。

造化钟神秀，阴阳割昏晓。

荡胸生曾云，决眦入归鸟。

会当凌绝顶，一览众山小。

诗文赏析

这首诗是年轻的杜甫外出游历时的作品，不仅描写了泰山雄伟的景象，更重要的是，诗人以登山为喻，抒发了他勇于奋斗与蓬勃向上的雄心壮志。

岱宗，即泰山，在今天山东省泰安市城北，因为古代以泰山为五岳之首，诸山所宗，故又称"岱宗"；而五岳，则是东岳泰山，西岳华山，南岳衡山，北岳恒山，中岳嵩山。夫（fú），是句首发语词，无实在意义。齐鲁，指齐国与鲁国，古代齐鲁两国以泰山为界，齐国在泰山之北，鲁国在泰山之南。青，指翠绿的山色。未了，指这翠绿的山色无边无际，延绵不断。造化，指大自然。钟，意思是聚集。神秀，神奇秀美的意思。山南水北为阳，山北水南为阴，这里的阴阳指泰山的南面与北面。割，即分。昏晓，指黄昏与早晨。荡胸，使心胸摇荡。曾，即层，曾云就是重叠的云雾。眦，眼角。决，裂开。会当，即定要。凌，登上。绝顶，这里指泰山的最高峰。众山小的意思是，觉得群山都非常渺小了，这是意动用法。

本诗的大意是：这五岳之首的泰山怎么样啊？啊，它连接着齐鲁大地，那青翠的山色连绵不断。大自然把它的神奇秀美，都集中于泰山；它将山南、山北分割成黄昏与清晨。那重重叠叠的云气，令人心胸摇荡；睁大眼睛远望那鸟儿，飞回它们的家园。我定要登上泰山的顶峰，再俯瞰那显得极其渺小的群山！

本诗以设问开篇，通过作者的自问自答，来引导读者思考，从而加深印象。你看，对于"泰山到底是什么样子"，不同的人有不同的答案。不管你的答案与作者是否相同，总是引发了对于问题的思考。这是"设问"的作用，也是诗人的匠心所在。可以看出，杜甫是多么欣赏他所望到的泰山，又是多么盼望读者与他共享祖国的壮丽河山啊！

后面紧接诗人的答案。我们知道，"齐鲁"是指古代的齐国与鲁国，齐国在泰山之北，鲁国在泰山之南；而"青未了"则是说，整个泰山都是绿绿的，这种绿色连绵不断，覆盖了齐国与鲁国。请注意：诗人不是在泰山顶上介绍泰山的，而是在能看到泰山全貌的某个地方瞭望泰山的。"齐鲁青未了"不仅写出了泰山的地理特点，也写出了它的高度与广度。

第三句"造化钟神秀"承上启下。说它承上，是因为诗人要告诉读者"青未了"的根据；说它启下，是因为诗人下面要写大自然究竟把怎样的"神秀"集中到泰山身上。

第四句"阴阳割昏晓"把泰山的神奇秀美展现出来了：当山的一面正是阳光普照时，山的另一面则如同黄昏一般。一个"割"字，给读者的感觉似乎是，大自然手里握着神刀，把那么庞大的泰山一下子劈成两半，这显然又用了拟人的手法。

第五句"荡胸生曾云"是倒句（即倒装句），顺句应是"曾云生荡胸"，意思是层层叠叠的云雾从山中生出，忽东忽西，飘来飘去，令人心生起伏荡漾的感觉，望山之人仿佛融入望岳的画面中。

第六句"决眦入归鸟"依然是倒句，顺句应为"决眦鸟归入"或"决眦鸟入归"，意思是用力睁大眼睛凝望那群鸟飞进（回）山林，回（进入）到窝中。"决眦"二字，描写的是诗人沉醉于山鸟归林的景观中；"入归鸟"三个字，则把诗人的目光牵引到归入山林的鸟儿身上。

最后两句画龙点睛，表现了诗人志存高远的胸怀。"会当"二字，写出诗人不达目的决不罢休的坚强意志；"凌绝顶"三个字，表现出诗人所追求的是人生的最高峰，这不禁让人联想到林则徐的那句"山登绝顶我为峰"。

逐句分析之后，还想从四个方面简要说说这首诗在写作艺术上的特点。

1.这首诗从结构上来说，可分三个部分：第一句用设问的手法统领下文；第二句到第六句，用景物描写的手法回答第一句的问题；最后两句则是直抒胸臆，倾吐诗人远望泰山后激荡不已的心声。全诗上下贯通，环环紧扣，一气呵成。

2.用典而了无痕迹。例如，"齐鲁青未了"源于《史记·货殖传》："泰山之阳则鲁，其阴则齐。"再如，"一览众山小"源于《扬子法言》："登东岳者，然后知众山之岿峛（lǐ yǐ，连绵不断的样子）也。"

3.善于运用多种修辞手法表达人与事物的特点。比如，"齐鲁青未了"用了摹绘兼夸张的手法，突出了泰山翠色的连绵不断；"阴阳割昏晓"则用拟人的手法，写出了大自然的神奇与力量；而"荡胸生曾云，决眦入归鸟"又是用倒装兼对偶的手法，写出了泰山使人身心愉悦而畅快的魅力。

4.善于炼字。例如，一个"钟"字，把大自然写成了恋人，使之有了恋人那样的专注与真情；一个"割"字，把大自然写成了匠人，使之有了匠人一般的巧手与智慧。

纵观杜甫的一生，由于种种原因，在为官方面未见其有大的作为，但在忧国忧民方面，在深刻记录社会生活方面，同期的诗人是无法与他相比的。至于说到诗歌创作的造诣，毫不夸张地说：杜甫真的是登峰造极了，他所写的"一览众山小"的理想，也真的变成了现实！

江畔独步寻花（其六）

杜甫

黄四娘家花满蹊，

千朵万朵压枝低。

留连戏蝶时时舞，

自在娇莺恰恰啼。

诗 文 赏 析

　　《江畔独步寻花》组诗是杜甫在成都浣花草堂创作的，共七首，本篇为第六首。杜甫避战乱于四川，应该是有忧有喜的。《茅屋为秋风所破歌》写的，是诗人忧的一面；而《江畔独步寻花》写的，则是诗人喜的一面。

　　诗题的意思，即诗人在江边，独自一人一边散步，一边赏花。蹊(xī)，指小路。娇，即可爱的样子。恰恰，拟声词，这里形容黄莺悦耳的鸣叫声。留连，也写作"流连"，就是舍不得离去。

　　有人认为，这首诗是在渲染春天的美好景色：小路上花团锦簇，花下的枝条被压得垂下来，花瓣之上是流连忘返的彩蝶与恰恰鸣叫的黄莺，它们活泼自在的神态，能给人一种轻松愉悦的感觉。在花旁的小路上，"恰恰"这种极富韵律的字眼，使得全幅明丽纷繁的画面充满了动感，也使得诗歌有着更明快、更流利的节奏。

　　笔者认为，杜甫这首诗主要是写花的。诗人是想让春天的美好与它的勃勃生机，通过他所描写的花体现出来。这种写法既折射出了诗人"语不惊人死不休"的艺术追求，更反映了诗人与众不同的审美情怀。下面就说说这样分析的理由。

　　首先，诗的题目明确告诉读者，诗人在"寻花"，而非寻小路、寻蝴蝶、寻黄莺呀！所以，离开写花的这个主旨，来赏析杜甫的这首诗，就可能喧宾夺主。

其次，看看各句的含义以及各句之间的关系。第一句"黄四娘家花满蹊"，是说在黄四娘家的小路上，诗人寻到了花。"花满蹊"描写了百花连片、占满小路的景象，通过正面描写的方法，直接显示花的数量之多。第二句"千朵万朵压枝低"，以"千朵万朵"突出花的数量多、种类多，用"压枝低"写花朵的繁盛。

第三句"留连戏蝶时时舞"对味觉的描写独辟蹊径，以侧面描写（也叫间接描写）的方法展现花的艳丽与馨香。请看："留连"是形容蝴蝶飞来飞去，就像舞蹈那样，恋恋不舍。可是，我们要问：它们是在什么地方飞来飞去并且舞蹈起来呢？毫无疑问，它们是在花丛之中，是在花朵之上呀！原来，能够吸引蝴蝶的，正是花的艳丽与馨香。第四句"自在娇莺恰恰啼"承接第三句的写作手法。"娇"字使读者想象黄莺柔美的身姿与撒娇的样子；"恰恰啼"，可以使读者聆听黄莺悦耳的鸣叫声；"自在"，写的是黄莺在这美丽的花海中自由自在地遨游。你看，诗人一个劲地描写黄莺的欢快，似乎把他好不容易寻到的花都忘记了。其实不然。诗人如此着力描写黄莺，其主要目的仍然在表现他情有独钟的花呀！

可以说，诗的后两句，不仅暗示出花之多、花之浓、花之密，而且也暗示出花之艳与花之香，否则怎能让那么多的蝴蝶翩翩起舞，又怎能使那么多的黄莺自由自在地不住声地鸣叫呢？

此外，从创作艺术的角度说，本诗还有以下特点：

1.运用多种艺术方法，从不同角度显示事物的特点。

这首诗，除运用了拟人与侧面描写的手法外，还运用了对偶、叠词、互文等修辞格。如，第三句的"留连戏蝶时时舞"与第四句的"自在娇莺恰恰啼"，就是非常巧妙的对偶；其中"时时"与"恰恰"，都是叠词，非常贴切地反映出蝴蝶翩翩起舞的欢乐，十分生动地写出了黄莺轻快的鸣叫声。仔细琢磨一下，不难发现，这两句诗还暗用了互文的方法：你看，说蝴蝶在"留连"，其实暗中告诉读者，黄莺也在"留连"，否则它为什么"恰恰"啼叫呢？同样，说黄莺"自在"，其实也悄悄地告诉我们，蝴蝶也很"自在"，不然，它为什么要"时时"起舞呢？

2.用生动的艺术形象，激发读者的想象力。

这首诗所展现的意象有三个：一个是"满蹊"而"压枝低"的花朵，另一个是翩翩起舞的蝴蝶，还有一个是恰恰啼叫的黄莺。把这三个意象合起来，我们的眼前就会闪现出一个广阔的大舞台，而这舞台是由无数芬芳艳丽、层层叠叠的花朵搭成的。好多位舞蹈家在舞台上翩翩起舞，他们挥动着彩色的衣袖招引同伴，并分享花的世界。与此同时，歌唱家们正在花的舞台上引吭高歌，似乎在呼唤其他同伴，共同到花的舞台上一展歌喉！

3.在这首诗里，诗人是导演，也是演员。

诗题中的"独步寻花"四个字，已经透露出诗人在诗中所扮演的是引领者的角色。他既是导演，也是演员。诗人置身于花的世界之中：他沿着黄四娘家的小路慢慢地踱步，他被"千朵万朵压枝低"的百花舞台所吸引，接着他与花中的蝴蝶和黄莺同台演出了。那"留连"那"自在"的，难道仅仅是蝴蝶和黄莺吗？那"时时舞"那"恰恰啼"的，难道会少了已经如醉如痴的诗人？

闻官军收河南河北

杜甫

剑外忽传收蓟北，初闻涕泪满衣裳。

却看妻子愁何在，漫卷诗书喜欲狂。

白日放歌须纵酒，青春作伴好还乡。

即从巴峡穿巫峡，便下襄阳向洛阳。

诗文赏析

这首诗作于杜甫晚年。那时，持续了七年多的"安史之乱"终于宣告结束，这位饱经战乱的诗人正流落在四川。他听到战乱结束的消息后，欣喜若狂，恨不得马上回到自己的家乡。

闻，即听说。官军，指唐朝军队。剑外，剑门关以南，这里指四川。蓟北，泛指唐代幽州、蓟州一带，现在的河北北部地区，原是安史叛军的根据地。河南河北，指黄河以南与黄河以北地区，不是指现在的河南与河北两省。裳（cháng），指古人穿的下裙。妻子，妻子和孩子。却，作副词，再。漫卷（juǎn），胡乱地卷起。

青春，指美好的春天，不是指年轻时候。巴峡，巴县（古县名，在今重庆境内）以东的石洞峡、铜锣峡、明月峡的统称。巫峡，长江三峡之一，因穿过巫山得名，在湖北省。襄阳，今属湖北；洛阳，今属河南。

这首七言律诗，从写作艺术方面看，有几点值得读者注意。

1.首联"剑外忽传收蓟北"中的"忽"字表示突然，突然就是没想到。那时安史之乱已经乱了七年多，而诗人在此期间经受了各种各样的磨难，正不知道这战乱何时到头。他做梦也没想到，能够听到官军收复蓟北的消息。诗中的"忽"与"满"，写出了诗人惊喜激动的心理状态。我们在古诗中常常看到形容眼泪多的词语，涉及到穿着时，"衣"与"裳"二字总是单独出现，而不是同时出现的，如"泪沾裳""泪湿罗衣"。白居易倒是写过"湿衣裳"的句子，但那是形容"白露"的，而且也只是"湿"了一下而已。杜甫却让"衣"与"裳"合在一起出现。在古代，"衣"指的是上衣，"裳"指的是下裙。在"衣裳"之前加上一个"满"字，请想象一下，那眼泪多到何种程度！一个"满"字，就使这眼泪变成悲与喜融合在一起的山洪，一下子倾泻下来。

2.尾联"即从巴峡穿巫峡，便下襄阳向洛阳"，单从字面来看，好像只是写诗人在想象"还乡"的路程；但可以感受到诗人渴望立刻"还乡"的迫不及待的心情。"即"，在这里不当"就"讲，是立即的意思；"便"同"即"，也是立即的意思。再加上"从""穿""下""向"这些表示连续动作的字，诗人似乎已经兴奋激动到忘乎所以的程度。

3.诗人善于运用对比、衬托，以及情景交融多种手法。

颔联是"却看妻子愁何在，漫卷诗书喜欲狂"，有人认为，"却"字当回头讲，"却看"就是"回头看"，意指诗人似乎想向家人说些什么，但又不知从何说起。笔者觉得这种分析有待商榷：诗人听到好消息时应该立刻告诉妻子才对呀，为什么要回头看呢？难道他们是背对背坐着或背对背站着吗？查《汉语大词典》，"却"字有当"再"讲的义项，而无当"回头"讲的内容。以"再看"理解"却看"，即诗人与妻儿对视，原有的愁容消失了。这一对比，不仅表现妻儿的高兴与激动，而且又从侧面突出了诗人的欣喜，这岂不是对比兼衬托的艺术？而就情景交融来说，"白日"与"青春"对应的是令人心旷神怡的美景，"放歌"与"纵酒"把诗人的喜极而泣书写得淋漓尽致。

杜甫草堂之见闻

现在，全国好多地方都有纪念杜甫的墓地、祠堂、遗址、纪念馆等。如，河南巩义市有杜甫故里纪念馆；湖南耒（lěi）阳有杜甫墓、杜工部祠、杜陵桥、杜陵书院等遗址，有些甚至是重点文物保护单位。至于四川成都的杜甫草堂，更是重中之重。笔者曾专程去杜甫草堂拜谒过，还看到革命前辈的不少题词：

1.朱德总司令的题词是"草堂留后世，诗圣著千秋"。

2.陈毅元帅借杜甫之诗句"新松恨不高千尺，恶竹应须斩万竿"颂之，并跋诗"此杜诗佳句，最富现实意义，余以千古诗人、诗人千古赞之"。

3.叶剑英元帅留有题词："杜陵落笔伤豺虎，爱国孤惊薄斗牛。"

杜甫与杜甫川

革命圣地延安城南的七里铺，有个拐沟沟，叫杜甫川。据说这里原来叫豆腐川，由于杜甫当年路过此处，后来为了纪念他，就更名为杜甫川。

相传，安禄山发动叛乱以后，杜甫投奔唐肃宗，曾路过这里。那天，正是中秋节，日头快要落山的时候，杜甫来到一个小村子。刚走几步，迎面碰上一个衣服破烂的老人。老人听他是从京城长安来的，便问："你叫什么名字？"杜甫回答："杜甫。"老人高兴地说："豆腐？那咱是同行，我也是卖豆腐的！咱走，回咱那个穷窝里睡一晚上暖和觉，喝一碗热豆浆，吃一块热豆腐……"这天夜里，杜甫添柴烧火，老人点豆腐浆。第二天，做好了两担豆腐，他俩每人挑了一担，顺着"豆腐川"，向延安城奔去。临别之际，老人把这天卖了豆腐的钱全都给了杜甫做盘缠（路费）。后来，杜甫为了怀念陕北延安等地的父老兄弟对他的深情厚谊，写下了不少诗篇。

延安人也没忘记这位诗人，他们把杜甫走过的这条川称为"杜甫川"。宋代的范仲淹还在杜甫歇息过的石崖上，亲笔题了"杜甫川"三字。

（原文出自三秦游网，有删改）

枫桥夜泊

张继

月落乌啼霜满天，

江枫渔火对愁眠。

姑苏城外寒山寺，

夜半钟声到客船。

诗 文 赏 析

张继，唐代诗人，襄州（今湖北省襄阳市）人，生卒年代不详。安史之乱时，江南比较安定，不少文人逃到江浙一带避乱，张继也到了苏州。在一个秋天的夜晚，诗人泊舟苏州城外的枫桥，看到了江南深秋夜景，于是写出了《枫桥夜泊》这首诗。

诗题中的枫桥，在今苏州市阊（chāng）门外。有人说原名封桥，因张继写了《枫桥夜泊》而改叫枫桥；也有人说，原来把这座桥叫封桥，其实叫错了，是张继纠正过来，才叫枫桥的。夜泊，即夜间把船停靠在岸边。乌啼，意思是乌鸦啼叫。霜满天，形容天很冷。江，指吴淞江，俗称苏州河；江枫，指江边的枫树。渔火，指渔船上的灯火。对愁眠，通过拟人手法，写江边的枫树和渔船上的灯火都陪着忧愁睡眠。姑苏，指苏州，因城西南有姑苏山而得名。寒山寺，始建于南朝梁代，相传唐代寒山与拾得两位高僧曾住在这个寺院。夜半钟声，现在的寺庙一般情况下，半夜是不敲钟的，但唐代有半夜敲钟的惯例。

下面从三个角度，赏析一下本诗。

1.有声有色，声色互衬。

先说有色。全诗写的是江南深秋独有的夜色：月亮之色、乌鸦之色、夜空之色，以及枫树与渔火之色。这几种颜色不是独立存在，而是互相映照的。它们共同铺陈出一幅秋季凄冷而寂静的景象来。

再说有声。虽然只有一句"夜半钟声到客船"，但这突然而来的钟声却惊动了将睡未睡或惊醒了刚刚入睡的诗人。那么，此时此刻，这声音会起到怎样的作用呢？

最后说声色互衬。如上所述，秋夜的颜色是凄冷而寂静的，而"夜半钟声"一下子不仅惊动了诗人，而且撕裂了凄冷而寂静的夜景。这钟声不仅没给秋夜带来些许生气，更没给诗人带来丝毫的慰藉；恰恰相反，它响过后，只能使秋夜更加凄冷与寂静，使诗人心生惆怅，彻夜难眠。这就是声中有色，色中有声。

2. 有动有静，动静结合。

先说有动。"月落"是动，是说月影在移动；而"乌啼"与"夜半钟声"也是动，不过说的是声音的传播。

再说有静。"江枫"与"渔火"是静，"寒山寺"与"客船"也是静；不过，前者是形容景致，而后者则是显示处所。

最后说动静结合。这里必须强调一点，诗人不仅做到了动静结合，而且在有意无意中，表现出动动结合与静静结合的艺术。你看，"乌啼"停歇不久，诗人刚刚入眠，"夜半钟声"就"当当当"地响起来，声声入耳。这是一种怎样的氛围呀！再看，诗人在"客船"上睡眠，而"寒山寺"偏偏就在"客船"的附近，这又是一种怎样的情景呀！可这些有动有静的意象与声音又相互交错在一起，让我们的诗人如何熬过这个漫漫长夜呀?!

3.有景有情，情景交融。

这首诗的主题就是一个字："愁"！这是诗人集中抒发的情感。诗中除了明明白白写出的"愁"字之外，出现在读者眼前与耳边的，都是围绕这个"愁"字而来的形象和声音。也许有人问："月落"与"乌啼"固然会使诗人落泪，难道美好的"江枫"与红色的"渔火"也会使诗人难过吗？是的，何止难过，它们更会勾起诗人对过去、对将来的联想，而这种联想带来的沉重感，恐怕连"客船"都难以载得动呀！还有，那"夜半钟声"传到诗人耳中产生的愁绪，这些也是一种反衬艺术。当一个人高兴时，看见什么都是美好的；当一个人难受时，听到什么都是伤心的。这就是情景交融。

笔者曾拜谒过寒山寺，也翻阅过相关资料，在此想把自己知道的一些情况写在下面，供读者参考。

寒山寺的来源

寒山寺原名妙利普明塔院，建于南朝梁代。相传，唐代贞观时，有寒山、拾得二位高僧到此，遂有了寒山寺的名字。寒山和拾得是当时的高僧，都有诗集传世。他俩出家前是一对好朋友，关于他们的出家还有一段传说。据传，寒山出家之前是个杀猪的，经人介绍与家住青山湾的姑娘攀了亲，然而姑娘早与拾得相好，对此，寒山事前并不知道。寒山了解真相后，为了成全拾得婚事，毅然离开姑娘，到了苏州立庵修行。拾得发觉后，决心离开姑娘去找寒山，途中为了图吉利，顺手在池塘采一枝荷花，经过长途跋涉，终于找到寒山，寒山见拾得到来，手捧盛着素斋的篦盒迎接拾得，两人相视而笑。寒山寺碑刻上的"和合二仙"，就是两位好朋友久别重逢的特写镜头。

寒山寺钟

至于寒山寺钟，从唐代至今，已铸了好几次。现在寺中悬挂的只是清人陈夔龙所铸的铁钟，不但唐代张继所咏的"唐钟"早已不存，就是明代所铸的铜钟也已不知去向了。

据《寒山寺志·志钟》记载："唐钟炼冶超精，云雷奇古，波磔飞动，扪之有棱。"那口钟早已失传，明代本寂禅师重铸一口巨钟，唐寅《姑苏寒山寺化钟疏》记叙颇详。据传此钟声音宏亮，声闻十里，但已下落不明。有一种传说认为已流入日本。日本僧人山田寒山在其国内曾大力搜寻，遍访名寺古刹而未得，乃发起募捐，精工铸成青铜姊妹钟两口，一口送中国寒山寺，至今完好；一口悬挂日本馆山寺，并有铭文镇刻其上："姑苏寒山寺，历劫年久；唐时钟声，空于张继诗中传耳。尝闻寺钟转入我邦，今失所在；山田寒山搜索甚力，而遂不能得焉。乃将新铸一钟赍往悬之。"

除了上述两钟，今天，寺内还悬有另一钟，乃是1987年苏州建城2500周年大庆时，由爱国华侨们捐资铸造的。

关于"夜半钟声到客船"的争论

北宋大文学家欧阳修认为，张继写"夜半钟声到客船"是主观想象。他在《六一诗话》中批评张继说："诗人贪求好句而理有不通，亦语病也。"还说："句则佳矣，其如三更不是撞钟时。"意思是说，诗句写得很好，怎奈半夜不是敲钟的时候。其实，倒是欧阳修弄错了。后来，不少人用唐代诗人写的诗来反驳他，证明张继没错。如白居易《宿蓝溪对月》以"新秋松影下，半夜钟声后"来说明吴中半夜钟其来已久；于鹄《送宫人入道诗》："定知别后宫中伴，遥听缑山半夜钟。"温庭筠亦云："'悠悠放榜频回首，无复松窗半夜钟。'何独于继而疑之？"论断谨严，资料翔实，足可信服。

（原文出自《文史知识》第70期，有删改）

渔歌子

张志和

西塞山前白鹭飞，

桃花流水鳜鱼肥。

青箬笠，

绿蓑衣，

斜风细雨不须归。

诗 文 赏 析

张志和，字子同，初名龟龄，号玄真子，唐代诗人，浙江金华人。仕途不顺，后隐居江湖。他写的这首《渔歌子》，是脍炙人口的名篇。

诗题《渔歌子》，原为曲调名，后来人们根据它填词，又成为词牌名。西塞山在今浙江省湖州市西面，也有说在湖北省黄石市的。白鹭，是一种白色的水鸟。桃花流水，形容桃花盛开的季节正是春水盛涨的时候，俗称桃花汛或桃花水。箬笠，是用竹叶、竹篾编成的宽边防雨帽子；箬，一种竹子。蓑衣，是用草或棕编成的雨衣。鳜鱼，又称桂鱼，肉质鲜美。不须，即不必。

关于本诗，笔者有几点心得想与读者分享。

看到"白鹭"，不禁联想到杜甫的"两个黄鹂鸣翠柳，一行白鹭上青天"，以及郭沫若的散文《白鹭》。郭沫若写到了白鹭的站立："晴天的清晨每每看见它孤独的站立在小树的绝顶……"也写到了它的飞翔："黄昏的空中偶见白鹭的低飞……"如果说杜甫写白鹭"上青天"，是为了表现诗人昂扬向上的姿态，那么郭沫若写白鹭的"站立"与它的"低飞"，是不是也在暗示他的独立人格与低调的人生姿态？以此为参照，张志和写"白鹭"写"飞"，除了形容鱼米之乡的勃勃生机外，是不是也在隐喻自己离开官场后，那种"天高任鸟飞"的自由与快乐呢？

"桃花流水"不禁让人想到，每年二三月间，北方有的地方冰雪还未化尽，而江南已是桃花盛开，溪满河溢了。于是，鱼群逆水而上，也来享受这初春的大好风光。唐代诗人戴叔伦《兰溪棹歌》中有"兰溪三月桃花水，半夜鲤鱼来上滩"的句子，好像是专为张志和这句词作注解似的。不过，与戴叔伦不同的是，他不写鲤鱼，而是写鳜鱼。一个"肥"字，不仅使读者观赏到鳜鱼那胖乎乎的形态与游姿，还勾起了人的食欲。

若问，戴"箬笠"穿"蓑衣"的人是谁呢？他在干什么呢？有人认为，这个人是诗人。笔者觉得并不一定。试想，一位戴箬笠、穿蓑衣的渔父正在垂钓或捕鱼，诗人同他的好友们看到这个情景，临时起了垂钓的兴致，这是多么惬意的事情啊！

最后一句画龙点睛。"斜风"与"细雨"互相映衬着，与前面所写的"山""白鹭""桃花""流水""鳜鱼""箬笠""蓑衣"等意象中的人与景、动与静、远与近、高与低、色与声，有机地融合在一起，绘成一幅渔翁烟波垂钓图，奏出一组山水共鸣之交响乐。

这首《渔歌子》全篇只有"不须归"三个字是直接抒情，其余都是通过写景，来隐喻作者思想感情的。我们知道，鳜鱼以捕食小鱼为生，晚上与早晨正是它们觅食的时间。所以，"不须归"三个字，似乎有意告诉读者，作者与他的好友决定，今天晚上就不回去了，要尽情享受鳜鱼的美味。

如果说"斜风细雨不须归"是点睛之笔，那"不须归"就是眼睛中那颗圆润而又闪着异样光彩的眸子，其中寄托的，正是他此生将徜徉于山水之间，长期过隐逸生活，不再回到官场之中的心情。

新唐书：张志和传

张志和字子同，婺州金华人。始名龟龄。父游朝，通庄、列二子书，为象罔、白马证诸篇佐其说。母梦枫生腹上而产志和。十六擢明经，以策干肃宗，特见赏重，命待诏翰林，授左金吾卫录事参军，因赐名。后坐事贬南浦尉，会赦还，以亲即丧，不复仕，居江湖，自称烟波钓徒。著玄真子，亦以自号。有韦诣者，为撰内解。志和又著太易十五篇，其卦三百六十五。

兄鹤龄恐其遁世不还，为筑室越州东郭，茨以生草，椽栋不施斤斧。豹席棕屏，每垂钓不设饵，志不在鱼也。县令使浚渠，执畚无忤色。尝欲以大布制裘，嫂为躬绩织，及成，衣之，虽暑不解。

观察使陈少游往见，为终日留，表其居曰玄真坊。以门隘，为买地大其阃，号回轩巷。先是门阻流水，无梁，少游为构之，人号大夫桥。帝尝赐奴婢各一，志和配为夫妇，号渔童、樵青。

陆羽常问："孰为往来者？"对曰："太虚为室，明月为烛，与四海诸公共处，未尝少别也，何有往来？"颜真卿为湖州刺史，志和来谒，真卿以舟敝漏，请更之，志和曰："愿为浮家泛宅，往来苕、霅间。"辩捷类如此。

善图山水，酒酣，或击鼓吹笛，舐笔辄成。尝撰渔歌，宪宗图真求其歌，不能致。李德裕称志和"隐而有名，显而无事，不穷不达，严光之比"云。

中国古代的"渔父"形象

渔父，作为一个虚构的人物形象，经常点缀在古代文人的诗文、绘画中，寄寓着丰富的文化内涵。早在春秋战国时代，渔父形象已经在文人作品中出现了。

以《庄子·渔父》篇为例，"下船而来，须眉交白，被发揄袂"的渔父形象，既不同于奔走济世的儒者，也不同于狷介抗俗的隐士，而是往来江海之上的避世者的代称，或者说是隐士中一种类型人物的通名。

至于《楚辞》里的渔父，则与屈原形成鲜明对比，他们代表的是两种不同的处世观念，屈原是作为济世者出现的，渔父则是作为避世者出现的。

汉魏以来，文人崇尚隐逸的风气逐渐盛行起来。作为避世者的渔父形象，更加受到文人的青睐。那种"不凝滞于物，而能与世推移"的处世态度，与士族文人所崇尚的不拘形迹的"心隐"、"朝隐"多有契合，为玄学家们的清谈玄想提供了素材。

到了唐代，渔父形象在诗歌中也是屡见不鲜的。岑参、高适、柳宗元都曾以渔父作诗。至于元代，还出现过不少渔父图。

总体而言，历代文人借助渔父的面具，或表达其避世的取向，或描述其自得的意趣，或显示其孤高的人格，或发泄其愤世的牢骚，从而赋予这一虚构的人物形象相当复杂的文化内涵，反射出古代文人特有的文化心态和审美情趣。

（原文出自《文史知识》第120期，有删改）

逢雪宿芙蓉山主人

刘长卿

日暮苍山远，

天寒白屋贫。

柴门闻犬吠，

风雪夜归人。

诗文赏析

刘长卿是唐代诗人，字文房，宣城（今属安徽）人。中过进士，也当过官，因被人诬陷，曾两次被贬。这首诗应写于被贬之后。暮色中，诗人走了很远的山路，到一户人家去投宿，正碰上风雪漫天。有人评论这首诗写得好：诗中有画，画外见情。

宿，投宿，借宿。芙蓉山，山名，有人说可能是今江苏常州的芙蓉山（因为以"芙蓉"命名的山不少）。主人，指留诗人借宿者。苍山远，青山在暮色中显得很远。苍，青色。白屋，指用未曾油漆的木材盖的简陋的房子，一说是白雪覆盖的房子。

有一种观点说，诗中的"主人"是诗人自己；还有一种观点认为，诗的后两句是"写诗人投宿主人家以后的情景"，意思是说，诗人投宿住下之后，这家的主人才冒着风雪回来。

笔者认为，主人这个词，在这个语境中，是指接待宾客的人，与客人相对；或者说是指留宿客人的房东。而诗人是投宿者，他只能是客人，怎么能是主人呢？说诗的后两句"是写诗人投宿主人家以后的情景"，恐怕也有不妥。为什么？"日暮苍山远，天寒白屋贫"，是写诗人投宿前在路上看到的情景，其中虽然写他看到了"白屋"，但没写他已经进了主人的屋子。如果说"柴门闻犬吠，风雪夜归人"这两句是"写诗人投宿主人家以后的情景"，那诗中的"夜归人"是谁呢？是"白屋"的主人吗？如果是，为什么还会"闻犬吠"呢？难道这"犬"还不认识它的主人吗？况且，既然主人"风雪夜归"，那诗人怎么进屋的呢？莫不是屋里还有个主人！

我们说，这首诗是顺叙，而不是倒叙。题目《逢雪宿芙蓉山主人》告诉读者，诗人在夜行中遭遇风雪，最后投宿于芙蓉山主人之家。"日暮苍山远，天寒白屋贫"写的是诗人途中所见景象，顺序是先看到远山，后看到人家。其中，"日暮"点出投宿的时间是傍晚；"苍山远"则是写诗人在风雪途中看到了遥远的青山。"天寒白屋贫"不仅交代了投宿的地点，而且也暗示了这是一处穷人家。至于后两句，毫无疑问也是顺叙。你看，诗人看到"白屋"之后，立刻高兴起来，快步走到"白屋"的"柴门"之前。大概他去敲门时，听到了"犬吠"之声。最后一句，自然是好心的芙蓉山主人留这个"风雪夜归人"在他家住宿了。

就创作艺术而言，本诗具有以下特色：

1.善于炼字。诗人投宿的是穷人家，没有直接描写其穷苦程度，却只用了"寒""白""贫""柴"等字来渲染，表达了诗人对主人的感激与同情。

2.善于制作"动画片"。请看：一个漂泊的文人，在风雪交加的黄昏匆匆赶路，他放眼望去，四周茫茫一片，只看到远处的青山。这时，他突然发现前面不远处有一户人家。于是他加快了脚步，迎着风雪向前奔去。这户人家只有一道柴门，他刚要进去，就听到狗叫的声音；接着主人从屋里出来，看到他满身是雪，便赶紧把他迎了进去。画面感十足。

3.字字是情。读者可能会想：这首诗连一个抒情的句子都没有，怎么能说"字字是情"呢？是的，从表面上看确实如此。但刘长卿这首诗的高明之处恐怕也正在于此。你看："暮"字是指傍晚，不仅表达诗人担心无法找到投宿处，而且也隐含着他有"日暮途穷"的伤感；"远"字意为遥远，虽然"青山"美好，但它是"可望不可即"的去处，现在连今夜还不知怎么度过，那远处的美好东西想都别想；"夜"字则把全篇的背景定格下来，其实，"天寒"也罢，"风雪"也罢，它们虽然无情，可如果是在白天，会是怎样呢？诗中的"夜"一语双关，不仅写天黑，更是隐喻诗人的心情；"归"字此处不能当回家讲，须知，诗人不仅写他在雪夜中苦苦奔波的真实情景，也在借题抒写他的人生之路。这样的夜晚，在几乎走投无路时遇上了芙蓉山主人，而且受到了热情的接待，诗人会是怎样呢？虽然不至于连说"谢谢"甚至泪流满面，但此刻他的内心应是五味杂陈的，他多么需要有人给他温暖和慰藉呀！

唐才子传：刘长卿

长卿字文房，河间人。少居嵩山读书，后移家来鄱阳最久。开元二十一年徐征榜及第。至德中，历监察御史。以检校祠部员外郎出为转运使判官，知淮西、岳鄂转运留后。观察使吴仲孺诬奏，非罪系姑苏狱，久之，贬潘州南巴尉。会有为辩之者，量移睦州司马。终随州刺史。长卿清才冠世，颇凌浮俗，性刚，多忤权门，故两逢迁斥，人悉冤之。诗调雅畅，甚能炼饰，其自赋伤而不怨，足以发挥风雅，权德舆称为"五言长城"。长卿尝谓："今人称前有沈、宋、王、杜，后有钱、郎、刘、李。李嘉佑、郎士元何得与余并驱！"每题诗不言姓，但书"长卿"，以天下无不知其名者云。

刘长卿事迹考辨（节录）

刘长卿早期曾经历开元、天宝的所谓盛世，但他的大部分作品写于安史之乱以后，过去有人将他列入中唐，如高仲武《中兴间气集》主要选唐肃、代两朝诗，其自序称："唐兴一百七十载，属方隅叛涣，戎事纷纶，业文之人，述作中废。粤若肃宗先帝，以殷忧启圣，反正中原；伏惟皇帝以出震继明，保安区宇，国风雅颂，蔚然复兴，所谓文明御时，上以化下者也。仲武不揆菲陋，辄罄搜闻，博访词林，采察谣俗，起自至德元首，终于大历暮年，述者二十六人，诗总一百三十四首，分为两卷。"其书卷下即选刘长卿诗九首，而将他与钱起、李嘉祐、戴叔伦、皇甫冉、韩翃、郎士元等并列。《中兴间气集》所载诗人，没有一个是在开元、天宝时已享诗名的。高仲武在评语中对刘长卿的诗尚有些微词，如说："诗体虽不新奇，甚能炼饰，大抵十首已上，语意稍同，于落句尤甚，思锐才窄也。如'草色加湖绿，松声小雪寒'，又'沙鸥惊小吏，湖色上高枝'，又'细雨湿衣看不见，闲花落地听无声'，裁长补短，盖丝之颣欤。"而到了中唐后期的皇甫湜，对刘诗的评价已高，他在《答李生第二书》中，对当时年轻士子那种"争为虚张，以相高自谩"的风气提出批评，就曾举例说："诗未有刘长卿一句，已呼阮籍为老兵矣；举语未有骆宾王一字，已骂宋玉为罪人矣。"（汲古阁本《皇甫持正集》卷四）可见刘长卿的炼句（高仲武所谓

"甚能炼饰"）已为皇甫湜那样主张尚奇的散文家所注意。至宋代，就有人有意模仿其诗句者，如陆游《老学庵笔记》卷四载：

> 刘长卿诗曰："千峰共夕阳。"佳句也。近时僧癫可用之，曰"乱山争落日"，虽工而窘，不逮本句。

到了明朝，又有人把他列入盛唐，如著名的唐诗评选家高棅，在其所编《唐诗品汇》中把刘长卿与高适、岑参等都称之为名家，而按照《唐诗品汇》的体例，凡称之为名家、大家的，都算是盛唐。清初的阎若璩，也说"刘长卿之为盛唐也无可疑"。至于清中叶时的卢文弨，更认为盛唐中唐之际，自杜甫之后就要算上刘长卿了。

由此可见，对于刘长卿的评价，随着时间的推移，是愈往后愈高的。

（节录自《唐代诗人丛考》，有删改）

塞下曲（其二）

卢纶

林暗草惊风，

将军夜引弓。

平明寻白羽，

没在石棱中。

诗 文 赏 析

卢纶，唐代著名诗人，字允言，今山西永济西南人，曾任河中浑瑊元帅府判官，官至检校户部郎中，为"大历十才子"之一。他的作品有送别酬答主题的，也有军旅生活主题的。

卢纶所写《塞下曲》组诗共六首，这里选的是第二首"将军夜猎"的故事。据说，汉代名将李广善射，一次夜猎，本来是草中的一块石头，他却看成了一只虎，于是一箭射去。天亮一看，箭头竟然射进一块石头之中了。

诗题《塞下曲》为汉乐府旧题。惊风，指突然被风吹动。引弓，即拉开弓。白羽，指箭杆后面有白色羽毛的箭。没（mò），陷入的意思。石棱，指石头的边角。

这首诗通俗易懂，如同讲一个故事。前两句"林暗草惊风，将军夜引弓"，不仅交代了故事发生的时间、地点，而且渲染了故事氛围。其中"暗"与"夜"相照，"林"与"草"相映，将它们与"惊""风"二字联系起来，最后构成了静中有动、动中有静的画面。而这一切仅仅是背景而已，这画原来是专为"将军"的出场创设舞台的。

按一般道理讲，"夜引弓"之后应该写将军的行动了，可诗人却就此停笔，以此来启发读者自己去思索想象。这种"引而不发"的写法，令人叹为观止。

有人可能想：这位将军半夜起来在树林里拉弓，他在干什么呀？是在练功呢？还是有点夜游症呢？抑或是发现了敌情呢？当你思索无果，想象无获时，你就得看后面的诗句了。

后两句"平明寻白羽，没在石棱中"是说，天刚亮就去寻找白羽箭，一看，箭头却深深地陷入一块石头的边角之中。此时恍然大悟：哦，原来将军在睡梦中听到了风声，也许同时听到了老虎的吼声，他赶紧起来看个究竟，结果发现远远的地方蹲着一只老虎。于是，他拉弓搭箭，射向那老虎。随后一看，那老虎一动不动了。将军这才安然入睡。诗人仅用短短二十个字，便把故事的全貌呈现给读者，而且不着一字地赞赏了将军精湛的武功与他的警觉性。无愧其"才子"之名。

上面所说，也许是不了解"李广射虎"那段故事的读者之想象；如果读者脑海里原来就有"李广射虎"的故事，他们读了这首诗，应该感悟到弦外之音。卢纶的《塞下曲》组诗共六首，这里讲的是其中第二首。第三首为："月黑雁飞高，单于夜遁逃。欲将轻骑逐，大雪满弓刀。"其余四首也无一不是在写雄浑肃穆的边塞景象，无一不是在写勇敢善战的边疆将士。所以，把这组诗作为一个整体来理解，这首诗似乎又在借李广的故事，从侧面赞颂全体守边将士的英勇姿态与警觉值守。

李广射虎

司马迁的《史记·李将军列传》中有这样一段话：

广（即汉代名将李广）居右北平（一说旧址在今内蒙古宁城县甸子镇黑城村黑城古城），匈奴闻之，号曰"汉之飞将军"，避之数岁，不敢入右北平。

广出猎，见草中石，以为虎而射之。中石没镞（箭头），视之石也。因复更射之，终不能复入石矣。广所居郡闻有虎，尝自射之。及居右北平射虎，虎腾伤广，广亦竟射杀之。广廉，得赏赐辄分其麾下，饮食与士共之。

新唐书：卢纶列传

卢纶字允言，河中蒲人。避天宝乱，客鄱阳。大历初，数举进士不入第。元载取纶文以进，补阌乡尉。累迁监察御史，辄称疾去。坐与王缙善，久不调。浑瑊镇河中，辟元帅判官，累迁检校户部郎中。尝朝京师，是时，舅韦渠牟得幸德宗，表其才，召见禁中，帝有所作，辄使赓和。异日问渠牟："卢纶、李益何在？"答曰："纶从浑瑊在河中。"驿召之，会卒。

纶与吉中孚、韩翃、钱起、司空曙、苗发、崔峒、耿湋、夏侯审、李端皆能诗齐名，号"大历十才子"。宪宗诏中书舍人张仲素访集遗文。文宗尤爱其诗，问宰相："纶文章几何？亦有子否？"李德裕对："纶四子：简能、简辞、弘止、简求，皆擢进士第，在台阁。"帝遣中人悉索家笥，得诗五百篇以闻。

新嫁娘

王建

三日入厨下，

洗手作羹汤。

未谙姑食性，

先遣小姑尝。

诗 文 赏 析

王建（约公元767年—约830年），唐朝诗人，字仲初，许州（今河南许昌）人。曾考中进士，做过秘书丞、光州刺史等职。擅长乐府诗，与张籍齐名，世称"张王"。

谙，熟悉。姑，这里指婆婆。遣，派，也可理解为"让"的意思。小姑，丈夫的妹妹。

关于这首诗的写作艺术，下面谈三点体会。

首先是明白如话，有浓浓的亲切感。

字句浅白易懂，哪怕现代人读起来，不参考解释，对大意的理解也能做到一目了然。当然，需要注意一下"姑"与"羹汤"。笔者曾把这首诗念给年长的老婆婆听过，当他们知道"姑"的意思后，就笑着对我说："这是谁写的？真好！我们做媳妇的时候就是这样。只是我们没这个新嫁娘聪明罢了。啊呀，旧社会，三年的媳妇才熬成婆呀！"至于"羹汤"二字，那是用了借代手法，会让人马上想到那是指饭菜。你看，通俗不？亲切不？

其次是炼字，用来写景传情。

王建的这首诗没有直接写景，更无直接抒情的句子。但聪明的诗人却以"炼字"的艺术，做到了有情有景，情景交融。这里只分析"遣"之妙用，其余，如"洗""尝"之艺术效果，就请读者自己体会与想象了。

遣，是派的意思；这是表示上级或长辈使唤下级或晚辈所用之词，而王建却偏偏让新嫁娘从口中说出这个词。这是为什么？笔者认为，他用"遣"字是动了脑筋的，绝不是因为考虑到这里该用仄声字，因为"请"与"使"也都是仄声字；而且用上"请"或"使"，似乎更符合新嫁娘的身份。诗人或许想告诉读者：这个新嫁娘与"小姑"之间是有特殊关系的，用今天时髦的话来说，那俩是闺蜜呀！所以，这个"遣"字包含的故事多么生动有趣啊！

第三是以简洁的语言描写当时社会的某种风俗，有意无意地给读者以某种启示。

这首诗表面上只写了新嫁娘婚后第三天下厨房做饭的小事，但却为我们了解当时社会婚俗提供了一个观察视角。诗人写诗时，也许并不考虑读者会感受到什么，但可以肯定的是，他写《新嫁娘》，并不是简单记录新嫁娘婚后三天的经历，至于他究竟还有无其他想法，那就不得而知了。当然，恐怕他也不会想到后世社会风俗的巨大变化。

《新嫁娘》二首

其一

邻家人未识，床上坐堆堆。

郎来傍门户，满口索钱财。

意思是说，结婚第一天，夫家的邻居们就挤在新房之中，新娘羞涩地端坐在一层一层的被褥上。等到新郎要进来时，他们就堵在门口，向新郎索要钱财：不给你就别想进来。

其二

锦幛两边横，遮掩侍娘行。

遣郎铺簟席，相并拜亲情。

意思是说，结婚第二天，伴娘之类的人在两边用彩色的幛幔遮掩着新嫁娘慢慢前行，而新郎则要铺好竹席，两个人一同拜见父母与其他长辈。

至于赏析部分的诗歌，写的则是新嫁娘第三天第一次下厨做饭时的情景。你看，这个新嫁娘多么聪明：为了迎合婆婆的口味，先让小姑子尝尝。诗人写这首诗自有其特定的寓意，而不同的读者也自有"见仁见智"之体会，所以，不必评说谁是谁非。

《闺意上张水部》与《新嫁娘》

朱庆余写过一首《闺意上张水部》（又名《近试上张水部》）的诗，其诗曰："洞房昨夜停红烛，待晓堂前拜舅姑。妆罢低声问夫婿，画眉深浅入时无。"

据说，此诗是朱庆余参加进士考试前夕所作。唐代士子在考试之前，往往要把自己的诗呈给名人指点，而朱庆余请教的名人便是张籍。"张水部"就是指张籍，因为他曾担任水部员外郎之职务，故称"张水部"。朱庆余生卒年代不详，但此诗是呈给张籍的，而张籍所生活的年代，几乎与王建相同。

王建写的是新嫁娘第三天的事，而朱庆余写的却是婚后第二天的事。第二天是第一次见公婆，新嫁娘在意的首先是自己的装束与打扮能否能使公婆满意，所以，要请教"夫婿"；而第三天则要下厨房给全家人做饭了，那就得先讨好婆婆，只要婆婆满意了，即使公公有点意见也问题不大，所以，新嫁娘先要了解婆婆的口味。

这两首写新嫁娘的诗，其实有异曲同工之妙！可惜，就现在笔者能搜集到的资料而言，还不能肯定王、朱所写的这两首诗哪首在前哪首在后，更不知他们是否读过对方的诗。如果王建的诗在前，而且朱庆余又读过王建的诗，那么，朱庆余是不是避开写新嫁娘第三天的事，有意写第二天新嫁娘拜公婆前的生动细节呢？倘若真的如此，那就更佩服朱庆余想象的奇特，更佩服其构思与用语之巧妙了。由于我们现在讲的是王建的诗，所以，对朱庆余诗的评论，就只写这几句。

游子吟

孟郊

慈母手中线，

游子身上衣。

临行密密缝，

意恐迟迟归。

谁言寸草心，

报得三春晖！

诗 文 赏 析

　　孟郊（公元751年—814年），唐代诗人，字东野，湖州武康（今浙江德清）人。现存诗歌500多首，大多是五言古诗，代表作有《游子吟》。

　　孟郊从小死了父亲，是在母亲的关怀与教育下成长的。那时候男孩子想要有出息，就得参加科举考试。唐代的考试非常复杂，一般来说，考上进士才能当官。而参加考进士的人太多，录取率却很低。孟郊连考两次都没考上，他非常失望，就不想再考了。可是，他母亲却鼓励他，让他发奋读书，最后再考一次。他听了母亲的话，终于在第三次考试时考中了进士。那年，他已经46岁（一说45岁）了。然而，孟郊没有马上当官，直至50岁时，才到溧阳（今属江苏常州）做了县尉。他在溧阳上任不久，就派人把年迈的母亲接来。据说，这首《游子吟》，就是母亲来到的头一天晚上写的。

　　这首诗的大意为：慈祥的母亲为将要远行的儿子缝制衣衫，那针脚密密相连，唯恐迟归的儿子衣衫破烂。啊！谁敢说春天小草的感恩之心，能报得完春天阳光的恩典？其中有几个词语需要注意：寸草，指春天的小草。三春晖，指春天的阳光。三春，即是指春天的三个月（农历正月为孟春、二月为仲春、三月为季春）。晖，指阳光，注意不要写作辉。

　　古今表达母爱的诗很多，其中最能引起读者共鸣的，恐怕就是孟郊的《游子吟》了。下面，我们具体讲讲这首诗好在哪里。

前两句写人的关键词是"慈母"和"游子"，写物的关键字是"线"和"衣"。这样写就使母亲的针线与儿子的衣衫连在了一起，人与物的结合，写出了母子相依为命的骨肉之情。

中间两句集中描写慈母为将要远行的儿子缝制衣衫的动作细节与此时此刻的心理活动。母亲的手在一针一线地缝着，这一针紧挨着那一针，线线相连，细细密密。这是写母亲动作的细节。那么，母亲为什么要密密地缝呢？原来，她是担心儿子远行之后无归期啊！要知道，那时可不像现在，可以乘火车、坐飞机；那时，有钱人远行可以骑马，像孟郊这样的人只能靠两条腿。儿子远行后，几个月甚至几年都可能音信全无，因为那时可没有电话，更不知道什么叫手机呀！

母亲只是这样想啊想，却没有说一句话，没有流一滴泪。但是，深沉的母爱却温暖着诗人与读者的身心，催人泪下。这里请读者注意：母亲"临行密密缝"的动作，以及"意恐迟迟归"的担忧，是孟郊作为儿子感受到的！所以，这首诗所传递的，也有儿子对母亲的深情！

至于最后两句，灵活运用了比喻、对比、反问等修辞手法。

从比喻的角度说，他把母亲对儿子的爱比作春天的阳光，把儿子对母亲的感恩比作春天刚刚长出来的小草。诗人把自己比作小草，意思在说，小草是在阳光哺育下生长出来的；现在小草长出来，正是为了报答阳光哺育它的恩情啊！

从对比的角度说，又可以细分为两个层次。

第一层是春天的阳光与春天的小草对比：尽管小草为大地送来些许绿色，但与向世界（包括小草）献出温暖与光明的阳光相比，就显得非常渺小！

第二层是儿子的报恩之心与母亲的慈爱之心相比：尽管儿子倾其所有来关怀与扶养母亲，但与母亲倾其一生对儿子的培育和牵挂相比，就显得不值一提！

从反问的角度说，这两句话如果用白话陈述出来，就是这样：儿子小草般的感恩之心，是报答不完母亲那像春天太阳一样的光辉的。而如果用反问句表达，则是：儿子小草般的感恩之心，怎么能报答如同春晖一般的母爱呢？诗人通过这种句式，不仅写出母爱的伟大，更写出了儿子因无法报答母爱而生出的痛苦心情！

所以，这首诗与其说是书写母爱的感人之作，不如说它是表达母子相互牵挂的经典诗篇，甚至可以说，这就是从诗人心底唱出的一支母亲爱儿子、儿子爱母亲的颂歌！

文章结尾时，还想提醒读者，现在的浙江德清县城武康镇有孟郊故里。那里不仅有东野古井和孟郊祠，还有春晖公园，园内有"慈母春晖"长幅浮雕，镌刻了现代著名作家冰心亲笔书写的《游子吟》。你如果旅游，可以去看看。

书孟东野诗

苏轼

元丰四年，与马梦得饮酒黄州东禅，醉后诵孟东野诗云："我亦不笑原宪贫"，不觉失笑，东野何缘笑得原宪？遂书此以赠梦得。只梦得亦未必笑得东野也。

唐诗纪事校笺（节录）

李翱荐郊于张建封云：兹有平昌孟郊，贞士也。伏闻执事旧知之。郊为五言诗，自前汉李都尉、苏属国，及建安诸子，南朝二谢，郊能兼其体而有之。李观荐郊于梁肃补阙书曰：郊之五言诗，其有高处，在古无上；其有平处，下顾两谢。韩愈送郊诗曰：作诗三百首，杳默咸池音。彼二子皆知言也，岂欺天下之人哉！郊穷饿不得安养其亲，周天下无所遇，作诗曰：食荠肠亦苦，强歌声无欢。出门即有碍，谁谓天地宽。其穷也甚矣。凡贤人奇士，皆自有所负，不苟合于世，是以虽见之，难得而知也。见而不能知其贤，如勿见而已矣。知其贤而不能用，如勿知其贤而已矣。用而不能尽其才，如勿用而已矣。尽其才而容谗人之所间者，如勿尽其才而已矣。故见贤而能知，知而能用，用而能尽其才而不容谗人之所间者，天下一人而已矣。

郊下第诗曰：弃置复弃置，情如刀剑伤。又再下第诗曰：两度长安陌，空将泪见花。而后及第有诗曰：昔日龌龊不足嗟，今朝旷荡思无涯。青春得意马蹄疾，一日看尽长安花。一日之间，花即看尽，何其速也。果不达。

历代诗话（节录）

孟东野诗，李习之所称："食荠肠亦苦，强歌声不欢。出门如有碍，谁谓天地宽。"可谓知音。今世传郊集五卷，诗百篇。又有集号咸池者，仅三百篇，其间语句尤多寒涩，疑向五卷是名士所删取者。东野与退之联句诗，宏壮博辩，若不出一手。王深父云："退之容有润色也。"

江雪

柳宗元

千山鸟飞绝，

万径人踪灭。

孤舟蓑笠翁，

独钓寒江雪。

诗 文 赏 析

柳宗元（公元773年—819年），唐代著名文学家、思想家，字子厚，河东（今山西省运城西南）人，唐宋八大家之一，与韩愈共同倡导唐代古文运动，并称"韩柳"。《江雪》是他写的一首山水诗，描写了一幅动人的江天雪景图，历代诗人无不称赞。因为他是河东人，所以，他的作品集叫《柳河东集》。

诗中有几处字词，需要大家注意。绝，意思是无，没有。万径，指千万条路；径，路。人踪，指人的脚印。蓑笠（suō lì），即蓑衣和斗笠。蓑，用草或棕编制成的用来防雨的衣服；笠，用竹篾编成的用来防雨的帽子。

下面，简单谈谈本诗的创作艺术。

1.全诗句句写景，无一直接抒情的句子。

这首诗可以绘成这样一幅黑白水墨画卷："千山鸟飞绝，万径人踪灭"作为背景，而"孤舟蓑笠翁，独钓寒江雪"，则是这幅画的中心。

当然，你也可以另辟蹊径，把它绘作四幅连环画：第一幅是白雪覆盖着的连绵不断的群山；第二幅是与群山相连，恰似用千万条洁白厚实的绒毡铺成的道路；第三幅是戴着斗笠、披着蓑衣坐在孤舟上的一位老翁；第四幅是那船上的老翁伸着长长的鱼竿，静静地在大雪纷飞的江中垂钓。

要知道，诗人的垂钓，可不是传达寄情于山水之间闲适生活的，他所要抒发的恰恰是不改初衷、不屈不挠的精神境界。

2.用诗中隐含着的信息，寄寓诗人的思绪，同时引发读者的想象。

北大教授、我国著名学者吴小如先生曾说："诗人用'千山''万径'这两个词，目的是为了给下面两句的'孤舟'和'独钓'的画面作陪衬。没有'千''万'两字，下面的"孤""独'两字也就平淡无奇，没有什么感染力了。"笔者想接着吴先生的观点继续谈一下。

"千山鸟飞绝，万径人踪灭"两句中的"鸟""人"二字与"绝""灭"二字，隐含着诗人不愿明说的信息。在大雪纷飞前，这里是热热闹闹、欣欣向荣的：在万里无云的碧空中，在起伏连绵的群山中，鸟儿们都在愉快地飞翔，在高兴地鸣叫；在一条条四通八达的道路上，南来北往的红男绿女络绎不绝。而现在，鸟的影子也看不到了，人的踪迹也没有了。

诗人仿佛在告诉世人：倘若我们的革新能够进行到底，或许还可以扶大厦于将倾，挽狂澜于既倒。而如今是黄钟毁弃，瓦釜雷鸣！实在是漫天飞雪，凄凄惨惨，冷冷清清！呜呼！"鸟"，"绝"也！"人"，"灭"也！这样的炼字，充分显示出了诗人的艺术内涵！

3."孤舟蓑笠翁，独钓寒江雪"中的"翁"是诗人柳宗元的自我写照。

有人问：评论这首诗的人都说诗中的人物即作者，根据什么如此断定呢？难道他不可以是一位在大雪中垂钓的渔翁吗？

对于这个问题，笔者的回答如下：

一是在现实生活中，有谁见过在漫天大雪的寒冬一个渔翁独自在江中垂钓呢？二是即使是诗人柳宗元，恐怕也不会真的"独钓寒江雪"，诗中垂钓的"蓑笠翁"只是诗人为我们塑造的一个艺术形象罢了。

这个形象的特点非常鲜明：其一，他生活在凄清冷漠的环境中。你看，这里天寒地冻，大雪漫天，不要说行人，连人的脚印都看不到了；不要说飞鸟，连鸟的影子也找不着了。这岂不是在告诉我们，诗人柳宗元所生活的时代，就是这样一个迅速衰败的景象吗？其二，这个形象尽管孤身一人，但他不畏严寒，不畏冰雪。这岂不是告诉我们，诗人柳宗元是一个满身傲骨的形象吗？其三，这个形象是一个明知不可为也要努力有所作为的强者。人们看到"独钓寒江雪"这句诗，总是认为这仅仅是寄托诗人的一种幻想而已，因为人踪、鸟影都消失得不知去向的寒冷的雪天，你一个孤舟上的渔翁还会钓上鱼吗？不，他相信能够钓上来：虽然寒冬雪天不是钓鱼的好季节，但也不是完全不可以垂钓的，就看能否坚持下去；况且当下的雪再大，也有停的时候，只要耐心等待，大雪过后，一定会有所收获的。

结合上述思考，笔者认为，诗中所写的这位雪中独钓的"蓑笠翁"不是别人，正是诗人自己，正是柳宗元的真实写照；而《江雪》这首诗中的一字一句也无不寄托着柳宗元的人格魅力与坚贞不渝的斗争精神。

永贞革新

安史之乱后，唐代江山更加不稳。一方面，地方的藩镇将领不听话，另一方面，宦官一度受到皇上的重用，甚至掌握了兵权。唐顺宗（李诵）即位后，提拔并重用他的老师王伾（pī）与王叔文。于是，王伾与王叔文等人就在顺宗的支持下，发起了一场革新运动。当时，顺宗的年号为永贞，所以，这场革新就被称为"永贞革新"。

作为王叔文的好友，柳宗元也积极响应新政改革，甚至成为革新派的重要成员。当时，柳宗元已经当上了礼部员外郎，掌管祭祀、教育、考试，以及同藩属和外国往来之事。可是，好景不长，由于宦官与地方藩镇将领的共同反对，这场革新运动只进行了一百多天，就宣告失败了。别人不说，柳宗元被贬为永州（在今之湖南省内）司马，长达十年之久。唐代的"司马"，其实是个闲职，京官被贬为司马，只拿俸禄，没有实权。

《江雪》这首诗就是柳宗元在永州期间写的。

大家知道，韩愈与柳宗元是古文运动的发起者与推动者。可韩愈对"永贞革新"是不赞成的，他说革新派是"小人乘时偷国柄"；也就是说，他认为革新是一帮人趁机捞取名誉地位的行为。

今天，我们应当如何看待这场革新呢？我国现当代著名的历史学家韩国磐说："这些措施，打击了当时的藩镇割据势力、专横的宦官和守旧复古的大士族大官僚，顺应了历史的发展。"此外，南京大学中文系教授、中国唐史学会顾问卞孝萱也认为："他们的施政方针，主要是抑制专横的宦官集团，改革德宗时期诸弊政，是有进步意义的。"

早春呈水部张十八员外

韩愈

天街小雨润如酥，

草色遥看近却无。

最是一年春好处，

绝胜烟柳满皇都。

诗 文 赏 析

韩愈（公元768年—824年），是唐代文学家、思想家，字退之，河阳（今河南省焦作孟州市）人，祖籍河北昌黎，世称韩昌黎。提倡古文运动，唐宋八大家之首，与柳宗元并称"韩柳"，有"文章巨公"和"百代文宗"之名，他的作品多收在《昌黎先生集》里。

呈，表示恭敬地送给。水部张十八员外，指张籍，因为张籍在同族兄弟中排行十八，他曾任水部员外郎，所以韩愈这样称呼他。天街，有的解释为京城长安的街道，而唐代的长安共有南北大街11条，东西大街14条。所谓"天街"，准确地说，应指长安南北走向的朱雀大街。据考证，这条大街宽150米，长5020米。酥（sū），酥油，即奶油。最是，正是。处，时候，不能当地方讲。绝胜，即远远超过，或绝对超过。皇都，指长安，长安是唐代的京都。

有人认为，"天街小雨润如酥"是形容小雨的。起初，笔者总觉得这样解释有点别扭。笔者认为"润"字后面应该有宾语，小雨怎么可以自己润自己呢？参考杜甫的"随风潜入夜，润物细无声"，其中的"物"不是"润"的宾语吗？再说了，小雨是液态，而酥油是固态，它们之间有什么相似之处呢？后来读到李清照《浪淘沙·帘外五更风》中的"回首紫金峰，雨润烟浓"，我才得知，"润"也可以形容雨的特点。令笔者豁然开朗的是，那年笔者在杭州享受到了"润如酥"的小雨，那小雨落到身上就如同烟雾，可真的像酥油呀。

至于"草色遥看近却无"，则要从本人的亲身体验说起。

第一次，是在原来呼和浩特市三中的校门前。那是春节后不久的一个早晨，我从三中家属院出来，偶然从南往北望去，发现马路两旁离校门较远处的柳树绿绿的，非常好看；而我眼前的柳树则一如既往，毫无生气。

第二次，还是春节后，我到农村观察过，靠近我的草地是看不到什么颜色的，可我向远处一望，啊呀，那可真是一片绿色，像覆盖大地延绵不断的绿毯。

我发现，诗人简直是位高明的摄影师，能够如此巧妙地为我们捕捉大自然的奇观。

对于"最是一年春好处，绝胜烟柳满皇都"二句，笔者有三点体会：

第一，"最是一年春好处"指的不是"早春的小雨和草色"，而是指"草色遥看近却无"这种奇特景象。诗人写的"小雨"只是当天的情况，而"草色遥看近却无"的景象，不是非有"小雨"不可。

第二，诗人强调"草色遥看近却无"恰恰"最是一年春好处"，并非说"烟柳满皇都"不好，也不是说晚春的"衰落"感。诗人只是用对比的方法，说明两种美妙的时刻中哪个时刻更好而已，并无贬低后者之意。

第三，"烟柳满皇都"并非只写晚春"杨柳堆烟"的情景，诗人是用一种借代的修辞手法，形容晚春时那种百花齐放的景象的。其实，"烟柳满皇都"也是非常美好的，只是"草色遥看近却无"更胜一筹罢了。那么，它比之"烟柳满皇都"好在哪里呢？就小草而言，它好在嫩芽初现，好在生机勃勃，好在大地回春，好在蒸蒸日上，好在欣欣向荣……

总之，联系韩愈的生平经历，诗人似乎在诉说新生事物的前途是无限的。这种新生力量的涌现，照应着"小荷才露尖尖角，早有蜻蜓立上头"，也照应着朱自清《春》的最后一段话："春天像刚落地的娃娃，从头到脚都是新的，它生长着。春天像小姑娘，花枝招展的，笑着，走着。春天像健壮的青年，有铁一般的胳膊和腰脚，领着我们上前去。"

祭退之（节录）

张籍

呜呼吏部公，其道诚巍昂。

生为大贤姿，天使光我唐。

德义动鬼神，鉴用不可详。

独得雄直气，发为古文章。

学无不该贯，吏治得其方。

三次论诤退，其志亦刚强。

再使平山东，不言所谋臧。

荐待皆寒羸，但取其才良。

亲朋有孤稚，婚姻有办营。

如彼天有斗，人可为信常。

如彼岁有春，物宜得华昌。

哀哉未申施，中年遽殂丧。

朝野良共哀，矧于知旧肠。

籍在江湖间，独以道自将。

学诗为众体，久乃溢笈囊。

略无相知人，黯如雾中行。

北游偶逢公，盛语相称明。

名因天下闻，传者入歌声。

公领试士司，首荐到上京。

一来遂登科，不见苦贡场。

观我性朴直，乃言及平生。

由兹类朋党，骨肉无以当。

坐令其子拜，常呼幼时名。

追招不隔日，继践公之堂。

出则连辔驰，寝则对榻床。

搜穷古今书，事事相酌量。

有花必同寻，有月必同望。

为文先见草，酿熟偕共觞。

新果及异鲑，无不相待尝。

到今三十年，曾不少异更。

公文为时师，我亦有微声。

而后之学者，或号为韩张。

我官麟台中，公为大司成。

念此委末秩，不能力自扬。

特状为博士，始获升朝行。

未几享其资，遂忝南宫郎。

是事赖拯扶，如屋有栋梁。

送孟东野序（节录）

韩愈

大凡物不得其平则鸣。草木之无声，风挠之鸣。水之无声，风荡之鸣。其跃也或激之，其趋也或梗之，其沸也或炙之。金石之无声，或击之鸣。人之于言也亦然。有不得已者而后言。其歌也有思。其哭也有怀。凡出乎口而为声者，其皆有弗平者乎。乐也者，郁于中而泄于外者也。择其善鸣者而假之鸣。金石丝竹，匏土革木，八者物之善鸣者也。惟天之于时也亦然。择其善鸣者而假之鸣。是故以鸟鸣春，以雷鸣夏，以虫鸣秋，以风鸣冬。四时之相推夺，其必有不得其平者乎，其于人也亦然。人声之精者为言，文辞之于言，又其精也。尤择其善鸣者而假之鸣。

其在唐虞，咎陶禹其善鸣者也，而假以鸣。夔弗能以文辞鸣。又自假于韶以鸣。夏之时，五子以其歌鸣。伊尹鸣殷，周公鸣周。凡载于诗书六艺，皆鸣之善者也。周之衰，孔子之徒鸣之。其声大而远。传曰："天将以夫子为木铎，其弗信矣乎？"

其末也，庄周以其荒唐之辞鸣。楚，大国也。其亡也以屈原鸣。臧孙辰、孟轲、荀卿以道鸣者也。杨朱、墨翟、管夷吾、晏婴老聃、申不害、韩非、慎到、田骈、邹衍、尸佼、孙武、张仪、苏秦之属。皆以其术鸣。秦之兴，李斯鸣之。汉之时，司马迁、相如、扬雄，最其善鸣者也。其下魏晋氏，鸣者不及于古，然亦未尝绝也。

早春呈水部张十八员外（其二）

韩愈

莫道官忙身老大，即无年少逐春心。
凭君先到江头看，柳色如今深未深。

这首诗大意是：不要说官府的事多，也不要说你年纪不小了，就失去了少年时追逐与欣赏春天的心情。还是请你同我一道先到江边看看，如今的柳色是不是已经很深。

赋得古原草送别

白居易

离离原上草，一岁一枯荣。

野火烧不尽，春风吹又生。

远芳侵古道，晴翠接荒城。

又送王孙去，萋萋满别情。

诗 文 赏 析

　　白居易（公元772年—846年），唐代伟大的现实主义诗人，字乐天，号香山居士，祖籍太原，曾祖父时迁居下邽（邽，guī，今陕西渭南县），出生于河南新郑。白居易被称为"唐代三大诗人"之一（另两位是李白与杜甫）。因他与元稹共同倡导新乐府运动，所以并称"元白"，又与刘禹锡并称"刘白"。白居易的诗歌内容接近普通百姓，题材广泛，形式多样，语言通俗易懂。曾任翰林学士、左拾遗、左赞善大夫，当过杭州刺史与苏州刺史。公元846年，白居易在洛阳逝世，葬于香山。有《白氏长庆集》传世，代表诗作有《长恨歌》《卖炭翁》《琵琶行》等。

　　白居易年轻时去长安游学。一天，他拿着自己的诗去拜见当时的著名诗人顾况。顾况是当时享有盛名的诗人，宰相李泌的好朋友，任著作郎，掌管撰写碑志、祝文、祭文等。那时拜访他的人很多，但能够得到他赏识的人却很少。这天，顾况接见了青年白居易。据说，他看到白居易这个的名字后，就开玩笑地说："长安城里的粮食很贵，居住下来可不那么容易啊！"据南宋诗人尤袤（mào）《全唐诗话·白居易》记载："乐天未冠，以文谒顾况，况睹姓名，熟视曰：'长安米贵，居大不易。'"接着，顾况看白居易写的诗。当他看到一首诗时，马上改变了态度，说道："有诗如此，居亦何难！"这首诗就是《赋得古原草送别》。

先看一下本诗的词汇释义。赋得，借古人诗句或成语命题作诗，诗题前一般就加"赋得"二字；后来也成了科举考试命题作诗的一种方式。此诗是诗人准备科举考试而拟题的习作，所以也加了"赋得"这两个字。"赋得"的意思，类似咏物诗的"咏"。离离，形容草长得茂密繁盛的样子。一岁一枯荣，形容古原上的草，一年中有一度枯萎，也有一度繁茂。远芳，草香远播的意思。晴翠，草木在阳光照耀下的碧绿色。王孙，原指帝王子孙，后来多指游子、远行之人或送别之人。这首诗里的"王孙"就指送别的对象。萋萋，指青草繁盛缤纷的样子。

关于这首诗的写作特点，这里总结了三个方面：一是四位一体的表达艺术；二是人在画图里，情在春草中；三是百川归海，众星捧月。下面分别谈一谈。

1.我们读到的诗词多是运用两种以上的表达方式，而且往往是相对独立的。比如，前两句是描写，后两句是议论或抒情。但在一首短诗中，能够兼用叙述、描写、议论与抒情四种表达方式，而且又使四者融在一起，丝丝入扣，环环相连，这种写法非常少见。

把前四句合在一起看，既包含古原草的情况，又包含诗人的评论；通过情景变化的直观感受，展现诗人对春草勃勃生机的赞美！粗看后四句，好像只是写景，但仔细考虑，就会感到诗人对古原草真是爱到了极点：你闻，古道上弥漫着野草的芳香，而且是越远越香；你看，那荒城上艳阳与绿草相映成趣，一片生机，将诗人的情感与看法融入景色之中，成就了诗人无心雕琢纯乎自然的四位一体的表达艺术。

2.这首诗不仅是一幅春的画图，也是一曲春的赞歌。当你把"离离""枯荣""野火""春风""远芳""晴翠""萋萋"这些词语连在一起时，不觉得它们是一幅充满春的色彩与气息的画图吗？而"烧""吹""生""侵""接""送"这些表示动作的词语连在一起，又像一个个音符，为我们奏响了春的田野交响乐。诗人不仅同广阔的田野联袂，组成了春的画图，还同大自然的天籁合璧，谱写出春的交响乐！这岂不是"人在画图里，情在春草中"吗？

3.这首诗异彩纷呈，令人应接不暇。因为诗人熟练地运用了各种艺术手段：有摹绘，有比喻，有借代，有拟人，有对照，有对仗，有双关，有炼字；还有动态描写，有静态描写；有情景交融，有画龙点睛，等等。先是对仗与对照的运用："野火烧不尽，春风吹又生"，这就是对仗兼对照的句子。野火与春风、烧与吹、尽与生，它们既是对仗，又是对照。接着是拟人与情景交融的运用："又送王孙去，萋萋满别情"这两句是点睛之笔，诗人终于露面了。原来是他在送别友人啊！你看，明明是自己满怀着依依不舍的送别之情，却偏要说有这种送别之情的是"萋萋"。而"萋萋"，是指浓绿而繁茂的春草。你想，在那样的时空中，连"萋萋"都在恋别，更何况诗人呢？就这样，诗人之情与"萋萋"之景融在一起，结果是你中有我，我中有你。这是出色的情景交融。啊，不管野火有多凶，春草是烧不尽的；不管考验有多少，友谊是永恒不变的。

至此，诗人心中那团跳跃的思想终于显现在我们的眼前：春光无限，生命不息。而且，这大自然的光明和温暖，与人类生命的瑰丽和顽强，又紧紧拥抱在一起，合唱生命的颂歌！

问刘十九

白居易

绿蚁新醅酒，

红泥小火炉。

晚来天欲雪，

能饮一杯无？

诗 文 赏 析

这首《问刘十九》是白居易晚年隐居洛阳时的作品。本诗写得通俗易懂，幽默有趣，充满了人情味。

全诗虽然只有短短二十个字，却把读者领到一个冬季泛着红红炉火的屋里，给人以满满的温暖。这时，诗人新酿的米酒还未过滤好，酒的表皮上还漂浮着一层绿色的泡泡，香气扑鼻。如果你正好遇上此情此景，你这个不速之客会怎么样呢？

诗题中的刘十九，是白居易挚友刘禹锡的堂兄，因为他在同族弟兄中排行十九，所以称作"刘十九"。绿蚁新醅酒，指新酿的酒。绿蚁，指新酿酒未滤清时，酒面上浮起的绿色泡沫；由于它的颜色微绿，细如蚁，所以称为"绿蚁"。醅（pēi），酿造。

本诗把三种颜色与三个意象融为一体。三种颜色是绿色、红色、白色，三个意象是"新醅酒""小火炉""天欲雪"。

这两个"三"融为一体，就使诗人的小屋温暖如春，洋溢着热烈欢快的气氛。此情此景，尤其会使生活在北方或到过北方的人们浮想联翩，幻想与诗人共饮一杯！

现实景物与想象中的景物相映成趣。诗人描写的现实景物是"绿蚁新醅酒"与"红泥小火炉"，而想象中的景物则是"晚来天欲雪"。这两种景物既是相互对比，又是互相映衬：对比，是指屋内温暖而屋外寒冷；映衬，是说正是由于寒冷，才显现出火炉的可爱，也正是因为温暖，才反衬出晚雪带来的诗意。

而这正是诗人请朋友刘十九共饮一杯的由头。

用字巧妙，耐人寻味。"新"字说的是：这酒是刚刚酿出的，专等你来尝新呢！"小"字说的是：用红泥制成的"火炉"小巧可爱，用它温出来的新酒，那味道你可品味过？至于"欲"字，分明是诗人在催促他的朋友：看样子马上下雪了，还不快点来？期盼朋友速来的迫切心情溢于言表。

最后一句余音绕梁，不绝于耳。如前所述，前三句都是写景（现实之景与想象之景），而"能饮一杯无"是惟一的抒情句。如果说前者是铺垫，后者就是诗人的心声；如果说前者是画龙，后者就是点睛。因为前三句竭力渲染酒之纯美，夸赞火炉之别致，描写晚雪之降临，目的只有一个，那就是勾起朋友的馋虫。

请注意，"能饮一杯无"用的是疑问句，而不是祈使句，不仅使人物栩栩如生，而且显现出人物之间的亲密关系。如果用祈使句写，那可能是"请君饮一壶"或"陪我喝杯酒"之类。这样写不仅索然无味，而且丝毫看不出人物之间的关系来。而当"能饮一杯无"这个疑问句出现在末尾时，对话的场景立马显现出来。诗人问："十九呀，我这里一切都准备好了，眼看就要下雪了，你闻到我家新酒的香味了吗？你能不能陪我喝一杯呀？能，你就快点来；不能，你也回个话。"

通览全诗，言简情长。诗人并非独钟情于刘十九，从某种意义来看，他还是倾心于读者的。他从生活中获得灵感，又以这种灵感引发读者的共鸣。这恐怕就是白居易诗歌的过人之处吧？

忆江南

白居易

江南好，

风景旧曾谙。

日出江花红胜火，

春来江水绿如蓝。

能不忆江南？

诗文赏析

这首词写作的具体时间，历来说法不一，我们这里不去考证它；但有一点是清楚的，那就是作于白居易离开杭州很长时间之后。题目《忆江南》，词牌名，又名《梦江南》《望江南》《江南好》等。这首诗中的江南，主要指长江下游的江浙一带。谙（ān），即熟悉。史书上记载，白居易年轻时曾三次到过江南。江花，长江边的花朵。绿如蓝，绿得好像蓝草；蓝，指蓝草，它的叶子可制青绿染料。

这首词的大意如下：江南多么美好啊！久违的美景，如在眼前。太阳升起时，江边的鲜花，像火焰一样灿烂；春天到来时，清澈的江水，颜色如同蓝草一般。啊，这怎能叫我不怀念江南？

这首词在写作艺术上，至少有两个方面值得注意。

1.白居易如同高级摄影师一样，善于选取最有吸引力的画面。

说到江南的景色，简直是目不暇接。可短短的五句话，怎么可以让读者欣赏到江南的美好呢？别急，诗人心中有数。

"日出江花红胜火"这句诗，描写旭日映照下江边的鲜花，说鲜花红得胜过火焰。这里呈现出三种意象：一轮红日、无数朵鲜花、跳跃着的火焰。这三种意象，无论单独拿出哪一个，都很美好；而诗人却让它们相融为三位一体的画面，互相映衬。

于是，就构成了春花怒放、生机勃勃的景象：温暖而艳丽，艳丽而浓烈！

"春来江水绿如蓝"这句诗，也为读者呈现出三种意象：温暖的春天、碧绿的江水、晶莹的蓝草。它们交相辉映，相得益彰，于是形成了绿水荡漾、碧波千里的壮观。

"日出江花红胜火"与"春来江水绿如蓝"这两句又相辅相成，融为一体。上句是日映江花红，下句是春染江水绿。红绿相间，红绿相映，这是江南独有而其他地方罕见的奇观啊！

2.善于综合运用多种表达方式与修辞手法。

从表达方式上看，"江南好，风景旧曾谙"，这是叙述；"日出江花红胜火，春来江水绿如蓝"，这是描写；"能不忆江南"，这是抒情。从修辞手法上看，"日出江花红胜火，春来江水绿如蓝"，这是比喻，同时是对仗（即对偶），也是绘色；而"能不忆江南"，则是反问。

多种表达方式与修辞手法的综合运用，并非刻意而为，而是诗人对江南无比怀念与特殊向往之情的自然宣泄。主题是"忆江南"，所以，就应告诉读者"忆"的理由，于是就用了叙述的方式："江南好，风景旧曾谙。"既然说到"风景"，就应让读者喜欢作者所熟悉的风景，这就得运用描写的方式："日出江花红胜火，春来江水绿如蓝。"而描写的目的就是引起读者的兴趣，从而也爱上江南；要想如此，就要写得绘声绘色，引人入胜。于是，诗人掌握的比喻、绘色与对仗等修辞手法就派上了用场。

最后一句运用了反问修辞手法，不仅极其自然，而且有极大的诱惑力；给人感觉是，如果你不去江南看看，那简直是一辈子的遗憾！试想，如果最后一句用了陈述句"时时忆江南"或"日夜忆江南"等，能有前面说的那种效果吗？而且，"能不忆江南"与"江南好"首尾照应：因为"好"之又好，所以才"忆"之无尽；由于"忆"之无尽，可见其"好"之又好。

唐末诗近于鄙俚

宋代文言轶事小说《墨客挥犀》里记载了一则这样的故事：唐朝著名诗人白居易，每次作好一首诗，总是先念给不识字的老婆婆们听，如果她们听不懂，白居易就反复修改，直到她们听后拍手叫好，才算定稿。

这是为什么呢？我们说，诗文写出来就是给大家看的，既然如此，就得写大家能懂而又喜欢的语言。另外，写诗文的目的恐怕不是为了孤芳自赏，而是想让更多的人分享、欣赏或评论。按照这个思路，那就应该写更多人之所想，写更多人之所懂。其实，这正是白居易写诗、写文的出发点。具体地说，就是虚心求教于民众，就是希望与百姓产生共鸣，就是尽量反映广大民众的心声。这一点，从他写的《卖炭翁》《重赋》《观刈麦》等诗中可以看得清清楚楚。

饮冰食檗：一个与《忆江南》有关的典故

白居易曾任杭州刺史，由于他为官清廉，又为老百姓做了很多好事，所以，当地百姓非常尊敬他。后来，白居易辞去官职，回到家乡。有一天，他进入书房，拿起书桌上两块杭州天竺山的石头欣赏起来。突然，觉得自己做了一件亏心事：怎么能白白拿走属于杭州人民的珍宝呢？于是，他提笔写了一首自责诗："三年为刺史，饮冰（表示清苦）复食檗（檗，读 bò，一种植物，味苦；食檗，形容生活艰苦）。唯向天竺山，取得两片石。此抵有千金，无乃伤清白。"大致意思是，他在杭州当官本来很清廉，因为拿了两块石头，恐怕有伤自己清廉的名声。

不久，他的挚友刘禹锡登门拜访。临走时，刘禹锡偶然看到书桌上的那首诗，就说道："区区两块小石头，你何必放在心上呢？"白居易听了却意味深长地说："可那石头是杭州百姓的石头，是天竺山的宝贝呀！我怎能据为己有呢？况且，如果来天竺山游玩的人都把天竺山的石头带回家，那还会有天竺山的美景吗？当时我只想带回来做个纪念，现在看来，这就相当于拿了百姓的千两黄金呀！"白居易的话，使刘禹锡很受感动。

忆江南（其二）

江南忆，最忆是杭州。山寺月中寻桂子，郡亭枕上看潮头。何日更重游！

忆江南（其三）

江南忆，其次忆吴宫。吴酒一杯春竹叶，吴娃双舞醉芙蓉。早晚复相逢！

悯农二首

李绅

锄禾日当午，

汗滴禾下土。

谁知盘中餐，

粒粒皆辛苦！

春种一粒粟，

秋收万颗子。

四海无闲田，

农夫犹饿死！

诗文赏析

李绅（公元772年—846年），唐代诗人。李绅幼年丧父，由母亲教他读书。青年时，看到农民终日劳动却常常挨饿的可怜情况，心里十分难过，于是就写下了《悯农》诗。他27岁中了进士，后来到首都长安，做了很大的官。但做大官后，就再没有写出关心农民的作品，其他影响大的诗也很少再听说过。据说，李绅做官期间，不爱护百姓。一次，他的下属向他报告说："本地百姓逃走了不少。"他听后竟然说："你见过用手捧麦子吗？饱满的颗粒总是在下面，那些糠皮子就随风而去。这事不必报来。"你看，他把逃难的老百姓比作了糠皮子。另有一些史料笔记认为，这首诗是另一位悯农诗人聂夷中所作。

悯，怜悯，有同情的意思。粟，小米一类的粮食。万颗子，指好多的粮食；子，指粮食的颗粒。四海，指全国。闲田，指没有耕种的田地。犹，还，仍然。

第一首诗第一句通过描写时间（中午）、太阳、农民、禾苗，以及锄地的动作，告诉我们：在烈日当空的正午，农民依然在田里劳作；那一滴滴的汗珠，洒在被太阳烤得火热的土地上。这使人想到，我们吃的每一粒粮食，都是千千万万个农民，用血汗浇灌出来的。这是"粒粒皆辛苦"的具体化和形象化。要不然，"谁知盘中餐，粒粒皆辛苦"岂不是成了空洞的说教，或者成了无病呻吟了吗？

第二首诗说"一粒粟"变成"万颗子"。这分明告诉读者：粮食丰收了。而为什么会丰收呢？毫无疑问就是由于农民的播种与收割。如果我们把这两句改成"春日一粒粟，秋天万颗子"，就不会有此效果。所以，一个"种"字，一个"收"字，都可谓一字千金。"四海无闲田"是说全国到处是良田，这和"一粒粟"变成"万颗子"联系起来想想，就成了到处硕果累累、遍地"金黄"的生动景象。可是，就在这样的好年成下，"农夫犹饿死"。这是一种控诉：勤劳的农民用他们的双手获得了丰收，而他们自己还是两手空空，而且活活饿死！诗人有意无意地告诉我们，他所在的社会，是多么的不平等啊！

这两首诗，语言通俗易懂，声韵和谐，读起来朗朗上口，而且容易背诵。这恐怕是李绅这两首诗长期流传的原因吧！

文章结束时，想起了2015年曾任我国外交部部长的李肇星写过的一篇文章。文章中有这样一段话："李绅幼年丧父，青少年时目睹农民终日劳作而不得温饱，便以纯真、有点激愤的心情写出了千古流传的《悯农》，被誉为悯农诗人。他27岁中进士，进了首都长安，后官至宰相。据传，随着官阶不断上升，他不再注重节约粮食，甚至逐渐腐化起来。对他争议多的是关于他卷入的朋党之争。由于脱离群众、直接参与剥削群众和争权夺利，他再也写不出纯朴善良的佳篇了。他后来写了不少应酬诗文，但那都是老百姓看不懂、不喜欢看的了。可见，一个人年少时很优秀，成年成名后更要自我约束，永远不忘人民是

衣食父母并接受其监督。《悯农》绝唱和李绅的演变至今对我们
还有深切的警示意义。"李肇星写的这段话值得我们深思!

李绅与《悯农》

传说，有一年夏天，李绅回故乡亳（bó）州探亲访友。正好碰上一个叫李逢吉的朋友，他也是个当官的。一天，他俩携手登上城东的观稼台。李逢吉遥望远方，吟了一首诗来，最后两句是："何得千里朝野路，累年迁任如登台。"意思是，如果升官能如登台这样快，那就好了。可李绅注意的却是在火热的阳光下，汗流满地的农夫。于是，他先是吟出"锄禾日当午……"这首诗，接着又吟出"春种一粒粟……"这首诗。

李逢吉听到"四海无闲田，农夫犹饿死"两句时，心想："这不是在揭朝廷的短吗？"顿时，李逢吉肚子里就生出个鬼点子，他想在皇帝面前告李绅一状，好让自己升官。于是，他对李绅说："老兄，你能不能把刚才吟的两首诗抄下来赠我，也不枉我两人同游一场。"李绅说，那两首小诗很短，也好记，不必抄录；他答应另写一首赠给李逢吉。说罢，李绅又提笔写下第三首诗："垄上扶犁儿，手种腹长饥。窗下织梭女，手织身无衣。我愿燕赵姝（shū），化为嫫（mǔ）女姿。一笑不值钱，自然家国肥。"李逢吉看了，喜上心来：他觉得这首诗对朝廷责备得更严重。

李逢吉回到京城长安后，立即把李绅写的诗呈给皇上看，说李绅写诗发泄对皇上的不满。可皇上看后没说什么。过了几天，皇上召李绅上殿，不仅没有指责他，反而感谢他让皇上了解到百姓的疾苦，还给李绅升了官。李逢吉呢？皇上把他的官给降了。你看，这个李逢吉偷鸡不着蚀把米。原来，人们只知道李绅写的《悯农》诗二首。据说，这第三首诗，是近代在敦煌石窟中的唐诗抄本中发现的。

（原文出自《北方新报》，有删改）

寻隐者不遇

贾岛

松下问童子，

言师采药去。

只在此山中，

云深不知处。

诗 文 赏 析

　　贾岛（公元779年—843年），唐代诗人，字阆（làng）仙，范阳（今河北省涿州市）人，与孟郊齐名。曾落拓为僧，后还俗，其诗以五律见长，在词句锤炼方面十分考究，典故"推敲"说的即是他对于"僧推月下门"与"僧敲月下门"的反复琢磨。

　　隐者，即隐士，隐居在山林中的人，一般指的是贤士。不遇，没有见到。童子，小孩。这里应指"隐者"的弟子。云深，指山上的云雾浓。

　　第一句"松下问童子"，起笔不凡，言简意赅，可以窥见贾岛的推敲功夫。"松下"一词，不仅透露出诗人与隐者平时相聚之处，而且暗示了诗人与隐者都有高洁的思想境界；一个"问"字，又曲折地表现出诗人此次未见隐者而又想立刻相见的急切之情；"童子"一词，显然是诗人所熟悉的隐者之弟子；而发问者显然是诗人自己。短短五个字，就写出了故事发生的地点、人物与他们之间的关系，道出了询问的缘由及问者的急切心情。

　　第二句"言师采药去"照应首句。"言"，写出了"童子"对诗人的回答；"师"，写出了童子对隐者的爱戴与敬仰；"采"，写出隐者攀山越岭的精神；"药"，说明隐者是精通医道的；而"去"，则说明隐者已经离开此地了。本来这孩子可以痛痛快快地告诉诗人师傅到山里去了，但他就是要"卖关子"，让对方着急。果然，诗人急不可耐了。

第三句"只在此山中"扑朔迷离，一语双关。扑朔迷离，是说那小孩有意同诗人"过不去"，只说师傅在山里；双关，是说省略了诗人的另一个问题——你师傅去哪座山采药了呢？

第四句"云深不知处"戛然而止，余味无穷。诗人听得着急："你快告诉我吧，你师傅到底在哪儿采药？哪怕说个大体位置也行！"可他得到的回答却是"云深不知处"，全诗至此戛然而止。

诗人与童子的问答，给读者留下了充足的想象空间：他究竟有没有等到隐者？诗人有没有继续去山中寻找隐者？……

我们说，诗题里的"不遇"与"隐者"形成呼应，采药人作为隐士的风骨与境界，是诗人所钦羡的。

游贾岛故居

据《大明一统志》记载，房山城西贾岛谷（即今周口店贾岛峪），有一间石室，相传为贾岛旧居。贾岛峪的山坡上有一株苍劲的古松，人称"贾岛松"。据说，《寻隐者不遇》便是在这棵古松下作成的。空灵的山风中，古松成就了贾岛与童子的问答，也成为诗中的一道风景。这两处可以作为我们寻访的一部分。笔者去过此处，但只记得隐隐约约有棵古松，据说那就是"松下问童子"之处。

据说，贾公墓祠初建于明代，清代以后曾多次修葺。现在我们看到的是2003年而后修建的。贾公祠主殿内重塑了贾岛塑像，这说明当地政府非常重视对历史文化的弘扬和对文物古迹的保护。

笔者多次应房山几所幼儿园所邀，而且他们都答应带我去看看，可是由于种种原因未能成行。他们曾告诉我，院落的后面是贾岛墓，贾岛墓碑的两边各有一块残存的清代石碑，一块是康熙三十九年（公元1700年）的祀地碑，一块是嘉庆二十三年（公元1818年）的贾公祠碑。

墓碑对面那座雕梁画栋的屋宇上有一块墨面金字的匾额——魂归故里。墓碑后面，是一座圆形的坟茔。我只是一饱耳福而已。

剑客

贾岛

十年磨一剑，霜刃未曾试。

今日把示君，谁有不平事？

这是贾岛的自喻，即托物言志：他将自己比作一把锋利的宝剑，那"未曾试"三个字，分明就是跃跃欲试的意思。

赠贾岛

韩愈

孟郊死葬北邙山，日月风云顿觉闲。

天恐文章浑断绝，再生贾岛在人间。

这首诗是说，孟郊死后，上天担心诗文完全断绝，所以又让贾岛降生到人间。你看，在韩愈的心目中，只有孟郊与贾岛才是天才。

贾岛遇宣宗私行

据说，有一天贾岛正在寺院里吟诗，碰巧微服私访的唐宣宗（李忱）登楼上来。宣宗随手拿起桌子上的一卷诗稿翻看。贾岛见状，停了吟诵，把诗稿抢了过来，很不高兴地说道："看你这个样子，衣食丰贵，但你懂诗吗？"宣宗听了，什么也没说，只是笑了一下，就转身下楼去了。过后，贾岛知道看他诗稿的是当今皇上，就慌忙上书请罪。宣宗看了，就降旨让他去做长江县（今四川蓬溪县）的主簿。后来，他还当过普州司仓参军。此后又改任其他官职，但未上任就病逝了。贾岛做了几年的小官，极其清廉。他病逝后，只留下了一张古旧的琴，还有那头他经常骑着的病驴。

（据《北梦琐言》内容改编）

山行

杜牧

远上寒山石径斜，

白云生处有人家。

停车坐爱枫林晚，

霜叶红于二月花。

诗 文 赏 析

杜牧（公元803年—852年?），唐代杰出的诗人、散文家，字牧之，号樊川居士，京兆万年（今陕西西安）人。因前有杜甫之名，后人称他为"小杜"。他中进士后，曾先后当过黄州、池州、睦州三地刺史，还担任过司勋员外郎、中书舍人。

山行，在山中行走。寒山，指深秋时的山。白云生处，白云袅袅升腾的地方。斜（xié），有伸向或倾斜的意思，不可读为xiá。

"远上寒山石径斜"一句里，"远上"不是指诗人的动作，而是指"石径"的趋势。这句诗是说，一条弯弯曲曲的"石径"向着远处的"寒山"攀缘上升。王之涣《凉州词》中"黄河远上白云间"的诗句，"远上白云间"与"远上寒山"的用法完全相同，不同之处在于：王之涣写的是黄河的去向，而杜牧写的是"石径"的趋向而已。

"白云生处有人家"一句，有的版本写作"白云深处有人家"。笔者觉得，"生"字更能显示全诗的意境，也更能体现杜牧的诗才。"深"，表现出来的仅是白云的浓度与厚度，毫无动感；"生"，不仅描绘出白云升腾飘动的旖旎状态，而且使大自然也获得了生命，也给那山里的"人家"披上了神秘的色彩。

有人把"停车坐爱枫林晚"中的"坐"解释为坐着，这句诗也就翻译为：夕阳映照着迷人的枫林晚景，诗人停下车来欣赏。笔者认为，将"坐"解释为"常驻"或"不动"更佳。如此，本句诗的意思就是：诗人停下车来，驻目欣赏着夕阳映照下的枫林晚景。驻目，即凝视之意。如此解释，这句诗立刻变成了一幅人物与景物交相辉映的图画了！

最后一句"霜叶红于二月花"，"霜"与"于"两字用得巧妙。"霜叶"的意思是霜打过的树叶，这里指的是枫叶。那么，为什么不干脆写成"枫叶红于二月花"呢？因为经历了秋霜的洗礼，枫叶的色彩变得更加鲜艳了。

有人认为，"红于"就是"红如"的意思，于是，把"枫叶红于二月花"解释为：枫叶好像二月花那样红。"于"确实可以当"如"讲的，但"于"还可以引出比较的对象，即当"比"讲。例如，《史记·平原君虞卿列传》"毛先生以三寸之舌，强于百万之师"中的"于"，以及荀况《劝学》"青出于蓝而胜于蓝"中的第二个"于"字，都当"比"讲。笔者认为，杜牧这句诗中的"于"也该当"比"讲。因为当"如"讲，那"霜叶"与春花一样，不过是美艳而已；而当"比"讲，就不仅写出"霜叶"鲜红的色彩，而且揭示出枫叶不畏寒冷，经得起风霜考验的特点。

综观全诗，除了描写秋天的美景，恐怕其中还寄寓着诗人的某种思想情怀。笔者总结了几点，供读者思考。

1.首句在字面上当然是写远山之寒冷，写山路之曲折，写攀登之艰难，但诗人是不是也在自喻他的人生道路呢？

2."白云生处"的"人家"，是不是在暗示诗人向往的理想所在呢？

3.诗人在远处看到了白云缭绕里的"人家"，可他并不着急到那里去，反而在枫林里停了下来。你看：傍晚时分，夕阳的余晖化作绚丽的晚霞，枫叶变得格外艳丽。他对于"霜叶"赞美，究竟源于这次"偶遇"，还是自我的欣赏呢？

吴武陵力荐杜牧

杜牧考进士之前，曾来投奔当时的太学博士吴武陵。吴武陵看了杜牧的诗文，尤其是看到他写的《阿房宫赋》，非常惊讶。于是吴武陵就去拜见主考官礼部侍郎崔郾(yǎn)，他对崔郾说："您不是为君王选拔人才吗？我现在就为您推荐一个人才。"说着，他就捧起手中《阿房宫赋》的文卷朗读起来。崔郾听了，也很赞赏。吴武陵趁机说："那就请点他为状元吧！"崔郾说："不行，状元已有人选了。"最后，吴武陵生气地说："既然前几名都不行，那就让他得第五名。否则，你就把这篇赋还给我！"

看到吴武陵生气了，崔郾就说："好多人都说杜牧不拘小节，我按照您的话去做就是了。"

夜雨寄北

李商隐

君问归期未有期，

巴山夜雨涨秋池。

何当共剪西窗烛，

却话巴山夜雨时。

诗 文 赏 析

李商隐（公元813年—858年），唐代诗人，字义山，怀州河内（今河南沁阳）人。因受牛李党争影响，遭受排挤而潦倒一生，然而，这些并不能掩盖他在诗文领域的辉煌成就。他与杜牧合称"小李杜"，与温庭筠合称为"温李"；其诗文与同时期的段成式、温庭筠风格相近，因三人在家族里都是排行十六，所以并称"三十六体"。

寄北，指写诗寄给北方的人。当时李商隐在巴蜀（四川），他的亲友在长安，所以说"寄北"。君，是对对方的尊称。巴山，即大巴山，诗中是泛指巴蜀一带。秋池，秋天的池塘。何当，什么时候能。共剪，是说一起来剪，形容深夜在灯下长谈。西窗，不一定是西面的窗户，而是泛指窗前。古代的蜡烛，烛芯是用棉线搓成的，直立在火焰的中心，不久就烧黑了，灯也就不亮了，所以就得用剪刀将残留的烛芯的末端剪掉，这样灯光才可明亮。却话，回头说说，就是指聊天。

诗的大意如下：你问我何时回去，我告诉你确定不了归期。今晚我在巴山，雨水涨满了这里的秋池。何时我们才能一起剪着烛芯，聊聊今夜相互思念的这件事？

下面谈谈本诗的思想感情与创作艺术。

1."君问归期未有期"一句，表面上看只是一个陈述句，但其内涵却非常丰富：从"君问归期"可知，诗人收到了对方的来信，盼望他早些回到其身边；从"未有期"可知，诗人也想早点回去，但由于种种原因，现在还回不去，至于何年何月可以回去，连诗人自己都无法知道；从全句所用一问一答的表达方式上，可以看到诗人身不由己的无奈。

2. 从字面上看，"巴山夜雨涨秋池"是在写景，但从结构上讲，却是跳跃的突转句。你看，诗人在首句中明明说，自己想回却回不去，理应向对方解释一下自己回不去的原因吧！可诗人却是笔锋一转，谈起他写信时夜雨涨满秋池的景象。诗人借此表达思念之情，犹如连绵不断的秋雨，涨满了心海。

3. 最后两句"何当共剪西窗烛，却话巴山夜雨时"，从内容上说是想象，从结构上看，则是承上启下。说想象，是因为诗句所描写的是将来回到对方身边时的情景：在他们熟悉的窗下共剪烛芯，促膝长谈，以致彻夜不眠。说承上启下，是因为"却话巴山夜雨时"与"巴山夜雨涨秋池"彼此照应，以眼前的景致，过渡到未来相聚的场景，以此表达思念。

此外，这两句之间还形成了鲜明对比：今夜是如此痛苦，而想象中的夜晚又是多么的惬意与幸福。这两种不同时空的情景与不同时空的感受，不仅外显于诗句之上，而且同时又内藏于诗人的心目之中。这是怎样奇特的情景相融啊？

苦与乐同在，情与景交织。结合李商隐一生的奋斗历程，这也许就是他人生的奇异轨迹，也许就是他始终追求幸福，却不知何时能够实现的曲折心境。

乐游原

李商隐

向晚意不适，

驱车登古原。

夕阳无限好，

只是近黄昏。

诗 文 赏 析

　　讲《夜雨寄北》时，我们提到了李商隐所处的时代，以及他的坎坷经历：有无奈，也有欢乐；虽然他的政治才能无法施展，但在诗文殿堂里却取得了成功。这些都有助于我们更好地理解这首诗的思想感情。

　　乐游原，也作"乐游苑"，一说其创建于西汉宣帝时，登上它可眺望长安城，故址在今天陕西省西安市。在唐代，乐游原是著名的游览胜地，文人墨客常常来此吟诗抒怀。向晚，傍晚；向，靠近的意思。意不适，心情不好；意，心情。

　　这首诗流传至今，向来争论激烈。一种说法是，李商隐所处的时代是衰落的晚唐，再加上他自己又很不得志，所以，这首诗反映的是一种伤感情绪；另外一种说法是，它反映的是一种有所作为的积极精神。我们试着逐句分析一下这首诗，看看到底哪种看法更符合诗人的思想。

　　首句是"向晚意不适"。这是说：傍晚时分，诗人心情不好。至于心情不好的原因，诗人并没有交代。有人认为，这句诗说明李商隐一生不得志，晚年忧郁不堪，诗中的"向晚"也就是暗示李商隐的垂暮之年。笔者觉得这种说法有些牵强。一个人即使经历坎坷，也不至于总是处在"不适"的牢笼之中，即使一生得意，也可能遭遇"不适"。更何况诗人"意不适"的时间是在傍晚，不能代表整整一天都心情不好啊！那应该如何缓解呢？这就直接引出了下一句。

第二句是"驱车登古原"。这句的作用是承上启下：承上，即写出诗人排遣"意不适"的独特方式；启下，是为写登古原的所见所想埋下了伏笔。而且，这句诗也照应了诗的题目，他登的"古原"就是"乐游原"。

后两句"夕阳无限好，只是近黄昏"，历来争论极大。一种意见是说：夕阳下的景色无限美好，但可惜它已接近黄昏了。持这种意见的人较多。另一种看法是说：正是因为到了黄昏时分，所以才有夕阳无限好的美景。

持第一种观点的理由是，由于不得志，李商隐一生处在苦闷之中，他看到无限好的夕阳，觉得面对如此美景，自己却处在如同黄昏的暮年，以此表达感伤之情，并发出慨叹；同时，他们把"只是"理解为表示转折意思的连词，于是，对后两句的翻译就是："虽然夕阳无限好，但是它已接近黄昏"。

持第二种观点者认为，李商隐一生固然不得志，但不代表他不再奋斗或自甘沉沦，而且"只是"二字应解释为正是。

以上两种观点，笔者倾向于后者；下面想再补充两点思考。

1.李商隐固然一生不得志，但那只是在仕途方面；至于在诗文创作方面，他的造诣已然达到了炉火纯青的地步，无论是当时还是稍晚一点的时期，他都是唐代诗文神坛上一颗耀眼的明星。这是不争的事实。所以，不能根据他在仕途方面的不得志，就认为他看到夕阳美景后，心生伤感或发出慨叹。

2.李商隐一生创作的诗文，无论是数量还是质量，都是很可观的。唐代大诗人白居易非常喜欢李商隐的作品，曾经感慨："我死后，得为尔儿足矣。"意思是：我死后，能做你的儿子就满足了。上一篇文章里的人物介绍说过，他与杜牧齐名，并称"小李杜"，温庭筠与他合称"温李"。这里再补充一点，他还与李贺、李白合称"三李"。这些都说明，李商隐虽然在仕途上不得志，但在文学创作方面的成就却很显著。如此才情，他怎么会总是伤感呢？由此联想唐代不少诗人，如李白、杜甫、柳宗元、杜牧、贾岛等，他们在仕途上也都一波三折，他们的遭遇比李商隐好不了多少，但也未见哪位诗人借景抒情时尽是伤感。

此外，李商隐也不止一次写到夕阳。比如他的《深居俯夹城》有"天意怜幽草，人间重晚晴"的句子；他的另一首《乐游原》写道："万树鸣蝉隔岸虹，乐游原上有西风。 羲和自趁虞泉宿，不放斜阳更向东。"（万树上鸣蝉面对着隔岸的虹彩，乐游原上吹着阵阵西风。羲和驾着太阳车到了它休息的地方，却不肯让夕阳掉头向东。）从这些诗句中丝毫看不出诗人有什么伤感来呀！

那么，这首《乐游原》呈现出来的意境是怎样的呢？

前两句诗说，诗人傍晚心情不好，于是驾车登上古原，目的当然是想调节这种不好的心情。后两句说，登上古原时已到黄昏时分，结果看到一轮灿烂的夕阳染得满天通红。

　　诗中的"夕阳无限好"与"只是近黄昏"之间不是转折关系，不是说：虽然夕阳无限好，但可惜它已经接近黄昏了；而应该是因果关系，意思是：唯独黄昏时分，夕阳才能无限美好。"夕阳无限好，只是近黄昏"是倒装句，正过来就是"只是近黄昏，夕阳无限好"。

　　如此解释不仅在语言上站得住脚，而且恰好照应了李商隐直到生命尽头依然笔耕不辍的执着，以及对于生命的热爱。从这个角度说，李商隐以夕阳自喻也就顺理成章了。

《西溪丛语》一则

"洞庭春水绿于云，日日征帆送远人。曾向木兰舟上过，不知元是此花身"。一小说：唐末，馆阁数公泛舟，以木兰舟为题。忽一贫士，登舟作此，诸公览诗大惊，物色之，乃李义山之魄，时义山下世久矣。又岚斋集载此诗，陆龟蒙于苏守张抟座上赋此木兰堂诗。未知孰是？

旧唐书：李商隐传

李商隐字义山，怀州河内人。曾祖叔恒，年十九登进士第，位终安阳令。祖俌，位终邢州录事参军。父嗣。

商隐幼能为文。令狐楚镇河阳，以所业文干之，年才及弱冠。楚以其少俊，深礼之，令与诸子游。楚镇天平、汴州，从为巡官，岁给资装，令随计上都。开成二年，方登进士第，释褐秘书省校书郎，调补弘农尉。会昌二年，又以书判拔萃。王茂元镇河阳，辟为掌书记，得侍御史。茂元爱其才，以子妻之。茂元虽读书为儒，然本将家子，李德裕素遇之，时德裕秉政，用为河阳帅。德裕与李宗闵、杨嗣复、令狐楚大相雠怨。商隐既为茂元从事，宗闵党大薄之。时令狐楚已卒，子绹为员外郎，以商隐背恩，尤恶其无行。俄而茂元卒，来游京师，久之不调。会给事中郑亚廉察桂州，请为观察判官、检校水部员外郎。大中初，白敏中执政，令狐绹在内署，共排李德裕逐之。亚坐德裕党，亦贬循州刺史。商隐随亚在岭表累载。三年入朝，京兆尹卢弘正奏署掾曹，令典笺奏。明年，令狐绹作相，商隐屡启陈情，绹不之省。弘正镇徐州，又从为掌书记。府罢入朝，复以文章干绹，乃补太学博士。会河南尹柳仲郢镇东蜀，辟为节度判官、检校工部郎中。大中末，仲郢坐专杀左迁，商隐废罢，还郑州，未几病卒。

商隐能为古文，不喜偶对。从事令狐楚幕，楚能章奏，遂以其道授商隐，自是始为今体章奏。博学强记，下笔不能自休，尤善为诔奠之辞。与太原温庭筠、南郡段成式齐名，时号"三十六"。

题菊花

黄巢

飒飒西风满院栽，

蕊寒香冷蝶难来。

他年我若为青帝，

报与桃花一处开。

诗 文 赏 析

这首诗是唐末农民起义领袖黄巢所写。黄巢（？—884年），曹州冤句（今山东菏泽市曹县）人，出身盐商家庭，善于骑射，粗通笔墨。他曾多次参加科举考试，未能得中。当时，由于旱灾严重，而官吏又不管百姓死活，王仙芝率领走投无路的百姓起义，黄巢积极响应，也发动起义。王仙芝死后，起义军聚集在黄巢周围，一路打到长安，唐僖宗逃跑，黄巢即位，国号"大齐"。后来，在唐朝军队的反攻下，黄巢被迫逃亡。有人说他自刎而死，也有人说他被外甥杀死。

这首《题菊花》表达了黄巢推翻旧政权的决心和信心，与历代诗作中菊花意象的感伤悲愤形成对比，展现了别样的思想与气势。可以说，黄巢笔下的菊花形象是前无古人的。

古代文人笔下的菊花，其形象多是孤高自傲，耐得起寒冷，经得起考验的，或与世无争的。如，陶渊明的"采菊东篱下，悠然见南山"，周敦颐的"菊，花之隐逸者也"等。这些都说明菊花的形象，要么是孤高傲世的志士，要么是洁身自好的隐者。而黄巢的菊花诗，却不落窠臼，赋予菊花别样的生命与内涵。

那么，黄巢笔下的菊花是怎样的形象呢？

第一句"飒飒西风满院栽"，不仅渲染了菊花之众多，而且赞颂了菊花的坚强。在飒飒西风中，满院都盛开着菊花，这一点分明就与文人的"孤高傲世"形成鲜明的对比。你看，"满院栽"三个字，尽显菊花不"孤"，它化身成为劳苦大众的象征。

可是，菊花还有它艰辛而遗憾的一面："蕊（花心儿）寒香冷蝶难来"。这是说，菊花虽然在秋季里也散发着芳香，但总是冷清凄凉，结果蝴蝶也不来光顾。而那些在春天里开放的桃花等，却享受着风和日丽的大好时光，享受着人间的光明与温暖。这是多么的不公平啊！菊花的这个特点，不正是劳动人民现实生活的写照吗？

三、四两句寓意明显，抒发了诗人改天换地的雄心壮志。黄巢直抒胸臆，表明他想改变菊花现在的命运，洗刷天底下这种不公平的现象。

怎么改变呢？要改变，就要找到这种不公平的根源：原来是"青帝"这个司春之神在作怪！好！那就干脆把原来的"青帝"拉下马，我黄巢来当"青帝"。那时，我说了算，我下一道命令：以后让菊花和桃花在同一时间开放，不得有误！

前面已经分析过，诗中的菊花就是那时千千万万受苦受难的劳动人民的化身，而诗中的"青帝"，当然就是指皇帝了。黄巢的志向，显然就是想推翻旧政权，由他来取而代之，还劳动人民一个公平！请注意：让菊花与桃花同一时间开放，体现的正是农民起义"均贫富"的渴望吧！

最后，再提醒各位注意"一处"这个词语。"一处"即同时，其中的"处"字，是时候、时间的意思，并非指处所。如"最是一年春好处，绝胜烟柳满皇都"，其中"春好处"，就是指春天最好的时候。

民间传说：正月十五挂红灯

黄巢攻打浑城时，三天都攻不下来，他气坏了。那时快过年了，又下了一场大雪，士兵大多还没有冬衣。于是黄巢把队伍拉到山里，想等过完年再打。

年后元宵节前，黄巢决定亲自进城摸摸敌情。于是，他挑上汤圆担子出了大营，直向浑城走去。不料，有间谍把他进城这件事告诉了官兵。进城后，黄巢发现官兵正在四处搜捕他，于是急忙扔下担子，钻进一家院子里。他正要插上门进屋，见一个老人从屋里走出来。他急忙走过去说："老人家行行好，把我藏起来吧！"老人没有多问，点头答应后，赶紧把黄巢领到后院，掀开醋缸盖儿，让他钻进去，说："客官，先委屈一下吧！"这时十几个官兵打开门，闯了进来。一个官兵头目恶狠狠地问："有人看到一个大汉进了你的院子，你把他藏在哪儿了？"老人说："没人进来！你不信，就请搜吧！"于是，十几个官兵立即进屋去搜，翻箱倒柜，还砸破了不少东西，连醋缸也打破了几个口子，醋流了一地。

官兵走后，黄巢从醋缸里爬出来，只见老人正在缸前落泪。黄巢赶紧走过去安慰："老人家不要哭了，过两天我赔你几口缸就是了。"老人劝黄巢："你快走吧，他们找不到人，还会回来的。"黄巢说："现在天还不黑，到处都是官兵，我从哪里出城呢？"老人说："你出了这条巷子，钻进对面院子，从后面出去就是天齐庙，你先在庙里藏着。天黑后，顺着城墙往南走，走不远，就有个豁口，你从那豁口出去。"

黄巢发现老人厚道诚实，就大胆攀谈起来："老人家，这座城怎么回事，黄巢十万大军攻了三天都攻不破？"老人说："客官有所不知，这城建在始皇时期，城墙又高又厚，上面还有滚木，两厢还藏有弓箭手。"黄巢进一步问老人："那就没法子破城了？"老人说："要进城，就得从我告诉你的那个豁口进来。"

黄巢估计老人已经知道自己是谁了，便干脆说出了真实身份。老人听了却毫不吃惊，说："我就知道你是黄大将军。"黄巢说："人家说我吃人不吐骨头，你不怕吗？"老人说："官家能有好话吗？我们老百姓可盼着你来呢！"黄巢听了很感动，说："你记着买几张红纸，扎个灯笼，正月十五挂在房檐上。"黄巢走后，老人悄悄地把这件事告诉了邻居。消息传开后，穷苦百姓人家纷纷买红纸扎灯笼。

正月十五晚上，黄巢带着五千精兵，从老人所指的那个豁口悄悄入城，然后来了个内外夹攻，很快攻破城门，起义军进城了！

穷苦人家门口的大红灯笼，把全城照得灯火通明。这一夜，凡是挂红灯的人家都安然无恙，起义军专门惩处了贪官污吏与劣绅恶霸。据说，从那以后，每年正月十五，家家户户都挂起了红灯。

（原文出自《中华民俗源流集成·游艺卷》，有删改）

官仓鼠

曹邺

官仓老鼠大如斗，

见人开仓亦不走。

健儿无粮百姓饥，

谁遣朝朝入君口？

诗文赏析

曹邺(yè)，晚唐诗人，字业之。桂州（今广西桂林）人。大中年间进士，官祠部郎中、洋州刺史、吏部郎中等。曹邺做官时，看到官场腐败、战士挨饿、百姓贫苦等现象，于是写下了这首讽刺诗。

官仓，不是一般的仓库，特指官府的粮仓。斗（dǒu），旧时容量单位，十升为一斗。走，这里是跑的意思，不是步行。健儿，指守卫边疆的战士。遣，派，让。朝朝，天天。君，这里特指老鼠，是拟人手法。

虽然这首讽刺诗的语言通俗易懂，但在思想感情与艺术形式方面，还是有其独到之处的，下面谈一些粗浅的体会。

首先，诗题《官仓鼠》，可能是受到《诗经·魏风·硕鼠》的启发。诗经的《硕鼠》把不劳而获的统治者比作大老鼠："硕鼠硕鼠，无食我黍！三岁贯女，莫我肯顾。逝将去女，适彼乐土。乐土乐土，爰得我所。"如果有人读过《史记·李斯列传》，还会知道这样一件事：说是秦代的李斯年少时当一个地方小官，看到粮仓中的老鼠，见了人和犬也毫不害怕。于是，李斯叹道："人之贤不肖譬如鼠矣……"

曹邺写《官仓鼠》估计也会想到类似的古书，但他没有用其中任何一个词儿来显示他写老鼠在比喻什么。

其次，诗中有两个字用得巧妙：一个是"斗"字，一个是

"谁"字。有的书上说，"大如斗"应是"大如牛"，这恐怕有损曹邺所呈现的艺术境界。须知，粮仓里的粮食是有出有进的，所以，想要计算其多少，必须用斗与升这样的容器。斗是一个上宽下窄的立方体，根据粮食的不同，一斗大约可以盛二三十斤粮食，或者更多。如果是一般的老鼠，大约可以放进去一百多只。官仓的老鼠与盛粮食的斗一般大，这种夸张的手法，绝非一个牛字所能比拟。

再说"谁"字之妙。表面上看，粮仓里老鼠成灾，是指粮仓管理人员失职。如果真是这样，诗人明说又有何妨？而诗人对此却有意装糊涂，故意问道："这究竟是谁这么好心，让您天天有此口福呀!?"这样写，聪明人一看，就会想到造成这种现象的根源，曲折而巧妙地控诉了当时的某些统治者。

第三，善于运用多种艺术手法，从不同角度，揭示诗作的主题。

1.比喻极其巧妙。把硕大的老鼠比作肥头大耳、腰粗肚圆的贪官污吏，真是形象极了；老鼠之所以肆无忌惮，依靠的就是管理粮仓的官员。这使读者领悟到，贪官污吏之所以敢如此明目张胆，所依靠的就是他们的"保护伞"。联系"谁"字的精选，这个比喻实在是妙不可言!

2.对比发人深省。诗人写罢养得肥肥胖胖"大如斗"的老鼠，紧接着写出"健儿无粮百姓饥"的句子来。笔者觉得，诗人这句诗是含着眼泪写出的。他想到的不仅是饥寒交迫的百姓，更有保卫国家与人民的战士。如此痛恨贪官与昏庸统治者而又关心军民的诗作，在唐代诗词中是少有的。

3.集多种修辞手法于最后一句之中。诗人最后一句写道："谁遣朝朝入君口？"这是愤怒的声音，这是诗人的声音，也是老百姓的声音！一个"君"字，用拟人的手法，揭露了某些统治者对贪官的姑息纵容与有所惧怕的心态。

可以说，曹邺这首诗，如同一面明亮的镜子，对人们的言行举止有警醒作用，即不要成为"老鼠"，也不要成为"老鼠"的保护伞。

曹邺怒写《官仓鼠》

　　曹邺初到洋州，看到一个奇怪的现象：百姓的房子破烂不堪，但州府衙门却修得很排场。他来之前听说这个地方很贫困，可他看到的官员与士绅们，却一个个肥头大耳，腰壮肚圆。这与他一路上看到的骨瘦如柴的百姓们，形成了鲜明的对比。

　　据说他上任的第二天正是鼠年元旦（现在叫春节），官员与士绅们借此机会大摆宴席，满桌的美酒佳肴。曹邺看到后，心头一阵厌恶。就在这时，一只硕大的老鼠窜了出来。在官员与士绅们不知所措时，曹邺却心生一计，只见他端起酒杯，向在座所有的人说道："各位，感谢你们为我洗尘。今日是元旦，又是鼠年的开头，我提议：请大家就以咏鼠为题，各吟诗一首，为酒宴助兴。"

　　在座官员与士绅大多是不学无术之徒，哪里会作诗呀？一个个待在那里不敢作声。正好席间有个姓赵的官员，觉得自己有点文化，于是便开口道："既然曹大人点题，鄙人就斗胆了。"接着顺口念道："十二属相鼠为首，鼠年说鼠最风流。五谷杂粮鼠爱吃，还有一着善偷油。"曹邺听完笑了笑。

一个税官看到曹邺的笑容，以为他十分赞赏这种打油诗，于是，就抢着说道："大人，小人不揣冒昧，也胡诌一首，请大人指正。"说罢，念道："万物精灵鼠为先，随机应变赛狐仙。虽然自己不耕田，香米白面吃不完。"曹邺听罢，仍然没说话，只是微微点了点头。

最后，一个管理士兵的李参军，虽然大字不识几个，却也想在新官面前露露脸，于是从座位上站起来，说道："曹大人，卑职也来献丑，请大人指点！"他清清嗓子，念道："洋州老鼠真不小，鼠年说鼠最为好。我学老鼠巧本领，鸡鸭鱼肉吃个饱。"

李参军刚刚念罢，只见曹邺突然把桌子一拍，大声说道："听了你们的鼠诗，就知道你们同老鼠一样！洋州本是鱼米之乡，如今却被你们糟蹋成这个样子。你们还不以为耻，反以为荣。可耻！可耻！"说罢，他让手下取来纸笔墨砚，大笔一挥，写下了《官仓鼠》这首诗。然后大喝一声："退席！"在座的官员与士绅，一个个吓得面如土色，仓皇离去。

（据《中国诗林故事》改编）

贫女

秦韬玉

蓬门未识绮罗香，拟托良媒益自伤。

谁爱风流高格调，共怜时世俭梳妆。

敢将十指夸针巧，不把双眉斗画长。

苦恨年年压金线，为他人作嫁衣裳。

诗 文 赏 析

秦韬玉，唐代诗人，生卒年代不详；字中明，一作仲明，京兆（今陕西西安市）人。他的诗作流传下来的有四十首左右，其中最有名的恐怕就是这首《贫女》了。

蓬门，用蓬草之类编扎的门，即茅屋的门，指贫女之家。绮罗，华贵的丝织品或丝绸制品，这里指富贵人家妇女的华丽服饰。风流，有风韵，美好。怜，是爱的意思；共怜就是都爱的意思。俭梳妆，指一种时髦的打扮，并非俭朴，这个词后面会详述。苦恨，非常怨恨。压金线，指用针线刺绣。衣裳（cháng），指上衣与下裙。

我们先简单写写"贫女"的心语：我是穷人家的女儿，从来没有穿过富家小姐身上的绫罗绸缎。我也想过托个良媒，为自己找个好婆家；可这么一想，更觉得伤心难过。时下的女人们，谁还欣赏我看重的高雅风韵，她们都追求那些时髦的打扮。我有灵巧的刺绣手艺，才不去同那些人在画眉上争什么高低。我最怨恨的是什么呢？就是我成年累月地飞针走线，却都是替富人家的小姐做出嫁的衣裳！

这个贫苦女孩子的自言自语，读来感人肺腑，使人潸然泪下。

下面，再说一说对比手法的运用。

1.开头以"蓬门"与"绮罗"对比，毫不掩饰地奠定了这首诗的主题。其中的"不识"两字，不是说不懂，而是有意对不公平的世道进行讽刺。

2.关于"谁爱风流高格调"与"共怜时世俭梳妆"的对比，笔者要多说几句。关于这两句诗，有两种迥然不同的理解。一种理解是："有谁欣赏这高尚的格调，又有谁与我一起爱这俭朴的梳妆呢？""俭"字被解释为俭朴。另一种说法则是："谁还欣赏我这高尚的格调，她们追求的都是流行的时妆！"这种解释认为，"俭"通"险"，俭梳妆，就是险梳妆。笔者同意后者。在古文中，"俭"与"险"通用的例子其实有不少。此处"俭梳妆"是指奢华的妆饰，用今天话来说，就是奇装异服。当时社会崇尚奢华之风，逼得贫女为他人做那种时髦衣裳。至于"谁"与"共"两字的对比，更揭示出高尚风格无人问津与奢华之风趋之若鹜的可悲现实。

3."针巧"与"画长"的对比至少有两层意思：一是明里描写贫女的辛勤劳动，暗中斥责富人的不劳而获；二是在赞扬贫女刺绣手艺精湛的同时，讥刺那些只懂描眉打鬓的富家小姐，顺便再一次批判上流社会的不正之风。一个"敢"字，写出了贫女的自信与对富家小姐的蔑视；一个"不"字，又在无意中流露出贫女对那些时髦女子的不屑之情。

4.自己年年压金线与为他人作嫁衣裳之间的对比。这个对比，累加在前面几处对比之上，是一个贫弱而善良的女子竭尽全力的呼喊，其中也包含着所有与她命运相同的女子的声音！

她们心里也许在说："凭什么同样是女子，都到了出嫁的年龄，你们坐享华贵的嫁妆，而我们却为你们作嫁衣裳？啊呀，我们连托人说媒的条件都没有，而你们就要去拜华堂；这又是怎样的不公平啊！"

最后，想说说本诗的思想内涵。

有人说，这首诗通过描写贫女独白，倾吐为他人做嫁衣裳的苦闷与伤感，或是表达诗人怀才不遇、寄人篱下的感恨之情，或是流露出寄托寒士出身贫贱、举荐无人的苦闷哀怨。对此，笔者另有所思。

第一，这首诗通过描写贫女的感受表达对她们的同情，理由是诗人还写过类似的诗作。比如，他写过一首题为《织锦妇》的诗，其中有这样的句子："只恐轻梭难作匹""岂辞纤手遍生胝""可怜辛苦一丝丝"。笔者据此推测，诗人很可能接触过一些贫苦人家的女子，对她们的不幸有所同情。如果诗人只是想表达文人的感伤，大可不必借贫女或织锦妇之口。

第二，如前面所说，诗人用对比的手法写两种不同命运女子的不同生活，其笔锋显然不是指向贫家女子的。这样看来，秦韬玉写这首诗，是不是也在倾泻他对当时社会不公平现象的愤懑与无奈呢？

如果说这首诗有弦外之音，上述两种推测是不是也有一点道理呢？

唐才子传：秦韬玉

韬玉字中明，京兆人。父为左军军将。慕柏耆为人，然险而好进，谄事大阉田令孜，巧宦，未期年，官至丞郎、判盐铁，保大军节度判官。僖宗幸蜀，从驾。中和二年，礼部侍郎归仁绍放榜，特敕赐进士及第，令于二十四人内安排，编入春榜，令孜引擢工部侍郎。

韬玉歌诗，每作人必传诵。《贵公子行》云："阶前莎毯绿未卷，银龟喷香挽不断。乱花织锦柳捻线，妆点池台画屏展。主人功业传国初，六亲联络驰朝车。斗鸡走狗家世事，抱来皆佩黄金鱼。却笑书生把书卷，学得颜回忍饥面。"

又潇水出道州九疑山中，湘水出桂林海阳山中，经灵渠，至零陵，与潇水合，谓之潇、湘，为永州二水也，清泚一色，高秋八九月，才丈余，浅碧见底。过衡阳，抵长沙，入洞庭。韬玉赋诗云："女娲罗裙长百尺，搭在湘江作山色。"又云："岚光楚岫和空碧，秋染湘江到底清。”由是大知名，号为绝唱。

今有《投知小录》三卷行于世。

焚书坑

章碣

竹帛烟销帝业虚，

关河空锁祖龙居。

坑灰未冷山东乱，

刘项原来不读书。

诗 文 赏 析

　　章碣，晚唐诗人，生卒年代不详，桐庐（今浙江桐庐县）人。《全唐诗》中存其诗一卷，共26首。《焚书坑》一诗，以秦始皇焚书这一历史事件为切入点，与秦朝灭亡串联起来，讽刺了秦始皇焚书行为的荒唐。

　　诗题《焚书坑》，借用秦始皇"焚书坑儒"的典故。相传，秦始皇焚烧诗书之地，故址在今陕西省临潼县东南的骊山上。竹帛，指书籍。烟销，指烧书的烟火没了，书也烧光了。帝业，指秦朝的统治。虚，空虚的意思。关，指函谷关。河，指黄河。空锁，白白地扼守着，指守不住了。祖龙居，指咸阳；其中祖龙，指秦始皇。山东，战国、秦汉通称崤山或华山以东地区为山东。刘项，指刘邦和项羽，秦末两支起义军的领袖。

　　为了使读者更好地把握本诗的脉络，下面我们逐句讲解。

　　第一句是"竹帛烟销帝业虚"。意思是说，焚书坑中被烧书籍的烟火消散了，而秦朝向往的千秋伟业也烟消云散了。言外之意是说，本来焚书是为了保住江山，结果却无济于事。

　　第二句是"关河空锁祖龙居"。意思是说，即使有函谷关与黄河这样的天险，也无法守住秦朝的基业。这句是照应"竹帛烟销帝业虚"而来的，暗示之所以守不住，并不是函谷关变矮了，也不是黄河变浅了，甚至与焚书也没什么关系。那么，究竟与什么有关系呢？我们接着往下看。

第三句是"坑灰未冷山东乱"。有的版本"冷"写作"烬"。意思是说，焚书本来是怕人造反，可是焚书之后，战乱还是发生了。这就为第四句的评论作好了铺垫。

第四句是"刘项原来不读书"。这句紧承第三句，说明"山东乱"的造反者主要是刘邦和项羽。你看，焚书似乎是怕读书人造反，可最后造反的"刘项"却根本不是读书人，秦始皇焚书的行为是多么荒唐而可笑！

下面，再说说这首诗的艺术手法。

1.善于炼字。第一句的"虚"与第二句的"空"，相互照应，相得益彰："帝业虚"与焚书放在一起，发人深省。"虚"与"空"一前一后紧接着出现，揭露了"看似有关，实则无关"的道理，不禁让人唏嘘。

2.善于运用对比与夸张的手法。先说对比，一、二句用了相同而又明显的对比手法。一是"竹帛烟销"与"帝业虚"形成对比，意在告诉读者，焚书本来是为了巩固帝业，结果却是书都烧尽了，帝业也丢掉了；二是"关河"与"空锁"形成对比，意在告诉读者，尽管有函谷关与黄河这样的天险形成守势，但最后也是徒劳，当年的"祖龙"之居，早已不复存在，这一切都论证了焚书与守业毫无关联。前三句与最后一句隐含对比：如果说前三句显示的只是"虚""空""乱"的危机，并未涉及秦朝的灭亡，那么最后一句"刘项原来不读书"，可以说真正揭露了焚书的荒唐。

再说夸张。第三句"坑灰未冷山东乱"，很明显是夸张手法。诗人运用这种手法，也许在暗示当时被焚书籍之多，但更重要的含义，是在渲染秦朝灭亡之快。这也从侧面证明了焚书对巩固秦朝的江山毫无作用，如果稍有作用的话，秦朝的灭亡也不至于来得这么快。

3.为读者还原历史，发人深思。

"竹帛烟销"与"关河空锁"使读者好像看到了燃烧着的竹帛，从浓浓的火焰渐渐变成了云雾似的灰烟，使读者好像听到了函谷关外兵士的呐喊以及黄河滚滚流淌的声响。焚书坑的余温似乎还在，秦王朝的基业却早已成为过眼云烟，推翻秦王朝统治的，并不是他们小心提防的读者人，似乎书籍也不是祸乱的根源，这是多么大的讽刺呀！

有人说，生活于晚唐的诗人，或许是因为亲眼目睹了当时的社会动荡，有感于统治者的无道与人民的苦难，才发出这种以古讽今的慨叹。在笔者看来，其实诗人无心论证秦朝迅速灭亡的原因，他只是就焚书这件事，谈谈自己的感受而已。

唐才子传：章碣

碣，钱塘人，孝标之子也。累上著不第。咸通末，以篇什称。乾符中，高湘侍郎自长沙携邵安石来京及第，碣恨湘不知己，赋《东都望幸》诗曰："懒修珠翠上高台，眉月连妍恨不开。纵使东巡也无益，君王自领美人来。"后竟流落不知所终。

碣有异才，尝草创诗律于八句中，足字平侧，各从本韵，如"东南路尽吴江畔，正是穷愁薄暮天。鸥鹭不嫌斜雨岸，波涛欺得逆风船。偶逢岛寺停帆看，深羡渔翁下钓眠。今古若论英达算，鸱夷高兴固无边。"自称"变体"。当时起风者亦纷纷而起也。今有诗一卷，传于世。

模仿还是创新？

我国古典诗文作品的创作有这样几种经典写法，或是完全按照古人的诗意来创作，或是通过模仿诗意再作进一步发挥。杨万里曾说："用古人句律，而不用其句意，以故为新，夺胎换骨。"章碣的《焚书坑》出来后，历代都有诗人袭用这首诗的诗意来作诗的。此处列举几例，供读者参考：

咏秦

萧立之

燔经初意欲民愚，民果俱愚国未墟。

无奈有人愚不得，夜师黄石读兵书。

博浪沙

陈孚

一击车中胆气豪，祖龙社稷已惊摇。

如何十二金人外，犹有民间铁未销。

读秦纪

陈恭尹

谤声易弭怨难除，秦法虽严亦甚疏。

夜半桥边呼孺子，人间犹有未烧书。

江上渔者

范仲淹

江上往来人，
但爱鲈鱼美。
君看一叶舟，
出没风波里。

诗 文 赏 析

范仲淹（公元989年—1052年），苏州吴县人，北宋政治家、文学家，字希文，谥号为文正，人称范文正公。少时经历坎坷，为官后，曾担任参知政事，相当于副宰相，始终关心底层百姓的生活。脍炙人口的《岳阳楼记》就是他的作品，其中的名句"先天下之忧而忧，后天下之乐而乐"，成为无数后学的座右铭。宋代的大学者朱熹说范仲淹是"有史以来天地间第一流人物"。

简单梳理一下字词释义。但，只。鲈鱼，一种个头较大而味道鲜美的鱼。君，你。出没，若隐若现的样子，即一会儿看得见，一会儿又看不见了。没，读mò，这里当消失讲。

我们知道，宋仁宗在位时，范仲淹曾是参知政事，力主革新。而他革新的初衷在于关心社会下层民众的疾苦，他希望通过改革，使其"先天下之忧而忧，后天下之乐而乐"的理想成为现实。《江上渔者》形象地表达了他的这一理想情怀。

对于本诗的评析，我们从其中的人物、景物入手。

第一句"江上往来人"。"江上"，指的是江岸上，不是江中；"往来人"，指观鱼或买鱼的来来往往的人群。第二句"但爱鲈鱼美"。"但爱"，就是只爱；这句意思是他们只是欣赏与爱吃味道鲜美的鲈鱼而已。第三句"君看一叶舟"。是说诗人希望"君"看看江中那一叶小舟。第四句"出没风波里"。说明诗人要让"君"看的，就是在那风浪中，一会出现一会又消失了一叶小舟。

就这首诗的写作艺术而言，笔者总结了三点：

1.叙述、议论、抒情与写景融为一体。前两句诗"江上往来人，但爱鲈鱼美"，一看就是夹叙夹议的手法；而"往来"这两个字又饱含着诗人某种难言的心情，是对江岸边人群的形象描写。后两句"君看一叶舟，出没风波里"，对风波中忽隐忽现的小船作了生动描写，诗人的议论中隐含着一股感伤之情：那小船上渔人是冒着多么大的风险在捕鱼呀！

2.善于运用对比的修辞手法。一是"江上往来人"与"出没风波里"的"一叶舟"进行对比，传递出诗人对底层民众的同情。二是"但爱鲈鱼美"的江边人与"出没风波里"的捕鱼人两种境况的对比——这种对比折射出诗人对当时社会现象的洞察，以及他想改变这种世态，却颇感无奈的复杂心情。

3.字字用心，句句含情。例如，"但"这个字，入木三分地揭示出往来于江岸的人群为何而来：他们所爱的只是鲜美的鲈鱼，至于鲈鱼怎么来的，全然不是他们所关心的。

再如，"出没"这两个字，简直是神来之笔：一"出"一"没"，不仅写出了打鱼人与风波战斗的风险，更倾注了诗人对风里来雨里去的打鱼人的同情。"出没"二字与"往来"二字形成鲜明的对比：江里是狂风恶浪、出生入死，而江上却是热热闹闹、优哉游哉。这是怎样一种讽刺呀！

昼夜苦学，五年未尝解衣就寝

朱熹等人所著《宋名臣言行录》记载了范仲淹的生平："二岁而孤，母贫无依，再适长山朱氏。既长，知其世家，感泣辞母，去之南都入学舍。昼夜苦学，五年未尝解衣就寝。或夜昏怠，辄以水沃面。往往饘粥不充，日昃（zè）始食，遂大通六经之旨，慨然有志于天下。既任，每慷慨论天下事，奋不顾身。以力主革除弊政，被谗受贬，庆历五年由参知政事谪守邓州。勤政爱民，有政声，常自诵曰：'士当先天下之忧而忧，后天下之乐而乐也。'"

意思是，范仲淹两岁时父亲就死了，没有依靠的母亲改嫁到了朱家。范仲淹长大后，知道了这些，便含着眼泪告别母亲，去河南应天府的南都学舍读书（那里读书不用交学费）。五年中，睡觉从来不脱衣服；有时读书到深夜困得不行，他就用凉水浇在脸上。他常常是到太阳快落山时，才吃一点东西。就这样，他领悟了六经的主旨，立下了造福天下的志向。当官之后，常常激昂慷慨地评论天下大事，奋不顾身地以一己之力改革弊政。后来被人诽谤而被贬官。庆历五年由参知政事降职为邓州郡守。他勤政爱民，有很好的口碑，常常自己诵道："士当先天下之忧而忧，后天下之乐而乐。"

陶者

梅尧臣

陶尽门前土，

屋上无片瓦。

十指不沾泥，

鳞鳞居大厦。

诗 文 赏 析

　　梅尧臣（公元1002年—1060年），字圣俞，宣州宣城（今安徽省宣城市）人。善诗文，与苏舜钦齐名，人称"苏梅"，与欧阳修并称"欧梅"。梅尧臣是北宋著名现实主义诗人，他作诗主张平淡，反对当时那种脱离实际而片面追求华丽辞藻的文风。他的诗通俗易懂，简练朴素，能从多方面反映社会生活。这首《陶者》意在揭露封建社会统治者不劳而获的本质，反映劳动人民的疾苦。

　　陶者，烧制陶器的人，即烧瓦工人。无片瓦，没有一片瓦。鳞鳞，形容屋瓦如鱼鳞一样排列。大厦，指高大的屋子。

　　从写作艺术的层面看，本诗有三个特点。

　　首先，这首诗在风格上延续了对于民生疾苦的关注。

　　民生疾苦一直是古代诗人创作的重要题材，或表达对于底层劳动者的同情，或揭露封建社会的不平等。诗中角色往往为农人、手工劳动者或纤弱女子等。例如，唐代诗人李绅的《悯农》、白居易的《杜陵叟》、秦韬玉的《贫女》，宋代诗人张俞的《蚕妇》等，梅尧臣这首诗的创作主题延续了对这个话题的关注。

　　其次，独创多层次包孕对比手法。

　　"多层次包孕对比手法"指的是第一层对比中包含有第二层对比，而第二层对比中又包含有第三层对比。

《陶者》第一个层次的对比是前两句与后两句的对比。这个层次的对比，是说建造房子的劳动者住着破屋子，而连手指都不动的人反而住着高楼大厦。

第二个层次的对比为：第一句的"陶尽门前土"与第二句的"屋上无片瓦"构成对比；第三句的"十指不沾泥"与第四句的"鳞鳞居大厦"构成对比。"陶尽门前土"是说劳动之艰辛，而如此艰辛的人，却住着"屋上无片瓦"的房子；劳动者付出了很多，得到的却很少。"十指不沾泥"是说富贵人家游手好闲（不劳而获），"鳞鳞居大厦"是说他们坐享其成。诗人似在控诉：这个世道是多么的不公道！

第三个层次的对比为：第一句的"陶尽门前土"与第三句的"十指不沾泥"构成对比，第二句的"屋上无片瓦"与第四句的"鳞鳞居大厦"构成对比。一、三两句的对比，是诗人有意让读者看看劳动者的手是什么样的，再看看富贵者的手又是怎样的：前者满手厚茧，像松树皮一样，处处是裂口；而后者是白白净净，润泽得有如凝脂一般。二、四两句的对比，诗人又有意让读者得知，造瓦的陶者住的房子上，一片瓦都没有，而不知瓦从何来的富贵者，却住着美轮美奂的高楼大厦。这也进一步揭示了封建豪贵不劳而获的本质，诗人把劳动人民的疾苦看在眼里，并且把自己的情感转化为爱憎分明的文字。这大概就是多层次包孕对比手法的特殊作用吧！

最后，炼字与夸张兼用的手法。

这里只举两个例子："陶尽门前土"中的"尽"字与"屋上无片瓦"中的"片"。

毫无疑问，"门前土"是不可能是烧尽的（注意：这句诗中的"陶"字是烧灼的意思），即不会烧得一点不剩的；但诗人用了"尽"字，写出陶者不仅把所有的时间都用在烧瓦上，而且为此竭尽了所有的力量。于是，读者会想到：陶者的汗水与心血全都耗干了，可他们得到的是什么呢？这是无声的控诉，这是无奈的泪水！

这里的"瓦"字用得很巧妙。瓦，本来是陶者烧出来的；而烧瓦人的房上却"无片瓦"。粗看起来，这是不折不扣的夸张；但细想想，就又觉得这不是夸张。为什么？君不见好多烧瓦的工人住的都是土坯房或草房吗？而土坯房或草房不要说一片瓦，连半片也没有呀！你看，那是什么世道！？

读了梅尧臣的这首诗，不禁让笔者想到一首陕西民谣："泥瓦匠，住草房；纺织娘，没衣裳；卖盐的，喝淡汤；种田的，吃米糠；炒菜的，光闻香；编席的，睡光炕；做棺材的死路上。"

笔者由此也想到梅尧臣的文风：提倡简约平淡，反对脱离实际，反对追求华丽辞藻。应该说，《陶者》这首诗就是这种文风的生动体现。

宋史：梅尧臣列传

梅尧臣字圣俞，宣州宣城人，侍读学士询从子也。工为诗，以深远古淡为意，间出奇巧，初未为人所知。用询荫为河南主簿，钱惟演留守西京，特嗟赏之，为忘年交，引与酬倡，一府尽倾。欧阳修与为诗友，自以为不及。尧臣益刻厉，精思苦学，由是知名于时。宋兴，以诗名家为世所传如尧臣者，盖少也。尝语人曰："凡诗，意新语工，得前人所未道者，斯为善矣；必能状难写之景如在目前，含不尽之意见于言外，然后为至也。"世以为知言。历德兴县令，知建德、襄城县，监湖州税，签书忠武、镇安判官，监永丰仓。大臣屡荐宜在馆阁，召试，赐进士出身，为国子监直讲，累迁尚书都官员外郎。预修《唐书》，成，未奏而卒，录其子一人。

宝元、嘉祐中，仁宗有事郊庙，尧臣预祭，辄献歌诗，又尝上书言兵。注《孙子十三篇》，撰《唐载记》二十六卷、《毛诗小传》二十卷、《宛陵集》四十卷。

尧臣家贫，喜饮酒，贤士大夫多从之游，时载酒过门。善谈笑，与物无忤，诙嘲刺讥托于诗，晚益工。有人得西南夷布弓衣，其织文乃尧臣诗也，名重于时如此。

欧阳修评梅尧臣

圣俞翘楚才，乃是东南秀。玉山高岑岑，映我觉形陋。《离骚》喻草香，诗人识鸟兽。城中争拥鼻，欲学不能就。平日礼文贤，宁久滞奔走。

梅圣俞以诗知名，三十年终不得一馆职。晚年与修《唐书》，书成，未奏而卒，士大夫莫不叹惜。其初受敕修《唐书》，语其妻刁氏曰："吾之修书，可谓猢狲入布袋矣。"刁氏对曰："君于仕宦，亦何异鲇鱼上竹竿耶！"闻者皆以为善对。

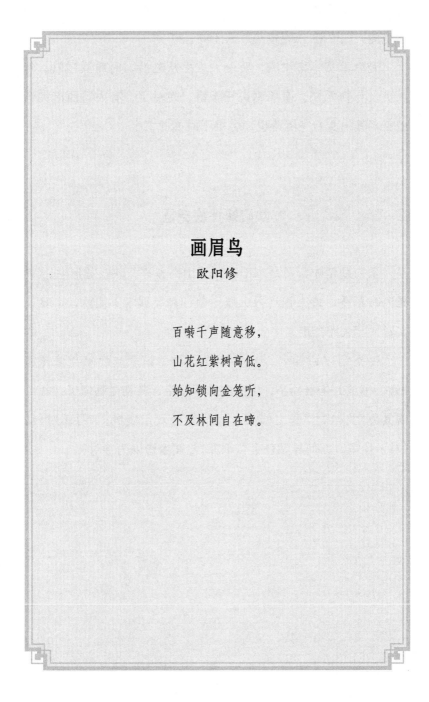

画眉鸟

欧阳修

百啭千声随意移，

山花红紫树高低。

始知锁向金笼听，

不及林间自在啼。

诗 文 赏 析

欧阳修（公元1007年—1072年），北宋政治家、文学家，号醉翁，晚号六一居士，吉州庐陵（今江西省永丰县）人。"唐宋八大家"之一，他写的《醉翁亭记》最为出名。这首诗是说，锁在金笼里的画眉鸟，其叫声远远比不上在山林中的画眉鸟好听，有景有情，意蕴深刻。

啭，指鸟婉转地啼叫。随意，随着鸟的心意，不是随便的意思。树高低，树林中的高处或低处。始知，才知道。金笼，贵重的鸟笼，比喻生活条件优越的住处。

从这首诗的表达方式上看，采用了写景、抒情、议论相结合的手法。这首诗前两句"百啭千声随意移，山花红紫树高低"先写景：姹紫嫣红的图景里，叫声婉转的画眉鸟自在欢唱，惬意飞翔。

写完画眉鸟的舞姿与歌声，本可以继续写相关的景物，可诗人偏偏不这样做。这是为什么呢？笔者揣测，诗人可能认为，"百啭千声随意移，山花红紫树高低"两句，足以表达画眉鸟的自由自在，再写就多余了，不如干脆直接抒情议论一下，也好把自己心头积久的情愫吐露出来。

此外，诗人还充分运用了对比手法。一般来说，对比多用于虽属同类却又有不同特点的人或事物之间。比如，这个人与那个人之间的对比，这种声音与那种声音之间的对比，等等。

这首诗把对比用于不同事物之间。

你看，前两句既是声音与舞姿之间的对比，又是声音、舞姿与山花的各种色彩之间的对比。"百啭千声"是声音，"随意移"是舞姿，"红紫"是色彩。声音、舞姿、色彩，这三者都是不同类的事物，诗人将它们汇聚在一起，以此表现画眉鸟悠然自得的美好生活。

至于后两句的对比手法，也很有特色。例如，处所与处所对比，即"金笼"与"山间"的对比；再如声音与声音的对比，即"金笼听"与"自在啼"的对比。请注意：这种对比，不是物与物之间要比个谁高谁低，孰优孰劣，而是诗人在评价它们呀！不，这哪里是诗人在评价画眉鸟所处的环境呀，分明是诗人为自己的一生作总结：在朝做官时虽然能够飞舞，但那毕竟是被"锁"在"金笼"里，不得自由呀！他这只"画眉鸟"，更期盼在广阔天地中自由自在地展翅飞翔。

宋史：欧阳修传

欧阳修字永叔，庐陵人。四岁而孤，母郑，守节自誓，亲诲之学，家贫，至以荻画地学书。幼敏悟过人，读书辄成诵。及冠，嶷然有声。

宋兴且百年，而文章体裁，犹仍五季余习。锼刻骈偶，淟涊弗振，士因陋守旧，论卑气弱。苏舜元舜钦、柳开、穆修辈，咸有意作而张之，而力不足。修游随，得唐韩愈遗稿于废书簏中，读而心慕焉。苦志探赜，至忘寝食，必欲并辔绝驰而追与之并。

……

修始在滁州，号醉翁，晚更号六一居士。天资刚劲，见义勇为，虽机阱在前，触发之不顾。放逐流离，至于再三，志气自若也。方贬夷陵时，无以自遣，因取旧案反复观之，见其枉直乖错不可胜数，于是仰天叹曰："以荒远小邑，且如此，天下固可知。"自尔，遇事不敢忽也。学者求见，所与言，未尝及文章，惟谈吏事，谓文章止于润身，政事可以及物。凡历数郡，不见治迹，不求声誉，宽简而不扰，故所至民便之。或问："为政宽简，而事不弛废，何也？"曰："以纵为宽，以略为简，则政事弛废，而民受其弊。吾所谓宽者，不为苛急；简者，不为繁碎耳。"修幼失父，母尝谓曰："汝父为吏，常夜烛治官书，屡废而叹。吾问之，则曰：'死狱也，我求其生，不得尔。'吾曰：'生可求乎？'曰：'求其生而不得，则死者与我皆无恨。夫常求其生，犹失之死，而世常求其死也。'其平居教他子弟，常用此语，吾耳熟焉。"修闻而服之终身。

为文天才自然，丰约中度。其言简而明，信而通，引物连类，折之于至理，以服人心。超然独骛，众莫能及，故天下翕然师尊之。奖引后进，如恐不及，赏识之下，率为闻人。曾巩、王安石、苏洵、洵子轼辙，布衣屏处，未为人知，修即游其声誉，谓必显于世。笃于朋友，生则振掖之，死则调护其家。

好古嗜学，凡周、汉以降金石遗文、断编残简，一切掇拾，研稽异同，立说于左，的的可表证，谓之《集古录》。奉诏修唐书纪、志、表，自撰《五代史记》，法严词约，多取春秋遗旨。苏轼叙其文曰："论大道似韩愈，论事似陆贽，记事似司马迁，诗赋似李白。"识者以为知言。

六一居士传

六一居士初谪滁山，自号醉翁。既老而衰且病，将退休于颍水之上，则又更号六一居士。

客有问曰："六一，何谓也？"居士曰："吾家藏书一万卷，集录三代以来金石遗文一千卷，有琴一张，有棋一局，而常置酒一壶。"客曰："是为五一尔，奈何？"居士曰："以吾一翁，老于此五物之间，是岂不为六一乎？"客笑曰："子欲逃名者乎，而屡易其号，此庄生所诮畏影而走乎日中者也。余将见子疾走大喘渴死，而名不得逃也。"居士曰："吾固知名之不可逃，然亦知夫不必逃也。吾为此名，聊以志吾之乐尔。"客曰："其乐如何？"居士曰："吾之乐可胜道哉！方其得意于五物也，太山在前而不见，疾雷破柱而不惊。虽响九奏于洞庭之野，阅大战于涿鹿之原，未足喻其乐且适也。然常患不得极吾乐于其间者，世事之为吾累者众也。其大者有二焉，轩裳珪组劳吾形于外，忧患思虑劳吾心于内，使吾形不病而已悴，心未老而先衰，尚何暇于五物哉？虽然，吾自乞其身于朝者三年矣。一日天子恻然哀之，赐其骸骨，使得与此五物皆返于田庐，庶几偿其夙愿焉。此吾之所以志也。"客复笑曰："子知轩裳珪组之累其形，而不知五物之累其心乎？"居士曰："不然。累于彼者已劳矣，又多忧；累于此者既佚矣，幸无患。吾其何择哉。"于是与客俱起，握手大笑曰："置之，区区不足较也。"已而叹曰："夫士少而仕，老而休，盖有不待七十者矣。吾素慕之，宜去一也。吾尝用于时矣，而讫无称焉，宜去二也。壮犹如此，今既老且病矣，乃以难强之筋骸贪过分之荣禄，是将违其素志而自食其言，宜去三也。吾负三宜去，虽无五物，其去宜矣，复何道哉"！熙宁三年九月七日，六一居士自传。

元日

王安石

爆竹声中一岁除，

春风送暖入屠苏。

千门万户曈曈日，

总把新桃换旧符。

诗 文 赏 析

王安石（公元1021年—1086年），字介甫，号半山，临川（今江西抚州市临川区）人，北宋著名政治家、文学家、改革家。王安石的诗文写得非常好，是"唐宋八大家"之一，文集今有《王文公文集》《临川先生文集》。这首诗是诗人借新春新气象，表达政治革新的心声。

诗题《元日》，即农历正月初一，就是现在说的春节。一岁除，指一年过去了。屠苏，指屠苏酒；古时候的风俗，每年大年三十，家家用屠苏草泡酒，吊在井里，初一取出来，全家喝这种酒，据说可以避瘟。关于"屠苏"，还有好多说法，我们不去深究了。曈曈，形容光辉灿烂的样子。总把新桃换旧符，意思是用新门神换掉旧门神；桃符是用桃木做成的，据说，古时候每到过年，家家户户都用两块桃木板，画上两个神像，挂在大门两边，说是可以驱除邪恶。

直观上看，诗人是在写新春佳节万象更新与万家欢乐的动人景象。若进一步挖掘其思想内容，则会发现，诗人所要表达的是一种锐意革新的决心，在看到改革带来的新气象之后，心情也变得激动振奋。就这首诗的写作艺术而言，主要用的是双关的手法。请看：

第一句"爆竹声中一岁除"，表面上是说，在欢快的爆竹声中，旧的一年结束，新的一年开始；其实隐含的意思是：旧的那套阻碍社会发展的东西已成为过去了。

诗人似乎觉得这一句还不足以表达他的欣喜，于是，他又写下了"春风送暖入屠苏"。春风，迎来了新年，送来了温暖，这毫无疑问是新春的特点；但诗人的笔锋中所藏着的"春风"，可不是一般的风，那是改革带来的新气象啊！

第三句"千门万户曈曈日"中的曈曈，表面上是指日出时光辉灿烂的景象，但它又恰好象征着改革带来的光明美好的前景。

最后一句"总把新桃换旧符"，看似是写新年换桃符的民间风俗，实则是在说明，用新法取代旧法的举措是大势所趋。

以上是对本诗的评析。现在我们试着把这首诗要表达的意思明着写出来，比较一下它们的效果：旧年过去新年来，温暖如春入心怀。千家万户皆庆贺，新法扫去旧尘埃。

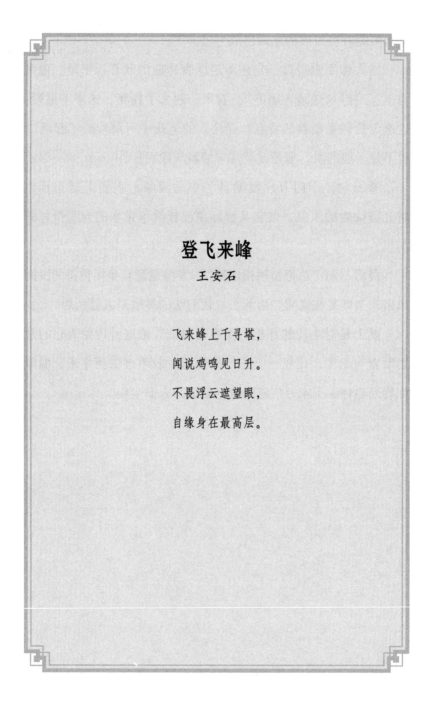

登飞来峰

王安石

飞来峰上千寻塔，

闻说鸡鸣见日升。

不畏浮云遮望眼，

自缘身在最高层。

诗 文 赏 析

在讲《元日》时，已介绍过作者的情况，这里不再赘述。《登飞来峰》这首诗是王安石担任鄞县（今属浙江）知县，任满回江西临川故里，途经杭州时写的，表现了诗人高瞻远瞩的眼光与无所畏惧的精神。那时，他刚过而立之年。

关于飞来峰，有两种说法，一说是指浙江绍兴城外的林山，相传此峰是从琅琊郡飞来的，故名飞来峰；一说是指在今浙江杭州西湖灵隐寺前的飞来峰。寻，这里指古时长度单位，八尺为一寻，千寻是夸张的说法。望眼，指视线。自，原来，有的书上把"自"写作"只"，这是不妥的。缘，因为。

首先，我们就本诗的思想内容进行逐句分析。

第一句是"飞来峰上千寻塔"。这句一看就是夸张。一寻是八尺，千寻就是一千个八尺，哪有这么高的塔？诗人写塔之高，其实是在显示自己的高度，因为他是站在塔上的呀！站得高，才可望得远。诗人起笔之处，先展现了自己的宏图壮志。

第二句是"闻说鸡鸣见日升"。你看，诗人不说他登上高塔之所见，却写他想象中的景物。他兴奋地诉说着，当时在高塔上，他耳边听到的是雄鸡报晓的声音，眼前出现的是满天红霞、旭日东升的壮丽景象。这不正好展现了朝气蓬勃、对前途充满信心的广阔胸怀吗？

第三句是"不畏浮云遮望眼"。啊，他仍然不写当时看到了什么，只是说"浮云"挡不住他的视线。这就是艺术所在，诗人为读者留下了想象的空间。他好像在说："我登上高塔想到了雄鸡报晓与旭日东升，如果你们登上高塔，会看到什么，想到什么呢？"至于诗中"不畏"的深刻内涵与"浮云"的隐含意义，这里也暂不分析，先留给读者思考。

第四句是"自缘身在最高层"。这句看似是写"浮云"挡不住视线的原因：因为人站在高处，所以"浮云"无可奈何。但细细一想，事情并不简单。"身在最高层"告诉读者，诗人登上了飞来峰的最高一层，与某些半途而废的登山者是完全不同的。

其次，试着分析一下这首诗的写作艺术。

1.善于运用借喻的手法。诗中的"浮云""望眼""最高层"都是喻体，"浮云"的本体是阻挡贤德之人前进的奸邪小人，"望眼"的本体是诗人的远大目光，"最高层"的本体是诗人能够高瞻远瞩的凭借。诗人所用借喻的手法，其实就是一种"隐身术"，与杜甫"会当凌绝顶，一览众山小"的笔法相同。

2.巧妙的虚实结合。"飞来峰上千寻塔"与"闻说鸡鸣见日升"都是写景。但写法有所不同：第一句虽然是夸张，可它写的是诗人实实在在登上飞来峰的感觉，第二句写的并不是诗人登塔后的见闻，而是站在高处的想象。一虚一实的写法，既使读者体会到山峰之高，又使读者感受到诗人登上高塔时的愉悦与自豪。

3.用典意蕴深刻。李白的《登金陵凤凰台》中有一句"总为浮云能蔽日，长安不见使人愁"，王安石反其意而用之：不畏浮云遮望眼。李白见到"浮云"，是"愁"；而王安石见到"浮云"，却是"不畏"，丰富的思想感情蕴含其中，值得读者细细品味。

泊船瓜洲

王安石

京口瓜洲一水间，

钟山只隔数重山。

春风又绿江南岸，

明月何时照我还。

诗文赏析

本诗为王安石从江宁乘船路过瓜洲时所写的怀乡诗。诗人早年定居南京，第一次罢相后，曾在钟山生活过一段时间，这次路过瓜洲，不免心生追忆。

泊船，停船。泊，停泊，指船靠岸。京口，古城名，位于长江的南岸，与瓜洲相对，故址在江苏镇江市。瓜洲，古镇名，在扬州南郊，与京口相对。一水，这里的"一水"指长江。间，有人读四声，解释为"间隔"，笔者认为，读一声更佳。钟山，指南京的紫金山。绿，用作动词，吹绿。

首先，逐句讲讲这首诗的大概意思。

第一句"京口瓜洲一水间"是说，诗人在瓜洲渡口的船上远望，看到了一江之隔的京口。第二句"钟山只隔数重山"，诗人想到不远的南京，那里曾留下诗人的生活记忆。第三句"春风又绿江南岸"，诗人眼里，和煦的春风吹绿了长江岸边的草木，心头不免荡起涟漪。第四句"明月何时照我还"，诗人的思绪在明月当空的夜晚被进一步拉长，自问即是自答，身心已有归处。

其次，试着讲讲这首诗写作形式上的一些特点。

1.特殊的借景抒情法。说它特殊，一是因为前三句虽然都在写景，但不是一般的并列格式，而是层层递进式：第一句写瓜洲与京口相离很近，从第一句又引出瓜洲离钟山也很近，再由第二句引出观看"江南岸"的春色。这岂不是层层叠加式？二是"明月何时照我还"七个字是抒情，但其中还包括着写景：你看，又是"明月"，又是"照"，既是现实的景物，又暗含他想象到的将来还乡时的景物。所以，这应是一种特殊的借景抒情法。

2.说说这首诗的"炼字"艺术。以"春风又绿江南岸"的"又"字为例，如果改为"已"或"染"，行不行呢？诗人为什么只用"又"字而不用其他字呢？笔者认为其好处有两点：一是诗人曾经对如此大好春光有过类似感受，印象颇深；二是诗人曾经几次在这个季节想回旧时住处看看，但由于各种原因并没有实现。请想想，诗中的"又"字是不是在表达怀念的同时，又流露出些许无奈呢？

此外，前人对"绿"字的品论也值得参考。南宋洪迈的《容斋续笔·诗词改字》卷八，作过如下记载：

> 王荆公绝句云："京口瓜洲一水间，钟山只隔数重山。春风又绿江南岸，明月何时照我还。"吴中士人家藏其草。初云"又到江南岸"。圈去"到"字，注曰"欠好"。改为"过"，复圈去而改为"入"。旋改为"满"。凡如是十许字，始定为"绿"。

对此，钱钟书先生说："王安石的反复修改是忘记了唐人的诗句而白费心力呢？还是明知道这些诗句而有心立异呢？他的选定'绿'字是跟唐人暗合呢？是最后想起了唐人诗句而欣然沿用呢？还是自觉不能出奇制胜，终于向唐人认输呢？"笔者推测钱先生的意思，恐怕不认为王安石用"绿"字有什么妙处，更非独创。持这种观点的还有现代著名诗人臧克家，他曾表示，用"绿"，还不如用"到"或"过"好呢。

王安石三难苏学士（节录）

王安石与苏轼是好朋友，王安石岁数比苏轼大。但苏轼有点自负，也很直爽。据说有一天，他去看望当了宰相的王安石，可是王安石不在。因为他常去，所以王安石府里的人就把他请到王安石的书房。他在书桌上看到王安石写的关于菊花的两句诗：西风昨夜过园林，吹落黄花满地金。

苏轼想："西风"就是秋风，"黄花"就是菊花。此花开于深秋，其性属火，敢与秋霜鏖战，最能耐久，随你老来焦干枯烂，并不落瓣。说个"吹落黄花满地金"，岂不是错误了？兴之所发，不能自已，举笔舐墨，依韵续诗二句就走了。这两句是：秋花不比春花落，说与诗人仔细吟。意思是，菊花可不像春天开的那些花可以落瓣儿的，请仔细琢磨琢磨吧！

王安石回来后，看到了这两句诗，又生气，又觉得好笑。为了教训一下苏轼，他就上表把苏轼贬为黄州团练副使。苏东坡心想：这是对他的报复，他觉得王安石不虚心，不能接受人的意见。可是，后来的事情教育了他自己。

苏轼在黄州住了将近一年，到了九月九日重阳节，这一天秋风刚停，苏轼就邀请他的好友到后花园赏菊。结果，他突然发现：园内的菊花竟然纷纷落瓣，满地铺金。这时他才想起给王安石续诗的事，他感到非常惭愧，才知道原来是自己错了。

你可以在《警世通言》这本书里看到这个故事，其作者是明代的冯梦龙，那篇文章的题目叫《王安石三难苏学士》。

登飞来峰

王安石

飞来峰上千寻塔，闻说鸡鸣见日升。
不畏浮云遮望眼，自缘身在最高层。

王安石与司马光、苏轼

中学语文课本选过一篇题为《答司马谏议书》的文章，这篇文章的作者就是王安石。其内容就是司马光反对王安石变法的几点意见，以及王安石的回答。有人说，王安石刚愎自用，遇事不管对错，总要坚持；甚至有人用污秽语言攻击他。笔者多次讲过《答司马谏议书》这篇文章，倒觉得王安石是很讲道理的人，而且也非常懂得尊重人。比如，司马光说他的变法是"侵官""生事""征利"，他据理反驳道："议法度而修之于朝廷，以授之于有司，不为侵官；举先王之政，以兴利除弊，不为生事；为天下理财，不为征利。"意思是，我根据朝廷的意见，让官员去执行，不是"侵官"；我提倡先王的主张，来兴利除弊，不是"生事"；我设法让天下人都得到实惠，不是"征利"。文章最后说："如果您责备我在位这么久，还没能帮助皇上有所作为，那我认罪了；如果您说我现在啥事也别干，固守以前的做法，这一点我是不敢接受的。"从这个角度说，王安石确实是了不起的政治家、改革家。

另外，王安石变法，苏轼也曾上书反对，这的确使王安石非常生气，也因此贬过苏轼的官。但后来，苏轼因为写诗被人诬告，说他讽刺皇上，将要判他死刑。这时王安石虽然已经辞官，但他却劝阻皇上说："现在是大宋王朝的太平盛世，怎么可以斩杀文人呢？"

从王安石对待坚决反对自己变法的两位朋友的态度来看，他虽然坚持自己的主张，却不是明知不对，而不知悔改。王安石变法虽然由于种种原因失败了，但他的初衷与他的坚守，是值得我们肯定与学习的。

（原文出自《北方新报》，有删改）

饮湖上初晴后雨（其二）

苏轼

水光潋滟晴方好，

山色空濛雨亦奇。

欲把西湖比西子，

淡妆浓抹总相宜。

诗 文 赏 析

这是苏轼描写西湖美景的一首诗。苏轼生于公元1037年，逝世于1101年，是宋代大文学家、书法家、画家，四川眉山人，字子瞻，号东坡居士，人称苏东坡。他的父亲叫苏洵，他的弟弟叫苏辙。人们经常说的"三苏"，就是指他们父子三人。苏轼一生经历很复杂，当过官，进过监狱，被贬过职。他学识渊博，诗词文章写得非常出色，他的书法和绘画也非常有名。有人评价说："在宋代的官员与文人里，无论说品德还是说学问，苏轼是最杰出的，简直无人能比。"

饮湖上，指在西湖的船上饮酒。初晴后雨，指苏轼等在湖上饮酒，开始时还是晴天，过了一会儿就下起雨来。潋滟（liàn yàn），是说水波荡漾、波光闪动的样子。方好，即正好，显得最漂亮。空濛，指细雨迷蒙的样子。欲，即应该或需要，不能讲成想要。"欲把西湖比西子"的意思是，应该把西湖比作西施。西子，指春秋时代越国著名的美女西施。淡妆浓抹，其中淡妆，形容素妆，不怎么打扮；浓抹，指精心修饰打扮。总相宜，这里的"总"当"都"讲；宜，当"适合"讲；相，指西施。

简单翻译一下本诗：晴天里，西湖水波荡漾，在阳光的照耀下，格外鲜艳，美丽极了；而下雨时，群山笼罩在轻纱般的细雨之中，朦朦胧胧，这景色也是非常奇特的。（我们）应当把西湖比作美人西施啊，因为那西施，不管是淡妆，也不管是浓妆，都是适合她的。就像不管是雨天还是晴天，对西湖来说，都是非常适合的。

下面，就谈谈诗人所写的美景与所要表达的思想感情。

想象这样一个场景：有一天，苏轼与他的朋友在西湖上划船饮酒。一开始天气晴朗，不一会儿天阴了，而且下起雨来。我们知道，杭州的雨不像北方的雨，那里多是蒙蒙细雨，仿佛在你眼前挂上了一层薄纱。苏轼与朋友共同观赏了晴天和雨天的西湖风光：晴天的西湖，艳丽无比；雨天的西湖，飘渺朦胧。在苏轼眼里，西湖打扮得美，不打扮也美。这位绝色美女的颜值，恐怕和绝代佳人西施的美貌不相上下。

请注意，这首诗里，苏轼用了比喻的修辞手法，把西湖之美与西施之美相比，当然无可非议。但我们知道，历史上还有不少女子，其美貌与西施相比，恐怕也差不了多少。可苏轼为什么偏偏要选西施来比西湖呢？我想是不是有两个原因：一是西施的家乡在浙江，而且离西湖不远；二是西施和西湖，都有个"西"字，这样比喻尽显巧妙。无论是"水光潋滟晴方好"的"浓抹"，还是"山色空濛雨亦奇"的"淡妆"，都不会让西湖的美色缺少分毫，恰恰相反，"总相宜"已然将西湖胜景推到了极致。

这里，笔者还想对诗人运用比喻之恰当与形象，再多说几句。

诗中的"山色空蒙"与"淡妆"对应，极其恰当地写出了在细雨纷纷时，西湖宛如西施身着淡雅的素装而出；而"水光潋滟"与"浓抹"对应，又形象地展示出在阳光照耀下，西湖酷似西施穿着盛装浓妆艳抹而来。

当然，这首诗不是描写西湖的一处之景、一时之景，而是对西湖美景的全面评价。这首诗的流传，不仅给西湖的景色增添了光彩，还表达了诗人对西湖的情有独钟。

水调歌头·明月几时有

苏轼

丙辰中秋，欢饮达旦，大醉作此篇，兼怀子由。

明月几时有？把酒问青天。不知天上宫阙，今夕是何年。我欲乘风归去，又恐琼楼玉宇，高处不胜寒。起舞弄清影，何似在人间？

转朱阁，低绮户，照无眠。不应有恨，何事长向别时圆？人有悲欢离合，月有阴晴圆缺，此事古难全。但愿人长久，千里共婵娟。

诗 文 赏 析

　　这首词作于公元1076年（宋神宗熙宁九年）中秋，当时苏轼外放于密州（今山东省诸城市）。作品围绕明月等意象展开描写、抒情、议论，蕴含了作者丰富而复杂的思想感情；但不管怎样复杂，其思念亲人与热爱生活的乐观精神是永远不变的。

　　丙辰，指公元1076年（宋神宗熙宁九年），这一年苏轼在密州任太守。子由，苏轼的弟弟名辙，字子由。把酒，端起酒杯。把，这里是动词，可译作"拿"或"端起"。宫阙（què），指月中宫殿。琼（qióng）楼玉宇，美玉造成的楼台亭阁，这里指想象中的仙宫。不胜，承受不了。弄清影，指在月光下的身影也跟着做出各种舞姿。弄，玩弄，欣赏。转朱阁，低绮（qǐ）户，照无眠，形容月亮转过了红色的楼阁，低低地照在雕花的窗户上，最后照着失眠的人。朱阁，朱红的华丽楼阁；绮户，雕饰华丽的门窗；无眠，失眠的人，即诗人自己。不应有恨，何事长（cháng）向别时圆，意思是说，月亮不该对人们有什么怨恨吧，为什么总是在人们分离时圆呢？何事，这里当为什么讲；长，这里当总是讲。婵娟，即嫦娥，这里指月亮。

　　这首词开篇有"序"。诗人在序里说，他在丙辰年中秋节的夜晚喝了个大醉，此时明月当空，于是趁着酒劲写起词来，同时寄托他对其弟苏辙的思念。这个创作背景为我们下面的解析作了铺垫。

先看这首词的上阕（上片）：明月几时有？把酒问青天。不知天上宫阙，今夕是何年。我欲乘风归去，又恐琼楼玉宇，高处不胜寒。起舞弄清影，何似在人间！

诗人大醉后首先看到的是天空中的明月。"把酒"一词与"大醉"照应。有句话叫"酒醉吐真言"，诗人大醉后写的诗宣泄的往往是心里最想说的话。李白不是与月亮说过话吗？我苏东坡呢！屈原尚且问过天，我苏东坡就不能问问吗？多么豪放自信的个性！多么非凡独特的气魄！

东坡大醉后说的是"乘风归去"，我们知道，"乘风归去"的那是传说中的仙人呐！虽然有不顺的遭遇，但以诗人的乐观豁达应该不会产生离开这个世界（出世）的想法啊！你看，一句"高处不胜寒"，作者从幻想中走了出来，此时可能酒也醒了一半，于是，他起身在屋里，在月光的陪伴下，独自舞了起来。

紧接着转到下阕（下片）：转朱阁，低绮户，照无眠。不应有恨，何事长向别时圆？人有悲欢离合，月有阴晴圆缺，此事古难全。但愿人长久，千里共婵娟。

下阕先写月影的运行与变化，估计是东坡跳舞累了，然后躺在床上无法入睡之所见。看着月影的位置变化，诗人同天空中的圆月说起话来："月亮啊，月亮！你不该对世人有什么怨恨吧？要知道，你是团圆的象征呀！可你为什么总是在我们离别后才圆呢？"此处似乎只写月亮之景，并未涉及诗人之情。可若将"转""低"与"照无眠"串联起来，便不难发现，月亮的运行似乎随着东坡心情的变化而变化。

月亮给了东坡无声的回应，这当然是东坡自悟的，他把月亮的运行规律与人事的变幻轨迹放在一起思考与判断，说了一句意味深长的话："从古到今，十全十美的事是不存在的。"虽然胞弟远在千里之外，亲人无法团圆，但东坡超然物外的乐观心态已然超越了时空。这句"但愿人长久，千里共婵娟"的点睛之笔，传递出的，正是东坡对于亲情、对于生活的关心与热爱！

苏轼发奋读书

苏轼从小就受到良好的教育，不到十岁已博览群书，学到了不少知识。于是，自以为了不起了。一次过年，他写了一副对联贴在大门上："识遍天下字，读尽人间书。"这对联贴出去不久，就有一位老者拿着一本书进来，说是登门拜访苏轼，向他求教的。苏轼一看，傻眼了，因为这本书他从未见过，而且书上的许多字，他也不认识。你苏轼不是"识遍天下字，读尽人间书"吗？这下他醒悟了，原来老者是用这种办法来教育自己的。苏轼赶紧向老者认错，并且在原来的对联上各加了两个字，变成了："发愤识遍天下字，立志读尽人间书。"

苏轼与海南

苏轼曾被贬到海南儋（dān）州。当时的海南是荒蛮之地，潮湿不说，他住的小屋里是老鼠、壁虎、蟑螂兴风作浪的地方。他多次得病，几乎死去。就在这样恶劣的环境中，苏轼也表现得很乐观，他仍然关心老百姓疾苦。比如，当时海南的黎族非常迷信，他们得了病不去看医生，而是相信驱鬼驱邪那一套；他们的牛也不是用来种地，而是杀掉后用来祭奠神鬼的。苏轼几乎是挨门挨户地劝告他们不要这样，他晓之以情，动之以理，使黎族百姓相信了他。当地百姓跟苏东坡学到了不少医疗知识，也不再杀牛祭神祭鬼了。

现在说起苏轼来，海南的老百姓没有一个不伸大拇指的。海南的儋州有个"东坡书院"，有机会大家可以去看看。

（原文出自《北方新报》，有删改）

《水调歌头》有无弦外之音

这首词究竟有无弦外之音，到现在为止亦无定论。学者莫衷一是，读者无所适从。这里，笔者只能把所得到的信息写在下面，供读者思考。

宋代一个名叫陈元靓的人，在《岁时广记》引了《复雅歌词》中的一些材料，内容如下：宋元丰七年，京城到处传唱苏轼的《水调歌头》。恰好宋神宗问太监，外面最近流行什么小词，太监就把苏轼的这首词抄录给皇上。神宗读到"又恐琼楼玉宇，高处不胜寒"两句时，说了一句话："苏轼终是爱君。"

如果真有其事，那么，神宗皇上大概认为苏轼词中"琼楼玉宇"与"高处"是指朝廷，他又从后面的"何似在人间"一句看出，苏轼对王权政治还是忠心耿耿的。

清代学者刘熙载在他写的《艺概》卷四中有一段话：词以不犯本位为高。东坡《满庭芳》"老去君恩未报，空回首弹铗悲歌"。语诚慷慨，究不若《水调歌头》"我欲乘风归去，又恐琼楼玉宇，高处不胜寒"尤觉空灵蕴藉。

刘熙载所谓"空灵蕴藉"，大概认为苏轼的《满庭芳》是直接写感谢皇恩的，而《水调歌头》中的"爱君"之情却用了隐喻的手法，蕴藏着弦外之音。

可是，更多的分析文章则认为上述"我欲乘风归去，又恐琼楼玉宇，高处不胜寒"的句子只是表达诗人醉中的恍惚心境，或者多少反映出诗人"出世"与"入世"的矛盾心理而已；他们不认为《水调歌头》有什么弦外之音。

我们知道，诗人通过其词作吐露的心意是隐晦的，诗人没说，我们就不好强加于他。但是，从这句话中，我们总能获得属于自己的领悟。于是，笔者在这篇文章中讲了些什么，也就不再有所顾虑了。

夏日绝句

李清照

生当作人杰，

死亦为鬼雄。

至今思项羽，

不肯过江东。

诗文赏析

李清照（公元1084年—约1151年），宋代女词人，有"千古第一才女"之称，号易安居士，山东省济南章丘人。除善于写词外，她也善于写诗，虽然留存不多。她的诗多为感时咏史之作，往往慷慨激昂，与其词风有很大的不同。现在能看到的《漱玉词》与《李清照集校注》，都收集了她的作品。

靖康二年，也就是公元1127年，金兵入侵中原，抓走了宋徽宗与宋钦宗，南宋王朝偏安于江南。对此，李清照已是痛苦万分。不料自己丈夫临阵脱逃，李清照更是感到耻辱。在她路过乌江镇时，创作此诗，其用意不仅在于歌颂英雄项羽的精神，恐怕也在讽刺南宋王朝和自己丈夫吧！

人杰，指杰出的人物。鬼雄，即逝去的英雄豪杰。项羽，秦末自立为西楚霸王，与刘邦争夺天下，在垓下之战中，兵败自杀。江东，指长江下游江南一带，项羽当初随叔父项梁起兵的地方。

这首诗的大意如下：活着应当做杰出的人物，死了也要做鬼中的英雄。直到现在，人们仍然怀念项羽；因为他宁肯战死，也不逃回江东。

作为脍炙人口的名篇，这首诗好在哪呢？笔者在此总结了三条，下面具体说一说：

首先，起笔惊人，字如钢珠，落地有声。

李清照的这首诗，起笔就有泰山压顶之势。"生当作人杰，死亦为鬼雄。"这是一种所向无敌的英雄气概，这是一种无所畏惧的浩然正气。一个柔弱的女子竟然有这样的气魄，那么堂堂七尺男儿又该如何？无论是"生"，无论是"死"，都应当有一种坚决压倒一切敌人的信心与力量。"当作"这个词语，是诗人的人生抉择：人活着就要活出一个样子，不能庸庸碌碌，无所作为；"亦为"这个词语，则表达了不畏死而做豪雄的决心。

其次，结语出人意料，前后呼应，寓意无穷。

后两句诗巧妙地运用了所写的人、事、物、景，同时把议论、抒情融为一体。人是项羽，事是兵败自刎，物是船与江，景是战场。议论，是赞扬项羽宁死"不肯过江东"的悲壮情怀；抒情，则集中在"至今思"三个字上。诗人就这样把她心目中的英雄形象呈现在读者眼前，把英雄的精神镌刻在读者心里。于是，"不肯过江东"的项羽便成了生之"人杰"与死之"鬼雄"的化身！这种写法与前两句也有所呼应，并且在内容上彼此相融。

这里不禁要问，与"生当作人杰，死亦为鬼雄"相比，哪些人是厚颜无耻之徒，哪些人是贪生怕死之辈呢？对于这些，诗人虽一字不写，却已起到"无声胜有声"的作用了。

第三，运用多个典故，却无雕饰之感。

全诗只有二十个字，却用了三个典故。一是"人杰"。这是化用了刘邦称赞张良、萧何、韩信为"人杰"的话。二是"鬼雄"。屈原的《国殇》诗中有这样的句子："身既死兮神以灵，子魂魄兮为鬼雄。"三是"不肯过江东"。史书上记载：项羽兵败到乌江江边，乌江亭长劝他渡江回到江东，重整旗鼓。项羽说："江东父老即使可怜我、爱我，可我又有何脸见江东父老呢?"说罢飞马直入战场，杀死敌军无数，最后自刎。

连用三个典故毫无生僻堆砌之嫌，反而耐人寻味。即使读者不知这三个典故，也不会对诗产生任何误解。如此用典，才叫艺术!

醉花阴·薄雾浓云愁永昼

李清照

薄雾浓云愁永昼，瑞脑消金兽。佳节又重阳，玉枕纱厨，半夜凉初透。

东篱把酒黄昏后，有暗香盈袖。莫道不销魂，帘卷西风，人比黄花瘦。

诗 文 赏 析

　　有人认为，历代写词最好的有两个人：男的是南唐李后主李煜，女的就是李清照，她甚至被称为"千古第一女词人"与"词中皇后"。这首词是李清照婚后不久所作，写她在重阳节思念丈夫赵明诚的心情。

　　永昼，指漫长的白天。瑞脑消金兽，指瑞脑香在金兽香炉中慢慢燃尽；瑞脑，一种薰香名；金兽，兽形的铜香炉。玉枕，指的是玉制或玉饰的枕头，据说这种枕头有保健的功效。纱厨，即防蚊蝇的纱帐。东篱，指采菊之地。暗香，这里指菊花的幽香。销魂，形容极度忧愁、悲伤。黄花，指菊花。

　　这首词的大意为：浓云薄雾，整整一天愁锁心头。龙香缭绕着金兽香炉，而今又恰逢重九。我呆卧在玉枕纱帐之中难以入眠，半夜的凉气才开始要把我的身心浸透。我到东篱菊园饮酒，直到黄昏之后，菊花的幽香飘满衣袖；我的魂魄也不知丢到何处！此时，西风卷帘而入，你是否知道，帘内之人比那黄花还瘦！

　　这首词的上阕（上片）写作者重阳节这天从早到晚的愁绪。

　　"薄雾浓云愁永昼"中的薄雾浓云，不能理解为早晨是"薄雾"，晚上是"浓云"，这里是说天气从早到晚都是阴沉沉的，加上"愁"字，是典型的情景交融的写法。作者以"瑞脑消金兽"来写自己独坐空屋，看着香炉里的青烟消磨时间。虽然没写愁，但读者却能体会到化不开的愁。你看，屋外是云雾密布，屋内是青烟消散，一个新婚不久的古代女子，受的是怎样一种煎熬啊！

"佳节又重阳"在作者心中勾起的痛楚更是难以形容。如果说前两句只是云、雾、烟在搅扰清照的话，那么，这一句便是雪与霜在肆虐易安了。

"玉枕纱厨，半夜凉初透"，这两句合在一起讲。玉枕纱厨，这是指她与丈夫相互温暖的房间，而现在呢？这里只有她孤零零的一个人。有人解释"半夜凉初透"说："天气骤凉，睡到半夜，凉意透入帐中枕上。"笔者觉得这句中"凉""初""透"三个字，字字泪涌，字字情深，字字心碎。透，不是说"凉意透入帐中枕上"，而是说透入骨髓，透入心窝；初，也不是说刚才，而是说这凉才开始，还不知道它会凉到何时，凉到何种程度；至于凉，那也绝不是"凉意"，恐怕用凄凉与冰冷这样的词语，都难以表达作者当时的心境。

词的下阕（下片）是补写作者重阳节这天黄昏，在东篱借酒浇愁的情景。

"东篱把酒黄昏后，有暗香盈袖"与上阕相照应，写作者重阳这天除了在家里待着外，还到东篱饮了酒。有人说，她是在黄昏后去的，也有人认为，可能是这天某一个时辰去的，直喝到黄昏之后。

那么，"有暗香盈袖"是什么意思呢？从字面上看，当然指的是菊花的清香飘满衣袖。但作者为何要写菊花之香呢？有人说：这是"化用了《古诗十九首》'馨香盈怀袖，路远莫致之'的句意。"意思是说，作者只是自己闻到了菊香，可无法同丈夫共同享受。这样分析是有道理的。笔者认为，这是在暗写她对丈夫的刻骨思念。

读罢"莫道不销魂，帘卷西风，人比黄花瘦"三句，笔者脑子里突然出现了李白《春思》中的"春风不相识，何事入罗帏"。这三句是不是作者在用拟人兼呼告的修辞手法，面对"帘卷"而入的"西风"说话呢？

诗人似在诉说："西风啊，你来看看这个人吧，她现在成了什么样子了？她的魂儿还在吗？西风啊，你是知道菊花的，而此刻她比菊花瘦多了！"

作者轶闻

李清照

易安轶闻二则

（一）

赵明诚幼时，其父将为择妇。明诚昼寝，梦诵一书，觉来惟忆三句云："言与司合，安上已脱，芝芙草拔"，以告其父。其父为解曰："汝待得能文词妇也。'言与司合'是'词'字，'安上已脱'是'女'字，'芝芙草拔'是'之夫'二字，非谓汝为'词女之夫'乎？"后李翁以女女之，即易安也，果有文章。易安婚未久，明诚即负笈远游，易安殊不忍别，觅锦帕，书《一剪梅》词以送之。词曰："红藕香残玉簟秋。轻解罗裳，独上兰舟。云中谁寄锦书来？雁字回时，月满西楼。花自飘零水自流。一种相思，两处闲愁。此情无计可消除，才下眉头，却上心头。"

（二）

易安以重阳《醉花阴》词函致明诚，明诚叹赏，自愧弗逮，务欲胜之。一切谢客，忘食忘寝者三日夜，得五十阕，杂易安作以示友人陆德夫。德夫玩之再三，曰只三句绝佳，明诚诘之，答曰："莫道不销魂，帘卷西风，人似黄花瘦。"正易安作也。

以上二则故事出自《琅嬛记》，其中所记多属野史，且书中清清楚楚标作"外传"。所谓"外传"，即是记述遗闻逸事的文字，不一定完全是真事。但从流传下来的故事看，一定程度上也能反映李清照的创作艺术与风格，却非一般文人可以企及。

《题乌江亭》二首

为了使读者更好地思考一些问题，笔者把古人写项羽的另两首诗附在下面，大家可以想想，下面两首诗，与李清照的《夏日绝句》有何不同。

题乌江亭

杜牧

胜败兵家事不期，包羞忍辱是男儿。

江东子弟多才俊，卷土重来未可知。

题乌江亭

王安石

百战疲劳壮士哀，中原一败势难回。

江东子弟今虽在，肯与君王卷土来？

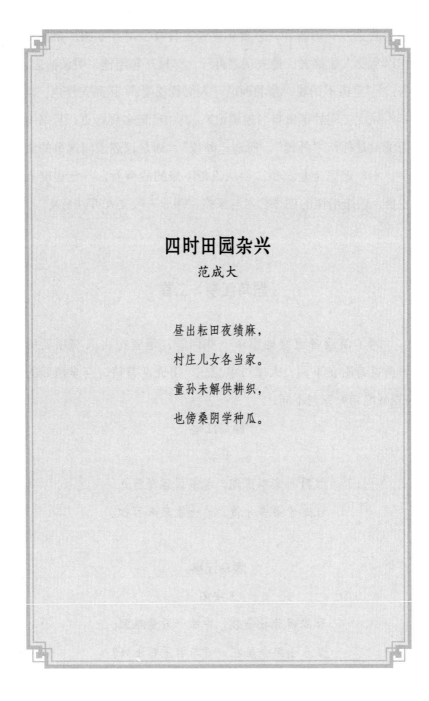

四时田园杂兴

范成大

昼出耘田夜绩麻，

村庄儿女各当家。

童孙未解供耕织，

也傍桑阴学种瓜。

诗 文 赏 析

范成大（公元1126年—1193年），南宋诗人，苏州吴县（今江苏苏州）人。善诗文，继承了白居易等诗人的现实主义精神，自成一家。他与杨万里、陆游、尤袤合称南宋"中兴四大诗人"，其诗作题材广泛，文字浅显，格调清新。

诗题《四时田园杂兴》，指《四时田园杂兴》组诗，共有60首，分春日、晚春、夏日、秋日、冬日五部，各十二首。这首诗出自《夏日田园杂兴》，描写的是农村夏日的一个场景。"杂兴"的意思，是指他的这些诗是随兴写来，无固定题材。耘田，意思是除草。绩麻，指把麻搓成线。各当家，各自承担各自的工作，指各尽其职。供，这里当从事或参加讲。桑阴，桑树的树阴下面。

前两句"昼出耘田夜绩麻，村庄儿女各当家"用通俗易懂的语言描写农民的辛劳：他们白天到田里去除草，晚上在家中搓麻线。如果只看"儿女各当家"这五个字，似乎是说：农村的男人与妇女分工劳作，男人下地除草，妇女在家搓麻线。

这里需要注意，诗中的"儿女"既不是指儿子与女儿，也不是专指年轻的男女，而是泛指男人与妇女。唐代白行简写的《三梦记》写道："刘（小说中人物刘幽求）俯身窥之，见十数人，儿女杂坐，罗列盘馔，环绕之而共食。见其妻在坐中语笑。……"其中的"儿女"就是指男人与妇女。"村庄儿女各当家"

中的"各"，是各自的意思。这句是说，农村的男人与妇女各自承担各自的劳动任务。

当然，对于专门从事农业生产的古代百姓来说，无论除草还是搓麻线，男女都是内行。有时男的去除草，女的在搓麻线；有时却正好倒过来。而更多的时候，是男女同时干这两种活。

后两句"童孙未解供耕织，也傍桑阴学种瓜"是说，农民的孩子由于受到大人的熏陶与影响，从小就养成了爱劳动的习惯。你看，小孩子都模仿大人的样子，学着干农活了。"童孙"这个词，常被解释为"幼小的孙子"。笔者认为，这里恐怕只是强调模仿大人干农活的孩子们年龄很小。但孩子毕竟不是大人，他们不懂也不会像大人那样从事"耕织"（除草与搓麻线）的劳动，只能学学"种瓜"。当然，他们也不是真的在"种瓜"，只是躲在"桑阴"下面，像"过家家"那样模仿模仿罢了。

就思想内容而言，这首诗既写了农村"男耕女织"的忙碌，也写了农村孩童的天真童趣。二者合在一起，展现了古代农民的质朴勤劳，以及农家稚子的无忧无虑。值得注意的是，诗人在观察田间闲适的同时，还流露出对于农家辛劳的感叹。

范成大的跌宕人生

范成大天资聪颖，十二岁就遍读经史，十四岁已经能写诗文。他的父亲叫范雩（yú），是南宋有名的官员，他的母亲蔡氏是蔡襄的孙女，很早就离逝了。如果没有那么多的意外发生，他极有可能在二十岁左右就金榜题名。可是，那年省试之前，父亲突然病故。按照当时科举制的规定，丧服中的范成大，暂时不能参加考试。迫于无奈，他就寄居在家乡的一座寺院里读书。这些都使范成大体会到人生的磨难，一度无意进取，也不想获得什么功名。后来，在昆山父执王葆的督促与勉励下，他才重新振作起来，结束了十年的读书闲居的生活，最终考取了进士。不过，此时他已经二十九岁了。

出使金朝，全节而归

南宋高宗赵构北伐失败后，向金朝称臣，双方签订的和约规定，金使递交国书时，南宋皇帝必须起身，亲自从金使手中接过国书。后来，赵构传位给他的养子赵昚（shèn），是为宋孝宗，他自己成了太上皇。宋孝宗赵昚即位后，同金人打了几仗，各有胜败。经过和议，金宋两国由"君臣关系"降为"叔侄关系"（金国为叔，南宋为侄），但接受国书的程序仍然未变。

在那个时代，宋孝宗算是一个很有作为的皇上了，他遣范成大出使金朝，想要讨回河南的宋朝帝王陵寝之地，至于更改接受国书礼仪的问题，并没有写进国书里（一说是要范成大见机而行）。范成大到了金朝后，秘密拟写了更改接受国书仪式的奏章，把它藏在怀中。见到金朝君臣，他先呈上国书。当金朝君臣认真倾听时，范成大突然说道："两朝已经结为叔侄关系，而受书礼仪没有确定，这里还有奏章呈上。"说罢，就把藏着的另一份奏章取出。金主吃惊地说："这难道是献国书的地方？"金国的太子想要杀掉他，结果被阻止了。这次出使虽然没能解决问题，但范成大不辱使命，全节而归。他那股凛然气势，让人为之振奋。

《秋日田园杂兴》（其八）

新筑场泥镜面平，家家打稻趁霜晴。

笑歌声里轻雷动，一夜连枷响到明。

　　这首诗写农民秋季丰收后的劳动场面，不仅写出他们通宵不眠的辛苦情状，也写出他们劳动的欢乐。你听：连枷敲击稻谷的声音，那既是丰收后农民欢乐的鼓点，也是诗人替农民敲打在品尝稻谷人们心头的声音。

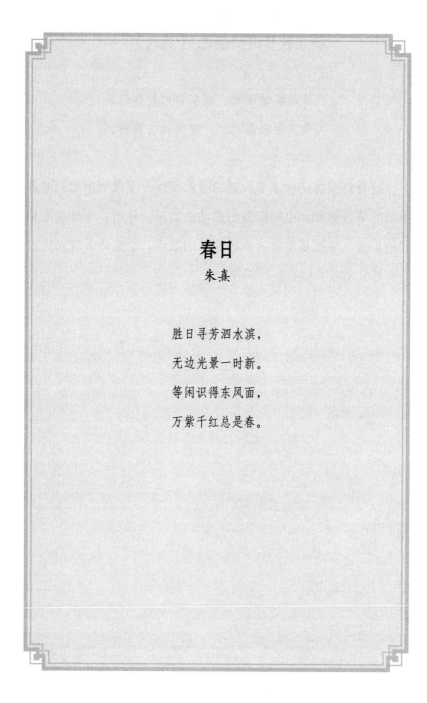

春日

朱熹

胜日寻芳泗水滨，

无边光景一时新。

等闲识得东风面，

万紫千红总是春。

诗文赏析

朱熹，出生于1130年，逝世于1200年。他是南宋著名的理学家、思想家、教育家。字元晦，号晦庵，又称紫阳先生、考亭先生等，谥号文，所以又称朱文公。他的祖籍是徽州府婺源县（今江西省婺源），出生于南剑州尤溪（今属福建三明市）。人们常说的朱子，就是指朱熹。他是弘扬儒学的大师。所谓"四书"，原是这么一回事：朱熹对《论语》进行了注释，又从《礼记》中摘出《大学》和《中庸》，再配上《孟子》，写成一本《四书章句集注》，简称《四书集注》。"四书"的名称就这样流传下来。

胜日，指晴朗的日子。寻芳，字面意思是寻找花草，实际上是指游春、踏青。泗水，河名，在山东省。滨，水边。光景，指风光与景象。一时，同时。等闲，平常，容易。识得，识别、了解。

这首诗的大意为：风和日丽的一天，我到泗水之滨游春；风光与景象同时焕然一新。时时处处都可以看到东风的模样，因为万紫千红都是春的化身。

单从文字上看，这是一首咏春诗，其实不尽如此。这首诗至少有两个特点值得说说。

第一个特点：字字句句前后照应。

第一句"胜日寻芳泗水滨"，用七个字点明了时间、地点与事件：时间是一个风和日丽的日子，地点是"泗水滨"，事件是寻觅美好的春景。三者合在一起，是总写，用的是说明的写法。

第二句"无边光景一时新"，承接上句，描写了春日观景的美好。"一时新"告诉读者，春回大地，风光与景象同时变得清新而奇妙。"无边"一词写出春日遍地的风光，令人眼花缭乱，应接不暇。

第三句"等闲识得东风面"，由"无边光景"引出，采用了议论兼抒情的写法。因为光景无边，才可以"等闲识得"。而且"识得"二字又与第一句中的"寻"字相照应：由于痴情地去寻觅，所以，才能"识得"；否则，即使光景无边，对某些人也毫无意义，因为他们无动于衷。所以说，只有在真心喜欢的人面前，"东风面"（指春天的美好容貌）才能完全展露出来。

第四句"万紫千红总是春"，是说"万紫千红"的景象，不是别的，正是春的化身。诗人从"万紫千红"的景象中认识了春天，感受到了春天的美丽。

第二个特点：寓情理于所写景物之中。

泗水之滨，是在山东，而山东早被金人侵占。朱熹从未到过北方，怎么可能在泗水之滨"寻芳"呢？朱熹为什么这样写呢？难道是有意杜撰？笔者认为，这里寄托着诗人的一种情怀。

我们知道，朱熹是弘扬儒学的大师，他对孔子是极其崇拜的。孔子曾在洙泗之间收徒讲学，"泗水"的说法，正是借代孔子所在；而"寻芳"则是隐喻到圣人那里寻找济世之道。"万紫千红"通过比喻的手法，喻指孔子的人格魅力和他丰富的学问技艺，这才是泗水之滨的"东风"(即春风)，只有它才能使万物复苏。不知读者朋友们怎么看呢？

观书有感

朱熹

半亩方塘一鉴开，

天光云影共徘徊。

问渠那得清如许，

为有源头活水来。

诗 文 赏 析

这首小诗也是朱熹的代表作，流传度很广。许多人把它视为哲理诗的典范，其特色在于，虽然说理，却也能兼具意趣。

方塘，一说为半亩塘，在福建尤溪城南郑义斋馆舍（后为南溪书院）内。鉴，意思是镜子；古人以铜为镜，一般用布帛包着，用时才打开。也有人说，鉴是指古代用来盛水或冰的青铜大盆。共徘徊，指天的光和云的影子映射在塘水之中，不停地变动。渠，指方塘之水。那（nǎ）得，意思是怎么会。那，通"哪"，怎么的意思。清如许，如此清澈。许，这样。源头活水，这里应比喻不断更新的事物，其内涵极其丰富。

对于本诗，我们采取逐句讲述的方法。

第一句"半亩方塘一鉴开"。这句中，"半亩方塘"是实景，而"鉴"则是作者的幻觉。如果从修辞角度讲，就是比喻。之所以说它是幻觉，因为这面镜子独一无二，只存在于作者的眼前与心中。

第二句"天光云影共徘徊"。这句中，作者把"鉴"和"方塘"的特点，巧妙地联系在一起。你看，只有明"鉴"，才能使天光云影鲜明而晶莹；只有方塘之水，才能使天光云影在其中"游来游去"。如果只说这句诗运用了比喻的手法，显然很难窥到作者独运的匠心。

第三句"问渠那得清如许"。这句诗有承上启下之妙。说它承上，是因为前一句的"天光云影共徘徊"，已经暗示了这方塘（鉴）清且深的特点；说它启下，是因为后一句的"源头活水"，正是告诉读者"清如许"的原因。

第四句"为有源头活水来"。这句诗是全篇的点睛之笔，是作者通过学习体验到的境界。此时，诗人已经不在"方塘"中"徘徊"了，他已经畅游在潺潺作响的"活水"中。

结尾处，再简单说说对这首诗所含哲理的看法。

有人认为，这首诗所表现的读书有悟有得的灵气流动、思路明畅、精神清新活泼而自得自在的境界，正是作者作为一位大学问家的切身的读书感受。就读书而言，上述见解当然没错，可问题是，仅就"源头活水"而言，其内涵之深广，也是无法测量的。相比之下，笔者更倾向于另外一种说法：眼前这方池塘虽小，却也吞吐着宇宙万象，这正是诗人博大胸襟的倒影。

宋元学案：晦翁学案（节录）

朱熹，字元晦，一字仲晦，徽州婺源人。父韦斋先生松，第进士，历官司勋、吏部郎。以不附和议忤秦桧，去国，行谊为学者所师。尝为闽延平尤溪县尉。建炎四年罢官，寓尤溪城外毓秀峰下之郑氏草堂，生先生。先生自幼颖悟，五岁读孝经，即题曰："不若是，非人也。"年十八，登绍兴十八年进士第，授泉州同安主簿。

……

明年夏，大旱，上疏言："天下之务，莫大于恤民；而恤民之本，在人君正心术以立纪纲。盖天下之纪纲不能以自立，必人主之心术公平正大，无偏党反侧之私，然后有所系而立。必亲贤臣，远小人，讲明义理之归，闭塞私邪之路，然后乃可得而正。今宰相、台省、师傅、宾友、谏诤之臣皆失其职，而陛下所与亲密谋议，不过一二近习之臣。上以蛊惑陛下之心志，使陛下不信先王之大道，而悦于功利之卑说，不乐庄士之谠言，而安于私亵之鄙态；下则招集天下士大夫之嗜利无耻者，文武汇分，各入其门。交通货赂，所盗者皆陛下之财；命卿置将，所窃者皆陛下之柄。使陛下之号令黜陟，不复出于朝廷，而出于一二人之门。莫大之祸，必至之忧，近在朝夕，而陛下独未之知。"孝宗读之大怒，宰相赵雄曰："士之好名，陛下疾之愈甚，则人誉之愈众，无乃适所以高之。不若因其长而用之，彼渐当事任，能否自见矣。"孝宗以为然，乃除先生提举江西常平茶盐。

朱熹在中国历史上的地位

朱熹，或称朱子，是一位精思、明辩、博学、多产的哲学家。光是他的语录就有一百四十卷。到了朱熹，程朱学派或理学的哲学系统才达到顶峰。这个学派的统治，虽然有几个时期遭到非议，特别是遭到陆王学派和清代某些学者的非议，但是它仍然是最有影响的独一的哲学系统，直到近几十年西方哲学传入之前仍然如此。

新儒家认为《论语》《孟子》《大学》《中庸》是最重要的课本，将它们编在一起，合称"四书"。朱熹为"四书"作注，他认为这是他的最重要的著作。据说，甚至在他去世的前一天，他还在修改他的注。他还作了《周易本义》《诗集传》。元仁宗于1313年发布命令，以"四书"为国家考试的主课，以朱注为官方解释。朱熹对其他经典的解释，也受到政府同样的认可，凡是希望博得一第的人，都必须遵照朱注来解释这些经典。明、清两朝继续采取这种做法，直到1905年废科举、兴学校为止。

儒家在汉朝获得统治地位，主要原因之一是儒家成功地将精深的思想与渊博的学识结合起来。朱熹就是儒家这两个方面的杰出代表。他的渊博的学识，使他成为著名的学者；他的精深的思想，使他成为第一流哲学家。尔后数百年中，他在中国思想界占统治地位，决不是偶然的。

（节录自冯友兰《中国哲学简史》，有删改）

《观书有感》（其二）

朱熹

昨夜江边春水生，
艨艟巨舰一毛轻。
向来枉费推移力，
此日中流自在行。

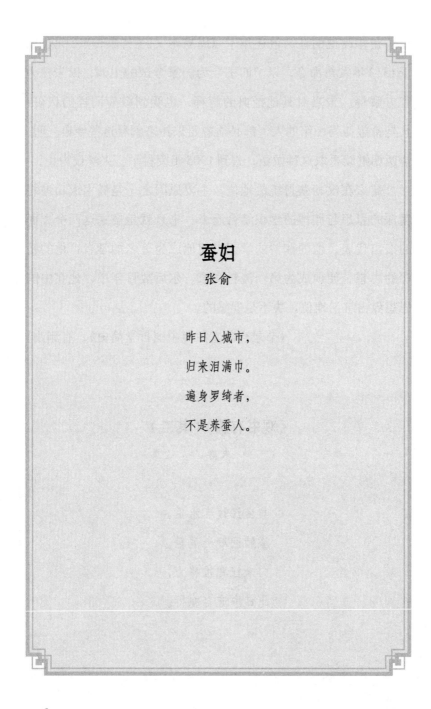

蚕妇

张俞

昨日入城市，

归来泪满巾。

遍身罗绮者，

不是养蚕人。

诗 文 赏 析

张俞（生卒年代不详），《宋史》写作张愈，字少愚，北宋文学家，益州郫（今四川郫县，郫，读pí）人。他曾游学四方，多次参加科举考试，但都没考中。后来受人推荐，被征召入朝，担任秘书省校书郎的官职，后辞官隐居。张俞自号"白云先生"。据说，当时掌管益州的文彦博（后来文彦博做过宰相）对他青睐有加，曾为他在青城山白云溪安置住所。

张俞留存下来的诗作不多，但《蚕妇》这首诗脍炙人口，妇孺皆知，它的思想性与艺术性，都令人赞叹。这里的蚕妇，是指养蚕的妇女。入城市，指进城卖蚕丝，不能简单理解为进入城市。市，这里是动词，卖的意思。巾，手巾，类似于现在说的手帕，而不是衣襟。罗绮（qǐ），泛指丝织品。罗，颜色素淡而又较为轻薄透孔的丝织品；绮，有花纹或图案的丝织品，这里是指丝绸做的衣服。

应该说，诗人是蘸着眼泪写出蚕妇"归来泪满巾"诗句的。下面从四个方面谈一谈本诗的创作艺术。

1.通俗易懂，明白如话。

古代文人写诗，或一味求雅，或刻意用典，以显高深。而张俞的《蚕妇》却恰恰相反，在选词造句上，诗人似乎对读者能否看懂有着深入思索。

2.有隐有现，吊人胃口。

我们不妨开个玩笑，先把这首诗的题目隐去，然后请某人读这首诗。那么，当他看了前两句"昨日入城市，归来泪满巾"后，问问他：诗中的主人公进城卖什么东西去了？恐怕他只能盲猜。等他读罢后两句"遍身罗绮者，不是养蚕人"，才会豁然开朗：啊，原来主人公进城是卖蚕丝去了。

3.是蚕妇的自白，也是诗人的心声。

有人说，这首诗是写蚕妇心理活动的，句句都是蚕妇的自白。按照这种思路，本诗的意思就成了：我昨天进城卖蚕丝去了，回家后眼泪沾湿了我的手巾。因为我看到，城里那些满身穿着丝绸衣裳的，都不是养蚕的人！

但这首诗也可以是诗人在告诉读者另一件事情："我知道这样一件事，昨天一个养蚕的妇女进城卖蚕丝去了，回家后她哭得眼泪都湿透了手巾。他说，城里那些满身穿着绸缎衣裳的，没有一个是养蚕之人！"

那么，这首诗到底是哪种写法？结论是"二者兼而有之"。诗人或许无意，但其客观作用却是不寻常的：一是读者从蚕妇的自白中，可以看到她湿透了的手巾，听到她一边哭泣一边诉说的声音；二是诗人的讲述，不仅倾诉出蚕妇的痛苦，而且表现出自己对蚕妇的同情，更能使读者体会到诗人对社会现实的不满与控诉！

4.独具一格的对比手法。

这首诗一看就是运用了对比的手法，这几乎也是多数诗人揭示贫富悬殊与社会不公平现象的共同写法。然而，张俞的《蚕妇》，在运用这种手法上却独具一格。

首先，前两句与后两句是隐含对比的。粗看起来，"昨日入城市，归来泪满巾"与"遍身罗绮者，不是养蚕人"这两句只是因果关系：蚕妇之所以"归来"痛哭，是因为在城里看到穿着绸缎衣裳的，并非养蚕之人。但仔细思索一番后，就会发现，前两句与后两句之间在内容上构成了对比，而且这种对比是深刻而形象的。说它深刻，是指这个对比揭露了社会的不平等：劳动者劳而无获，而剥削者却不劳而获。说它形象，是指这个对比把穿绸摆缎、喜笑颜开的富人，与衣服褴褛、眼泪沾巾的贫民放在一起。这是富人欢笑与穷人泣诉的对比！

其次，"昨日入城市"与"归来泪满巾"之间是设疑对比。蚕妇进城卖了蚕丝本应该高兴，按常理应写"归来喜在心"之类，可为什么反而是"归来泪满巾"呢？这个对比，至少有两个作用：一是设置悬念，二是引起读者思索。而这正是诗人希望获得的效果。

张俞之妻

张俞妻蒲氏，《宋史》载其名"芝"。黄庭坚则称其名为"幼芝"。《山谷集》卷二四《蒲仲舆幕碣》："府君讳远犹，字仲舆，本河中宝鼎人，在唐为仕家，从僖宗幸蜀而失其官，遂为成都民。……府君少而能赋，与女弟幼芝俱有声于剑南。幼芝嫁成都张俞，学问文章，与其夫抗衡。"张俞死后，蒲氏曾写诔文纪之。

诗文兼擅

张俞诗文兼擅，其咏史怀古、写景抒情之作甚佳。《郡斋读书志》卷一九："为文有西汉风，尝赋《洛阳怀古》，苏子美（舜钦）见而叹曰：'优游感讽，意不可尽，吾不能也。'"《诗话总龟》前集卷一三引《古今诗话》："张俞，成都人，蜀以贤良称之。有诗行于世。《题武侯庙》云：'高光如有嗣，吴蜀岂胜诛。'又《题御爱山》云：'可胜亡国恨，犹有爱山心。'《题洞庭湖》云：'万顷碧波看不尽，一拳孤岫望中明。'皆佳。"南宋周辉《清波别志》卷二云："元微之有《古行宫》一绝句：'寥落古行宫，宫花寂寞红。白发宫女在，闲坐说玄宗。'洪景庐谓语少意足，有无穷之味。辉幼时亦得一诗云：'翠微寺本翠微宫，楼阁亭台数十重。天子不来僧又死，樵夫时倒一株松。'乃张俞所作也，思致不减前作。"可见后人对张俞诗歌评价甚高。

蚕妇

杜荀鹤

粉色全无饥色加，岂知人世有荣华。
年年道我蚕辛苦，底事浑身着苎麻。

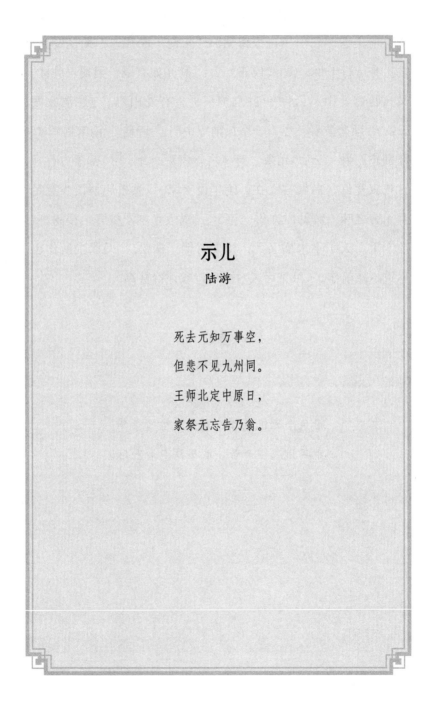

示儿

陆游

死去元知万事空，

但悲不见九州同。

王师北定中原日，

家祭无忘告乃翁。

诗 文 赏 析

陆游（公元1125年—1210年），南宋著名诗人，字务观，号放翁，越州山阴（今浙江绍兴）人。北方的大好河山被金人占领后，南宋小朝廷偏安在南方。在这个历史时代，前赴后继的有志者为收复河山，进行了不屈不挠的斗争，其中，陆游是文学战线上的杰出代表。《示儿》这首诗相当于遗嘱，诗人嘱咐儿子们说：哪天收复了北方的大片土地，你们一定要告诉死去的爸爸呀！他的爱国之情是直白的，也是极致的。

诗题《示儿》的意思是写给儿子们看，当代学者于北山《陆游年谱》考证，陆游共有7个儿子，因此"乃翁"不应理解为"你的父亲"，而应译作"你们的父亲"。元知，即原本知道。元，通"原"，本来。但，只是。九州，古代中国分为九州，这里代指全国。王师，指南宋朝廷的军队。北定，平定北方。中原，诗中指淮河以北被金人侵占的地区。家祭，祭祀家中先人。乃翁，你的父亲。乃，你或你们，代词；翁，这里指父亲。

关于本诗的创作艺术，下面分两方面谈一谈。

首先是前两句"死去元知万事空，但悲不见九州同"。

语言本身是形式，形式是为内容服务的。作者运用怎样的语言艺术，从根本上来说，是由它所表达的内容决定的。以这两句诗为例，运用了反衬与炼字两种手法。

先说反衬法。按理说，都知道死后万事皆空了，应当会和孩子们说点家里的事情。可是，诗人对这一切都不想，也不说，却是在离开世界之前，为"九州"尚未统一而伤悲。这说明，诗人是用前一句来反衬后一句的。之所以用反衬的语言艺术，不有意追求形式的独特，是因为他觉得只有用这种艺术形式，才能痛痛快快地表达自己的爱国之情。

再说炼字法。这里借"但"与"悲"字的妙用，谈谈浅见。"但"不能理解为现代汉语中的转折连词"但是"，它是"只是"或"单是"的意思。诗人用这个"但"字，在告诉读者：临终时一切他都不想，唯一挂在他心上的就是"九州同"这件事。"悲"字更有移情之作用，读来令人潸然泪下。你看，在仕途上受到打击，他不悲；蒙受了爱情的痛苦，他不悲；被欺负、被罢官，他不悲；他悲的只是"不见九州同"啊！一个"悲"字，化作全诗的诗眼，蕴含着复杂沉重的感情。

其次是后两句"王师北定中原日，家祭无忘告乃翁"。

这两句诗主要运用的语言艺术，一是承上启下，二是前后照应。

先说承上启下。"王师北定中原日"这句诗本身，说明诗人对收复失地还寄托着希望，或者说，他还对朝廷抱有信心。否则，他在临终前就不会想到"王师"或者"北定中原"的。

说它承上，是指与前一句"但悲不见九州同"有密切的联系。因为从这几个字里，我们可以窥视到此时的诗人，其心情有所变化，似乎由无比悲伤的情绪，转化为有所期待的心态；

他似乎在想，如果自己不死，或许还可以为"北定中原"献计献策呢。说它启下，是指如果不是后一句"家祭无忘告乃翁"，那"王师北定中原日"这句诗也就没有着落了。

再说前后照应。如前所述，"家祭无忘告乃翁"这句诗，不仅是前一句的着落处，同时又是对首句"死去元知万事空"的照应。你看，诗人明明知道人死后万事皆空，还为何想让儿子们，向一个无知无觉的死人报告"王师北定中原"的好消息呢？从形式上来讲，诗人是用了前后照应的语言艺术，但他之所以运用此种形式，既是由他生死牵挂着光复失地的情愫决定的，也是由他对光复失地有所期待决定的。

由此不禁想到，人生只是考虑自己吗？不是，恐怕也得想着他人。是只想着今人吗？不是，恐怕也应为后人考虑考虑。陆游一生的意义，恐怕就在于此吧！

答徐载叔赓（节录）

朱熹

放翁之诗，读之爽然，近代惟见此人为有诗人风致。如此篇者，初不见其著意用力处，而语意超然，自是不凡，令人三叹不能自已。盖爱之者无罪，而害之者自为病耳！近报又已去国，不知所坐何事，恐只是不合作此好诗，罚令不得做好官也。

四朝闻见录（节录）

叶绍翁

陆游，字务观，山阴人。名游，字当从观，至今谓观。盖母氏梦秦少游而生公，故以秦名为字，而字其名；或曰公慕少游者也。其祖名佃，字农师，新学行，有《诗说》传于世，大率祖半山。后以新法浸异。公绍兴间已为浙漕锁厅第一，有司竟首秦熺，置公于末。及南宫一人，又以秦桧所讽见黜，盖疾其喜论恢复。绍兴末，始赐第。学诗于茶山曾文清公，其后冰寒于水云。尝从紫岩张公游，具知西北事。天资慷慨，喜任侠，常以踞鞍草檄自任。且好结中原豪杰以灭敌，自商贾仙释诗人剑客，无不遍交。游宦剑南，作为歌诗，皆寄意恢复。书肆流传，或得之以御孝宗，上乙其处而题之。旋除删定官。或疑其交游非类，为论者所斥。上怜其才，旋即复用。未内禅，一日，上手批以出陆游除礼部郎。上之除目，自公而止，其得上眷如此。公早求退，往来若耶、云门，留宾款洽，以觞咏自娱。官已阶中大夫，遂致其仕，誓不复出。韩侂胄固欲其出，落致仕，除次对，公勉为之出。韩喜陆附己，至出所爱四夫人擘阮琴起舞，索公为词，有"飞上锦茵红绉"之语。又命公勺青衣泉旁。有唐开成道士题名，韩求陆记，记极精古。且以坐客皆不能尽一瓢，惟游尽勺，且谓挂冠复出，不惟有愧于斯泉，且有愧于开成道士云。先是，慈福赐韩以南园，韩求记于公，公记云："天下知公之功，而不知公之志，知上之倚公，而不知公之自处。""公之自处"与"上之倚公"，本自不侔，盖寓微词也。又云："游老，谢事山阴泽中，公以手书来曰：'子为我作南园记。'岂取其无谀言，无侈辞，足以导公之志欤！"公已赐丙第，人谓公探孝宗恢复之志，故作为歌诗，以恢复自期。至公之终，犹留诗以示其家云："王师克复中原日，家祭毋忘告乃翁。"则公之心，方暴白于易箦之时矣。

陆游诗二首

冬夜读书示子聿（yù）①

古人学问无遗力，少壮工夫老始成。

纸上得来终觉浅，绝知此事要躬行。

十一月四日风雨大作

僵卧孤村不自哀，尚思为国戍轮台。

夜阑卧听风吹雨，铁马冰河入梦来。

---

①子聿：子聿是陆游的小儿子。

清平乐·村居

辛弃疾

茅檐低小，

溪上青青草。

醉里吴音相媚好，

白发谁家翁媪？

大儿锄豆溪东，

中儿正织鸡笼。

最喜小儿亡赖，

溪头卧剥莲蓬。

诗文赏析

辛弃疾（公元1140年—1207年），南宋词人，字幼安，别号稼轩，历城（今山东济南）人。出生时，中原已为金兵所占。他21岁参加抗金义军，不久归南宋。一生力主抗金，他的诗词多表达恢复国家统一的爱国热情，抒发壮志难酬的悲愤，也有不少诗词是吟诵祖国河山的。这首词作于辛弃疾闲居带湖（湖名，在今江西上饶市城外，原来无名，后因辛弃疾曾隐居于此，又因他写有"枕澄湖如宝带"之诗句而命名曰"带湖"）期间。他在闲居的年月里，非常关注农村生活，而且创作了大量的田园词作。这首《清平乐·村居》就是其中之一。

标题中的"清平乐（yuè）"，是词牌名；"村居"是题目。茅檐，即茅屋的屋檐。吴音，指吴地的方言。作者当时住在信州（今江西上饶），这一带的方言为吴音。相媚好，指相互逗趣，取乐。翁媪（ǎo），指老翁与老妇。亡（wú）赖，这里指小孩顽皮、淘气。亡，通"无"。

下面，我们分别解读这首词的上阕、下阕。

1.先说说上阕四句所描绘的情景。

"茅檐低小，溪上青青草。"别看这两句只有九个字，可它不仅写了一座茅草房屋，而且展现出房屋的三个特点：一曰低矮而小巧，二曰房屋近处有一条潺潺流淌的小溪，三曰小溪边是绿绿的小草。这哪里是文字，简直是一幅有声有色的田园画。

"醉里吴音相媚好，白发谁家翁媪?"这两句写得更有意思。所写的人物是"翁媪"："翁"是老爷子，"媪"是老婆子。人物的外貌是"白发"，所写事件是翁媪饮酒且醉，是醉中的相互说笑。更令人叹为观止的，是"吴音"与"谁家"这两个词的神来之笔。"吴音"是指吴地的地方话，而作者当时闲居的江西上饶，春秋时就属于吴国。也就交代出他的创作地点。"谁家"，这恐怕是作者有意卖关子。我们可以猜想，作者也许在"翁媪""相媚好"之时突然成了"谁家"的不速之客。至于他是否与"翁媪"对饮、说笑，是否向"翁媪"虚心学习"吴音"(辛弃疾是山东人)，那就留下了悬念。

2.再说说下阕四句所描绘的情景。

下阕四句写了"翁媪"三个儿子的形象。我们可以把这四句话比作三幅"速写"。

你看，词中的第一幅"速写"："大儿"溪东豆地锄草图。于是，读者眼里仿佛看到了潺潺流淌的小溪，看到了一片种着豆子的农田，看到了身强力壮的挥着锄头的小伙子，还能听到锄草时发出的沙沙沙的声音。至于第二与第三幅"速写"，想必读者眼前已经有了画面。

3.最后总起来说说这首词的写作艺术。

首先，这首词写人写物均做到了有声有色。例如，"青青草"是绿色，"莲蓬"是粉色；"吴音"传递的是人的声音，"溪"与"锄"传递的是物的声音。

其次，字里行间有动有静，动静结合。例如，"茅檐低小"与"青青草"是静态描写，而"相媚好"与"正织鸡笼"则是动态描写。而且，如果联系全诗细细考虑，就会感到这两种描写手法，又是紧密结合在一起的。

第三，善于炼字。例如，一个"媚"字，也许会使读者看到那茅屋里微醉中的两位老人。他们俩身体微晃着，相互打趣，说笑着……如果把这首诗讲给老头老太太（尤其是乡村老者）听，笔者相信，一定会引起他们的共鸣，说不定会使他们笑得前仰后合呢！再如，一个"卧"字，极其生动地写出了"小儿"趴在溪边剥莲蓬的样态。如果再把这个"卧"字与"亡赖"联系起来琢磨，读者除了看到"小儿"活泼顽皮的样子，说不定也会像词中的"翁媪"，从心里说出"最喜"这两个字来。

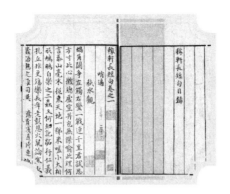

少年时立志恢复中原

北方被金人占领后，辛弃疾的祖父辛赞被逼在金国任职。但他始终是"身在曹营心在汉"，他常常带着孙儿辛弃疾"登高望远，指画山河"。所以，辛弃疾少年时就立下了恢复中原的志向。

在金国的统治下，人民处于水深火热之中，生活非常痛苦。山东农民耿京领头揭竿而起，声势浩大，狠狠地打击了金兵的气焰。这时，同是山东人的辛弃疾，也组织了两千多人，加入了耿京的队伍。耿京和辛弃疾精诚团结，打了好多次胜仗，起义军的规模也迅速扩大。于是，耿京就派辛弃疾上表南宋，以便把金兵赶走，恢复中原。

活捉叛徒张安国

辛弃疾接受南宋的使命归来的途中，得知耿京已被叛徒张安国所杀，他悲愤至极，便挑选了数十名勇敢健壮的将士，立即骑马飞驰到驻有几万人的敌营，如入无人之境，以迅雷不及掩耳之势，活捉了叛徒张安国。辛弃疾把张安国捆在马背之上，又带到南宋朝廷面前斩首。那年，他才二十三岁。

一心报国，而壮志未酬

辛弃疾南归以后，开始还受到皇帝的重用，他也曾写过《美芹十论》《九议》等，向皇上献上战守之策。后来，主和派在朝廷里占得上风，结果辛弃疾被弹劾卸职。心灰意冷的辛弃疾，选择在信州（今江西上饶）住了下来。之后的日子里，他屡次被任用，又屡次被罢免，终于没能实现他恢复中原的志向。68岁那年，辛弃疾在家中去世，谥号"忠敏"。

（据《宋史·辛弃疾传》改编）

游园不值

叶绍翁

应怜屐齿印苍苔，

小扣柴扉久不开。

春色满园关不住，

一枝红杏出墙来。

诗 文 赏 析

叶绍翁，南宋中期诗人，祖籍浦城（今属福建），后居龙泉（今属浙江）。他善于写七言绝句，其诗作后世多有流传，受到人们的称赞。

诗题《游园不值》的意思，即想游园没能进门。值，遇到；不值，即没遇到机会，也就是没能实现、不凑巧的意思。应怜，应该感到心疼。怜，怜惜，心爱。应，在这里有猜想的意思。屐（jī）齿，木鞋。因鞋底前后都有高跟儿，故叫屐齿。小扣，轻轻地敲打。柴扉（fēi），指用木柴、树枝等编成的门。

本诗的大意为：也许是主人担心我的木屐，踩坏他那心爱的青苔；否则，为什么我轻轻敲了很久，他的柴门还是不为我打开。不过，满园的春色是关不住的，你看，一枝鲜红的杏花，从墙里探出头来。

这首七言绝句，除了写游园时见到的景色之外，还暗示诗人对美好春光的酷爱，并且诉说了一个深刻哲理——新生事物的发展是不可阻挡的。下面就讲讲笔者的体会。

1.先说题目《游园不值》。

据专家考证，宋代不少有钱人家是有私家园林的。一般来说，他们的园林也是开放的，允许人们游览。我们讲过陆游与唐婉的故事，其中提到的沈园（又名"沈氏园"），正是南宋时一位沈姓富商的私家花园。陆游与唐婉就是在游沈园时，不期而遇的。

这首诗说的"园",也可能是一处较小的私家园林。然而，令人遗憾的是，这家园主人不知为何，却在春光明媚时节关了园门，拒绝游人进来。"不值"就是没碰上，即没有实现。诗人或许故意用"不值"这个词儿，为后面的意外惊喜作铺垫。

2.再说说这首诗的意境美。

前两句"应怜屐齿印苍苔，小扣柴扉久不开"，从内容上看，应该倒过来："小扣柴扉久不开，应怜屐齿印苍苔"。这样再读，诗人表示的意思就是，轻敲了园门很长时间门也不开，于是他猜测不开的原因，大概是园主人担心游人的木屐踩坏了他园中的青苔。

从表达方式上看，还是写成"应怜屐齿印苍苔，小扣柴扉久不开"为妙。为什么呢？因为这样写更显情趣：也许诗人正是有意调侃园主人的小心眼儿，由于他担心"印苍苔"，所以，才会任你怎么敲打、任你敲打多长时间，他就是"不开"。小心眼儿在前，"不开"在后。这恐怕就是诗人的幽默吧！

不仅如此，"小扣柴扉久不开"放在"应怜屐齿印苍苔"之后，更是为了开启后两句，即为后两句埋下伏笔。

诗的后两句，先写园门久敲不开，诗人应有"乘兴而来，败兴而归"之感。可是，结果不仅欣赏到了春色，而且欣赏到的是园主人关不住的"绝色"。诗人似在打趣：园主人哪，园主人！你真小家子气，关住园门不让人进来共赏春色；可你园中的春色可不像你，它们自己出来欢迎我了。

3.最后再来讲讲这首诗的写作艺术。

一是运用了拟人的手法。"关不住"中的"关"与"出墙来"中的"出"，把"春色"与"红杏"比作有自由意志的人了。

二是善于运用对比的手法。通过"小扣柴扉"与"久不开"，把渴望游园的心情与园门未开的情形作了比照，既有内容的揭示，又有效果的渲染。

三是寓哲理于情景之中。这一哲理化的情景，即"出墙"的"一枝红杏"，虽然只有一枝，但也足以想见全貌，通过"春色"是"关不住"的，表达新生事物的勃勃生机。

夜书所见

除了这首《游园不值》外，他的另一首诗《夜书所见》，也选入语文课本。这里顺便抄录于下面，以供参考：

萧萧梧叶送寒声，江上秋风动客情。

知有儿童挑促织，夜深篱落一灯明。

"木屐" 趣说

宋代诗人叶绍翁有句名诗"春色满园关不住，一枝红杏出墙来"。该诗的前一句为"应怜屐齿印苍苔，小扣柴扉久不开"。"屐齿"是什么东西呢？简单地说就是木屐的齿。唐代诗人独孤及也有"花落没屐齿，风动群木香"的诗句。木屐是我国古人常穿的一种鞋，分有齿或无齿。诗人叶绍翁穿着有齿的木屐去拜访隐居的朋友，可惜没遇到，却担心自己的屐齿踏坏了主人的苍苔。

中国很早就有木屐了，相传孔子曾穿过。据《太平御览》卷689引《论语隐义注》："孔子至蔡，解于客舍，入夜有取孔子一只屐去，盗者置屐于受盗家。孔子屐长一尺四寸，与凡人异。"孔子游说至蔡国，因其屐与众人不同，引人注目，睡觉时被人偷走了。

古时屐式，男女有别。《晋书·五行志》上说："初着屐者，妇人头圆，男子头方。圆者顺之义，所以别男女也。至少康初，妇人屐乃头方，与男无别。"木屐的样式不同，反映了封建礼教下的男尊女卑。颜师古《急救篇》注云："屐者以木为之，而施两齿，所以践泥。"他解释木屐的用途是用来雨天走泥路的。另据《晋书·宣帝本纪》载："关中多蒺藜，帝使军士二千人着软材平底木屐前行，蒺藜悉着屐。"可见木屐也曾被巧妙地用于军事行动上，这不能不说是一种创举。

（节录自《文史知识》第121期，有删改）

题灯

陈 烈

富家一碗灯，

太仓一粒粟。

贫家一碗灯，

父子相聚哭。

风流太守知不知？

惟恨笙歌无妙曲。

诗 文 赏 析

作者陈烈，字季慈，宋朝福州人。《宋史》说他性情耿直，是个孝子。陈烈十三四岁时，父母相继过世。他终日哭泣，甚至"水浆不入口者五日"。他曾对友人说："烈今日纵得尊荣，父母之不见，何足为乐！"

由于他从小酷爱读书，所以很有学问。在他所居住的地方，尊他为师的就有数百人之多。他沉默寡言，对待童仆就像对待宾客一样。当时好多名人（其中包括欧阳修）推荐他做官，他总是推说"吾学未成"而谢绝。后来虽然也勉强"致仕"（即做官），据说，只一年左右时间，就又回乡"设馆授徒"去了。他一直是两袖清风，清廉自守，有时还接济贫困之人。陈烈终年七十有六。

碗，即盏。太仓，是京城储存粮食的大仓库。风流，这里是讽刺刘瑾显示自己文化与风度的姿态。犹恨笙歌无妙曲，指刘瑾还怨恨歌舞升平缺乏美妙的曲子。

先来看看这首诗在形式上的特点。

我们知道，古代诗歌大致可分为古体诗与近体诗两类：近体诗只有五言、七言（即五言律诗、五言绝句与七言律诗、七言绝句）两种形式，每首诗都有字数的限制。而古体诗则有三言、四言、五言（即五古）、六言、七言（即七古）之不同，而字数不整齐的称作杂言古诗；古体诗都没有句数的限制。

这首诗前四句是五个字，后两句都是七个字，所以应属于杂言古诗。诗人用这种形式写诗，更便于抒发他当时那种特殊的思想感情。

然后看看这首诗的创作特点。

前四句明白如话，犹如出自贫苦百姓之口。应理解为贫苦百姓心里的话，通过诗人之口说了出来，即诗人在替老百姓说话。这里运用对比的手法指出强迫挂灯给贫苦百姓带来的是伤害，反映出由此给富家与贫家带来的负担是没有可比性的。差距有多大呢？"太仓一粒粟"与"父子相聚哭"给出了答案，官仓只少了一粒米，贫苦人家却已经抱头痛哭了。这种略带夸张的写法，形象地传递出挂灯的荒唐与可憎，深刻表现了诗人对底层民众的同情。

最后两句，句式由五言突然转变为七言，诗人自问自答：挂灯给百姓造成的负担，自诩风流的太守究竟知道不知道啊？恐怕是不知道吧！你根本不关心百姓的生活，只担心能不能欣赏美妙动听的歌曲。这里用了"呼告"的修辞手法。

我们知道，正月十五元宵节，是庆祝团圆的日子，也是预祝一年风调雨顺的日子。元宵夜张灯结彩，本来无可非议。但怎样过节，必须因时因地因人而异，充分考虑所在地区的经济实力与民间习俗，原则是让民众欢欢乐乐、高高兴兴，万万不能为了显示自己的政绩，而不顾百姓的死活。戒之！戒之！

元宵题灯

陈烈一生清廉，任教授职时，凡乡里赠送，一律退回不受。家有余财，就用来救济贫穷者。宋代人晁说之所著《晁氏客语》有这样一段记载：当时蔡襄刚到福州当太守，正月十五夜，他下令每户必须点灯七盏。陈烈觉得逼着百姓点这么多灯，纯粹是为了显示自己的政绩而不顾老百姓的艰难。于是，他故意只做了一盏长长的大灯，挂在家门口，并在灯上写了《题灯》一诗，署名为"陈季慈"。这首诗一出现，很快就传遍全城。蔡襄得知后十分惭愧，便下令取消了挂花灯的命令。

（原文出自《北方新报》，有删改）

病牛

李纲

耕犁千亩实千箱，

力尽筋疲谁复伤？

但得众生皆得饱，

不辞羸病卧残阳。

诗 文 赏 析

李纲（公元1083年—1140年），两宋（北宋与南宋）之际的抗金名臣，邵武（今属福建）人。他曾经当过宰相。这首诗中的牛，是诗人的自喻。他为官清正，力主抗金，并亲自率兵收复失地，后受投降派排挤，被贬到武昌闲居。这篇《病牛》，应是托物言志。

实千箱，指生产的粮食多。实，充满；箱（一说同"厢"），指官府的仓库。复，再次的意思。伤，即哀怜、同情。但得，意思是只要能够。羸（léi）病，衰弱生病。残阳，即夕阳，这里比喻作者的晚年。

笔者认为，这篇小诗明写"病牛"的辛劳，暗写诗人的一生。从词句来看，似乎表达了诗人对牛的辛劳给予同情，然而其内里是诗人的自叹。现代诗人臧克家的《老马》与这首诗有异曲同工之妙："总得叫大车装个够，它横竖不说一句话，背上的压力往肉里扣，它把头沉重地垂下！……"不同之处在于，臧克家的《老马》意在反映当时农民的艰辛与痛苦，而这首诗则是诗人以牛自喻，书写抱负。

诗中的"病"字，既准确地写出耕牛竭力"耕千亩"而使他人"实千箱"的辛劳，也暗示了诗人一生"只知有国，不知有身"的牺牲精神。

诗人把拟人与比喻的手法融合在一起。说它是拟人，是因为诗人借病牛之口"自白";牛是不会说话的,而诗人却让它说话了:"但得众生皆得饱,不辞羸病卧残阳。"说它是比喻,是因为"病牛"只是喻体,而李纲自己才是本体。我们知道,比喻的修辞手法,要求本体与喻体之间必须有相似之处。那么,病牛与李纲有相似之处吗?答案是肯定的。你看,病牛精疲力竭卧病于"残阳"的情景,照应的正是操劳大半生而惨遭放逐的诗人。"卧残阳"描绘出的病牛形象,不正是诗人风烛残年的写照吗?仔细思忖,不禁潸然泪下!

至于这首诗所显现出来的写作艺术,这里还总结了三点,下面具体说一说。

1.善于对比。这首诗有两层对比。一是前两句之间的对比。按照常理,耕牛是由于为人们种了"千亩"多的土地、创造了"千箱"的粮食而"力尽筋疲"的,它应该得到人们的感激与同情。可是,却落了个"谁复伤"的下场。这层对比,深刻地揭示了诗人劳苦功高却无人怜惜与同情的悲惨境遇。二是前两句与后两句的对比。如果牛可以表达感情的话,它经历了一生操劳,最后却得不到怜悯与同情,首先应该表达的是不满的情绪;可是它却想着"众生":只要"众生"能够得到温饱,它自己无论受什么罪,都心甘情愿。人们的冷漠与病牛的情怀形成极其鲜明的对照,生动而深刻地表现出诗人的高风亮节。再联系前面介绍李纲的文字加以体会,不知读者何思何想!

2.善于反诘。这首诗的第二句"力尽筋疲谁复伤"是反诘句。如果用陈述句表述这首诗，就成了"力尽筋疲无人伤"。用反诘句表达，不仅语气强烈，而且直白地倾诉出诗人难言的痛苦兼无奈的复杂心情。

3.善于炼字。一个"卧"字形象地写出了牛的习性，同时写出病牛已经精疲力竭，再也无法站起来的情况。与"残阳"连在一起，不由使读者想到，病牛已到垂暮之时，它辛劳的一生即将结束。从某种意义上讲，这个"卧"字，恐怕才是"点睛"之笔！

忠于直谏与多次被贬

《宋史》上说，李纲一家从他祖父开始就在无锡居住，他的父亲还做过大官。李纲生在这样的家庭，所受到的教育可想而知。中进士之后，因敢于直谏，仕途一直起起落落。当时，金兵来犯，李纲力主抵抗，曾多次带兵与金兵作战，屡建战功；尤其在国都开封保卫战中，他亲自督战，招募勇士从城上用绳子吊下去袭击金兵，斩杀敌人酋长十余人，杀死金兵数千人。无奈当时的皇上（先是宋徽宗赵佶，后是宋钦宗赵桓）昏庸，朝中主和派（投降派）人多势众，而主战派势单力薄。李纲作为主战派，虽然忠心耿耿，但由于受到投降派的污蔑与围攻，最终被贬。后来国都开封城被金兵攻破，宋徽宗与宋钦宗成了金国的俘虏，北宋遂亡。

宋高宗赵构即位（史称南宋）后，曾下诏任命李纲为宰相。可最终还是由于投降派的排挤，没过多久就被免职，而且被贬到当时的万安军，这个地方，也就是今天的海南省万宁市。

海南"五公祠"与李纲

笔者近几年来常到海南，曾两次拜谒"五公祠"。五公祠位于现在的海口市，管理单位是海口市博物馆。五公祠是全国重点文物保护单位、海南省爱国主义教育基地和海口市青少年德育基地。

我们现在说的"五公祠"是一个古文化建筑群的统称，它是由五公祠、苏公祠、伏波祠、观稼堂、学辅堂、洗心轩和五公祠陈列馆等组成的；而五公祠是其中的主体建筑，人称"海南第一楼"。该楼是为纪念唐宋两代被贬海南的李德裕（唐朝宰相）、李纲和赵鼎（均为宋朝宰相）、李光和胡铨（均为宋朝的大学士）五位历史名臣而建的。如果你到了五公祠的庭院里瞻仰"五公"的雕像，会看到五尊雕像栩栩如生，其中四位都是文官服饰，只有李纲之雕像身着戎装，是威风凛凛的将军模样。

"海南第一楼"中有两副对联，其中一副据说是清人徐琪所书（也有人说是民国朱为潮所书）。上联是："只知有国，不知有身，任凭千般折磨，益坚此志"；下联是："先其所忧，后其所乐，但愿群才奋起，莫负斯楼"。这副对联是赞颂李纲的。

墨梅

王冕

我家洗砚池头树，

朵朵花开淡墨痕。

不要人夸好颜色，

只留清气满乾坤。

诗 文 赏 析

王冕（公元1287–1359年），元代诗人、文学家、书画家，字元章，号煮石山农，浙江诸暨人，以卖画为生。专家考证，多认为他一生不曾为官。

诗题《墨梅》，意指墨画的梅花。我家，应指晋代书法家王羲之家。因王冕与王羲之同姓、同乡，所以借此自比。洗砚池，是写字、画画后洗笔洗砚的池子。洗砚池，又名砚池、墨池、鹅池，位于山东省临沂市砚池街王羲之故居内。相传王羲之幼年练字后，经常到池中洗刷砚台，时间长了，池水都变成了墨色，即所谓"池水尽黑"。

在解析本诗的思想感情与创作艺术前，先说说《墨梅》与《墨梅图》的关系。

《墨梅》是一首题画诗，本来是写在诗人所绘的《墨梅图》之上的。据不少专家考证，《墨梅图》现藏于北京故宫博物院，而且这样形容："此图作倒挂梅。枝条茂密，前后错落。枝头缀满繁密的梅花，或含苞欲放，或绽瓣盛开，或残英点点。正侧偃仰，千姿百态，犹如万斛玉珠撒落在银枝上。白洁的花朵与铁骨铮铮的干枝相映照，清气袭人，深得梅花清韵。干枝描绘得如弯弓秋月，挺劲有力。梅花的分布富有韵律感。长枝处疏，短枝处密，交枝处尤其花蕊累累。勾瓣点蕊简洁洒脱。"

而《墨梅》诗就写在这幅画上，原诗如下：吾家洗砚池头树，个个花开淡墨痕。不要人夸好颜色，只流清气满乾坤。原诗同现在流传的版本有不少出入。对此，将在后面的行文中谈谈拙见。

下面，讲讲《墨梅》这首诗所显示的诗人的思想感情与语言特点。

第一句"我家洗砚池头树"。我们现在见到的版本，有的把其中的"头"字写作"边"字，把原来的"吾"字都写作"我"字。其实，它们的含义并无不同。而王冕把自己洗砚的地方说成是王羲之的洗砚池，又把王羲之的洗砚池说成是他家的，这倒很有意思。读者不觉得，这样写正是表现诗人那种发自心底的自豪与自信吗？

第二句"朵朵花开淡墨痕"。原诗的"个个"与"朵朵"比较，还是"个个"略胜一筹。因为"朵朵"只能形容花的个数，而"个个"却是万能量词，用在这里可以发人深思，不仅可赋梅花以生命，更能传递诗人对他自己创造出来的作品之特殊情感。至于"淡墨痕"三个字，表面上是说，所绘墨梅是用淡淡的墨水点染的，其实不仅暗示诗人淡泊名利的品格，同时也巧妙地为后面"不要人夸好颜色"的诗句作好了铺垫。

第三句"不要人夸好颜色"。这句诗不仅与第二句相互照应，而且与最后一句融为一体，不仅表现出所绘墨梅的深刻内涵，更揭示了诗人纯美的内心世界。其中"颜色"一词，似乎只是指他的梅花是用淡墨画成，外表并不娇艳；其实，此"颜色"正是诗人超凡脱俗之人格的生动写照。

第四句"只留清气满乾坤"。这句中的"留"，原诗中写作"流"。二者比较，笔者觉得，还是"流"字更好。"留"，这里表示的是保留、传下去的意思，而"流"字不仅包含了这层意思，还洋溢着一种源远流长的动态，散发出一种永恒的馨香。至于诗中"乾坤"一词，则充分显示了王冕对自己人格魅力与艺术造诣充分肯定的自我评价。

后世人们对王冕的赞赏与歌颂，完全可以证明，诗人这首诗并非自我吹捧，它所表现出来的，正是一种真正自信的中华文化精神。

痴迷读书，得遇名师

有人说，王冕祖上也曾在宋朝做过官，可到了他父亲这辈人，他家已是靠种地为生的贫苦农民了。王冕七八岁时，父亲让他放牛。可他心不在牛身上，而是偷偷地跑进学堂，听老师讲课去了。晚上，人回来了，牛却还在田野里。于是，王冕挨了一顿痛打。值得庆幸的是，他的母亲很有见地，她对丈夫说："儿子既然这样喜欢读书，为什么不让他去做自己喜欢的事呢？"于是，王冕就离开了家，住到寺庙旁，夜以继日地读书去了。晚上没灯，他就坐在佛像的大腿上，借佛像前长明灯的灯光诵读，往往读到天亮。漫漫长夜，一个小孩子面对着不同形态的佛像读书，那得多大的胆量啊！当时有位名叫韩性的大学者，他以讲学为业，从学者甚多。他得知王冕痴迷读书，就收王冕为徒。韩性死后，他的门人对待王冕就像对待韩性一样。应该说，王冕一生的成就，与韩性对他的培养是分不开的。

幽默任性，崇拜屈原

好多古书上说，王冕不仅精于画画，还精通儒学与兵法等。他也曾参加过进士考试，落榜后，他就烧掉为考试所写的文章，从此，再不参加考试。他非常崇拜伊尹、吕尚、屈原与诸葛亮等人。一次，送母亲回故乡，他就照着《楚辞图》上所画屈原的衣冠，自制了一顶极高的帽子、一件极宽大的衣裳，然后穿戴在身上。他让母亲坐在牛车上，自己挂着木剑，挥着鞭子，赶着车，唱着山歌，从村上走过。村里的一群孩子跟着他边走边笑，母亲笑了，王冕也笑了。

鄙视功名，酷爱漫游

大概在二十大几岁时，王冕开始漫游。他曾乘船下东吴，过大江……游遍名山大川。他的学问与人格之魅力，加之画画之艺术，使好多名人都想与他交往。但，王冕结交友朋可是有所选择的。有时遇到奇才侠客，便一起喝酒、吟诗，而遇到他所厌恶之人，便以各种借口拒绝与之来往。当时有人说他是"狂奴"。游到燕京时，一个叫泰不花的大官想推荐他为谋士，他竟然谢绝说："先生不要见怪，再过几年，此地就成为狐狸兔子游玩的地方了。何必做官呢？"

携妻带子，隐居山中

王冕漫游后，说过"天下即将大乱"的话。有人因此骂他狂妄。他却回答说："我不狂妄，还会有谁狂妄？"于是，他便带着妻儿住在离家乡不太远的九里山中，过上了隐居生活。他搭了三间茅屋，自己题名为"梅花屋"。他在山中种粮食、种蔬菜，还种梅花，种桃，种杏。他还引水挖池，养了好多鱼。当然，他还得靠卖画维持生活。

明代开国皇帝朱元璋手下的大将胡大海曾驻兵九里山，当时王冕有病在床。胡大海久慕王冕大名，就让士兵把王冕请来，向他求教用兵策略。王冕说道："大将军如果以仁义服人，何人不服？如果只以兵力服人，人们就不能心服了……"胡大海听后，让他的手下把王冕送回。不久，王冕就逝世了。

（原文出自《北方新报》，有删改）

如何看待不同版本的《墨梅》

就笔者所知，《墨梅》这首诗流传到现在的版本主要有两种，其不同之处主要在于"池头"与"池边"。其实，对此无须较真，教材上怎么写的，按教材上讲就可以。不过，针对不同的对象，笔者倒建议或详或略地讲讲《墨梅》诗的来龙去脉。

读者如果对王冕的诗感兴趣，希望下点功夫读读诗人的其他诗作。

这里，恭录王冕写的另一首题为《白梅》的诗，供诸君参考。

> 冰雪林中著此身，不同桃李混芳尘。
>
> 忽然一夜清香发，散作乾坤万里春。

天净沙·秋思

马致远

枯藤老树昏鸦，

小桥流水人家，

古道西风瘦马。

夕阳西下，

断肠人在天涯。

诗 文 赏 析

马致远（约公元1251—1321后），号东篱，致远是他的字，不知他的名叫什么。汉族，元代著名戏曲家，元大都（今北京）人；也有人说，他是河北省东光县马祠堂村人。他与关汉卿、郑光祖、白朴并称"元曲四大家"。他曾在浙江当过小官，晚年隐居田园。

题目中的"天净沙"，是一种曲牌名。枯藤，是枯萎的枝蔓。昏鸦，指黄昏时的乌鸦。昏，指傍晚。人家，应是指农家。古道，即古老荒凉的道路。断肠人，形容伤心到极点的人，这里指漂泊无定的游子。天涯，指天边，形容离家乡极远的地方。

这首散曲的大意为：枯瘦的藤缠绕着干枯的老树，老树上栖息着黄昏时刚要归巢的乌鸦。小桥下，流水潺潺，旁边是几户人家。荒凉的古道上，秋风萧瑟，彳亍而行的是一匹疲惫的瘦马。夕阳缓缓西下，无家可归的游子啊，泪洒天涯！

这首《天净沙·秋思》被称为"秋思之祖"，可见以秋思为内容的诗词曲，没有哪一首能与它相比；或者说，以秋思为内容的诗词曲，无不从《天净沙·秋思》中汲取了营养。那么，这首曲子究竟好在何处呢？这里归纳了三点：

1.雅俗共赏。

雅俗共赏，指的是文化修养高的人读了会觉得幽深高雅，一般人读了也能引发共鸣。"昏鸦、瘦马、天涯、古道、小桥、人家"等意象，串连起来的画面感非常生动。

2.既能独立成景，又能勾起人们的想象。

（1）每个名词可以各自独立成为景色。比如，枯藤也罢，小桥也罢，古道也罢，它们都是秋季里某一地点、某一时刻中的景物，都可引发读者的想象。

（2）几个词连起来，构成一幅动态画面。比如，枯藤、老树、昏鸦这三个词连起来，可以是这样一种情景：枯藤缠绕着老树，老树上栖息着乌鸦，而这乌鸦在黄昏时刚刚归巢。游子面对如此景物时，难免心生触动：连鸟都能按时归巢，而我却流浪他乡，回不了家！

（3）引发读者的进一步想象。你看，孤独枯朽的藤枝，缠绕在满身褶皱的老树上；黄昏时，几只乌鸦呱呱呱地叫着，声声入耳，无比凄凉。猛回首，一座小桥就在眼前，桥下流水潺潺，旁边却有一户人家。再向前看去，那残留的"古道"，不知连着多远的地方。最后看着自己这匹驮着书卷的瘦马，在秋风中跌跌撞撞地走着，心头一阵痛楚！

3.人景互衬，情景相融。

（1）先说人景互衬。这首曲的前三句是写景，表达方式是描写；后两句主要是写人，表达方式是抒情。因为天涯游子思乡之情强烈，所以，关注到了枯藤、古道、瘦马；而昏鸦、人家、西风的植入，不禁加深了游子的孤独与凄凉。前三句的"景"与后两句的"人"，二者互相映衬，相辅相成。

（2）再说情景相融。前三句九个意象，无论单独看，还是结合起来考虑，都是景物描写，甚至每个词都使读者有凄楚伤痛之感。而后两句主要是直抒胸臆，把自己称作"断肠人"。面对"夕阳西下"的情景，"断肠人"的伤感越发强烈了。

试想，曲中的"断肠人"究竟是谁？是马致远吗？笔者认为，可以是，因为马致远就不知道自己的归宿在哪里，这句可以隐喻作者怀才不遇的悲凉情怀；也可以不是，因为曲中的字句总能引起不同游子的共鸣，使他们觉得自己已经置身其中了。从这个角度说，这首曲的主题表达了所有漂泊天涯的旅人的愁思。

王国维的《人间词话》中有这样的话："文章之妙，亦一言以蔽之，曰：有意境而已矣。何以谓之有意境？曰：写情则沁人心脾，写景则在入人耳目，述事则如其口出。"马致远《天净沙·秋思》展现出来的意境美，应当达到了这个标准。

历代文人评马致远

贾仲明挽马致远词：

　　万花丛里马神仙，百世集中说致远；四方海内皆谈羡。战文场曲状元，姓名香贯满梨园。《汉宫秋》《青衫泪》,《戚夫人》《孟浩然》，共庾白关老齐肩。

何良俊著辑词话：

　　元人乐府称马东篱、郑德辉、关汉卿、白仁甫为四大家。马之辞老健而乏滋媚；关之辞激厉而少蕴藉，白颇简淡，所欠者俊语，当以郑为第一。

徐渭《南词叙录·总评》：

　　南易制，罕妙曲；北难制，乃有佳者。何也？宋时名家，未肯留心；入元又尚北，如马、贯、王、白、虞、宋诸公，皆北词手。国朝虽尚南，而学者方陋，是以南不逮北。

李调元《雨村曲话》：

马致远，号东篱，元人曲中巨擘也。其《满庭芳》句有"知音到此，舞雩点也，修禊羲之"，语最工。

致远《越调·天净沙》云："枯藤老树昏鸦，小桥流水人家，古道西风瘦马，夕阳西下，断肠人在天涯。"数语为《秋思》之祖。

王国维《宋元戏曲考·元剧之文章》：

元代曲家，自明以来，称关、马、郑、白。然以其年代及造诣论之，宁称关、白、马、郑为妥也。关汉卿一空倚傍，自铸伟词，而其言曲尽人情，字字本色，故当为元人第一；白仁甫、马东篱高华雄浑，情深文明；郑德辉清丽芊绵，自成馨逸。均不失为第一流。其余曲家，均在四家范围内。唯官大用瘦硬通神，独树一帜。以唐诗喻之，则汉卿似白乐天，仁甫似刘梦得，东篱似李义山，德辉似温飞卿，而大用则似韩昌黎；以宋词喻之，则汉卿似柳耆卿，仁甫似苏东坡，东篱似欧阳永叔，德辉似秦少游，大用似张子野。虽地位不必同，而品格则略相似也。明宁献王曲品，跻马致远于第一，而抑汉卿于第十。盖元中叶以后，曲家多祖马、郑，而祧汉卿，故宁王之评如是，其实非笃论也。

拜访马致远故居

马致远故居位于北京市门头沟区王平镇韭园西落坡村，距离市中心五十公里。

到这里来，可以选择先登高，俯瞰优美的自然景观。然后有必要看看至今还保留完好的已有上千年历史的京西古道。踩着坑洼不平的、牲畜常年踏在地上留下的一串串深深的蹄窝印，在古道上走一走，再看一看门头沟第一家村级民俗博物馆，可以从古道历史沿革、历代对古道的修复、古道的功能及古道民俗风情等方面，深切感受古道文化的悠远与厚重。韭园村里到处都是香椿树，还有好几口泉水，这里虽已成景区，但未过度开发，村民们悠闲自得地生活着，民风淳朴。

马致远的故居在村子深处。故居门前真有小桥，高度刚及膝，非常小巧、别致，下面流水潺潺，周围都是古树。看到这景象，马上想到的就是马致远笔下的："枯藤老树昏鸦，小桥流水人家"，真是情景交融！

故居的门前有个影背墙，上写着"马致远故居"，并附有马致远生平介绍，还有一尊马致远的半身像。进得院门，是一座四合院，四面都有房间，每面三五间不等，卧室、书房内陈设非常简单。

在马致远的故居外，我有幸遇上了一位老者，自称是马致远的后人。与我同岁，他能背诵《天净沙·秋思》，而对于马致远其他的传世作品，已是知之寥寥了。

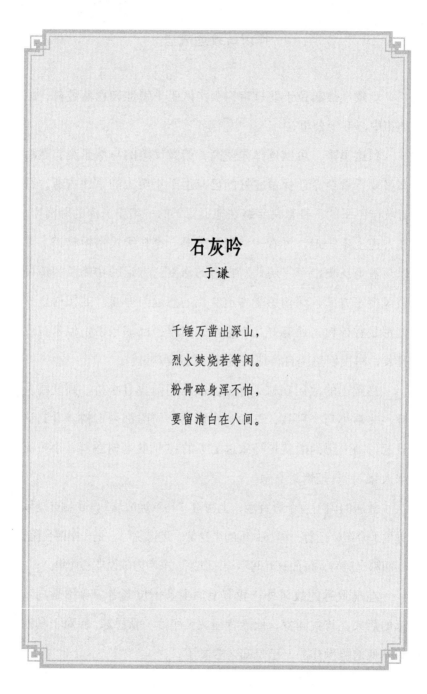

石灰吟

于谦

千锤万凿出深山，

烈火焚烧若等闲。

粉骨碎身浑不怕，

要留清白在人间。

诗 文 赏 析

于谦（公元1398年—1457年），是明代著名的政治家、民族英雄，字廷益，号节庵，杭州府钱塘县（今浙江省杭州市上城区）人。他文武双全，屡建大功，官至少保，直接协助皇帝办事，总督军务。后来遭人诬陷其阴谋叛逆，被冤杀。明神宗即位后，赐他谥号为"忠肃"。有《于忠肃集》流传下来。

诗题《石灰吟》，借赞颂石灰抒发情志。吟，即吟颂。千锤万凿，无数次的锤击开凿，形容开采石灰的艰难过程。若等闲，好像很平常的事情。若，好像；等闲，平常。浑，全。清白，表面上指石灰洁白的颜色，其实是比喻纯洁高尚的气节。

简单翻译一下这首诗：石灰石经过千锤万凿，从深山里开采出来。烈火焚烧它，它却像平常事一样对待；粉骨而碎身呀，它也全然是无所畏惧的姿态。因为，它决心要在这世界上，留下一片清白！

很明显，作者是把自己比作石灰的，诗中展现的是他忠于国家、坚守真理而不怕牺牲的精神，以及他高洁磊落的胸怀。下面谈谈这首诗的两个创作特点。

1.借物以喻人，彰显光辉品格。

直观上看，这是一首咏物诗。如果只是写出事物的特点，不与人的品格联系起来，那么，写得再好，也不过是某种事物的一张合格说明书而已。诗人在这里把石灰与人的品格对应起来，旨在彰显无畏的品格。

首句"千锤万凿出深山"，形象地写出开采石灰石的过程，与强者甘心经受磨炼与痛苦的意志相契合。

第二句"烈火焚烧若等闲"，通过描写石灰石的烧炼，展现出有志之士面临严峻考验所表现出来的那种从容不迫的精神。

第三句"粉骨碎身浑不怕"，借石灰石烧破裂成粉的样态，阐发不畏牺牲的英勇精神。

最后一句"要留清白在人间"，以石灰粉的洁白底色，倾吐志士仁人要一生纯正清白的心声。

请注意：诗中所写石灰的这些特点，投射到人格层面，其实都可以在于谦身上找到影子。纵观于谦一生的言行，《石灰吟》确实可以视作他人格的真实写照。

2.作者既是诗中人，又是诗中人的评论者。

这首诗用的是拟人手法，作者把自己写成了石灰。但在写石灰的过程中，又加入了评论的诗句。

例如，"烈火焚烧若等闲"一句，"烈火焚烧"写了炼石的情景，而"若等闲"三字，写的却是石灰经受磨炼时的感受，或者说是旁观者的评价。其余如"浑不怕""要留清白在人间"，都是如此。

可以说，这种物我一体、处处双关的写作艺术，足以令人眼前一亮。

两袖清风

宣德五年，明朝设立"巡抚"，作为最高地方行政长官，其职权在都指挥使司、布政使司和按察使司三司之上。三十三岁的于谦首批膺选，此后，巡抚河南、山西达十九年。

在巡抚任上，于谦先后平反冤狱数百起，倡建尚义仓和平准仓多处，并督率官民增筑黄河堤障，以防水患。正统十年（1445年），山东、山西、陕西的饥民成批流入河南，多达二十余万。根据当时明朝的法令，地方官应当把没有"路引（通行证）"的饥民，按照"逃户周知册"遣返回乡，以追索税粮。可是，对于流民，于谦竟然甘冒"有违国法"的罪名，奏请拨发河南官仓的存粮八十余万石进行赈济。同时，他又在附近州县予以安置，或新编里甲，或散插乡都，新编民户共七万有余，并且拨给一批境内荒田及黄河退滩地，酌量散发种籽、耕牛，使灾民得以生产自救。

于谦虽然在河南、山西地方任职，但当他得知"陕西诸处官校为民害"，就上疏参奏，使这些害民的官校受到了法律的制裁。当他了解到大同沿边的镇将把大批"军屯"田地据为私产，就依法夺回，作为官田，"以资边用"。

由于于谦办了这样一些事情，老百姓把他视为当代的"包公"，称他为"于龙图"。有的州县还建立了"生祠"，为他祝福。

当时，正值有名的贤相三杨（杨士奇、杨荣、杨溥）执政内阁，雅重于谦，不断给予支持。可是那些惯于受贿的"诸权贵人"，对于谦这位"封疆大吏"，却另有"期待"。谁知道，于谦每次议事京师，总是"空囊以入"，使人大失所望。也有好心人劝告于谦说："你虽然不愿送金宝，攀附权贵，至少总得带上点土特产，如合芎（线香）、干菌（蘑菇）、裹头（丝帕）这样的东西才好。"于谦哈哈一笑，举起两袖说："带有清风！"事后，他戏作一绝，诗曰：

> 绢帕蘑菇与线香，本资民用反为殃。
>
> 清风两袖朝天去，免得闾阎话短长。

一时远近传诵，成为佳话。

（节录自《文史知识》第9期，有删改）

马上作

戚继光

南北驱驰报主情，

江花边草①笑平生。

一年三百六十日，

都是横戈马上行。

———————

①边草：一作"边月"。

诗 文 赏 析

戚继光（公元1528年—1588年），明代著名的抗击倭寇的将领、军事家，山东登州（今蓬莱）人。他一生驰骋疆场，战功赫赫。后世为了纪念这位爱国抗倭英雄，专门建立了戚继光纪念馆。在浙江省台州市的戚继光纪念馆的一面屏风上，还写着他的著名诗篇《马上作》。这首诗广为流传，形象概括了诗人的豪情壮志，这是他戎马倥偬、赤心报国的生动写照。

戚继光曾在东南沿海一带抗击倭寇，又曾镇守过北方边疆，"南北驱驰"是对他转战南北的描述。主，指明朝皇帝。江花，主要指南方江畔之花；边草，主要指北方边塞之草。横戈，指手里握着兵器。

对于这首诗的评析，我们也分两部分进行，第一部分为前两句的"南北驱驰报主情，江花边草笑平生"，第二部分为后两句的"一年三百六十日，都是横戈马上行"。

先说第一部分。"南北驱驰"即是南征北战的意思，戚继光平定了东南沿海的倭患之后，又被派到北方征战，同样立了大功。所以说，"南北驱驰"不是虚指或夸张，而是实写。"报主情"是指报答皇帝对他的信任与恩情。"笑平生"的"笑"字，展现了诗人的豪迈胸襟。

再说第二部分。"一年三百六十日"为诗人"南北驱驰"提供了一个时间参照，诗人马上行走不是一天两天，而是按年为单位计算的。你看，诗人"一年三百六十日"都在"马上"，都在"横戈"：不是在策马飞驰，便是在马上杀敌。这就把诗人策马奔波、风餐露宿、刀光剑影的情景展示出来，也把他那种不辞劳苦与叱咤风云的魅力，尽情表现出来了。最后一句"都是横戈马上行"，自然被提炼成全诗的点睛之笔。

接下来，再对这首诗的写作艺术作三点解析：

1.绘声绘色的艺术。虽然没有点明"江花"与"边草"的颜色，但"江花"与"边草"并不缺乏色彩。毕竟，诗人笔下的"江花"与"边草"不是某日某时的花草，而是无数个春夏秋冬诗人尽收眼中的花草。所以，"江花"不会只是鲜红的，它也可以是黄的、紫的、白的；"边草"也不会只是绿色的，它也可以是黄色的、杂色的。所以说，"江花边草"是暗用了绘色艺术。这样写，不仅与"南北驱驰""一年三百六十日"融为一体，而且表现出诗人披荆斩棘、金戈铁马的豪迈人生。至于绘声，想必读者从"笑平生"以及"横戈马上"自有更多体会。

2.拟人与夸张的艺术。"江花边草笑平生"运用了拟人的写法，"笑"这个字，既是幽默乐观，也是移情于景，更是诗人对美好家国爱恋之情的表达。流露出的情感，在于诗人为了保卫国家，是甘愿献出一切的。"江花边草"与诗人逗笑，似在询问诗人："哈哈，你一辈子跑来跑去的，是不是辛苦并快乐着呀!?"又仿佛诗人与"江花边草"经历了无数次邂逅，双方在互相问好。

"一年三百六十日，都是横戈马上行"，这两句当然是夸张艺术。其中"都是"二字，有的版本写作"多是"，大概觉得用"都是"有吹牛之嫌，而用"多是"则比较谦虚。笔者认为，"都是"二字，更能够表达诗人马不停蹄、连续作战的豪迈气魄与奋斗精神。

3.前后照应与动静结合的艺术。具体表现为两处：一是"南北驱驰"与"江花边草"之间的相互照应："南"照应"江花"，"北"照应"边草"；二是"驱驰"与"马上行"之间的相互照应。这样的照应艺术，不仅真实地写出了诗人一生的军旅生涯，而且表现了诗人一生征战的乐观主义精神。

动静结合，不仅指对人与物既有动态描写又有静态描写，而且指此二者是紧密相连，丝丝入扣的。你看，"江花边草"是静态描写，而"笑平生"显然是动态描写。但这"笑"却又是处于静态的"江花边草"发出的。"笑"的动态与"江花边草"的静态紧密相连，这岂非动静结合？而且这种动静结合的艺术又同绘色、拟人等艺术联系在一起，最后在无意中达到了多维度艺术的境界。

威名赫赫"戚家军"

戚继光在父亲的熏陶与培养下，从小读书习武。父亲去世后，他凭借自己的实力，考中了武举。之后他也成为一位带兵的将领。当时，倭寇在山东、浙江、福建等地非常猖獗，而那里的明军腐败，战斗力很弱，以致百姓叫苦不迭，无法生存。

就在这个关键时刻，戚继光得到了浙江巡按监察御史胡宗宪的重用，成为参军，被派到了浙江。他刚到浙江，发现原来卫所的军队不善于作战，而金华、义乌的民众向来矫捷勇猛。于是，他招募那里的三千农民和矿工中的青年人，对他们进行作战技术的训练，最后成为一支特别精良的队伍，人称"戚家军"。

有一次，猖狂的倭寇仗着人多势众又来骚扰，三个倭寇首领率众气势汹汹地攻来。戚继光懂得"擒贼先擒王"的道理，他跳到一个高处，张弓搭箭，嗖嗖嗖，一连三箭，就把三个倭寇首领射倒。以后，只要听到戚继光与"戚家军"这几个字，倭寇就吓得胆战心惊。

还有一次，他率领的队伍先后打了九仗，连战连捷，歼灭与俘获倭寇几千人，而"戚家军"只有数人伤亡。

"戚家军"与其他抗倭军队一起，经过多年奋战，终于消除了我国东南沿海的倭患。

（原文出自《北方新报》，有删改）

军中夜感

张家玉

惨淡天昏与地荒，

西风残月冷沙场。

裹尸马革英雄事，

纵死终令汗竹香。

诗 文 赏 析

张家玉（公元1615年—1647年），生于明末，广东东莞人。明朝灭亡后，他从北京回到南方，在江西、广东等地起兵抗清，给清军以沉重打击。后来战败自杀，年仅32岁。这首慷慨激昂的诗篇，是作者在紧张的战斗生活中写下的。

惨淡，意指阴暗无光。冷沙场，即清冷的战场。沙场，即战场。裹尸马革，即"马革裹尸"，古代将士死于战场，用马革包裹其尸体。东汉名将马援曾经说："男儿要当死于边野，以马革裹尸还葬，怎么能卧在床上等死呢！"后来人们就以马革裹尸，形容为保家卫国而战死疆场。汗竹香，指青史留名，万古流芳。汗竹，烤制竹简时，水汽蒸发，好像人出汗似的，所以叫汗竹或汗青；后来人们往往用"汗竹"或"汗青"指史册。

前两句"惨淡天昏与地荒，西风残月冷沙场"是对战场景象的描写。看到这两句诗，不禁想起唐代李华《吊古战场文》中的"日光寒兮草短，月色苦兮霜白"的句子来。而这首诗所描写的战场，比之《吊古战场文》对战场的描写更加使人惊心动魄，诗中连用惨淡、天昏、地荒、西风、残月五个词语，来形容战场的阴森可怕，却只用"冷"一个词，来写诗人当时的真切感受。

读罢这两句诗，有两点体会：一是如临其境，想象到诗人连年奋战的恶劣环境；二是从"冷"这个词中，体会到诗人与他所率领的战士那种不畏艰难的大无畏气概，于是顿生肃然起敬之情；因为置身那么严酷的战场，他们只觉得有点"冷"而已！

后两句"裹尸马革英雄事，纵死终令汗竹香"把诗人决心抗争到底的心意表达出来。他曾说："舌可断，目可抉，赤心不可移。"（抉，这里是"挖"的意思）诗中的"裹尸马革"，就说明他早有战死疆场的心理准备；而"终令汗竹香"，则表示相信，他死得其所，最终会青史流芳，激励后人。

相比之下，前一句重在写景，后一句则是议论兼抒情。所以，诗人的这首诗，可以说是对他戎马倥偬一生的高度概括，也可以说是诗人的自画像。

就本诗的写作艺术而言，笔者总结了三点。一是以"情"统摄全文，二是善于运用对偶的手法，三是善于画龙点睛。

纵观全诗，从表面上看，其表达方式有三种：描写、议论与抒情。但诗中的描写与议论，都是被"情"所统领，是为表达诗人之情感服务的。前两句对战场的描写，旨在表现诗人不畏艰难的豪情壮志；后两句对生死意义的议论，旨在表达诗人视死如归的气概与成仁取义的精神。

前两句诗中，"天昏"与"地荒"相对，二者都是主谓结构；"西风"与"残月"相对，二者都是偏正结构。不仅读起来朗朗上口，而且前者渲染的是天昏地暗的环境，后者突出的则是凄神寒骨的氛围。可见，诗人不是为了对偶而对偶，而是因为此种形式最适宜显现诗人要倾泻的思想感情。

我们说，这首诗有两处点睛之笔。一处在前两句之中："天昏"与"地荒"、"西风"与"残月"这四个词语，谓之"龙"；而"冷"这一个词，谓之"睛"。"天昏""地荒""西风""残月"只是描绘战场的环境的，而"冷"才是表现诗人生活和战斗于此种环境中的感受的。无龙，睛虽烁烁放光，却无附着之处；无睛，龙虽外形美观，却必然死气沉沉。

另一处是在这首诗的前两句与后两句之间。前两句"惨淡天昏与地荒，西风残月冷沙场"，谓之"龙"，是描写战场环境的；后两句"裹尸马革英雄事，纵死终令汗竹香"，谓之"睛"，是写诗人所思所想的。诗人描写战场，其用意绝非让读者获得有关战场的知识，而是为后两句诗设置铺垫，以便使读者更好地体会诗人与他的战友不畏艰难、舍身忘死的气概，以及他自己下定决心战死沙场，然后"马革裹尸"的壮志豪情。

这就是"龙"与"睛"相融相应的辩证关系。

永历实录：二张列传

张家玉，字子元，广东东莞人。年甫十九，中崇祯癸未进士，改庶吉士，卓荦不随时俯仰。北都陷，家玉衣斩衰，哭思宗皇帝于东华门，扣额抢地，血出被面，宛转号啼不能起。贼守者义之，纵之逸，遂南奔归里。

思文皇帝立于闽，以荐召见。上素重其节概，奏对尤称旨，授翰林院编修，兼吏、户、兵三科给事中，为御营赞画。俄奉使至广东，未复命，闽陷，家居。苏观生立唐王聿𨮁，要家玉同事，不听。上自肇庆以左中允召家玉，乃拜命，道阻未赴。李成栋陷广州，家玉毁家招义兵，据东莞与陈子壮相应。清巡抚王芋，当崇祯末历官金都御史，与家玉旧相知闻，至是遗书敦劝家玉剃发出降。略云："杨子为我，拔一毛而利天下不为，轲也讥之。先生何爱一毛，而不以利宗族乡党耶？"家玉得书，大骂曰："老贼不死，乃敢侮孟子！"因答书责之曰："两都继陷，三君蒙恤，玉谓公为国大臣，必久已死，而尚存乎！公岂不闻哭先帝于贼廷者为谁，而今欲以淫词污君子之耳哉！"芊大怒，遣兵攻之，家玉扼险拒战，相持数月。芊益兵大至，家玉骑马督陈，过水次，马惊，附水死。义军遂溃，芊进兵屠之，余众走入海。

永历二年，广东反正，家玉弟以事闻，诏赠家玉詹事府少詹事、兵部侍郎，谥文烈。家玉诗材亢爽，于军中作悲愤诗百余首，其弟梓行之，有云："真同丧狗生无赖，纵比流萤死有光。"其志操可睹矣。

绝句

吴嘉纪

白头灶户低草房，

六月煎盐烈火旁。

走出门前炎日里，

偷闲一刻是乘凉。

诗 文 赏 析

吴嘉纪（公元1618年—1684年），明末清初著名的盐民诗人（也称布衣诗人），字宾贤，号野人，江苏泰州人。其诗风素朴，内容多反映劳动人民的疾苦。这是一首描写灶户（即盐民）煎盐劳动情状的诗，既简明又形象；全诗用白描的手法写出了当时盐民劳动的艰苦环境，流露出诗人对当时社会不公的气愤与对底层百姓的同情。诗中的灶户，是指旧时以煮盐为业的百姓；至于偷闲，也并非今人拿来调侃的"摸鱼"，这里指在烈日下能够抽空休息片刻。

下面逐句解读一下本诗。

第一句"白头灶户低草房"至少写了三个意思：一是干活人所住的房子，这房子是用草搭成的，而且低矮得很，使读者想到，这房子恐怕是不弯腰都无法进入的简陋场所；二是房子里所住之人是"灶户"；三是这些"白头灶户"，究竟是盐落在头发上的盐民，还是年纪轻轻就已早衰的白发者，也给读者留下了想象空间。

第二句"六月煎盐烈火旁"至少写了四个意思：一是呼应"白发灶户"的说法；二是明确"灶户"所干的活是煎盐；三是道出煎盐的时间是夏季六月；四是陈说煎盐者的面前是熊熊燃烧的烈火（不是一般之火，而是烈火）。

第三句"走出门前炎日里"也有三层意思：一是"走出"

告诉读者,"灶户"从面对烈火的"低草房"走了出来;二是"门前"说明他们没走多远,就在"低草房"旁边;三是说他们离开了"烈火",却又走近了"炎日"。那么,他们离开"烈火",到"炎日"之下干啥呢?继续看最后一句你就明白了。

第四句"偷闲一刻是乘凉"给出了诗人的答案,这也可以从三个方面看:一是"偷闲"这个词说明"灶户"要抽空休息一会儿;二是将"炎日"对比"烈火",道出炎炎夏日之下"乘凉"的辛酸;三是通过"一刻",告知读者盐工只能休息极短时间。

从思想感情方面梳理完四句诗,再来从三个方面看看诗人的写作艺术。

1.源于生活,聚焦典型。

这首诗反映的是当时盐民的真实情况,虽说只是一个生活侧影,却将盐民的辛酸诉说得非常形象。一些看似不起眼的动作细节,达到了很好的聚焦效果。这一点,吴嘉纪做得很好。

我们说,这首诗的内容源于生活,而不是凭空捏造的。诗人从小就生活在江苏泰州(也就是当时的东台县),该县的东淘又名安丰场,在明清两代,是我国沿海最大的盐场之一;此处汇集着大批的盐商,他们靠买盐卖盐发财致富,而大量盐民却靠艰辛的劳动苟活。吴嘉纪长期生活在这群"灶户"中间,所以,他的诗其实就是大量盐民生活的真实记录。这首《绝句》就是他拍下的最能反映盐民艰苦生活的一个镜头。他以高超的艺术手法，给读者带来震撼心魄的冲击力。

2.环环紧扣，层层递进。

这首诗从第一句到最后一句，无论是在内容上还是在语言上，都是环环紧扣，层层递进的。例如，"白头灶户低草房"与"六月煎盐烈火旁"，写出了住在"低草房"的"白头灶户"，在"烈火旁""六月煎盐"的情况，缺了哪句都不行。再如，"六月煎盐烈火旁"与"走出门前炎日里"，写出了盐民终日不是在"烈火"中煎熬，就是在"炎日"下暴晒，进一步揭示了盐民们艰苦的人生境遇。

3.特殊的衬托与对比手法。

这首诗的诗眼是最后两句，它用了衬托与对比的手法。例如，"烈火"与"炎日"形成对比，诗人想要诉说的是，比之"烈火"，那"炎日"算得了什么？盐工们觉得，能待在"炎日"之下，已经是"乘凉"，已经是一种难得的幸福了。哪怕这种"幸福时刻"，只能享受一会儿，对他们来说，也是一种"享受"。有人说，这就是反衬的手法而已。是的，但这首诗的反衬却是特殊的，因为这种特殊的手法所描写的正好也是特殊的对象啊！

不求仕进，置身乡野

年少时的吴嘉纪，曾拜祖父吴凤仪的弟子刘国柱为师，学到好多知识与本领。他曾参加科举考试，并考中秀才。由于出身清贫，早年经历坎坷。然而这些曲折的经历并没有消磨他对读书作诗的喜好。

吴嘉纪在目睹了明朝的覆亡与清兵南下的种种现实之后，便无心仕途，决意置身于乡野。他的笔墨之下，多反映底层百姓痛苦的生活与哀怨的心声。其诗作《陋轩诗集》中有一首题为《朝雨下》的诗：

> 朝雨下，田中水深没禾稼，饥禽聒聒啼桑柘。
> 暮下雨，富儿漉酒聚侪侣，酒厚只愁身醉死。
> 雨不休，暑天天与富家秋；
> 檐溜淙淙凉四座，座中轻薄已披裘。

　　雨益大，贫家未夕关门卧；

　　前日昨日三日饿，至今门外无人过。

　　这首诗用对比的手法写大雨后穷人和富人的不同生活。大雨对穷人来说是灾难：雨水淹没了庄稼，家禽无处觅食。至于雨后田家如何，读者自可透过他们所遭受的灾难，想象他们的心情。同样是大雨，可对富人来说便是乐趣：他们借着大雨之凉爽，正好聚众饮酒，寻欢作乐……

盐民诗人

　　吴嘉纪长期生活在盐民之中，所以写了不少有关盐民的诗作。有一首题为《赠张蔚生先生》的诗，写道：

　　早夜煎盐卤井中，形容黧黑发蓬蓬。

　　百年绝少人生乐，万族无如灶户穷。

　　这里借"灶户"一词，顺便讲讲有关制盐的一点知识。制盐是一件非常艰苦的事，一般来说，大体要经过开凿盐井、取卤水（盐井中含盐量高的水）、结晶、取盐等四个步骤：一要往开凿好的盐矿中倒入淡水，使盐矿溶解；二要把盐井中的卤水取出，用木桶等容器装好；三要把卤水运往熬盐（即煎盐）的地方；四要守着烈火熬盐，等到卤水中出现了结晶状态，盐才算制成。其中"取卤水"的过程，最是苦累。可对于盐民来说，气温最高、日照最强烈的时候正是产盐的旺季；因为光越强，盐的质量就越好（制盐有好多种方法，这里所说只是其中的一种）。

我们在诗中看到的"早夜煎盐卤井中"与"六月煎盐烈火旁"等诗句，就是写盐民的艰苦与无奈的，而"万族无如灶户穷"一句，则表示诗人认为世上所有的人群中，盐民是最贫困的。从中看出，诗人对盐民的深刻了解与同情。

（原文出自《北方新报》，有删改）

萧皋别业竹枝词

沈明臣

青黄梅气暖凉天，

红白花开正种田。

燕子巢边泥带水，

鹁鸠声里雨如烟。

诗 文 赏 析

沈明臣（公元1518—1596年），字嘉则，明代诗人，鄞县（今浙江宁波）人。他与戚继光是同时代人，做过胡宗宪的幕僚，在抗倭斗争中也做过贡献。这首诗写诗人在友人别墅居住时感受到的田园景象。这是一首七言绝句，无论从平仄上分析，还是从韵脚上考虑，都给人一种音乐美感。

诗题中的"萧皋（gāo）别业"，是作者友人李宾父的别墅名。萧皋，地名；别业，即别墅。竹枝词，原是四川一带民歌的名称，后来文人常用来描写乡土景物或民间风俗。青黄梅气，即梅子有青有黄的季节。暖凉天，天气忽暖忽凉。鹁鸠（bó jiū），鸟名，天将下雨时其鸣甚急，俗称水鹁鸠；因它会发出"咕咕"的鸣声，所以农民也叫它"鸹鸪"。烟，这里指细雨迷蒙的样子。

第一句"青黄梅气暖凉天"写梅子有青有黄的季节。"暖凉"二字，极其简练地写出这个季节的天气正好不冷不热。第二句"红白花开正种田"则不仅写出了这个季节群花竞放的美好，而且写出了农人趁着这个时光种田的情景。这里的"正"不当"正在"讲，而是"恰好"的意思。

前两句合在一起，既描绘了宜人的春景，也传递出诗人与农人共同的欣喜之情。"青黄梅气"与"红白花开"构成的鲜艳与温馨，可谓沁人心脾！

乍看之下，后两句"燕子巢边泥带水，鹁鸠声里雨如烟"好像与前两句毫不相干。然而，这才是诗人独具匠心之艺术所在。你看，前两句写农人在良辰美景的氛围中下地耕种，陪伴他们的仅仅是"青黄梅气"与"红白花开"。诗人大概觉得这还不足以表达他与农人其乐融融之情，于是，又请来善于筑巢的"燕子"与咕咕鸣叫的"鹁鸠"，与它们共享这田园的欢乐。其实，也不是诗人强求它们来的，是它们自愿来到这别墅之中，一展独特技艺的。

你看，那燕子正在衔泥筑巢，泥土还带着水呢。你听，那鹁鸠鸟也正在如烟的雨中自由地歌唱。此刻，诗人化身成了一位丹青妙手，为我们画出一幅生动的彩色田园图。

下面，再从三个方面讲讲这首诗的写作艺术。

1.句句绘色，五彩缤纷。

第一句的"青黄梅气"写了青与黄两种颜色，第二句"红白花开"又写了红与白两种颜色，四种色彩融合在一起尽显生机。那么，"燕子巢边泥带水，鹁鸠声里雨如烟"之中，有多少种颜色呢？诗人没写，因为燕子、鹁鸠、泥、水、雨、烟，它们的颜色实在太丰富了，但诗人还是给读者留下了想象的空间。诗人这样重视颜色的描绘，不仅恰到好处地显现了独特的田园风光，也自然而然地流露出诗人的欣喜之情。

2.讲究修辞艺术，旨在使作品具有自然和谐之美。

这首诗运用了对偶与比喻的修辞手法。

先说对偶手法。比如，一、二两句中的"青黄"与"红白"；三、四两句中的"燕子"与"鹁鸠"、"巢边"与"声里"、"泥"与"雨"、"水"与"烟"。这种对偶手法的运用，正是出于诗人对梅雨时节所见景物的自然而然的选择，而非在用词造句上刻意雕琢。这个道理，只要看看"暖凉天"与"正种田"之间并非对偶，就可以知道。

再谈比喻手法。"雨如烟"的比喻，使我们进一步领会到诗人的用词造句，旨在自然与和谐。这个比喻，不仅写出了南国那种宛如轻烟的蒙蒙细雨，照应了燕子筑巢时"泥带水"的情景，还道出农人在细雨中"正种田"的辛劳与适然。需要注意的是，诗人此处并不是为了展现语言技巧而运用比喻，"泥带水"与"雨如烟"之间虽是对偶关系，但诗人并未强求它们都用比喻手法。

3.寓情于景，明暗相生。

这首诗没有任何一个词是直接表达人的感情的。诗中出现的只是"青黄"之"梅"与"红白"之"花"这样的静景，以及"燕子"在筑巢、"鹁鸠"在鸣叫这样的动景……然而，动静相宜的景致是蕴含诗人丰富情感的。如果诗人没有亲眼所见或亲耳所闻，不可能获得如此细腻的体验。

少年奇才

沈明臣的父亲沈文桢，工书，能作方丈大字。沈明臣有这样的父亲，当然受到良好的熏陶与教育。他从小喜欢读书，小小年纪就工诗善文，当时能见到的一些经史诸子之书籍，无不了然于胸。据说，他20岁左右就给鄞州知府写万言书，陈述他对某些大事的看法。知府读后大惊，称他为奇才。于是立刻补他为诸生（考上秀才进入学舍读书的生员）。但他后来未能考中进士。

受胡宗宪重用，为抗倭献计献策

由于知识渊博、诗文出众，沈明臣被当时的抗倭将军胡宗宪发现，聘他为幕僚（相当于军事参谋）。当时作胡宗宪幕僚的还有戚继光、徐渭等人。不过，沈明臣是文人，不像戚继光那样能够驰骋疆场，亲自杀敌。但他既然在军中，也在刻苦学习打仗的本领。一次，他在武夷山道上练习骑马，结果从马背上跌了下来，沾上一身泥巴。于是，徐渭写了一首诗调侃他："沈郎多病瘦腰支，骑马登山怯路岐。马上如何忽不见，见时惟有一身泥。"

一次抗倭大捷时，在庆功宴上，沈明臣非常激动，即兴写出了一首题为《凯歌》的诗，全诗如下："衔枚夜度五千兵，密领军符号令明。狭巷短兵相接处，杀人如草不闻声。"结果，胡宗宪兴奋地站起身来，捋了捋胡须赞道："沈生，你是何等人物，写诗竟如此雄浑畅快！"当即下令把他的诗刻在石上，留作纪念。

不忘恩公，独哭墓下

有研究明史的学者认为，作为抗倭总指挥的胡宗宪将军，他的功劳不在戚继光之下。然而，由于受到当时朝堂上掌权的徐阶等人的诬陷与迫害，胡宗宪将军两次入狱。在狱中，胡宗宪呈上《辩诬疏》，为自己辩护，结果其疏如石沉大海。最后，他写下"宝剑埋冤狱，忠魂绕白云"的诗句，不久就病死于狱中，时年54岁。

胡宗宪逝世后，他的幕僚四散离去，而沈明臣不忘提携之恩，不仅单独到绩溪（今属安徽）胡宗宪的墓前哭拜，而且奔走于全国各地，遍访文人与大臣，为胡宗宪申冤。无奈，终为徐阶所压制，无功而返。

沈明臣50余岁后，回到故乡。一些退居官员和文人学士都聚集到他家谈诗论文，一时门庭若市，高朋如云。不过，沈明臣由于一生奔波，没有任何积蓄，年老时还靠乡亲们慨然解囊捐金，购得若干亩田地，来维持生计。

（据《鄞州文史》相关内容改编）

所见

袁枚

牧童骑黄牛，

歌声振林樾。

意欲捕鸣蝉，

忽然闭口立。

诗 文 赏 析

袁枚（公元1716年—1798年），浙江钱塘（今杭州）人。清代诗人、散文家，字子才，晚年自号仓山居士、随园主人、随园老人。诗题《所见》，意指诗人在写他旅途中看到的情景。诗的内容极其简单，写一个牧童骑在牛背上边走边唱，当他突然听到蝉鸣，就停住了歌声，准备去捕蝉。这首诗问世以来，就脍炙人口，一直流传至今，而且被有的学者视为袁枚的代表作。

振，振荡，指牧童的歌声嘹亮。林樾（yuè），指道旁成阴的树；樾，指树阴。欲，想要。

袁枚说过写诗"不可以无我"的话，评析本诗，笔者想从这首诗里寻找一下"我"的踪迹。

1.先说前两句"牧童骑黄牛，歌声振林樾"。

诗中的人物是牧童，牧童在干什么？一是骑牛，二是唱歌。所骑之牛是黄色的，所唱之歌可以使"林樾"与之共鸣。有人由此联想到"有声有色""动静结合"与"诗中有画"这类词，笔者是有同感的。比如"有色"，除了黄色，还有"林樾"的绿色；"有声"，除了牧童的"歌声"，还有"林樾"的回声。当然，读者还可以联想到自己听过或自己会唱的山歌。

2.再说说后两句"意欲捕鸣蝉，忽然闭口立"。

蝉俗称知了。记得有一年夏天到北京出差，中午在旅店休息时，就被一阵阵"吱——吱——"的声音吵得不得入睡。问人才知道那是知了在叫。后来读朱自清的作品，对蝉有了进一步的了解。原来，蝉的成虫才在树上鸣叫，而且能鸣叫的只是雄蝉。于是，知道《所见》写的季节肯定也是夏季，牧童要捕捉的就是树上鸣叫的雄蝉。

诗中的"意"字，当估计或猜想讲；"欲"，是想要的意思。诗中的"闭口立"，意思应该是，牧童听到蝉鸣后立刻"闭口"，接着他从牛背上跳下来"立"着不动，为什么？因为他想捕那正在鸣叫的蝉啊！他怕惊动了蝉，所以控制着自己。你看，只"闭口立"三个字，就把这个捕蝉孩子的形象非常生动地呈现在我们眼前了。

可诗人为什么不按照事情发生的先后顺序，写成"忽然闭口立，意欲捕蝉去"呢？这恐怕就是袁枚的笔法，他是不是在调动或考验读者的想象力呀？

3.最后总起来，讲讲诗中"我"的踪迹。

前面说过，袁枚主张"作诗，不可以无我"。可《所见》这首诗，"我"在哪里呢？

（1）诗题是《所见》。那么，诗中所写，到底是何人之所见呢？当然是袁枚"我"呀！

（2）诗中描写"牧童骑黄牛"的情景，乃"我"之所睹；"歌声振林樾"，乃"我"之所闻；"意欲捕鸣蝉"，乃"我"之所猜；"忽然闭口立"，乃"我"之所喜。

其实，诗中所写牧童、牛、林樾这些人与物以及其黄色、绿色，无不是"我"之所见；诗中牧童的歌声与林樾共鸣声以及蝉鸣之声，无不是"我"之所闻。

（3）更重要的是，诗中每一个字、每一种手法，无不折射出"我"的高尚情怀与独特的艺术造诣，全诗用字巧妙，动静结合，发人深思。

你看，"骑"字写形，"振"字写声。前者描绘的是牧童的可爱情态：他在牛背上忽前忽后、忽左忽右地摇晃着。后者描绘的是牧童嘹亮的声音：他的歌声使得身边的树林都与之共鸣。先有"振林樾"，后有"闭口立"，动景与静景自然地完成过渡，再加入"忽然"的效果，牧童的惊喜与警觉，便全部收入袁枚的眼中与心中。读者正想知道牧童是否捕到鸣蝉或捕蝉过程时，诗人却戛然而止，为读者留下了发挥想象的空间。

袁枚曾说："作诗，不可以无我。"笔者想说："读诗，亦不可以无我。"袁枚的这首诗恰恰印证了他的诗论："诗写性情""诗人者，不失其赤子之心也"……在品论本诗的过程中，我们与袁枚仿佛也建立了亦师亦友的关联。

清史稿：袁枚传

袁枚，字子才，钱塘人。幼有异禀。年十二，补县学生。弱冠，省叔父广西抚幕，巡抚金𫓧见而异之，试以铜鼓赋，立就，甚瑰丽。会开博学鸿词科，遂疏荐之。时海内举者二百余人，枚年最少，试报罢。乾隆四年，成进士，选庶吉士。改知县江南，历溧水、江浦、沭阳，调剧江宁。时尹继善为总督，知枚才，枚亦遇事尽其能。市人至以所判事作歌曲刻行四方。

枚不以吏能自喜，即而引疾家居。再起发陕西，丁父忧归，遂牒请养母。卜筑江宁小仓山，号随园，崇饰池馆，自是优游其中者五十年。时出游佳山水，终不复仕。尽其才以为文辞诗歌，名流造请无虚日，诙谐诙荡，人人意满。后生少年一言之美，称之不容口。笃于友谊，编修程晋芳死，举借券五千金焚之，且恤其孤焉。

天才颖异。论诗主抒写性灵，他人意所欲出，不达者悉为达之。士多效其体。著随园集，凡三十余种。上自公卿下至市井负贩，皆知其名。海外琉球有来求其书者。然枚喜声色，其所作亦颇以滑易获世讥云。卒，年八十二。

袁枚与《随园食单》

除了是清代著名的散文家与诗人，袁枚还是著名的美食大师。袁氏生于盛世，时上流社会生活奢华，对口腹之欲趋之若鹜。在当时饮食文化随盛世而辉煌的历史条件下，袁氏继承传统，博采百家，孜孜不倦，以食为学，创新发展，积数十年体验美食之功，写出了一部具有划时代意义的饮食文化大作《随园食单》，这是清代饮食文化理论与实践相结合的历史产物，为后人留下了宝贵的饮食文化遗产，至今仍具有重要的借鉴意义。下面节选《随园食单》一部分内容，供读者参考：

戒强让

治具宴客，礼也。然一看既上，理宜凭客举箸，精肥整碎，各有所好，听从客便，方是道理，何必强让之？常见主人以箸夹取，堆置客前，污盘没碗，令人生厌。须知客非无手无目之人，又非儿童、新妇，怕羞忍饿，何必以村姬小家子之见解待之？其慢客也至矣！

大意：

设宴待客，是一种礼节。因而一菜上席理应请客人举箸自行选择，瘦肥整碎，各有所好。主随客便，方是待客之道，何必强劝客人？常见主人以筷夹取食物，堆放在客人面前，弄得盘污碗满，令人生厌。需知客人并非无手盲目之人，也非儿童、新娘因害羞而忍饥挨饿，何必以乡村老妇之见待客，这是极度怠慢客人之行为。

戒目食

何为目食？目食者，贪多之谓也。今人慕"食前方丈"之名，多盘叠碗，是以目食，非口食也。不知名手写字，多则必有败笔；名人作诗，烦则必有累句。极名厨之心力，一日之中，所作好菜不过四五味耳，尚难拿准，况拉杂横陈乎？就使帮助多人，亦各有意见，全无纪律，愈多愈坏。

大意：

什么是目食？目食，就是所谓贪多。如今有些人仰慕那些豪奢美食之名，菜肴满桌，碗盘重叠，这是用眼食之，并非以口食之。他们这些人不知道，名家写字，写多了必有败笔；名人作诗，作多了必有病句。名厨即使竭尽心力，一日之中，所烹佳肴也只能是四五味而已，这已经很不容易了。何况要应付那些乱七八糟的酒席，即使多人帮厨，亦各怀己见，全无规则，越多越坏事。

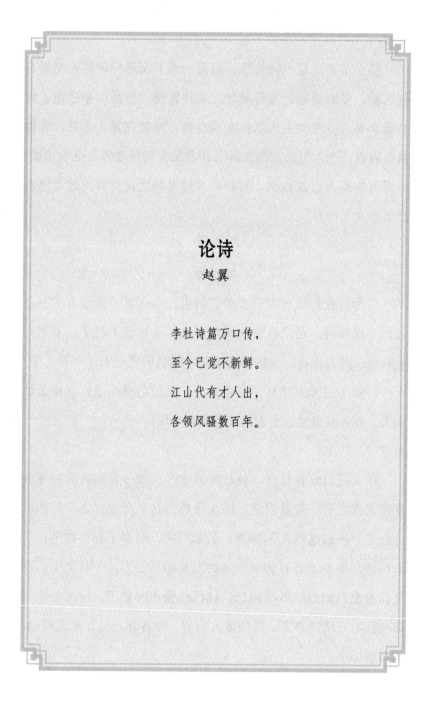

论诗

赵翼

李杜诗篇万口传，

至今已觉不新鲜。

江山代有才人出，

各领风骚数百年。

诗 文 赏 析

　　赵翼（公元1727年—1814年），清代文学家、史学家，字云崧，号瓯北。汉族，江苏阳湖（今江苏省常州市）人。中过进士，当过官，辞官后主讲安定书院。在诗词创作方面，他主张抒写性灵，极力反对摹拟。后世评价他的诗作所用的主要词语如下：自成一家，不拘唐宋格律，风格多变，"无不如人意所欲出"。当时，他有两个最好的朋友，一个是袁枚，另一个是蒋士铨。由于他们志趣相投，对诗的主张也相近，所以被并称"乾隆三大家"（也有人说，另一人是张问陶）。

　　赵翼写过不少论诗的著作，其中的《瓯北诗话》（又名《瓯北诗钞》），系统地评论李白、杜甫、韩愈、白居易、苏轼、陆游等十家诗作。我们现在赏析的《论诗》，可以集中反映赵翼在诗歌创作方面独树一帜的理论与实践。

　　为了更好地理解诗意，先对字词释义作简要梳理。领，是引领的意思，不宜理解为"占领"。风，原指《诗经》中的《国风》，后来则常用来指《诗经》；骚，指屈原的《离骚》。这首诗中的"风骚"，主要应指诗词的发展趋势说的。有人说，"风骚"指诗词作品在文学界的地位及其影响，笔者认为不妥。"各领风骚"，意思就是各自引领诗词发展趋势之意。才人，即天才之人。

　　这首诗从字面上看，是直接写作者对诗歌创作的主张：他

认为诗歌应随着时代不断发展。他不认为只有古人的作品才是
最好的，因为每个时代都会有折射时代精神与表现时代风格的
诗人；他相信后继有人。读者细细品味这首诗后，定会有更深
刻的感悟。下面我们对这首诗作逐句评析。

第一句"李杜诗篇万口传"。李白是诗仙，杜甫是诗圣，说
他们的诗篇万口传诵，恐怕当时之人与后世之人，没有人会反
对。其主要原因，当然不仅在于其诗篇丰富深邃的思想内容，
并且也在于其诗篇承前启后的艺术魅力。下一句恐怕是赞扬李
杜诗篇万世流芳的原因吧？然而，诗人却给出了不同的答案。

第二句"至今已觉不新鲜"。这句诗语出惊人，与第一句既
非并列或承接关系，也非因果关系，而是意料之外的转折关系。
不少人可能不认同"不新鲜"的评论。笔者认为，"新鲜"这个
词在这首诗中并不含有贬义，不是说李杜的诗不好或没文采，
诗人此处想说的，可能是李杜的诗作，无论在反映社会现实方
面，还是在写作格调方面，与诗人所处时代的要求不太吻合。
那么，什么才是"新鲜"的呢？

第三句"江山代有才人出"。紧承第二句，直接为读者释
疑。诗中的"江山"是借代手法，指不断变化的世间；而"代"
则是指时代说的。有一个成语叫"沧海桑田"，用它来解读这
句诗，或许会使我们豁然开朗：在不同的时空中总会涌现出杰
出的人才，他们会创作出适应当时自然与社会现实的诗词作品，
而这样的作品会更加"新鲜"。

第四句"各领风骚数百年"。读了"江山代有才人出",读者也许会觉得诗人在肯定后来的"才人"而否定李白与杜甫。只有读到最后这句,读者之疑虑才会有顿觉冰释之感。原来,诗人想要表达的,是一种推陈出新的理念。

诗人认为,诗歌创作也要承前启后,推陈出新,不可停滞不前。社会不同了,时代变化了,诗歌创作就要适应这个社会,适应这个时代,否则诗歌创作就会变成无病呻吟,就会失去源头活水,失去生机。诗歌发展的历史事实,也充分证明了诗人的观点。我国诗歌从春秋后期出现的第一部诗歌总集《诗经》,到战国时期出现的屈原等人创作的《楚辞》,到汉魏晋时期的"乐府诗",再到唐诗、宋词、元曲……一直到现代新诗,不仅一直在继承中变化着,而且在变化中不断流入汩汩的活水。

我们说,这首诗具有深刻的哲理性。诗人对于发展变化的洞见,不仅适用于诗歌创作,更适用于自然的变化、社会发展,以及人类文明的演进。

借荆州之非

作者轶闻

赵翼

借荆州之说，出自吴人事后之论，而非当日情事也。江表传谓，破曹操后，周瑜为南郡太守，分南岸地以给刘备，而刘表旧吏士自北军脱归者皆投备，备以所给地不足供，从孙权借荆州数郡焉。鲁肃传亦谓，备诣京见权，求都督荆州，肃劝权借之共拒操。操闻权以地资备，方作书，落笔于地。后肃邀关羽索荆州，谓羽曰："我国以土地借卿家者，卿家军败远来，无以为资故也。"权亦论肃有二长，惟劝吾借玄德地是其一短。此借荆州之说之所由来，而皆出吴人语也。

夫借者本我所有之物而假与人也，荆州本刘表地，非孙氏故物。当操南下时，孙氏江东六郡方恐不能自保，诸将咸劝权迎操，权独不愿，会备遣诸葛亮来结好，权遂欲藉备共拒操，其时但求敌操，未敢冀得荆州也。亮之说权也，权即曰："非备豫州莫可敌操者。"乃遣周瑜、程普等随亮诣备，并力拒操。是且欲以备为拒操之主，而己为从矣。亮又曰："将军能与豫州同心破操，则荆、吴之势强，而鼎足之形成矣。"是此时早有三分之说，而非乞权取荆州而借之也。

（节录自赵翼《廿二史札记》）

题画竹

郑燮

四十年来画竹枝，

日间挥写夜间思。

冗繁削尽留清瘦，

画到生时是熟时。

诗 文 赏 析

郑燮（公元1693—1766年），清代人，字克柔，号板桥，江苏兴化人。他自幼随父亲读书，中进士之后，出任山东范县县令，其后又调任潍县县令。在任期间，有一年正遇上荒年，他不顾别人的阻挠，开了官仓，借给百姓粮食，救活一万多人。当年秋天又歉收，郑燮干脆一把火把老百姓的借条全部烧掉。百姓感恩，可是有的官吏告他私自开仓，结果被罢了官。他离开潍县之时，百姓挡住路挽留他。后来，好多人家画了他的像贴在墙上，还为他建立生祠。

他的诗、书、画，被世人称为"三绝"，我国著名画家徐悲鸿先生称赞郑燮是"中国三百年来最卓越的人物之一"。

日间，即白天，有的版本是"昼间"。冗繁（rǒng fán），意思是繁杂，指多而无用的枝叶。清瘦，这里指竹子的枝叶简约而有力。简单翻译一下本诗：（我）四十多年来，不停地画竹枝啊！白天挥笔作画，夜间不断思索。（我）去掉那些繁杂而无用的枝叶，只留下简约而有力的枝叶。（我）有一种新奇的感悟：画，到了越画越觉得生疏的时候，那才进到了真正成熟而完美的境界。

对于本诗的创作艺术，笔者打算从三个方面来说说：

1."四十年来"的深刻含义。

这首诗开头就说"四十年来"，很明显是说作者画竹时间之长，四十年来，诗人一直与竹子相伴。这就告诉读者，作者画竹可不是一蹴而就的，而是付出了大半生的心血。竹子，是作者的精神寄托。

在这漫长的岁月中，诗人不断地实践，不断地思索，终于使竹子脱去了臃肿的杂物，留下了挺拔有力的枝叶。从"冗繁"到"清瘦"，道出作者画竹的变化，以及作者的思想体悟。我们可以想象一下：刚画竹时，恐怕是把竹枝、竹叶一枝一叶地都要画出来。但这只是对竹子的简单复制和描摹。形象或许足够逼真，但能否画出挺拔坚韧背后的精神品格就不好说了。由此可以看出郑板桥的艺术追求。

2."清瘦"一词的双关性。

上面说过，清瘦是指作者后来所画竹子的枝叶简约而有力，但画家是不是也"衣带渐宽"了？

3."生"与"熟"的艺术境界。

诗中的"生"是生疏之意，就是越画越觉得手生，画不好了。而"熟"当然是指熟练完美或成熟了。这里的"生"，正是向更高的"熟"迈进而必经的过程。

这也给我们以启示：不管学什么、做什么，尤其是艺术创作，总是要经过"生——熟——生——熟"多次的反复，才能不断有所发现，有所进步，有所创造！

清史列传：郑燮传

郑燮，字克柔，江苏兴化人。乾隆元年进士，官山东范县知县，调潍县，以请赈忤大吏，乞疾归。少颖悟，读书饶别解。家贫，性落拓不羁，喜与禅宗尊宿及期门子弟游。日放言高谈，臧否人物，以是得狂名。及居官，则又曲尽情伪，餍塞众望。官潍县时，岁歉，人相食。燮大兴修筑，招远近饥民赴工就食。籍邑中大户，令开厂煮粥轮饲之。有积粟，责其平粜，活者无算。时有循吏之目。善诗，工书画，人以"郑虔三绝"称之。诗言情述事，恻恻动人，不拘体格，兴至则成，颇近香山、放翁。书画有真趣，少工楷书，晚杂篆隶，间以画法。所绘兰竹石亦精妙，人争宝之。词吊古摅怀，尤擅胜场，或比之蒋士铨。内行醇谨，幼失怙恃，赖乳母教养，终身不敢忘。所为家书，忠厚恳挚，有光禄《庭诰》《颜氏家训》遗意。晚年归老躬耕，时往来郡城，诗酒唱和。尝置一囊，储银及果食，遇故人子及乡人之贫者，随所取赠之。与袁枚未识面，或传其死，顿首痛哭不已云。著有《板桥诗钞》。

题画：竹

余家有茅屋二间，南面种竹。夏日新篁初放，绿阴照人，置一小榻其中，甚凉适也。秋冬之际，取围屏骨子，断去两头，横安以为窗棂，用匀薄洁白之纸糊之。风和日暖，冻蝇触窗纸上，冬冬作小鼓声。于时一片竹影零乱，岂非天然图画乎！凡吾画竹，无所师承，多得于纸窗粉壁日光月影中耳。

……

文与可画竹，胸有成竹。郑板桥画竹，胸无成竹。浓淡疏密，短长肥瘦，随手写去，自尔成局，其神理具足也。愧兹后学，何敢妄拟前贤。然有成竹无成竹，其实只是一个道理。

（节录自《郑板桥全集》）

村居

高鼎

草长莺飞二月天，

拂堤杨柳醉春烟。

儿童散学归来早，

忙趁东风放纸鸢。

诗 文 赏 析

高鼎，清代诗人，字象一，又字拙吾，浙江仁和（今杭州市）人。这首诗选入了现行小学语文课本，写的是诗人归隐之时，在农村中看到的景象，富有浓郁的生活气息。全诗洋溢着欢快的气氛，字里行间流露出诗人对春天的赞美，以及对儿童的喜爱之情。

诗题《村居》的意思，指在乡村里居住。杨柳拂堤，是说杨柳抚摸着堤岸，是拟人的写法。杨柳，指的是柳树。醉，像喝醉了似的。春烟，指春天水里或草木中蒸发出来的烟一般的水雾。纸鸢，泛指风筝。

首先，简单梳理一下诗意。

第一句"草长莺飞二月天"。二月是指农历二月；草长莺飞，是说小草长上来了，黄莺在飞着。诗中的"长"读"zhǎng"，不读"cháng"。第二句"拂堤杨柳醉春烟"。意思是说柳树的枝条拂扫（或抚摸）着堤岸，那枝条好像喝醉了酒，在春天的水雾里摇摇晃晃。第三句"儿童散学归来早"。意思是太阳还没下山呢，孩子们就放学了。读到这句诗，笔者想起童年时期，下午放学后，大家把书包随便放在地上，玩各种游戏的情景，多么自由自在呀！第四句"忙趁东风放纸鸢"。东风，就是春风；忙，就是赶紧，抢时间。因为一旦没风了，风筝也就放不起来了。笔者小时候也放过风筝，那风筝不是老鹰，而是蝴蝶，是蜜蜂，是蜻蜓，是飞机……不过，那风筝可是母亲与大姐给我制作的。现在也弄不清，她们怎么能裁剪得那么逼真，颜色配得那么漂亮！

其次，从三个方面看看这首诗的写作艺术。

1.善于为人物出场搭建舞台。这首诗写的人物是一群"儿童"，大概是诗人太喜欢他们了，所以，在孩子们出场之前，就先精心搭建了一个大舞台："草长莺飞二月天，拂堤杨柳醉春烟"。其实，这舞台就是一幅画，而赶来嬉戏玩耍的孩子即"画中人"。

2.善于融合多种修辞手法。这首诗至少运用了三种修辞手法，但它们不是单独出现的，而是相互融合在一起，形成"你中有我，我中有你"的意境。比如，"草长莺飞"包含了衬托与摹绘的手法：草在生长与莺在飞翔相衬，而草之绿色又与莺之黄色相融。再如，"拂堤杨柳醉春烟"一句中，"拂堤"与"醉"以拟人手法描写"杨柳"，又通过比喻手法来描写"春烟"，以形容堤下腾起来的水雾。这些手法的运用，无一不是在渲染早春的迷人景象，也无一不是在表达诗中所写之人与写诗之人的愉悦心情。

3.诗外有景，诗外有人。前面讲的写作艺术，是就诗句本身说的。实际上，诗外还隐藏着一片广阔而湛蓝的天空呢。试想，诗中的"二月天"，难道仅仅指"二月"这段时光吗？"忙趁东风"，难道也仅仅在写东风的作用吗？

我们说，诗人能够把这些景象收入眼底，难道其他人就不会看到吗？显然不是。笔者记得小时候一次放风筝时，风筝挂在树上了，是一个大孩子上树给我弄下来的。所以，除诗人外，肯定还有不少欣赏放风筝的人，这才是一道美好的风景线呢！

最后，请读者注意诗人当时所处的社会环境。

我们知道，高鼎是晚清诗人，他所处的正是鸦片战争之后的时代。那个时代，当时的满清政府腐败无能，民不聊生，外部受到列强的侵略与欺侮。有人奇怪，在这种时代，高鼎却写出如此明快的诗来，真是不可理解。笔者却觉得高鼎写这样的诗并不奇怪。一是此情此景是他在偏僻的农村所见，在整个国家内忧外患的环境下，有一块地方暂时还比较清静，这也是一种真实。二是高鼎把他看到的农村景象生动地写出来，是不是在污浊之中也寄托着某种清明的理想？

《画》的作者是谁？

多年来，《画》一直被选入小学语文课本，现行的部编教材中仍然选用，但不说作者是谁。诗曰：远观山有色，近听水无声。春去花犹在，人来鸟不惊。

好多上了年纪的人还记得，他们的老师说过，本诗的作者是唐代的王维。但是，不少学者指出，此诗不是王维所作，理由是查遍《全唐诗》也未见。对此，笔者不敢相信，还怀疑他们没有认真去查。于是，爬高上低，从书架上找到了上海古籍出版社1985年出版的《全唐诗》，认真地查了几遍，结果真的没有。

那么，这首诗的作者究竟是谁呢？不少人说是高鼎，但他们也拿不出有力的证据。有人可能觉得这首诗与王维的创作意境相近，有人可能认为这首诗饶有童趣，似乎与高鼎有关。这次正好讲高鼎的《村居》，所以，有意提提《画》这首诗，希望引起读者（尤其是语文老师）注意。

笔者还得啰嗦几句，因为这首诗究竟是谁写的，还有好几种说法。有人说是一位南宋僧人所写，有人又说是元代王冕或明代唐伯虎所写。但这些说法普遍没有历史依据。不过，笔者曾在网上检索到一篇文章，作者指出，这首诗是南宋僧人道川禅师为注释《金刚经》所作的偈颂诗中一部分，原诗并无标题。他看到南开大学文学院教授杨琳在《光明日报》上发表了题为《"远看山有色"是谁写的?》的文章，谈的就是这个问题。说全诗共八句：远观山有色，近听水无声。春去花还在，人来鸟不惊。头头皆显露，物物体元平。如何言不会，只为太分明。

杨琳教授的文章，笔者没有看过，上面的文字也为转录。在赏析高鼎《村居》的同时，想到《画》这首诗的作者仍有进一步商榷的余地，分享出来，欢迎读者朋友指正！

（原文出自《北方新报》，有删改）

己亥杂诗（一二五）

龚自珍

九州生气恃风雷，

万马齐喑究可哀。

我劝天公重抖擞，

不拘一格降人才。

诗文赏析

龚自珍（公元1792年—1841年）是清代思想家、文学家；字璱人，号定庵，仁和（今浙江杭州）人。曾任内阁中书等官职，由于敢于揭露时弊，遭到权贵的排挤和打击，后辞官南归，不久猝然离世。

九州，指当时的中国。生气，形容充满生命气息的环境。恃（shì），意思是依靠。喑（yīn），哑。万马齐喑，比喻人们都不发表意见，社会毫无生气。究，毕竟。劝，这里可以理解为激励，似乎不该理解为劝说或规劝。天公，字面上指上天，也许另有所指。拘，意思是局限、限制。

这首诗的大意为：国家要想充满生命气息，那就要靠滚滚的风雨与惊雷。现在这种万马无声的环境，总是令人感到无比的悲哀。我希望上天重新振作精神，不要局限于一种规格去选用治国的人才。

龚自珍于清道光十九年己亥（公元1839年）辞官，他在南北往返途中，触景生情，写下了三百一十五首诗，总题为《己亥杂诗》。这些诗记载了当时的各种见闻与感想，从不同侧面批判当时的社会，抒发诗人的追求与苦闷，反映了诗人关注国家命运的爱国情怀。这首诗是他路过镇江时，应道士请求而写的祭神诗。作者借此机会，表达了对沉闷压抑、束缚人才现实的不满，以及对社会新局面的期盼。下面就来看看诗人是怎样通过他的诗来倾吐心声的。

1.恰当而形象的比喻。

"九州生气恃风雷"中的"风雷"，字面上指风神与雷神，因为是为道士而写诗。诗人借此比喻社会上的大变化或大动荡。诗人想告诉读者，这个社会要想生气勃勃，充满生命的气息，必须依靠一场大的变革。

用"风雷"这样的词比喻社会大变化、大革命的诗句很多。比如，鲁迅先生所写《无题》一诗中，就有"于无声处听惊雷"的句子；毛泽东所写《七律·和郭沫若同志》一诗中，就有"一从大地起风雷"的句子。其中的"惊雷""风雷"，都是比喻轰轰烈烈的革命形势。所以，用风雷比喻大变革或大革命的形势很恰当：无论从声音上看，还是从范围上看，又或是从激烈程度上看，都十分贴切而形象。

"万马齐暗究可哀"中的"万马齐暗"也是比喻。指的是在高压政治下，所有的人都噤若寒蝉，谁也不敢吭声的黑暗沉闷的社会现实。马的天性是要鸣叫，要奔跑的，而现在成千上万的马都不敢鸣叫，也不敢奔跑，这是怎样的一种痛苦呀！不要说普通百姓，就连当官的都不敢说句真话，这又是怎样的一种悲哀呀！

那么，怎样打破这种局面呢？靠那帮贪官污吏，靠那种溜须拍马的风气，是绝对不行的；必须来一场暴风骤雨，来一次天翻地覆的变革。只有这样，才能变"万马齐暗"的悲哀为万马齐鸣的欢乐。

2.用"呼告"的修辞手法呼唤"天公"，呼唤变革。

"我劝天公重抖擞，不拘一格降人才"这两句诗，是诗人对社会变革所寄的希望与所绘的蓝图。

他的希望是"天公重抖擞"，他的蓝图是"不拘一格降人才"。文中的"天公"，表面上看，是指玉皇。诗人在这首诗的末尾，自注道："过镇江，见赛玉皇及风神、雷神者，祷祠无数，道士乞撰青词。"青词就是符箓（lù），是祭神的诗句、图画等。这说明，这首诗是当作"青词"献给神的。恰巧的是，诗人借"道士乞撰青词"之机，把自己心中积久而又难言的思想感情也表达出来。

那么，诗人心目中的"天公"究竟指什么？有人说，"天公"是指当时的皇帝，这种说法不无道理：封建社会里的官员要想实现自己的政治主张，总是寄希望于皇权。

但也有另一种可能，那就是超越皇权的天命。要知道，龚自珍所处的时代，是清政府腐朽无能的时代，是内忧外患严重的时代，是列强亡我中华之心不死的时代，也是中国有识之士睁眼看世界的时代。对于仕途不顺的诗人而言，在皇权那里碰壁后，向更高的天命呐喊，也是可能的。当天命时势把英雄推到台前，那便是万马奔腾、百花齐放、百家争鸣的壮丽图景。这样的英雄，自然也必然能挽狂澜于既倒，扶大厦于将倾。

总之，从全诗来看，诗人高瞻远瞩，用奇特的想象表现他美好的追求与向往，他热情地期待杰出人才的涌现，期待变革形势的到来！这一切都说明诗人有着强烈的爱国情怀，他期待国家能够一扫当前"万马齐喑"的局面，出现一个焕然一新、朝气蓬勃的未来。你看，诗人正在大声呼喊："天啊，请让暴风雨快一些来吧！让这暴风雨来得更猛烈些吧！"

我们说，这首诗之所以成为脍炙人口的名篇，主要原因恐怕正是它所具有的这种现实意义与历史意义。

龚自珍的家庭启蒙教育

龚自珍自幼受到良好的教育，他的父亲叫龚丽正，嘉庆年间的进士出身，有考据学方面的著作；他的母亲叫段驯，是清代文字音韵训诂学大家段玉裁之女，好读书，精通诗文。他的童年和少年时期，是在具有浓郁文化气息的家庭氛围中度过的。龚自珍接受的家庭启蒙教育，主要来自父亲、母亲以及外公。

父亲的教育给龚自珍留下了深刻印象。相传，龚自珍八岁的时候已经跟随父亲学习《昭明文选》。就连龚自珍研读的书籍，也都是由父亲龚丽正亲手抄录。多年后他回忆说："年八岁，是为嘉庆己未，住斜街宅，宅有山桃花……家大人于其放学后，抄《文选》授之。"

段驯对儿子的教育主要体现在诗文启蒙方面。龚自珍爱写诗的习惯，通常认为是受了母亲的影响。龚自珍曾回忆：吴诗出口授，故尤缠绵于心。

这里说的"吴诗"，指的是清初著名诗人吴伟业的作品。一种说法认为，段驯给幼年龚自珍吟诵吴诗，既是一种传统诗文的启蒙教育，又为龚自珍日后在诗文中注入强烈的感情色彩打下了基础。可以说，母亲对龚自珍的影响是不容忽视的。

另一位对龚自珍的启蒙教育产生重大影响的当属外祖父段玉裁，段玉裁是清代的考据学大师，他对外孙的教育，主要是从讲授许慎《说文解字》开始的。在《己亥杂诗》第五十八首中，龚自珍曾对段氏整理《说文解字》的功绩大为称赞。

得益于父母以及外祖父的启蒙教育，龚自珍后来终于成长为一代杰出的诗人、思想家。

（据《士林人格的坚守人——龚自珍》整理）

五指山

丘濬

五峰如指翠相连，撑起炎荒半壁天。

夜盥银河摘星斗，朝探碧落弄云烟。

雨余玉笋空中现，月出明珠掌上悬。

岂是巨灵伸一臂，遥从海外数中原？

诗 文 赏 析

　　丘濬（公元1418年？—公元1495年）明代琼山（今属海南）人，字仲深，明代著名政治家、史学家和文学家。中进士后，历任多种官职，如翰林院编修进侍讲、国子祭酒，直至礼部尚书兼文渊阁大学士等职，参与机务。他学问渊博，研究领域极其广泛，著述甚丰。一生清廉介直，为官四十年，惟置一园，别无长物，同海瑞合称为"海南双璧"。相传，《五指山》一诗，是作者少年时代所作。

　　五指山，海南名胜之一，位于海南岛的中南部，海拔一千八百多米，五峰相连，形如手指，因而得名。炎荒，指炎热而荒凉之地。盥（guàn），洗手。碧落，天空。玉笋，原指笋的美称，这里喻女子之手指。巨灵，指神灵。

　　首联"五峰如指翠相连，撑起炎荒半壁天"起笔不凡，一下子就把五指山所以得名告诉了读者，并且写出了它的翠色与雄伟：你看，在一片莽莽的林海中，它直插云霄，好像撑起了炎荒之地的半边天空。这是总写五指山的奇观。接下来的颔联与颈联分写五指山的几种美妙景观。

　　颔联"夜盥银河摘星斗，朝探碧落弄云烟"，分别写了五指山早晚各异的美好景象。"夜盥银河"是说晚上，它调皮得很，硬要在银河里洗洗手；"摘星斗"是说它神通极大，还能摘下星斗玩玩儿。"朝探碧落"是说，早晨它的手掌有力而巨大，可以探寻蓝天中的奥秘；"弄云烟"是说，它喜欢用轻柔的手指抚摸那飘荡不定的云烟。你看，这哪里是什么山，这简直是个活泼可爱的少女，在天空中自由自在地遨游、嬉戏！

颈联"雨余玉笋空中现，月出明珠掌上悬"，此联仍然写五指山白天与晚上的景观。其中的"玉笋"不是指美好的竹笋，很明显是指五指山的五指宛如美女之手指一样。"雨余"即是雨后，全句是说，细雨初晴之时，秀丽的五指山犹如玉笋般的五位美女伫立于蓝天之上；而晚上"月出"之后，又是怎样的景观呢？"明珠掌上悬"中的明珠，一般认为是指传说中夜间发光的宝珠，即夜明珠，这里应是比喻。我们都知道有"掌上明珠"一词，是用来形容父母的宝贝女儿的。晋傅玄的《短歌行》："……昔君视我，如掌中珠。何意一朝，弃我沟渠！……"所以，"月出明珠掌上悬"应是说，五指山如同天之爱女，月亮出来时，就像天公的五位明珠姑娘亭亭然耸立在碧空之中。

尾联"岂是巨灵伸一臂，遥从海外数中原"，是写作者面对五指山的奇妙想象与特殊的感慨。其字面意思，作者用反问句表达：五指山呐，这是不是神灵伸出的长长手臂，正从遥远的海外点数中原的美好河山啊？

梳理完诗意，下面笔者试着从两方面讲讲这首诗的创作艺术。

第一方面，从布局来看，全诗宛如一部山水电影。首联的"五峰"二字，如同这部电影的字幕，接着出现的是"撑起半壁天"的五指山之宏观气势。颔颈两联则向读者展现了六幅动画篇章：一曰"夜盥银河"，二曰"夜摘星斗"，三曰"朝探碧落"，四曰"朝弄云烟"，五曰雨后天晴时"玉笋空中现"，六曰夜晚月出后"明珠掌上悬"。这显现的是五指山之微观景象。尾联则出现了"画外音"："岂是巨灵伸一臂，遥从海外数中原？"

第二方面，熟练运用诸多写作艺术，尤其善于融比喻与拟人为一体。在作者的笔底，叙述、议论与描写的表达方式，以及摹色、摹声、摹状、对偶、排比、反问、炼字、用典等修辞手法，诗人都能信手拈来；至于动静结合、情景交融、明暗相生等难度较大的表达技巧，诗人也能巧妙地运用。

这里仅举一例，粗略谈谈作者融比喻与拟人为一体的特殊手法。"夜盥银河"四个字，极其巧妙地在"夜"与"银河"之间插入一个"盥"字，顿时，夜空中的五指山就变成了一位活泼可爱的美女，她伸出五个晶莹灵动的手指，在汩汩作响的银河中痛痛快快地洗来洗去。一个"盥"字，说明所用的是拟人手法；而"盥"又是形容五指山的动作，可见又是用了比喻的手法：本体是五指山，而喻体则是作者想象中那位姑娘。这岂不是比喻与拟人这两种修辞手法的纯乎自然的融合？

不少人认为，这首诗寄托着作者的某种气魄与抱负。对此，笔者想谈几点自己的想法。

第一，《五指山》写于作者少年之时，尽管史书上说他"幼孤，母李氏教之读书，过目成诵"，但毕竟是小孩子，用什么

"气魄"与"抱负"来赞誉，恐怕有夸张之嫌。

第二，有人从尾联中的"巨灵"之"臂"猜想，那手臂是指作者之手臂，他在指点江山，以在成年后实现伟业。这种推断恐怕也不好被读者接受。理由是，前面三联所用拟人手法，其所写无论是"夜盥银河"者，还是"明珠掌上悬"者，都是写五指山的，而尾联怎么会以"巨灵"之"臂"来写作者呢？

第三，尾联中的"海外"恐怕是指海南，而"中原"则应指隔海相望的大好河山。纵观全诗，写"巨灵"之"臂""遥从海外数中原"，也正是形容五指山像一位伟岸的神灵，伸出巨大的手臂，用它那五个手指，一个一个地点数中原的一切。

综上所述，笔者觉得，如果说《五指山》有什么"弦外之音"，恐怕只有两点：一是表达作者对海南家乡的赞美与热爱的赤子之情；二是表达作者对隔海相望的中原大陆的向往。

丘濬小传

丘濬七岁时，他的父亲丘传去世，年幼的丘濬与比他大九岁的兄长，全靠祖父丘普抚养。据说丘普写过这样的对联："嗟无一子堪供老，喜有双孙可继宗。"此联挂于家门的两边。史书上还记载说：他的母亲李氏，出身士绅之家，知书识礼。丈夫死后，她守节教子，孜孜不倦。每日五更，鸡鸣即起，伴儿诵读；入学归来，问其功课，询其交游。及至游学帝京，为官于朝堂，仍然致书谆谆教导。由此可知，丘濬一生所以能够有所成就，与他所受的家庭教育是密不可分的。

明《名臣录》评论丘濬说："本朝大臣律己之严，理学之正，著述之丰，未出其右者。"著名的《四库全书》收录海南籍文人著作（包括存目）共12种，其中5种就是丘濬所著。后世史评家对他评价很高，说他是"有明一代，文臣之宗"。

丘濬为人耿直，从不阿谀逢迎，他评论古今人物，其见解往往与众不同。比如，历代史学界人物多颂扬岳飞之忠君报国，强调"直捣敌巢，痛饮黄龙"，以雪靖康之耻。可丘濬却认为，从当时的政治形势和军事形势看，高宗皇帝意在偏安求存，而且当时宋代又有诸种弊政，要战胜金国，未必成功。他的这种看法虽遭到围攻与讥讽，但他仍然坚持自己的观点。

年纪大了以后，他的右眼失明，但仍然坚持不断批阅文件与研读经书。丘濬为官清廉介直，历官四十年，惟置一园。所居东城府第，虽然面积狭窄，地势低下潮湿，丘濬却一直住在那里，四十年不改。升官仅一年左右，便卒于任上，时年七十六。

春愁

丘逢甲

春愁难遣强看山，

往事惊心泪欲潸。

四百万人同一哭，

去年今日割台湾。

诗文赏析

丘逢甲（公元1864年—1912年），字仙根，别号仓海君，曾以仓海为名。近代爱国诗人、教育家。丘逢甲曾组织台湾义军抗击日本侵略者。这首《春愁》写的是诗人回首一年前签订的《马关条约》，内心不禁生出悲痛愤郁之情，同时表达了盼望收复台湾的强烈愿望。

遣，意思是排遣，消除。强（qiǎng），勉强，逼迫。潸（shān），流泪的样子。四百万人，指当时台湾人口，约四百万人。去年今日，指公元1895年4月17日，清王朝与日本签订丧权辱国的《马关条约》，将台湾割让给日本。

春天本来是一年中最美好的季节，范仲淹的《岳阳楼记》形容"春和景明"时说，登楼之人都会有"心旷神怡，宠辱皆忘"的感觉。而这首诗中的"强看山"，似乎在说诗人强打精神去看看春天的山水，以借此驱散心中浓重的愁云；然而，诗人不但没有排遣掉他的愁绪，反而愁上加愁。

惊心往事令诗人感到愤然，"泪欲潸"三个字，进一步把诗人的痛苦与无奈淋漓尽致地展现出来。有句话叫作"男儿有泪不轻弹"，而现在一位昔日杀敌无数，使日寇闻风丧胆的将军，竟然如此悲愤。同时，一个"欲"字，又折射出丘逢甲这位血性男儿的铮铮铁骨与心底那种强大的承受力——他硬是把喷薄欲出的眼泪憋了回去！

诗中的"四百万人同一哭",当然是夸张的手法,但诗人所以这样写,也绝非强加于人,应有更深层的意义:一是真实地表达了台湾人民得知《马关条约》签订后悲痛欲绝的情景;二是诗人要以自己的激昂情绪,引发读者的共鸣;三是示意读者,国土沦丧不是个人的不幸,而是整个中华民族的悲哀。

我们说,这首诗是有强烈的号召力与鼓动力的。"去年今日割台湾"的点睛之笔,一方面成为激起中华民族铭记耻辱的千钧之力,另一方面,则集中表达了作者对腐朽无能的清王朝的痛恨,对日本侵略者的仇恨,对祖国的无限热爱,以及继续奋斗的决心与信心。

丘逢甲谋保台湾

丘逢甲，台湾人（丘逢甲曾祖早年自粤迁居于台湾省彰化县，到丘逢甲这一代，丘家在台湾定居已有四代），字仙根。躯魁梧。幼负大志，于书靡所不读。未几，举于乡，旋举进士，授主事。光绪甲午台湾兵事之初起也，逢甲忧之，日集乡民训练，备战守，涕泣而语之曰："吾台孤悬海外，去朝廷远，朝廷之爱吾台，曷若吾台人之自爱。官兵又不尽足恃，一旦变生不测，朝廷惶复相顾。惟人自为战，家自为守耳。否则祸至无日，祖宗庐墓掷诸无何有之乡，吾侪其何以为家耶？"听者咸痛哭，愿惟命是听。时护台抚唐景崧与刘永福交恶，分兵而守，逢甲又引以为忧，乃急为之调停。景崧坚持不为动，二军遂分，逢甲出而叹曰："其殆天乎！"

割地之议既起，举国大哗，台民争尤力，廷意颇动，欲改约，而约不可改。时俄、德、法三国出而抗日本，日本惧，许还辽东，台湾终不肯还。

时代背景

《南京条约》与《马关条约》的签订，是因当时的满清政府腐败无能造成的。此后，列强一步步地瓜分我国领土，中国逐渐沦为半殖民地半封建社会。

鸦片战争以后，清政府被逼于1842年与英国签订了《南京条约》，自此香港割让给了英国。甲午中日战争以后，清政府又于1895年被逼与日本签订了丧权辱国的《马关条约》，台湾被割让给了日本。请读者牢记：香港与台湾，本来就是中国的领土。

1895年春，北京举行的会试刚刚结束，举人们正等着发榜。就在这时，突然传来了清政府与日本签订《马关条约》的消息。在北京应试的举人群情激愤，台籍举人更是痛哭流涕。后来又有了公车上书、戊戌变法等一系列事件。

在赏析丘逢甲《春愁》这首诗之时，不禁想到了谭嗣同写的一首诗，题为《有感一章》。这首诗也写于公元1896年春季，而且诗中所表达的思想情感，与《春愁》几乎完全一样。这里恭录于下面，与读者共享。

世间无物抵春愁，合向苍冥一哭休。

四万万人齐下泪，天涯何处是神州！

狱中题壁

谭嗣同

望门投止思张俭，

忍死须臾待杜根。

我自横刀向天笑，

去留肝胆两昆仑。

诗 文 赏 析

　　谭嗣同（公元1865年—1898年），中国近代著名的政治家、思想家、维新志士；字复生，号壮飞，湖南浏阳人。参与戊戌变法，失败后被杀，年仅33岁。据说，这首诗是谭嗣同写在狱中的墙壁上的，总的意思是，希望出走的康有为、梁启超在途中投宿时能像张俭一样，受到人们的保护；希望战友能如杜根一样，忍死待机完成变法维新的大业。而他却决心仰天大笑，去慷慨赴死。本诗最早见于梁启超的《谭嗣同传》，有人猜测梁启超曾改动过。

　　诗里提到的张俭，是东汉末年人，因弹劾宦官侯览，被反诬结党营私，被迫逃亡。人们看重他的声望品行，都冒着危险接纳他。望门投止，意思是看到哪里有人家，就马上到哪里投宿。忍死，忍耐装死；须臾，片刻；待杜根，像杜根那样等待时机。杜根，东汉时任侍御史之职，因上书请求邓太后把政权交给安帝而触怒太后；太后下令处死杜根，由于执行人手下留情，杜根未死，隐身于酒肆。邓太后死后，官复原职。我自横刀向天笑：意指诗人将要含笑走向刑场，慷慨就义。

　　"望门投止思张俭"一句，暗用张俭被迫逃亡而受到人们接纳的故事，表达诗人牵挂着仓促出走的康有为等人的安危。他似乎正在祷告：但愿你们也会像张俭一样，得到拥护变法的人们的接纳和保护！

"忍死须臾待杜根"一句，用了杜根冒死上书请求临朝听政的邓太后还政于安帝的典故。这个典故用得非常耐人寻味：诗中的杜根，是不是在暗指维新派，邓太后又是不是暗指慈禧。如果真是如此，安帝不就是指光绪吗？

如果说这首诗的前两句写的是诗人对战友的牵挂与希望，那么后两句就是倾吐诗人自己慷慨赴死的浩然正气。表面上看来，写的是两个方面，但只要仔细加以推敲，则不难发现，这两个方面原来是融为一体的：都是诗人所思所想，也是诗人与友人的共同心声。"去留肝胆两昆仑"一句，更是点睛之笔，用对照兼比喻的手法，赋予"去"与"留"，以及"肝胆"与"昆仑"这几个词以极其伟岸的形象。

可是，诗中的"去"与"留"究竟指谁，"两昆仑"这个比喻句又该怎样理解？有人认为，"去"指梁启超，"留"指谭嗣同自己；理由是谭嗣同在被捕前曾见过梁启超，对梁说过这样的话："不有行者，无以图将来；不有死者，无以酬圣主。"这句话被某些人理解为：你梁启超必须出走，以图将来；我谭嗣同必须留下来，以报答皇上的知遇之恩。至于"两昆仑"，有人解释为，他们（指"去"者与"留"者）像昆仑山上的两座奇峰一样雄伟；有人说，他们像两座昆仑山一样伟大。这两种解释，恐怕都是把"两"字看作"昆仑"的定语，所以解释起来使人觉得别扭。你看，如果昆仑指的是昆仑山上之奇峰，那么，昆仑山上的奇峰不只两座；如果指昆仑山，那么，昆仑山只有一座。笔者觉得，诗中的"两"字可以理解为"去""留"双方。至于"去"与"留"之所指，倒是不必限定于具体人物，因为当时出走海外与留在北京的（包括被捕的与未被捕的），不只是两个人。所以，"去留肝胆两昆仑"这句诗是否可以这样理解：不管是出走的还是留下来的维新同仁，都是志同道合、肝胆相照的志士，他们都如同昆仑山一样，坚强，挺拔，雄伟，顶天立地！

最后还想就"我自横刀向天笑"说两句。这句诗中的"横刀"，是借横陈佩刀，表示英勇无所畏惧。很明显，这一句是照应了前两句诗，写出为了变法的成功，战友与诗人选择了不同的道路：战友是保存力量，以图东山再起；而诗人却是慷慨赴死，用鲜血激励后人奋起斗争。诗人已经身陷囹圄，为何还能"向天笑"呢？我们说，这是诗人得知康有为等人安全出逃后的欣喜，同时还表达了诗人对顽固派的嘲笑，以及诗人为变法视死如归的豪迈气概与乐观精神。

就义①

谭嗣同

有心杀贼，

无力回天，

死得其所，

快哉快哉！

---

①就义：诗题为编者拟。

诗 文 赏 析

公元1898年9月28日，在北京宣武门外菜市口刑场上，谭嗣同、刘光第、杨锐、林旭、康广仁、杨深秀等六位爱国志士慷慨就义。临刑前，"六君子"面不改色，只听谭嗣同高声诵道："有心杀贼，无力回天，死得其所，快哉快哉！"

贼，指以慈禧为代表的守旧势力，包括袁世凯在内。无力回天：是戊戌变法失败，自己无能为力了。

关于谭嗣同为什么慷慨赴死，历来争论不断。有人讲到"入世"与"出世"，说他有"儒家君子人格，佛教菩萨精神"。见仁见智，值得研究。此处借梁启超《谭嗣同传》仅作一窥。

当维新派得知袁世凯出卖了他们，感到大事不好时，梁启超去拜访谭嗣同，正研究对策，突然又听到慈禧垂帘听政与抄捕康有为先生居所的消息。这时，谭嗣同从容对梁启超说道："昔欲救皇上既无可救，今欲救先生亦无可救，吾已无事可办，惟待死期耳。虽然，天下事知其不可而为之，足下试入日本使馆，谒伊藤氏，请致电上海领事而救先生焉。"于是，梁启超当天晚上就住宿于日本使馆，而谭嗣同则待在家里等着被捕。等了一天，不见捕者到来，于是第二天，他就进入日本使馆，带着他的著作及家书等一小箱，交给了梁启超。在交谈中，谭嗣同说："不有行者，无以图将来；不有死者，无以酬圣主……"谭嗣同被捕之前一天，日本志士数人再三再四地苦劝他东游，他坚决不听，说道："各国变法，无不从流血而成。今中国未闻有因变法而流血者，此国之所以不昌也。有之，请自嗣同始！"

据说谭嗣同就义那天，围观者上万人，军机大臣刚毅是监斩官。临刑时，谭嗣同叫刚毅上前来，说："我有一句话！"刚毅走开不听，于是谭嗣同就大声喊出这四句诗。

先说"有心杀贼"。贼，当然是指袁世凯与荣禄之流。"有心"，清清楚楚地吐露了他临死前的所思所想；"杀"，又是当着所有人的面公开表示，他如果不死，必然要无所畏惧地与顽固派血战到底。尤其是想到袁世凯这个"贼"，他恨不得把他千刀万剐。所以，只看第一句，就会感受到这位志士临终时内心中沸腾着什么。

再说"无力回天"。"无力"，是指自己将要就义；"回天"，是指为实现变法而东山再起。这句诗折射出当时谭嗣同内心的惆怅与无奈。当然，这"无力回天"四字，只是就自己而言；当他想到，他已把"回天"的希望寄托在出走的梁启超等人身上时，他的心中顿时展现出一个豁然开朗的境界，于是就有了第三句。

现在说第三句"死得其所"。这里着重说说"所"字在这句诗中的含义。"所"，在这里不能简单地理解为"地方"或"处所"，应是指谭嗣同此时此刻内心升华的一种境界。

最后说第四句"快哉快哉"。"快"，是形容词，它有愉快、快乐、痛快、爽快等诸多含义，而"哉"这里是句末语气词，相当于现代语中的"呀""啊""哇"等。当他面对屠刀，连喊两个"快哉"时，那是怎样一种气壮山河的力量，又是怎样一种震天撼地的声响！

壮哉，谭嗣同！

历史一瞥：变法维新

19世纪90年代，特别是中日战争之后，各地有识之爱国知识分子无不怒愤填胸，痛恨清廷之昏庸。他们起而组织学会、出版报刊、宣传爱国主义。他们的思想，大多都在变法维新、君主立宪的圈子里。所以90年代是改良派的天下，康有为有极大的影响和极高的声望。革命派孙中山的声势是不能和改良派相比的。戊戌变法失败，维新志士谭嗣同等六君子惨遭杀害。

时代机遇捉弄中国和中国人民。这时朝廷大权却掌握在一群昏庸愚昧的官僚大臣手里。慈禧聪明机警，却贪恋权位，缺乏文化修养，缺乏远见，缺乏雄才大略。但不能说，当时的历史条件就注定了昏庸顽固反动者必定胜利，变法维新就一定失败。好像这是命定。朝廷中能产生光绪支持变法，就也可能出现一个太后也同情变法，支持变法。如果这时也出现一个像北魏冯太后样的太后，出现一个像秦皇、汉武或顺治、康熙样的皇帝，君主立宪就不是没有可能。如果清末君主立宪成功，中国走上尽管可能是缓慢的改良的道路，那以后的历史就会是另一个样子，中国就会是另外一个样子。

偶然、机遇，捉弄中国人民，使近代中国人民走上一条悲壮的道路，它是"壮"的，可歌可泣的，但是"悲"的！一批批的民族精英看不见国家民族的复兴，就倒下去了！

戊戌变法的失败，六君子的惨遭杀害，是近代中国改良思潮转向革命思潮的转折点。顽固派连改良都不能接受，只有迎接革命了。

（节录自《中国文化六讲》，中华书局）

清史通俗演义（节选）

单说慈禧后尚在瀛台，痛责光绪帝，经李莲英从旁解劝，方命还跸，令皇后留住帝处，监视皇帝言动，此外不准擅召一人。太后回宫，飞饬步军统领，逮捕维新党人，当时拿住杨深秀、谭嗣同、杨锐、林旭、刘光第、康广仁等六人，下刑部狱中，一面密议废立事件。

……

只是海内的舆论，儒生的清议，已不免攻击政府，隐为光绪帝呼冤。有几个胆大的，更上书达部，直问御疾。其时上海人经元善，夙具侠忱，联络全体绅商，颁发一电，请太后仍归政皇上，不必以区区小病，劳动圣母。倘不速定大计，恐民情误会，一旦骚动，适召外人干涉，大为可虑。这样激烈的话头，确是得未曾有，到了太后眼中，顿时大怒，降旨严斥。还有密旨令江苏巡抚拿办。元善恰预先趋避，走匿澳门。太后又密电各省督抚下询废立事宜。两江总督刘坤一守正不阿，首先反对。各督抚遂多半附和。各国使臣，闻着这信，亦仗义力争，于是二十多年的光绪帝，实际上虽已失政，名义上尚具尊称。太后还欲临幸天津，考察租界情形，兼备游览，经荣禄力阻，乃收回天津阅操的成命。召荣禄入都，授军机大臣，节制北洋军队，兼握政治大权。直隶总督一缺，着裕禄出去补授。太后遂与荣禄商议，处置维新党事，荣禄力主严办，遂由刑部提出杨深秀、谭嗣同等六人，严加审讯，六人直供不讳，又在康寓中抄出文件甚多，无非攻讦太后隐情。六人寓中，亦有排议太后案件。太后闻报，非常震怒，不待刑部复奏，已将六人处斩，并于次日借帝名下谕。

……

看官读这上谕，似除六人正法，严拿康梁外，不再株连，并言新政亦拟续行，表面上很是明恕，不想假名的上谕，又是联翩直下。尚书李端棻、侍郎张荫桓、徐致靖、御史宋伯鲁、湘抚陈宝箴，或因滥保匪人，或因结连乱党，轻罪革职，重罪充军，及永远监禁。又夺前尚书翁同龢官职，交地方官严加管束。嗣是停办官报，罢撤小学，规复制艺，撤销经济特科，所有各种革新机关，一概反旧，这便是戊戌政变、百日维新的结果。后人推谭嗣同等六人，为杀身成仁的六君子，并有诗吊他道：

> 不欲成仁不杀身，浏阳千古死犹生。
>
> 即人即我机参破，斯溺斯饥道见真。
>
> 太极先天周茂叔，三闾继述楚灵均。
>
> 洞明孔佛耶诸教，出入无遮此上乘。
>
> 东汉前明殷鉴在，输君巨眼不推袁。
>
> 爱才岂竟来黄祖，密诏曾闻讨阿瞒。
>
> 十日君恩嗟异数，一朝缇骑遍长安。
>
> 平戎三策何多事？抔土今还湿未干。

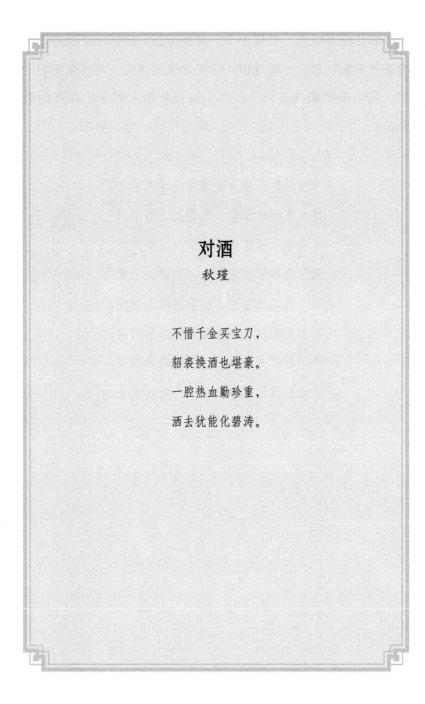

对酒

秋瑾

不惜千金买宝刀，

貂裘换酒也堪豪。

一腔热血勤珍重，

洒去犹能化碧涛。

诗 文 赏 析

秋瑾（公元1875年—1907年），女，原名秋闺瑾，字璿卿，号旦吾，东渡后改名为瑾，号竞雄，自称"鉴湖女侠"，笔名秋千，浙江山阴（今绍兴）人，中国近代民主革命先驱。1907年起义失败后被捕，7月15日凌晨，就义于浙江绍兴古轩亭口，年仅32岁。历史学家范文澜曾说："秋瑾是中国历史上妇女的伟大代表人物……为我中国女界中放一光明灿烂之异彩。"

诗题《对酒》，尽显诗人豪情，表现出巾帼不让须眉的气度。貂裘换酒的字面意思，是用貂皮制成的皮袍换酒喝，此处用来形容名士的风流与豪爽。碧涛，指绿色的波涛。《庄子·外物》写道："苌弘死于蜀，藏其血，三年而化为碧。"苌弘是周朝的大夫，遭奸臣陷害而自杀。当时的人把他的血用石匣藏了起来，结果三年后化为碧玉。后来人们就用"碧血"这个词来指代烈士的鲜血。

前两句"不惜千金买宝刀，貂裘换酒也堪豪"暗用典故，同时用了夸张的手法。这里的"千金"并非真的指一千金，只是形容钱很多而已，李白的"千金散尽还复来"，就是例证。至于"貂裘换酒"也不是说秋瑾真的用貂皮制成的皮袍换酒喝，而只是表示这位巾帼英雄的豪情罢了。据说汉代司马相如和卓文君私奔后，虽然生活拮据，但仍以饮酒为欢，于是用身上的鹔鹴（sù shuāng）裘作抵押换酒喝。其实，古代不少文人都喜

欢用"金貂换酒"或"貂裘换酒"等词语，来表示自己的风流
倜傥与豪情壮志。宋代张辑写过一首词，其中就有这样的句子：
"且趁霜天鲈鱼好，把貂裘换酒长安市。"秋瑾把"千金"这个
词语与"买宝刀"连在一起，把"貂裘换酒"用于同挚友对饮
的场合，尽显巾帼不让须眉的英雄气概。

从写作艺术上看，后两句"一腔热血勤珍重，洒去犹能化
碧涛"除了运用比喻的修辞手法外，还嵌入了历史典故。比喻
手法在此处的运用，"一腔热血"是本体，"碧涛"是喻体；诗中
的"化"是变作之意。诗人不用"一腔热血像碧涛"这种明喻
手法，而用"一腔热血化碧涛"这种暗喻手法，彰显出甘为革
命事业奉献的精神。历史典故则是之前提到的"苌弘血化碧"。

有人问："'一腔热血勤珍重'是说不舍得这'一腔热血'
吗？"笔者用一则故事来回答这个问题。原来，诗人的挚友吴芝
瑛很早便知道秋瑾秘密参加革命，考虑到事情一旦败露，就会
大祸临头，所以提醒她要多多珍重。面对好友的提醒，秋瑾在
拔刀起舞时，就唱出了"一腔热血勤珍重"。那意思是：你的提
醒我会铭记在心，我会多多注意的；如果暴露了，我也做好了
牺牲的准备，那就是甘心像苌弘那样洒下一腔热血，最后化作
"碧涛"，激励后人，把革命进行到底。

秋瑾、徐锡麟之役

秋瑾，工诗文，好骑马击剑。八国联军入侵后，忧愤时事，即以身许国。1904年，冲破封建家庭的束缚到日本东京留学，先后参加"共爱会"、"横滨三合会"等组织，并倡办《白话》杂志。年底归国，在绍兴经徐锡麟介绍，加入光复会。次年，再去日本。过黄海时，有诗明志：

> 万里乘风去复来，只身东海挟春雷。
>
> 忍看图画移颜色？肯使江山付劫灰！
>
> 浊酒不销忧国泪，救时应仗出群才。
>
> 拼将十万头颅血，须把乾坤力挽回。
>
> ——《黄海舟中日人索句并见日俄战争地图》

全诗充满了爱国主义激情。到日本后，加入同盟会，被推为评议部评议员和浙省主盟人。她每会必赴，每赴必演讲。同年冬，日本文部省颁布"留学生取缔规则"，中国留学生奋起斗争，秋瑾力主全体归国革命。她曾于讲演激昂时拔出倭刀，插在讲台上，声言："如有人回到祖国，投降满虏，卖友求荣，欺压汉人，吃我一刀！"

1906年春，秋瑾回到上海，协助创办中国公学。9月，与公学教员陈伯平租屋于虹口祥庆里，秘密制造炸药。次年1月，创办《中国女报》，宣称"欲结二万万大团体于一致，通全国女界声息于朝夕，为女界之总机关，使我女子生机活泼，精神奋飞，绝尘而奔，以速进于大光明世界"。共刊行两期。

其后，秋瑾回到绍兴，住大通学堂，和金华、处州、绍兴等地会党约定，在湖南革命党人起事后即出为应援。2月1日，秋瑾亲至金华，联络会党首领。不久，回到绍兴，获悉刘道一及杨卓林、胡瑛、宁调元等先后失败的消息，决计独力行事。

3月（正月），秋瑾接任大通学堂督办。开学之际，为了表示自己开明，绍兴知府贵福及山阴、会稽两邑县令均到堂祝贺，贵福并赠"竞争世界、雄冠地球"一联。以此为掩护，秋瑾畅所欲为。她往来于杭州、上海之间，运动军队和浙江武备、陆师、弁目等学堂学生，介绍朱瑞等参加了光复会。4月间，再次游历金华、处州。回绍兴后，函招金华、处州一带会党首领到体育会学习兵操，前后到者约百余人。5月中旬，秋瑾编各地会党为八军，用"光复汉族，大振国权"八字为记号。她和大家商定，7月6日金华首先起义，然后处州响应，趁杭州清军出攻之际，以绍兴义军奔袭杭州，军、学界中的同志为内应；如果杭州不能拿下，就返军绍兴，由金华、处州进入江西以通安庆，和徐锡麟呼应。未几，秋瑾将起义日期更改为7月19日。

6月中旬，绍兴会党裘文高不待命令，突然召集台州义军，于嵊县西乡集合，树起革命军旗帜，杀死清军数十名。这一过早的行动打乱了起义计划。22、24日，陈伯平、马宗汉先后自安庆到沪，秋瑾自绍兴来会，告以浙江会党有败露迹象，再次约定于7月6日同时起义。

7月6日晨，徐锡麟召集巡警学堂学生训话，声言来安庆"专为救国"，要学生"行止坐卧咸不可忘"救国二字，但学生并不明白徐锡麟的意旨。随后，巡抚恩铭、藩司冯煦、臬司联裕等到堂。九时，典礼开始。恩铭等刚就座，收支委员顾松急步趋前，意欲告密。徐锡麟见事急，向前行举手礼说："回大帅，今日有革命党起事！"恩铭正惊愕间，徐锡麟已从靴筒内拔出手枪两支，以左右手同时向恩铭施放。因为近视，不知道是否命中，便连续发枪。恩铭身中七弹，被侍从匆匆背走。徐锡麟等处死了顾松，拔刀而出，走到礼堂，拍案大呼："抚台已被刺，我们去抓奸细！快从我革命！"诸生不知所为。徐锡麟、陈伯平、马宗汉三人执刀、持枪，挟持着学生进至军械所，取出枪炮，多不能使用。这时，清兵已将军械所包围，冯煦等悬赏七千金捕拿徐锡麟。自十二点钟激战至下午四时，陈伯平战死，

557

徐锡麟、马宗汉被俘。

审讯中，徐锡麟抗对不屈。

当晚，徐锡麟被杀。临行前，先拍小影，神色自若地说："功名富贵，非所快意，今日得此，死且不悔矣！"

8月24日，马宗汉被杀。

徐锡麟事前几乎没有做任何发动和组织工作。"一士披猖海岳惊"，徐锡麟个人的英雄行为使清政府不少官僚惶惶不可终日，端方声称："令人防不胜防，时局如斯，惟守死生有命一语，坐卧庶可稍安。"但是，这种少数人脱离群众的冒险，根本不可能取得革命的胜利。安庆方面既失败，秋瑾就岌岌可危了。

7月10日，秋瑾从报上看到安庆起义失败的消息，忧泣内室。校中诸生计议早日举事，先杀贵福，占领绍城，而后再图其余，秋瑾坚主须待王金发嵊县兵到。此后，秋瑾分遣学生二十余人往杭州城埋伏。7月12日，秋瑾得到杭州密信，知清兵将到，就指挥大家掩藏枪弹，焚毁名册，疏散学生。次日，王金发从嵊县来，和秋瑾商量，定于7月18日统军入绍兴。午后，杭州清兵进入绍兴，有人劝秋瑾离校暂避。秋瑾决心殉难，拒绝说："我怕死就不会出来革命，革命要流血才会成功，如满奴能将我绑赴断头台，革命至少可以提早五年。"她遣散了最后一批同志，毅然留守大通。不久，贵福率领清军，包围大通，秋瑾等被捕。当贵福提审时，秋瑾百问不答，仅云：你也常到大通，并送过对联。贵福不敢再问。次日，交山阴知县李钟岳审问，秋瑾书"秋雨秋风愁煞人"七字。贵福又改派幕客余某严刑逼供，秋瑾只说："革命党人不怕死，欲杀便杀。"7月15日清晨四时，秋瑾就义于绍兴古轩亭口。

秋瑾是旧民主主义革命中牺牲的一位杰出的女英雄，中国人民永远地尊敬和纪念她。

（节录自《中华民国史·第一卷》，有删改）

瞻仰秋瑾墓

秋瑾墓位于浙江杭州西泠桥南端，是经十次迁徙，于1981年重新建造起来的，现在是浙江省重点文物保护单位。1983年与2021年，笔者曾两次前去虔诚瞻仰。目睹往来杭州之游人，无论男女老幼，都在墓碑前或肃立良久，或行三鞠躬之礼，以之表示敬仰之情！

墓碑正面有孙中山的题字"巾帼英雄"，背面为徐自华、吴芝瑛题书《鉴湖女侠秋瑾墓表》。墓座上端为汉白玉秋瑾全身雕像。

宋庆龄曾为绍兴秋瑾纪念馆题词："秋瑾工诗文，有'秋风秋雨愁煞人'名句，能跨马携枪，曾东渡日本，志在革命，千秋万代传侠名。"

附录
学龄前儿童学习古诗词的秘笈

首都师范大学学前教育学院　崔雪雁

　　"淑章谈古诗词"是我每周都非常期待的文章。为什么呢？在这全民又掀起诵读古诗词热的时代，各种各样的解读版本扑面而来，应接不暇。抄袭的、炒冷饭的，甚至还有错误的。而李淑章老先生的每周一篇诗词赏析，就像一股清流清澈了我的心，从中学到了好多真东西，好东西！

　　多少人（包括我）从小就背诗，也会说些经典的诗句，但不求甚解，最多是完成教材上布置的学习任务罢了。随着数量绝对值的增多，还会为此沾沾自喜，认为这就是学了古诗词！自从认识了德高望重的李老师，领略了他对古诗词的真知灼见，我真切地感觉到：认识老师太晚了！

　　习近平总书记在北师大参观时表示，很不赞成把古代经典诗词和散文从课本中去掉，"去中国化"是很悲哀的，应该把这些经典嵌在学生脑子里，成为中华民族文化的基因。而嵌在脑子里，怎么嵌？只是机械地写、背，不懂得广泛联系，不会活用，会得再多又有何用？文化的传承，太需要李老先生这样的好老师了！

若从源头上抓传承，必须先提高幼儿园老师的水平。于是，我把老先生介绍到北京，给二十几所幼儿园的老师做了讲座：讲"古诗词与幼儿教师的语言和文学修养"，讲"幼儿教师的光荣使命"，并共同探讨"古诗词与幼儿园五大领域的结合、渗透"。几十场讲座下来，大家见识了大师的学识与风范，一致称赞李教授不愧是全国教育系统的劳动模范，虽然站在高点，却总能给老师们一个合适的起点，引领老师们发现自身的不足。

李老师有一个习惯，就是每写一篇赏析文章，都要翻阅大量相关的文献资料，经过一番冥思苦想，然后形成自己的见解，他总是字斟句酌，一丝不苟。他的赏析不是简单解释词句，而是把自己当成诗人，努力还原当时的情景，好似展开一幅画卷，讲一个故事，非常贴切、自然，读者仿佛身临其境。这一点，对于幼儿园的孩子学习经典可太重要了！

以《咏鹅》为例，在介绍作者时，李老从骆宾王家乡有个骆家塘，塘里有许多鹅，提示我们诗歌源自生活。众多的鹅就像小朋友一样，有的喜欢静，有的喜欢动；有的曲项高歌，有的水中嬉戏。诗人虽然才七岁，却非常注重观察，所用的语句虽然简洁，却十分形象生动："白毛""绿水""红掌""清波"，鲜明的色彩相互衬托，画面感一下显现出来；一个"浮"，一个"拨"，一静一动，显现出了鹅的姿态。一个"曲"，表现了脖子的柔美以及动态变化；一个"项"，暗含了区别于"颈"的知识点；一个"歌"，又可以联想出一段优美的旋律……

老先生对于古诗词的解析，往往能把画面、色彩、声音、意境结合起来，孩子们通过画、唱、诵、表演等全方位的体验，获得了"随风潜入夜，润物细无声"的心灵"浸润"。不少家长受到启发后，亲自带着孩子去游览诗歌提到的那些地方，让孩子有身临其境的感觉，还在家里与孩子用汉字卡片玩"组词、拼诗"的游戏，他们把古诗用孩子熟悉的曲调哼唱出来，增强了学习的趣味性，帮助孩子感受到了诗词的韵律美。我孙子两岁以后，我就开始使用这些方法，他很喜欢！有时，他还能用诗一样的语言表达他对物象的赞美。比如，夕阳西下，我准备带他回家，他说："太阳要落山，明天才能来。宝宝要回家，去找月亮玩！"我给他表演了袁枚《所见》中的"意欲捕鸣蝉，忽然闭口立"，讲了"金蝉脱壳"，后来他看到树上的知了，竟脱口而出："小金鸟（唧鸟儿，知了的别称），真好看，趴在树上叫得欢。"看见田野风光，他会指着那些景色跟我说："奶奶，唐，王维，《画》。远看山有色，近听水无声……"瞧，诗的韵律一旦被孩子接受，便开始渗透进骨子里，他们会用自己的方式进行表达。所以，在赏诗中去贴近、还原、放大、拓展，在日常生活中学习，不就是诗意人生吗?!

最后我想说，诗意不在远方，诗意在我们心中。对于孩子，你从小给他什么，就会在大脑中形成什么的印象。要让孩子有诗意生活，家长与老师必须带头，只有充实自己，才能做好传承。功到自然成！李老师精准独到、带着温度的解析，时常让我感觉像坐在私塾里，我痴痴地听一位瘦瘦的先生分享一个又一个古老而有趣的故事。真是回味无穷！

感谢我敬爱的李淑章老师，向老师致敬！

由《敕勒歌》赏析想到的
——教参"淑章谈古诗词"

华东师范大学附属紫竹小学　李茹

　　作为一名从教二十余年的一线语文教师，我总是为古诗词教学中的个别知识点拿捏不准而倍感困惑。当关注《北方新报》"淑章谈古诗词"时，我真有如获至宝的感觉。从那时起，我就养成了将老师的文章从微信下载打印的习惯，那厚厚一沓的诗词解析，已经成为我的珍藏版教参。

　　还记得执教部编版小学语文二年级下册《敕勒歌》时，我反复思考，身为土生土长的内蒙古人，该如何领着一群南方孩子学习这首北朝民歌呢？

　　蓝天，白云，蒙古包；热情，洒脱，内蒙古人……一时间，思乡之情涌上心头，我细细品读老师文章中的赏析及拓展建议部分，渐渐有了清晰的教学思路。我决定以"昭君出塞"的故事作为教学导入，因为故事对于低年级孩子的吸引力能激起他们学习文章的浓厚兴趣。聆听着昭君出塞美名扬的故事，我告诉孩子们登上巍峨的昭君墓的顶端，瞭望，俯瞰……敕勒川，阴山下，天似穹庐，笼盖四野，一览无余。你看，天空真的宛如敕勒族人无比巨大的圆顶毡制帐篷，盖住了草原的四面八方，这就是敕勒川天地合一的世界，多么神奇与壮美。《敕勒歌》勾勒了大草原的广阔无垠，展现了游牧民族的富裕生活，可以说是人们认识草原的代表作。我从"天苍苍，野茫茫"入手，领着孩子们查词典，看到"茫茫"第一个义项就是"广大而辽阔"，借助多媒体教学手段，让孩子们对敕勒川的田野广大而辽阔有一个直观认识：啊，多么美丽的敕勒川，天空是湛蓝湛蓝的，田野是嫩绿嫩绿的……提到牛羊，孩子们的词库里是随处清晰可见的、洁白的羊群；牧民的家乡，是与蓝天相连的茫茫草原，是牛羊的世界。牧草丰茂，白的、黑的，浅棕的……黑白相间的牛羊隐没在绿色的海洋中，一阵微风吹过，在绿草起伏动荡的瞬间，各色的牛羊在其中若隐若现。伴着腾格尔的《天堂》，孩子们看到"蓝蓝的天空，清清的湖水，绿绿的草原。奔腾的骏马，洁白的羊群，美丽的姑娘"……一节课下来，我讲得很动情，从孩子的眼神中，我看到了他们对内蒙古大草原的向往。于是，我们相约，有机会一定要在内蒙古大草原上相聚。

如此好的课堂效果让我倍受鼓舞，再次感恩生命中能够遇到李老师这样的师长。

古诗原来可以如此激趣

——迷上"淑章谈古诗词"

陵水黎族自治县民族中学 高中语文教师 赵梦娇

我有迷魂招不得，雄鸡一声天下白

2018年，彼时已经做了近十年民族学校的高中语文教师，虽然个人很喜欢古诗文，也常受诗人故事的勉励，但对于其教学，还是常常不得其法。

在民族学校里，学生文化基础相对薄弱，对于古诗文阅读或古代诗歌鉴赏专题学习，也是敷衍、应付居多，有些时候，因为以高考为导向，做到一些不太好的古诗鉴赏题，更败坏了学生学习古诗词的兴趣。

这种师也昏昏、生也昏昏的状态，直到遇见李淑章教授，才有了转机。

2018年12月9日，县教育局邀请了李淑章教授等国内教育界知名专家学者，到我县做"教育大讲堂"讲座嘉宾。

在现场，笔者近距离地感受到了李老轻松幽默、平易近人的学者风范，对耄耋之年仍然讲学不辍的李老顿生敬仰之情。紧接着，没想到笔者所在学校邀请李老到我校讲座，惊喜万分。

犹记当时李老在跟听众互动之后，突然点名坐在教师席第一排的笔者来讲《江畔独步寻花》。

第一次在这样大的场合上公开课，虽有些紧张，但笔者还是用了两句含有自己名字的诗做了自我介绍，然后逐句讲解诗意，并回到题目上讲该诗如何点题。

当时，讲"留连戏蝶时时舞"也算急中生智，联系了"你若盛开，清风（蝴蝶）自来"的流行语，但到底还是才疏学浅，后面紧张到只知道说"谢谢大家"，就把话筒交还了李老，到台下才想起忘说"班门弄斧，贻笑大方，请李老不吝赐教"的结束语了。

后面，李老对该诗进行了更加全面深入的讲解，我听得格外仔细认真，李老请了一些学生发表理解感悟，没想到这些平时上课都不肯发言的初中生，在李老的启发感染下，竟也说得流畅自如，头头是道。

学莫便乎近其人，学之经莫速乎好其人

讲座之后，笔者请李老签字，还有幸加了李老的微信。在李老的朋友圈里，看到了丰富多彩的生活记录，当然，内容主要还是李老原创的诗歌及转发的文章。后来，越读李老的文章及其与友朋、学生往来的文字，越有"仰之弥高，钻之弥坚"之感。

李老曾在《北方新报》连载过"淑章谈古诗词"，笔者一直

有所关注，百篇诗文读下来，有一些感受特别深刻。

一、读其文，如晤其人。与其他古诗词赏析文章不一样，读到李老的赏析，脑海里首先浮现出的，是这位精神矍铄、智慧通达的老者和蔼可亲、娓娓道来的样子，或讲解，或提问，或点拨，或仰头哈哈一笑，一记会说话的眼神、一个恰当有力的手势、一个从容不迫的转身，一句句铿锵有力或抑扬顿挫的朗诵，让你忍不住反复品味诗句，寻找共鸣。

二、李老对《咏鹅》《夜宿山寺》《相思》《送元二使安西》《早发白帝城》《别董大》等脍炙人口名诗的赏析，总能深入浅出、入情入理、别具匠心。

这些都是短小精悍的绝句，设想笔者来写赏析或讲诗，只觉得诗歌通俗易懂，没什么好说的，因此要写赏析或讲课，定是三言两语就完了，说不定还越讲越破坏诗歌美感，越讲越让人糊涂，这哪是一般人不下苦功夫能讲好的啊！

但李老博观约取，笔力雄健，不落窠臼。他不仅能用讲故事的口吻写出诗人的故事，还能口语化地说出诗人的写作背景。赏析诗歌时，他往往能列举词典释义或参照它诗，疏通字词义，用精妙的语言，为读者还原诗人写作时的情景。有时，李老还会联系相关评论，进行辨析，或者从艺术手法方面引导读者加深理解，或联系其它诗歌类似的手法进行比较。有时，李老还会介绍古诗中的地点或诗人故居的现状，以及亲自寻访诗歌中名胜的故事，这种独特的引入方式，让读者有了身临其境般的亲切感，更生发出对诗歌背后故事的好奇心。

如赏析《别董大》时，李老通过联系写景手法有所区别的《送杜少府之任蜀州》《送元二使安西》，来反衬《别董大》典型的借景抒情手法，引导读者理解诗人是"用渲染环境的手法来倾泻心中阴霾"，其后，又用《天净沙·秋思》来正衬，以简洁准确的语言将诗人的情感道出，层次清晰，新意迭出。

李老入情入理地带出对"呼告""双关"等艺术手法的理解："莫愁前路无知己，天下谁人不识君"所用的呼告，不是所谓高昂的情绪、豪爽的语言，而是有所夸张的内心赞叹，是诗人委婉的安慰——"在京城长安就有那么多人赏识的董大，早已是遐迩闻名的大音乐家了，所以不管走到哪里，也会有知音的"。

这样精彩的赏析，还有很多，读完不禁心生佩服：李老为了写诗歌赏析花了多少功夫和心思，他是一名真正的研究者，高明的分享者。当然，从赏析的字里行间，也感受到李老背后盛"享"了多少孤独，才能跳出"人云亦云"的理解，更加钦佩李老善于独立思考、研精思覃的严谨治学风范。

值得一提的是，李老的文章，结尾处每每留有"不妥之处，敬请批评""请读者不吝指教"的话。与李老有所接触就知道，这绝不是客套话，而是李老好学不倦、虚怀若谷的真实写照。

君子之学也，以美其身

李老曾说自己有三大爱好，一是读书，二是写文章，三是讲课。他说："你的心思在哪里，时间就在哪里；你的行动在哪里，收获就在哪里。你把时间花在哪，就会成为什么样的人。"

受李老感染，笔者连续教了三年毕业班，也曾依葫芦画瓢，在赏析诗歌时，先让学生准备后再来给其他学生讲解，没想到基础薄弱的学生，竟然也能给我莫大的惊喜。

我把"淑章谈古诗词"打印出来，作为给起始年级学生打基础的阅读文本，并借鉴"淑章谈古诗词"的方式方法讲课，去激发学生兴趣。古诗词鉴赏课变得有趣有料，学生的态度也变得越发积极。正所谓"君子之学也，以美其身"，当老师变得幽默有趣、德才兼备时，学生也就自然喜爱古诗词啦！

诗心、师心与爱心

《警察》杂志主编　刘利华

　　看着李淑章先生在电视镜头前侃侃而谈，对古诗词条分缕析，信手拈来，我心中颇有感慨。据我所知，他通过各种方式，向广大读者介绍中华古诗词已经几十年了。这次他是受远离内蒙古的海南省中学生古诗词大赛组委会邀请，前去担任特邀评委嘉宾的。于是，我又想起了《北方新报》开设的"淑章谈古诗词"专栏。

先生有一颗纯净的诗心

　　他选择赏析的古诗词，大多具有纯净灿烂的诗意，如高鼎的《村居》，就带有浓郁的童趣和纯净的诗情：草长莺飞二月天，拂堤杨柳醉春烟。儿童散学归来早，忙趁东风放纸鸢。任谁读了此诗，都会产生出单纯美好的情愫。淑章先生这样写道："这首诗写的人物是一群儿童，大概诗人太爱他们了，所以，在出场前，就精心为他们搭建了一个美好的舞台。'草长莺飞二月天，拂堤杨柳醉春烟'，只有这样的舞台，才能配上'散学归来早'的孩子们，才有资格吸引他们不负春光，趁着东风，兴致勃勃地放风筝玩呢。其实，这舞台就是一幅画，孩子们就是画中人呢。"

古诗固然写得好，但是，淑章先生这样解析，简直是一种再创造。你看，春光明媚，童趣天真，此时，任何外界的污染、人世间的丑陋甚至是罪恶，都被屏蔽了、过滤了。如果没有一颗赤子之心，是不会写出这样无忧无虑的语言的。诗为心声，字由意遣。也许作者意犹未尽，进一步挖掘此诗的写作背景，回答在风雨飘摇的清朝后期，为何诗人还有这样的闲情逸致，描绘出红尘净土？有人奇怪，在这种时代，高鼎却写出如此明快的诗来，真是不可理解。笔者却觉得，高鼎写这样的诗并不奇怪，一是此情此景是他在偏僻的农村所见。在整个国家内忧外患的环境下，有一块儿地方暂时还比较清静，这也是一种真实；二是高鼎把他看到的农村景象，生动地写出来，是不是在污浊之中也寄托着某种清明的理想？其实，大凡同李先生打过交道的人，或多或少都会有这样的感觉，就是先生虽处高龄，但双目纯净，言语磊落，心无挂碍，纯净自然。从选诗到解诗，再到深入剖析作者写作背景、写作心态，无不展示着先生的纯净诗心。

先生有一颗认真的师心

了解淑章先生的人都知道，他是人师。他说自己"好为人师"。但是，李先生的好为人师，是以深厚的知识储备为基础的。比如，他解析苏轼《水调歌头·明月几时有》时，讲论此诗的弦外之音。他引用宋代陈元靓《岁时广记》和清朝刘熙载《艺概》记载的内容加以分析，将问题提出，却不谈自己的看法，而是启发读者自行得出结论。这说明他的赏析，呈现出的是知识性和开放性。

顺便说一句，笔者还注意到淑章先生发表在《中国青年报》的文章《"昔人兴感之由"王羲之真的不懂吗》。在这篇文章中，先生凭借过硬的文字功力、丰富的古典文化知识储备和一丝不苟的钻研精神，一举推翻前人对"不能喻之于怀"的千年误读，吹散迷雾，还原本来面目，使经典文章更清晰明晓，逻辑充分，令人信服。

我本人非常欣赏先生这种对知识不人云亦云的独立思考精神。这正是中国知识分子最宝贵的精神传承，也是为师者最宝贵的道德品质。当下，文人多如过江之鲫，有真才实学者又有几何？学历造假，论文抄袭，相沿成习，积重难返，凡此等等，无不反衬出先生的卓尔不群。

先生有一颗深沉的爱心

他爱学生，爱职业，爱读者。他给人讲中国诗词中的母爱与孝心，讲戚继光抗倭英姿，讲变法志士谭嗣同的牺牲精神……

先生在《〈离骚〉（片段）赏析》中，解析了伟大爱国诗人屈原的三个生命片段："长太息以掩涕兮，哀民生之多艰"；"亦余心之所善兮，虽九死其犹未悔”；“路漫漫其修远兮，吾将上下而求索”。这三个片段串联起来，把屈原的爱国情操和人文精神展现得淋漓尽致。先生写道：如果我们把这三个片段联系起来考虑一下，就不难理解为什么千百年来，人们对不少历史人物敢于否定或诋毁，而对屈原则几乎所有的人都以“高山仰止，景行行止”的崇敬心情缅怀他，学习他。“高山仰止，景行行止”出自《诗经·小雅·车辖》，司马迁《史记·孔子世家》专门引来赞美孔子：“《诗》有之：‘高山仰止，景行行止。’虽不能至，然心向往之。”先生引经据典，对一生为国为民的屈原由衷地赞赏。

选什么题材，解析什么诗作，是一种主观行为，透露出作者的世界观和人生观。我们可以看到，先生的爱沉郁深厚，光明崇高。

多年来，先生不仅在报纸上发文章，还天南地北地跑，受邀进社区，到单位，入旗县，进学校，讲授古典诗词，传授传统文化，深受广大读者和群众的欢迎。国家也积极支持他的举动，拨付专项资金用于他讲解的古诗词项目。

先生讲古诗的社会影响有多大呢？有这样一篇读者来信印象深刻，这封来信是读者回顾小学生孙女读了李老《谈袁枚〈所见〉》后的感叹：我只知道“淑章谈古诗词”对语文教师、对成年人学习、理解、借鉴、品赏古诗词是极好的资料，没想到“淑章谈古诗词”对小学生的帮助这么大，这么神奇！

跟着李淑章老师学习诗意思维

内蒙古大学　薛晓先

诗词歌赋是灿若星河的中华文化传世载体，承载着中华文化独特的魅力与韵律，经久不衰。因此，国内外的比较文学大家们都认为，中华文明进程经历了那么多的朝代更迭，甚至是异族主政，但以汉字为文化符号，以诗词歌赋为表达载体的中华文明却稳定传承，并发扬光大，在一次次朝代更迭中稳如磐石，经久不衰。这是中华文化的特殊性，它的载体，就是我们所讲的"诗意思维"。从这个角度说，诗意思维，应该是每一个中国人应该具备的文化素养。

有人说，"五四运动"以来，白话文运动兴起，诗意思维淡漠了。其实不然。纵观诗意思维最兴盛的唐宋时代，虽然与今天的语境有所不同，但语言表达方式并不陌生。而引领我们进入这个诗意思维境界的，正是我身边的一位语文教育大家李淑章教授。

李教授的独到之处，不仅在于他能够引领我们进入到古诗的语境，更主要的是他能够深入浅出地剖析每一首古诗的时代背景、历史掌故、诗人的人生境况，他把美学思维与诗意思维结合起来，总能点出每一首诗的特别之处。

李淑章教授曾在内蒙古《北方新报》上开设专栏，发表连载"淑章谈古诗词"，为读者提供了一个深入理解古诗的宝贵机会。比如，在解读王维的五言绝句《鹿柴》时，他用一种"场景回归"的视角与分析方法，带读者进行了一次"时空穿越"，揭开了这首诗的深层内涵——"犹如一支天人合一的交响乐曲"。我非常赞同这个说法。我们很多人用今天的思维去理解古人的意境，其实是缘木求鱼了，而李老师强调彼时彼景，动静结合，试图再现诗人的所见所闻，所感所想。读了李老师对古诗的解析之后，我的结论是，这位李老师不一般，已至耄耋的老人家还在持续进步甚至超越自我，我们这些本来就在文化修养上有不足的晚辈不学习能行吗？

李淑章老师分析古诗的视角与维度，真的让我们有茅塞顿开的感觉。他通过"彼时彼刻、此情此景"的观察视角，让我们从诗意中获得了身临其境的体验与震撼。这既是李老师的不凡之处，也是他多年来孜孜不倦地学习并超越自我的成果展示。我们按照李老师的指点重读古诗，期盼着每一期"淑章谈古诗"的刊登，油然而生的幸福感，正是源自李老师为我们塑造的诗意思维。

授人以渔

——"淑章谈古诗词"在教学中的作用

特级教师　贾恩亮

　　古诗词教学，一直是语文教学的难点。教师劳于收集资料，苦思冥想选择教学方法，变着花样为学生学好古诗词进行各种教学设计。学生忙于读、背、记，结果效果还是不理想。弄好了，学生顶多算是得到一条"鱼"。

　　有幸读到《北方新报》"淑章谈古诗词"，眼前一亮！

　　李老谈古诗词与众不同，是"谈"而不是"论"，是娓娓道来而不是板脸说教，是"趣"中"导"，"谈"中"引"。读者在"赏"中"获"。

　　一般人谈古诗词不外乎：类似词条的作者简介、难字注音、字词解释，以及中规中矩的文意赏析。

　　李老谈古诗词，独树一帜。介绍作者主要是讲作者的有关故事、趣事，具有可读性与趣味性。在介绍《江雪》的作者柳宗元时，他导入了历史资料和小故事。读完之后，无论是小学生、教师还是诗词爱好者，对诗人以及诗词的内容有了更多的了解。又比如，在谈杜牧的《山行》时，他讲了杜牧的两个小故事，为语文教师的教学提供了现成的素材。

李老师对每首诗深入浅出的"赏析"，使读者兴趣盎然地跟着李老去"析"、尽情地去"赏"、津津有味地去"品"。若语文教师进行古诗词教学时，能这样"析"诗，这样"导"赏，让学生这样"品""赏""悟"，教学效果定能大大增强！

我曾让我的孙女（时为小学高年级学生）读李老《谈袁枚〈所见〉》。读后，她对我说："爷爷，这篇文章虽然很长，但我认真读完了。这首诗太妙了！我仿佛看见一个小男孩骑牛、唱歌、捕蝉的全过程。又好像我自己在骑牛、唱歌、捕蝉呢，真有趣。我们的老师讲古诗词，就让我们读诗、背诗，说出每句诗的意思。可没劲了。还不如读读这样的"赏析"文章呢。《所见》这首诗，我记住了，印象太深了。"

我只知道"淑章谈古诗词"对语文教师、对成年人学习、理解、借鉴、品赏古诗词是极好的资料，没想到"淑章谈古诗词"对小学生的帮助这么大，这么神奇！

于是，我向语文老师们推荐了《北方新报》"淑章谈古诗词"。让语文教师们学习借鉴李老"导、析"古诗词的方法和技巧，也希望老师们向学生们推荐《北方新报》"淑章谈古诗词"。

作为学习古诗词的工具，"淑章谈古诗词"是一张"捕鱼"的网。希望语文教师们能够学习借鉴，让孩子们捕到更多的"鱼"。当然，作为教师，李淑章老师便是授人以"渔"者了。

"淑章谈古诗词"对我校学前教育的启示

内蒙古鸿德文理学院副教授　李凤清

内蒙古鸿德文理学院起步晚，很需要优秀老师的助力。李淑章先生的大名早有耳闻，特别是《北方新报》开了"淑章谈古诗词"专栏后，在认真阅读的同时，我们特别邀请老先生为我主管的学前教育专业、汉语言文学专业开设"中华经典古诗词"讲座，又通过李老师，请来首都师范大学的崔雪雁老师，与李老师联袂，传授将古诗词融于幼儿"五大领域"之中的理念与方法，大家都非常喜欢，感到受益匪浅。有的学生把听讲座的收获以论文的形式写了出来；有的学生毕业后，把学到的技能带到自己所教的班级之中，与幼儿在一起进行学习与吟诵古诗词活动。有的同学说，通过李老师的讲座，不仅体会到中华文化的博大精深，更重要的是学到了做人的道理。

下面，我仅就李老师讲析的孟郊《游子吟》谈几点体会。

在人们的心目中，孟郊《游子吟》的主题是赞美伟大母爱的，这早已成了共识。而两位老师讲解的《游子吟》，在凸显母爱伟大的同时，更着重分析了儿子孝心的深沉，这种独到的见解对学生的启发很大。

李老师首先详细地介绍诗人孟郊及他的生平经历。这样讲，既传授了知识，又为进一步解析诗文作了铺垫，同时激发了受众聆听《游子吟》的兴趣和注意力。

李老师在逐句对诗文作了白话翻译后，又抓住诗文中最能表现诗人感情的诗句，循循善诱，为同学们耐心细致分析讲解诗句的深意，揭示诗的主题。比如讲"临行密密缝，意恐迟迟归"时，老师抓住"密密缝"的动作细节，强调：这个细节是"儿子看见的"。只有心有所思，才能眼里有深层所见。那我们日常生活中能看见什么呢？爸爸妈妈为我们所做的一切，我们是否能看见？是否能理解父母行为背后的那份关心、期望？"儿子看见的"这五个字，不仅强调了母亲关心儿子的程度，更表达了儿子心疼母亲的孝心之深。

在讲授"谁言寸草心，报得三春晖"时，李老师抓住诗中所用的比喻、对比与反问的语句，营造氛围，发掘诗句表面和深层的寓意，言有尽而意无穷。

李老师这样讲《游子吟》是别开生面的，也是极有现实意义的。课后，不少学生告诉我与李老师，他们从《游子吟》中感受到母爱的伟大，更认识到儿女应该有的孝心。可以想象，我们的学生受到这样的熏陶，走向幼教岗位后，会怎样潜移默化地影响与他们朝夕相处的幼儿呢？

感谢李老师！

绝美之韵弦外响　羚羊挂角有迹寻

包头市教育教学研究中心语文教研员　郭伟

　　读诗者，必具诗心；有性情，方悟真味。入得境界，意旨始现。读诗即读人，读世间真意、读诗人巧思、读美言嘉句中的斑斓气象、读古今绵长之锦绣诗章。

　　淑章先生耄耋之年，孜孜于经典文化传承，以童心、慧眼、妙笔精析我中华绝美古诗词，陶陶然笔耕不辍，讲学身影现大江南北，传道授业解惑不遗余力，为师友弟子所叹服。

　　请看淑章先生赏析王维的《鹿柴》，他以三个部分来完成对这首小诗的解析：这首诗犹如一支天人合一的交响乐曲；这首诗酷似一幅物我一体的奇妙图画；这首诗好像一部明灭相依的人生经卷。以交响乐曲、奇妙图画、人生经卷这样优美的喻指对这首诗进行了充满情味、意韵、哲思的赏析。淑章老先生似幻化为了诗中人，他感同身受，沉浸到诗境中——"空山不见人，但闻人语响"：空山不空，它成了友人相聚之地，空山传响，那正为友人遥相呼应；"返景入深林，复照青苔上"——物中见人，景中融情，更有一番情致及意趣，赏诗者凭着深刻的理解、丰沛的情感和美好的想象，走进了千年前那个美好的山中午后，让我们感受辋川之静谧与喧响，喜悦和无奈……

读诗须有善感之念、博采之识，方能获知诗理。中华经典古诗词，汉语言之瑰宝，读它当推究精研，剖析毫芒，以求深致。"淑章谈古诗词"屡有心得，发人深思，颇重考证，见解独到。"鹅、鹅、鹅，你要怎样读？"一只、二只、三只……怎么数得过来？你看它藏着怎样的童稚情态、怎样的新奇活泼？"遥知兄弟登高处"，"处所"怎作"时间"讲？古汉语知识要讲清；再看诗的"对写法"，思乡怀亲亦含蓄。凡此种种，解析得清，赏读得美，有理有据，有情有味，有常识的遵守，有勘误的勇气。既鞭辟入里，又跳脱不拘，拓深了诗意，读出了滋味……

不禁令人生出感慨：诗就要这样读才好，入得其中，出乎其外，引经据典，旁征博引，联系生活，充满情怀。唯此，才会在一首首经典诗词的解析中提升我们的语言素养、文化素养和思想境界。

不得不说，当前中小学诗歌教育有诸多缺失的地方，淑章先生正是以他自身的阅读实践为我们做出了榜样！教师应当是饱读诗书的人、教师应当是勤于思考的人、教师应当敢于质疑，更应做优秀文化的传播者。他以亲身示范对抗枯瘦教条的照本宣科，更以旗帜鲜明的态度抒写对祖国文化的捍卫之诚。

淑章先生教书育人几十载，乐此不疲，从无懈怠，立于讲坛，发铮铮之音；他有着学者的严谨求真，在字里行间检省辨析我们日常生活和教学中的一些语言谬误，当然他对自己更是毫不留情，对自己曾犯的一些小小失误往往"小题大做"，非要搞得尽人皆知才肯罢休。公开道歉，赏罚分明，给我留下极深印象，不敢再在用语方面马虎大意了，也更加意识到一个语文教师对语言要抱有高度的自觉意识，不能读错音，不能写错字，不能会错意，要知错就改。对于别人提出的不同意见，只要有道理，便虚心接受。淑章先生身体力行，他说到做到，当然更多的是对后辈的鼓励教导。他常说一句"雏凤清于老凤声"，看到后辈的进步，他发自内心地感到欣喜。

淑章先生在《北方新报》开设读诗专栏，发表后往往要重发微信朋友圈，点赞留言者应有不少，对留言他都一一郑重答复，并将留言重发朋友圈。2019年9月4日，老师在微信朋友圈转发了《北方新报》"淑章谈古诗词"栏刊载的刘长卿《逢雪宿芙蓉山主人》的赏析文，我读后留言说了自己的感悟，老师很认真地给予答复，并重新编辑后再发朋友圈，留言如下：

　　《北方新报》专栏刊载了我的文章，我总要发朋友圈的，目的之一就是抛砖引玉：一是诱发大家阅读古诗词的兴趣；二是想诱发我的学生与友朋对拙文的批评，以便传承发展我们中华优秀诗文，形成中华文化基因。

　　刚才看到包头教研室著名语文教师郭伟发来的一篇文章，不胜欣喜与激动。因为她对我的分析提出质疑，并详细论述了她的看法。我已征得她的同意，现在公开于我的朋友圈，请诸位共享！下面就是郭伟的文章。

老师，读了您的赏析文字，激起我对此诗的一番想象，会不会是这样的情形：

风雪漫漫中，诗人一路奔波，日暮将尽时，蓦地发现一白屋！欣喜…便想暂避寄居，而这家有狗，对他这不速之客自然要吠，就在此时，"风雪夜归人"——主人回来了！于是说明情况，甚至也不必费什么口舌，山里人热情善良，也便宾至如归了！诗人于是便以诗志之。

"白屋"我理解是老师赏析中注释的第二个意思——"白雪覆盖的房屋"，为何白屋不必是简陋之形容，因这是风雪之夜，雪盖屋更渲染出风雪之大，况后面有"贫"形容，没必要再以"白"强调其贫了，短短五言，怎么会反复渲染这是户穷人家呢？

今人读诗易留意古诗浪漫化的面孔，老师读古诗试图要还原生活，这便是对我们的启示。

对唐人，诗歌其实也是他们记录生活的一种方式，但他们往往不会以大白话的方式记录。于是以诗人之眼看那一路辛苦逶迤而来的远山，看那就要被夜色吞噬的落日，看那似被白雪压塌的贫屋，听那打破山里寂寞的犬吠，体会为难之际而归的主人的热心……

被雪阻、被犬吠，一路困顿艰辛，甚至狼狈不堪，但被一颗诗心滤过后，给人留下的却是山水小品般隽永的画意，隐含着自然和人情之美。这就是诗能超越生活，给精神以亮色之所在，也是其迷人之处……

赏诗百首有余绪，蕴楱寸心留墨香。虽年高但勤奋超乎常人，并保有一颗年轻的诗心！这就是大家喜爱敬重的淑章先生。若非如此，又怎会在字里行间闪现出活泼的气息和灵性？又怎会在本应颐养天年之时还与时代同步，把自己经年累月的积累和思悟分享给大家。

读此书，我愿时时诵读之，因它品格高拔，积极昂扬，充满对历史文化的尊重、对经典文学的敬重，对人情世态的了悟，对语言文字的透视。它语调明亮、意思晓畅，观点鲜明、语言富有色彩及韵律，通俗易懂，能尊重读者。以这样与古诗匹配的品格和方式读解诗，恰似开篇所言：是以高山之音喻流水之韵，虽说诗章如羚羊挂角，但它却有迹可循！愿广大诗歌爱好者读了这本书，能踏上古典诗词学习之正途。

好雨，润物，细无声
——"淑章谈古诗词"

呼和浩特市教育教学研究中心　张颖慧

古诗文的教学从来就是小学语文一线教师的短板。究其原因，一是当下古诗文阅读的氛围不浓，相当一部分老师缺乏对古诗文阅读的兴趣；二是教师对相关知识的积累普遍不足，对古诗文的认识比较肤浅。

随着教育部审定义务教育统编教科书的全面使用，中华优秀传统文化教育被提到了新的高度：古诗文篇目增加了，小学一年级开始就有古诗，整个小学六个年级12册共选有古诗文129篇，平均每个年级20篇左右，占课文总数的30%左右，与原人教版教材相比，增幅达80%左右。面对如此的变化，古诗文教学成了所有教师教学中必须要啃的"硬骨头"。

《北方新报》开辟的"淑章谈古诗词"专栏，对呼和浩特市的小学语文教师而言，就如甘露一般，为古诗词教学提供了丰富的营养，为古诗词阅读推开了一扇亮窗。

读"淑章谈古诗词"，老师们仿佛与李教授面对面，听他讲历史，讲诗人的创作历程，讲诗人怎样写诗的。在李教授的带领下，老师们跃入时光的隧道，去寻访诗人，经历他的人生，寻绎他的思想，品味诗中的情愫。李教授运用通俗、平实而又幽默的语言来谈古诗词，让老师们很快爱上了古诗词，爱上了诗人，也对中华古诗词文化产生了浓厚兴趣。

我是呼和浩特市教研室小学语文教研员，我们工作室的主要任务，就是带领全市小学语文教师提高教学质量。面对古诗文教学的新政策要求，起初我对此心中无数。怎么办？我想到请教我的老师李淑章。于是，这几年对小学语文教师进行系统培训时，开课第一讲必定是李老师的专题讲座。

呼和浩特市小学语文名师工作室从2013年组建至今已满八年。这八年，我们的团队在李淑章教授的引领下，从青涩走向了成熟。一路走来，李教授一直在"敲打"我们："你们离名师还太远呢，一定要好好学习与积累。"后来，"淑章谈古诗词"就成为了我们团队必读必学的内容。从对诗人与诗文全面的了解开始，我们边读边向李教授请教：如何准确解读教材中的古诗文？如何用生动的语言讲述诗人的故事？如何和学生一道阅读古诗文？等等。"学然后知不足"，跟随李教授的步伐，我们名师工作室团队成为了全市小学语文教学教研的排头兵、领路人。

2020年8月底，内蒙古自治区民族语言授课学校一、七年级开始使用语文统编教科书。由于教科书知识存量的差距客观存在，为了帮助小学二至六年级，初中八、九年级的学生尽快补足补齐知识，呼和浩特市教育局教学研究室组织全市小学语文名师工作室团队汇编《古诗词　文言文》(1—3年级)《古诗词　文言文》(4—6年级) 各一本。这两本汇编集对统编教科书当中所有的古诗词、文言文进行了集结整合。为了使教师、学生、家长都读懂这套汇编集，我们在每篇古诗文后面都加入了"学习指导"板块。在撰写这套汇编集时，我们遇到了好多难题，比如发现统编教科书与教师用书中的注解有不妥之处。怎么办？我们向《北方新报》的"淑章谈古诗词"求救，同时登门向李老求救。于是，问题得到了解决。

这里要补充说明一点：我们对一些词语与诗文的解释，采纳了李老的意见，并在书中注明来源于李老的作品。我们深深感谢李老把"淑章谈诗词"无偿提供给了我们团队。而今，内蒙古自治区民族语言授课学校教辅用书——《古诗词　文言文》(1—3年级)《古诗词　文言文》(4—6年级) 已经在内蒙古自治区200多所民族语言授课学校推广使用，并深受好评。

《北方新报》的"淑章谈古诗词"栏目，是李淑章教授古诗词研究的丰硕成果，折射出他对中华优秀传统文化的热爱，更彰显了他对祖国教育事业的关注。"淑章谈古诗词"的推出，使呼和浩特市的小学语文古诗词教学有的、有法、有趣；以李淑章教授为模范，我们从教的路上有益、有形、有力……

我与我的学生都是"淑章谈古诗词"的受益者

内蒙古师大文学院副教授　任晓彤

　　大约四年前，有一次李淑章老师联系我，问我是否愿意与他共同进行古诗词的赏析与普及工作。先生是我的老师，虽耄耋之年，仍笔耕不辍，以拳拳之心致力于优秀传统文化的普及与推广。作为他的学生和同行，我当义不容辞。然而，或许是担心自己才疏学浅，力不能及，抑或是因为工作繁忙，杂事烦冗，总之，我回答得闪烁其词。先生想是听出了什么，就再没追问。其时，我是拒绝了先生，拒绝了这件十分有意义的事，我感到有些后悔。但过后，我没勇气再主动提起此事。

　　从2018年6月开始，我陆续从李老师的微信朋友圈看到他撰写的古诗词赏析的文章，才知道他开始为《北方新报》的"读书"版面撰稿了，我心里不禁赞叹："这老汉，真是行动派！"（哈哈，恐怕李老师是第一次知道我在背后这么"大不敬"地称他为"老汉"，但此"老汉"是视他为邻家父亲般的昵称，他看了定会会心一笑的。）他不仅是行动派，还是"坚持派"，这一写就写了两年多，一直持续到2020年的8月份。我心生敬佩，细细品读那些有温度的文字，心有戚戚焉。编辑为栏目起了一

589

个简洁明了而又恰如其分的名称——淑章谈古诗词。文章基本是一周一篇，赏析了足有百首古诗词（以诗为主），多半是读者耳熟能详的经典作品。赏析的内容通俗易懂，赏析的角度不落俗套。严谨的考证有之，幽默的语言有之，有趣的故事有之，饱满的情感有之。总之，赏析带有典型的李氏之风：有理有据，有血有肉，有笑有泪。行文至此，我稍稍有些担心。亲爱的朋友，您该不会是把我这些肺腑之言当成溢美之词了吧？以我对先生的了解，他的初心、他的坚持，绝不是为了赢得这些赞美，而是想让更多的人对这些经典古诗词有正确的理解，进而感受古诗词"兴发感动"的力量，最终爱上它！

由于既有人物及相关背景，又有穿插的小故事，还有字词考释和诗词赏析，所以，"淑章谈古诗词"也就成了普及推广古诗词的范本，甚至是绝佳的教学资料；拿来"为我所用"，简直就是教学的法宝。考虑到我们的学生毕业后多数是要从事中小学语文教学的，所以，当我读到"淑章谈古诗词"，便如获至宝，迫不及待地推荐、分享给他们，希望他们能坚持每期必读。

2019年秋季开学后，我给学生做技能训练（这是学生在大学二、三年级要完成的规定动作，就是正式实习之前，在校内进行的课堂模拟授课训练）。一次训练时，一位女同学选讲统编教材七年级下册第五单元杜甫的《望岳》，她重点分析了这首诗的写作特点。短短二十分钟，这孩子紧密结合作品，从结构、炼字、修辞几个角度娓娓道来，其间穿插了两个问题启发思考。

在作业布置环节，她说："同学们，杜甫曾形容自己的诗歌创作是'语不惊人死不休'。通过刚才的学习，老师希望你们想想，这首诗的哪些地方写出了惊人之语，体现了他这种'语不惊人死不休'的创作精神呢？"到此，她的模拟授课结束了，一气呵成，干净利落，令人有意犹未尽之感。我听得兴奋不已，毫不吝啬地为她拍起了巴掌！进入到点评环节时，我总结了她的优点，指出个别微瑕，并请她说说教学设计的思路。她兴奋地说："老师，您还记得您给我们推荐'淑章谈古诗词'吗？"我点头。"我想讲《望岳》，正发愁该从什么角度切入，想起李老师之前有一期就是讲《望岳》的。我找来一看，感觉讲得特别好。这首诗我是熟悉的，但看完李老师的赏析，我觉得自己对这首诗的认识和理解又提升了一个高度！我就想到借用李老师的内容。"说到这儿，她不好意思地笑了，大概是因为觉得自己借用了别人的内容，于是她急忙又说："不过，那两个问题和最后的作业我是受李老师内容启发自己设计的。"我再次肯定了她的授课和设计。这次技能训练让我印象深刻，一是我发现学生具备了融会贯通的学习能力，假以时日，她（他）会成为一名优秀的语文教师；二是我真切地感受到了"淑章谈古诗词"在教学中的巨大价值，心里对李老师的敬佩又增了几分。啊！我是李老师的粉丝，我与我的学生都是"淑章谈古诗词"的受益者。

再举一个例子：给学生上古代汉语课时，古今词汇意义的差异和沟通是一个重点，也是难点。在阅读古诗文时，学生经常犯的错误就是用某个词常见的现代意义去解释它在古诗文中的含义，二者的意义虽有差别，但又有联系。一旦打通这种联系，它们的差异也就容易理解了。李老师对李商隐《夜雨寄北》的赏析，为我讲清楚这个问题提供了极好的案例。文章先介绍作者李商隐，随后有的放矢地讲了他和令狐楚父子之间的故事（确如李老所言，这涉及李商隐悲欢离合的一生）。紧接着解释部分关键的词语，其中对于"却话"（回头说说）的解释以及后面的赏析都为我所用，成为我这节课的点睛之笔。课堂上，我抛出"'却话巴山夜雨时'一句中'却'字该如何理解"这个问题请大家思考。有的同学一脸茫然，有的同学窃窃私语，有的小声说："和我们现在说的表示转折的'却'是一个意思吧？"面对学生的困惑，我以现代汉语还常用的"退却""望而却步"为例，引导他们理解了诗句中的"却"表示"回头""返回"之意，只是现代汉语中这个意义不再单独使用了。那么问题又来了："这个意义和现在表示转折的'却'在意义上有联系吗？"答案是肯定的，它经历的正是实词虚化的过程。可别小看"却"字，它正是我们准确理解此诗思想感情的关键字眼。且看李老师的分析：

"却话巴山夜雨时"与"巴山夜雨涨秋池"彼此照应，反衬此时此刻思念对方的浓浓深情。而且，这两句之间又形成鲜明的对比：今夜是如此痛苦，想象中的夜晚又是多么的惬意与幸福。而这两种不同时空的情景与不同时空的感受，不仅外显于诗句之上，而且同时又内藏于诗人的心目之中。这又是怎样奇特的情景相融啊？

我把李老的解析分享给学生，他们豁然开朗。这岂不是又说明，我与我的学生都是"淑章谈古诗词"的受益者吗？

其实早在2012年，李老师就在《北方新报》发表了一系列考释《论语》词句的文章，这些词句多是古今学者在理解上有较大分歧的内容，例如"狂简""贤贤易色""无友不如己者"等，这些考释我基本上都借用到了教学中，用来开阔学生视野，启发思维。

工作十余年，每当偷懒、懈怠、迷茫之时，我经常会想到先生，有时竟觉得他那鹰一般的眼睛正盯着我，给我以鞭策。特别再说一下，作为语言文字工作者，李老师眼里向来是揉不得沙子的。他特别不能容忍别人（尤其是语文教师）写错别字、写或者说有语病的句子。当然，在这个问题上，对人对己，他向来是"一视同仁"的。他特别欢迎别人挑他的毛病，有时他在朋友圈写错了字或写了个病句，便毫不掩饰地进行自我批评。大概我也被他传染了，也爱挑别人这方面的毛病。通俗点说，这就是职业病吧！希望我的这些文字不要被他挑出太多的毛病来。

让苍郁的远方成为当下

内蒙古包头市青山区一机三小　杨美云

诗歌承载着中华文化的深邃内涵和丰厚精神，它的文学性、历史性于我们而言，看似触手可及，实际上却相隔万里。

李淑章教授讲诗，讲典故、讲诗歌的创作背景，既包括政治背景、社会风俗，也包括时代背景。大学教授讲中小学的诗，得心应手之处是站在大学教育的高度，俯瞰小学、初中、高中教材，宏观地把握教材、教参的主要内容，连同诗的文学史、文学概论和有关的文学基础知识，一起娓娓道来，于读者、听众而言，这是一件幸事。

李教授讲古诗词独特之处在于：

一、趣味盎然语，点拨关键处。

《咏鹅》中教授讲：一"浮"一"拨"两个动作，生动地表现了鹅游水嬉戏的姿态；而且孩子还注意到让人喜欢的颜色，请你想象一下：你看着满身白毛的鹅浮在绿色的水上，伸开红色的脚掌，拨弄着微微的清波，那该是多么的高兴啊！

其实，我们读《咏鹅》的时候不免觉得有些小儿科，但当你发现那是骆宾王七岁时的即兴作品，脱口而出的诗句不仅能抓住鹅的动态特点，还能将水、鹅毛、鹅掌色彩准确地描摹出来，又会赞叹骆宾王敏锐的观察力。现在我们的孩子七岁大概读小学一年级，正是培养观察力的关键期，观察什么呢？不妨就学一下骆宾王，从观察对象的动态、静态开始。此外，李教授用的语言可爱又富有童趣，这不也是我们和孩子说话时应注意的吗？

二、怀疑执理据，惊雷声声起。

小学语文教师用书里，把《九月九日忆山东兄弟》的"登高处"，解释为登上高的地方。李教授对此提出了质疑。他表示，"登高"是一个双音词，指登上高山；"处"是一个单音词，指时候。在古汉语中，"处"字有时表示时间，当时候讲。他举李白《秋浦歌》里"不知明镜里，何处得秋霜"的例子，指出"何处"的意思是"什么时候"，为自己的观点提供了论据。

对于王维《鹿柴》"空山不见人，但闻人语响"的"人语响"，李教授也有自己的思考。他表示，把"人语响"解读为"人说话的声音"是欠妥当的。这里的"响"，应当作回声讲。他列举了初中语文课本里郦道元的《三峡》，指出其中形容三峡猿猴的叫声，用的正是"空谷传响"这个词。因此，"人语响"的"响"，应当理解为"回声"。

当我们离了教参不会教书的时候，教授提出了质疑。教授的质疑有理有据，仿佛阵阵惊雷，他是在我们感觉和理解的盲点上下针，打通我们"已知"和"未知"的领域。每次看完"淑章谈古诗词"，总有一种畅快淋漓、恍然大悟的感觉。记得第一次听李教授讲课的时候，他郑重地从上衣口袋里取出一百元钱，抻开在额前，对我们说，"谁要发现我说话有语病，一处，奖励一百！"年少的我们群情振奋，也对眼前清癯的老人充满了钦佩。

都说教育是一朵云推动另一朵云，李教授用行动告诉我们"学无止境"。他做学问不是"学海无涯苦作舟"，而是"进一寸有一寸的欢喜"，读教授的书，有亲耳聆听教诲的快乐。读之，我幸。

"淑章谈古诗词"
——党员干部"润心"之篇

和林格尔县作家协会主席、和林格尔县委党校教师　王禹

　　伴随着互联网的蓬勃发展，公众号"五彩缤纷"，晃得你眼花缭乱；朋友圈"琳琅满目"，勾得你欲罢不能。不同品牌的"心灵鸡汤"，赢得大众的青睐与赏识。而《北方新报》为吾师开辟的"淑章谈古诗词"栏目的出现，犹如一股清泉，一经推出，便引起了大众关注。吾师"读"诗的趣味，"析"诗的精准，"赏"诗的独到，更是得到了读者的盛赞。这一现象，折射出的是人民群众对于优秀传统文化的需求，对新时期党员干部提升思想高度具有积极意义。

　　李老谈古诗词，从讲述诗人的故事入手，以独特视角娓娓道来，他为读者提供了更加开阔的视野，加之吾师赏析诗，间有指谬匡正，给人启示更多。正是：淑章一席谈，经典显真传。

　　2014年9月9日，习近平同志对经典古代诗词和散文的重要性作了独到论述。他说，我很不赞成把古代经典诗词和散文从课本中去掉，"去中国化"是很悲哀的。他指出，应该把这些经典嵌在学生脑子里，成为中华民族文化的基因。其实，更应

该把这些经典嵌在广大党员干部脑子里。

如果把古诗词比作中国古代文化史上的"宝藏"，李淑章老师就是探宝人、点灯人、领路人，他指导我们从先贤的诗词作品中体会共产党员的初心和使命，感悟出人生价值，汲取奋发向上的力量，激励我们背起行囊、高歌起航。

当今社会，工作节奏快、生活压力大，但也不能没有"诗和远方"。在"春蚕到死丝方尽，蜡炬成灰泪始干"中，我们应该读懂真抓实干、无私奉献的寓意；在"时人莫小池中水，浅处无妨有卧龙"中，我们应该悟出在工作中切勿高傲自大，应先脚踏实地，而后仰望天空；在《悯农》的故事中，我们应该体会"初心易得，始终难守"的深意。

初读"锄禾日当午，汗滴禾下土"的时候，可能会觉得作者多么同情劳动人民，思想多好啊！可是哪里知道，就是这个李绅，他当了官以后就变了。老百姓遭了灾，饥寒交迫，远走他乡，他不仅不救济，竟然还用糟糠来贬低百姓。这种前后对比，启示与警醒，不可谓不明显。

"淑章谈古诗词"讲过秋瑾的《对酒》，吾师对"一腔热血勤珍重，洒去犹能化碧涛"两句诗作的注解令人印象深刻：

> 碧涛，指绿色的波涛。《庄子·外物》写道："苌弘死于蜀，藏其血，三年而化为碧。"苌弘是周朝的大夫，遭奸臣陷害而自杀。当时的人把他的血用石匣藏了起来，结果三

年后化为碧玉。后来人们就用"碧血"这个词来指代烈士的鲜血。

虽然秋瑾已经就义，但她的英勇形象依然活在后人心中。今天的党员干部要有一种觉悟，就是作为"勤务员"、"人民公仆"，要坚持以大局为重，敢为"大我"牺牲"小我"，在国家面临急难险阻时，敢于第一个冲出去、战斗在第一线，敢为群众"挡子弹"、"蹚泥泞"。

在习近平总书记的治国理政思想中，一直强调"文化自信"，他特别擅长引用中华经典古诗词。他鼓舞青年说："宝剑锋从磨砺出，梅花香自苦寒来。"他警醒官员说："历览前贤国与家，成由勤俭败由奢。"他关心百姓说："些小吾曹州县吏，一枝一叶总关情。"对于文化，他提倡："一花独放不是春，百花齐放春满园。"

总之，中国文化如璀璨星河，古诗词的光芒尤其亮眼。"淑章谈古诗词"为我们眺望星空架起了一台"天文望远镜"，希望大家都能够有所收获！

引航古典诗词瀚海的"淑章谈古诗词"

呼和浩特市钢铁路小学高级语文教师　张艳

从 2018 年 6 月开始，我这个小学语文教师的生活中又多了一种"必选读物"，就是李淑章教授发表在《北方新报》的"淑章谈古诗词"系列文章。

"淑章谈古诗词"栏目对古典诗词的赏析，为我提供了整体备课的丰富素材。以李白的诗歌为例，李教授对诗人的作品从不同角度进行了赏析，不仅展示出了立体的"诗仙"风骨，还将语言、文学和文化三者有机地统一起来。

就字词来讲，我非常赞赏《〈静夜思〉赏析》中提出的"字字有据，避免主观臆断"的理念。"床前明月光"的"床"，不是指睡觉的床，也不是指坐床，而是指井栏。"疑"字不能当怀疑讲，只能当好像讲。

就文化而言，学习古诗词的敲门砖正是李教授提到的，要"以事为本"。只有明白了诗人的这些故事，才会对他们的诗歌有真正的理解和记忆。

例如，李教授对《早发白帝城》的赏析，涉及丰富的历史知识：李白由于参加过永王李璘的幕府，结果被扣上"附逆"

的罪名，流放到夜郎去。那年，好多地方遭受灾荒，肃宗宣布大赦。当时李白正行至四川的白帝城一带，忽然收到赦免的消息，当然非常惊喜，随即乘船东下江陵。这首诗四句28个字，字字句句都洋溢着出自诗人心海中的激动之情。

关于《望庐山瀑布》，他先介绍了创作背景：李白曾与友人吴指南一道出蜀而行，不幸的是，旅途中吴指南卒于岳阳洞庭湖边，李白埋葬吴指南后，一路游历到了江西九江的庐山，写下了《望庐山瀑布》。其中的"飞流直下三千尺"，不仅突出了瀑布凌空而下、喷涌飞泻的气势，更为最后一句"疑是银河落九天"的奇特景象制造了悬念。李白在观赏庐山瀑布的过程中，洗涤了多日的烦闷，以及吴指南意外死亡带来的伤感。

就创作艺术而言，李教授"以点带面感知诗境的空灵、通天贯地的理性高度"的说法给了我莫大的启发。

在《〈夜宿山寺〉的赏析》一文中，李教授对"恐惊天上人"的"人"字进行了拓展。他举了两例，一例是《月下独酌》中的"举杯邀明月，对影成三人"，另一例是《梦游天姥吟留别》中的"脚著谢公屐，身登青云梯。半壁见海日，空中闻天鸡。云之君兮纷纷而来下。仙之人兮列如麻"。恍惚间，我们与日月星辰飘游在一起，与"纷纷而来下"的"云之君"，还有"列如麻"的"仙之人"在一起。在这个时空里，是神还是人呢？竟一时惊诧难答。

一路相随，"淑章谈古诗词"专栏留给我久长的思考。学好古典诗词，不仅能够满足我们对于知识的需求，还可以为人们构建一个充满诗意的心灵空间，更可以为孩子们抵御未来人生的种种荒芜。

例如，当一个人经历挫折的时候，可以告诉自己"竹杖芒鞋轻胜马，谁怕?""一蓑烟雨任平生。回首向来萧瑟处，归去，也无风雨也无晴"；当一个人因成功而感到欢喜的时候，他可以说"春风得意马蹄疾，一日看尽长安花"；当一个人遭遇挫败的时候，可以安慰自己"天生我才必有用，千金散尽还复来"。

我一直相信，心中有诗歌的人，面对生活的磨难，往往能以柔韧对之。有了诗歌的映照，心中有爱，目之所及皆为美好，人心自会智慧光明。

淑章谈古诗词：带你走进诗词天地

内蒙古语文特级教师　耿文举

在中华优秀传统文化里，古诗词是最浓重的一笔。从牙牙学语的幼儿到白发苍苍的老者，谁不会背诵几首古诗词呢？目前，语文课程中的古诗词教学内容占了很大比例。课标规定，必背古诗词，要求小学生75首，初中生50首，高中生50首。

可是，当前古诗词教学的状况不容乐观。教师教得费力，学生学得更费力，收效微乎其微。怎么解决这个难题？李淑章先生的《淑章谈古诗词》给出了答案。

这本书融知识性、趣味性和真情感为一炉，本文仅从以下三个方面谈谈其对中小学语文教学的启示。

首先，李淑章先生对于古诗词的解析，没有停留在讲解文字的层面，而是在解读中加入了自己的思想体验。

他解析孟郊的《游子吟》，把母亲的针线与儿子的衣衫连在一起，帮助读者深刻地体会诗人笔下的"临行密密缝，意恐迟迟归"。他写道：母亲的手在一针一线地缝着，这一针紧挨着那一针，线线相连。母亲为什么要密密地缝呢？她担心儿子远行后，往往几个月甚至几年都可能回不来。母亲"临行密密缝"

这个动作和"意恐迟迟归"的心理，是深深的母爱，温暖着每一个读者的身心，催人泪下，给人一种爱的激励和向上的力量。

他解析北朝民歌《敕勒歌》，讲带领几位四川朋友，站到昭君墓顶端瞭望、俯瞰，去体验"天似穹庐，笼盖四野"的壮丽景象，实现了文化与生命的双重建构。

其次，讲好中国故事，涵养中国精神。这本书另一个亮点，就是每一首诗的解析，都配合着相关的故事。

解读《离骚》，他讲了"端午节"的故事。屈原的爱国情怀，百姓对屈原的怀念及悲痛之情，无不令读者动容。解读陶渊明的《归园田居》，他讲了"不为五斗米折腰"的故事，把高洁的种子撒在读者心里。解读李白的《静夜思》，他讲"铁杵磨成针"，启发读者要学习李白专心致志、坚持不懈的精神。解读白居易的《忆江南》，他讲了白居易与两块小石头的故事。故事说，白居易任杭州刺史，为官清廉，受民爱戴。后来辞官还乡，因带回两块杭州天竺山的小石头而深深自责。解读郑板桥的《题画竹》，他通过"一肩明月，两袖清风"的故事，赞赏郑板桥为官清廉、爱民如子的风范。

李先生讲解古诗词，特别强调用心讲好中国故事，这就有助于读者正确理解诗人诗文，有助于充分发挥古诗词涵养中国精神的作用。

第三，学习弘扬中华优秀传统文化从简易始。弘扬中华优秀传统文化，是中小学一项重要的学习任务。如何使优秀的传统文化活生生地植根于中华儿女的生活和心灵之中，我觉得李先生这本书起到了很好的引领作用，即从容易的、简单的开始。

《周易·系辞上》说："乾以易知，坤以简能；易则易知，简者易从；易知则有亲，易从则有功；有亲则可久，有功则可大……"意思是：乾道以平易显示智慧，坤道以简约展现功能；平易容易使人明白，简约容易使人顺从；易知则关系亲密，易顺从则容易建立功勋；关系亲密才能长久，建立功勋则可以宏大。陆九渊所谓"易简功夫，可久可大"就是这个意思。李淑章先生在浩如烟海的古诗词中，精选篇幅短小（以绝句为主）的诗词，正是从简易始，其评析之语简洁明了，晓畅易懂，不绕弯子，不兜圈子，不摆架子，亦是从简易始。因此，读李先生这本书，有以简驭繁的效果，谁不喜欢读？这正是"可久可大"。

李先生作为一名大学中文系退休教授，已届耄耋之年，能俯下身来，为广大读者撰写普及读物，令人敬佩！至于全书的解读，看似轻描淡写，其背后更是深厚的学术积淀。大家小书，诚可谓也。

当然，本书对中小学语文教学的启示远不止三点，亲自阅读，自有体会。打开这本书吧！你可以从中汲取古诗词文化的营养，借此走入古诗词的广阔天地。

最后，附诗一首，以表敬意：

谁言步履杖朝艰，漫漫行程若等闲。

书卷丹心弘大道，晨昏赤子向雄关。

春风化雨明时月，皓首穷经远处山。

莫说桑榆年景晚，传承伟业满人间。

巧借"淑章谈古诗词"

呼和浩特市回民区贝尔路小学教育集团北校区副校长　郭宇馨

　　一直喜欢项羽，想给学生上一堂关于他的课，生硬地讲历史，不是我一个语文老师的做派，巧了，正好在《北方新报》"淑章谈古诗词"栏目中读到了李淑章教授写的《项羽〈垓下歌〉赏析》。太好了，从一首诗引出作者，不是很好的路径吗？

　　再品这篇赏析，从诗的解读，到项羽的生平故事，一应俱全，更令我开怀的是，这些故事一改其他资料的生硬、拗口，写得特别浅显、易懂，真是堪称宝藏级赏析，我连教学辅助资料也省得找了。

　　于是，设计教学环节，直接用《垓下歌》全诗导入，在理解诗句后，提出第一个思辨问题：作为西楚霸王，在什么情况下对这一人（虞姬）一物（乌骓马）发出了"可奈何"的感叹和"奈若何"的疑问？接着出示李教授赏析中的三个历史故事，帮助学生全方位了解项羽生平。

　　本来最后一个思辨问题想设计为：项羽是英雄还是悲剧？让学生谈一谈自己的看法。但是李教授"赏析"的最后一句这样写道："至于，读者对其诗其人怎样评价，以及从中受到怎样的启发，那就是见仁见智了"。这一句给了我莫大的启发，何不用《垓下歌》这首诗，来教给学生一种评价历史真实性人物的方法呢？

于是，调整教学思路：再看这首诗，项羽认为战败的原因是"时局不利""天要亡我"；请学生总结：是什么造就了他的时局不利？出示和项羽同时代的刘邦、韩信、陈平、叔父项梁、亚父范增等人对他的评价，最后借用李教授赏析中的原句来总结：项羽对自己的失败，自始至终不去从自己优柔寡断、有勇无谋、沽名钓誉等方面找原因，一味认为只是时机对他不利，天要灭他。

站在历史长河中，这样的一个人物，后人是怎么评价他的？出示后代史学家、军事家、文人、帝王等对项羽的评价，引导学生从中发现了什么。各时代的人对他的评价是不同的，你赞成谁的观点？如果让你评价，你会怎么评价？最后得出结论：评价一个真实的历史人物要看同代人、后代人的评价，要看敌友亲疏的评价，角度要全面，评价才能完整准确。

巧借李教授的古诗词赏析，我轻松备得一节公开课，受到了听课专家的极高称赞，这节课得出的评价结论，还被运用到《草船借箭》教学中对于诸葛亮的评价上。

尝到了甜头后，我便关注起《北方新报》"淑章谈古诗词"来，之前拜读李淑章教授《中华绝美古诗词百首解析》时，就为其涵盖广而精的知识感慨，如今这个专栏以每周一篇的节奏更新着，方便随时阅读，更方便学生阅读，宝藏啊！

于是，我每周都把链接发到家长群中，也没提具体要求，只是请家长和学生有空时读一读。

没多久，效果就来了！

学生对我上节课讲到的项羽失败的原因提出了质疑，有的学生说，因为刘邦面部像龙，出生就是真龙天子的样貌；还有的学生说，刘邦做亭长时斩蛇当道，是赤帝的化身，所以他当皇帝是天意，项羽拿他当对手，肯定是要败的。哟，这不是李教授《刘邦〈大风歌〉赏析》中的内容吗？趁热打铁，我带着学生又研读了刘邦的《大风歌》，特别有意思的是，学生还关注到了李教授在赏析中提到的"司马迁的《高祖本纪》和《项羽本纪》"，为此还研究了《史记》中"本纪、列传、世家"等有什么区别，就项羽应不应该放在"本纪"中还发生了激烈的争辩。这种连锁反应是远远没有想到的。

在学王维的诗时，有的学生提出王维考进士是靠公主才得的第一名，胜之不武，一下子引起了一场全班关于唐朝科举制度和现在高考制度的对比研究。这种现象在原来上课时从没有过，自从孩子们读了"淑章谈古诗词"后，知道得太多了，经常在课上发问或质疑，要不就是滔滔不绝地讲故事。后来，凡是讲到李教授谈到的古诗词时，我都让学生讲，因为无论是词语注释，还是诗词欣赏，李教授都写得妥妥的，由学生当老师，讲一遍知识，记得更牢固。

还有一次，有一位同学在写家庭趣事时，写她妈妈说她"三岁贯女，莫我肯顾"。我给批语：妈妈还是《诗经》爱好者！没想到习作拿回家，她妈妈就给我发微信说："我哪里是什么《诗经》爱好者呀，都是因为读了老师给发的链接《诗经·魏风·硕鼠》赏析。"我打电话询问了详情才知道，自从我在群里发链接，家长就自发要求孩子去读赏析，背古诗词。孩子觉得增加负担不肯背，于是家长说陪她一起背，后来发现一周才多背一首诗，根本不成负担，很多古诗原来就已经会背，读了背后的故事，更方便理解和记忆。家长说，好多故事原来根本不知道，现在真是知识大涨啊，每周都盼着下一首。家长还让我看她每周打印的"淑章谈古诗词"纸稿，早已装订成厚厚的一本，都是知识的重量啊！

最让我难忘的是学校举办演讲大赛，我们班好几个学生去参加，他们讲诵了"夫人必自侮，然后人侮之；家必自毁，而后人毁之；国必自伐，而后人伐之""会当凌绝顶，一览众山小"……他们列举了"不为五斗米折腰的陶渊明""铁杵磨成针的李白"……学生们说，自从有了"淑章谈古诗词"，古代文化故事都变得信手拈来了。

巧借"淑章谈古诗词"上语文课的故事还有很多，通过"淑章谈古诗词"获益的例子也有不少。在阅读学习的过程中，不仅语文老师受益匪浅，学生们也都有了长足进步，这是可喜的。

思接千载，视通万里

——"淑章谈古诗词"中的语文教与学

呼和浩特市语文教研员　贾红霞

　　先说教师的"教"。学习古典诗词，是积淀现代人丰厚学养的必经之路，对于语文教师尤其重要。语文教育的关键，就在于语文教师自身的语文修养和语文精神。"淑章谈古诗词"中的思维、观念、原则、方法、创见等等，已经成为语文教师古典诗词教学"个性化成长"的重要源泉。说一个实例，老师们在教陶渊明《归园田居》的过程中，根本没想到诗人用了对照的修辞手法。可当他们读了李老的赏析后，豁然开朗。李老的赏析中说：前面写"草盛豆苗稀"与"晨兴理荒秽"，后面写"带月荷锄归"。因为"草盛"才说"荒秽"，而要解决"草盛""荒秽"的问题，才需要"带月"与"荷锄"。于是，"晨兴"与"带月"相对照，"草盛""荒秽"又与"荷锄"相照应。老师们读了李老的赏析，自己学到了课文注解与教师用书中没有的东西。李老的这种创造性的赏析，使一线教师懂得了教学必须有严谨求证的创新精神，才能获得深厚的学养。

　　再说孩子们的"学"。李教授一心探求古诗词学习的"道"与"法"，在学生与古诗词之间搭建了重要的桥梁，使孩子们全身心地浸润其中。促思、悟情、学写，不仅涵养了学习的兴趣，更为学生提供了向上向善的内在动力！仅以其中秋瑾《对酒》赏析为例，赏析先从秋瑾小时候讲起，去贴近读诗孩子的年龄特点，再去对接孩子的真实生活与秋瑾的生活世界。这个过程中，读诗的孩子产生的惊讶、钦佩甚至不解等情感与思维的碰撞，为后续的读与思提供了难能可贵的个性化阅读体验。在"流芳千古"的内容之下，读诗的孩子收获的，不仅是对这位中华女英雄肃然起敬的情感，更有从历史中看待、评价历史人物的真实体验与思考，这是真正的"心智体验"。这种思维方法与行动能力，正是我们的孩子所需要的。

基于以上内容，换个角度再说说学生的"学"。2020年的呼和浩特市语文中考试题"综合性学习"板块，教研室所出的"赏析领悟"小题，就选自"淑章谈古诗词"——吴嘉纪《绝句》赏析。此小题考查欣赏"环境描写"与"对比修辞手法"的作用。体现《义务教育语文课程标准》中"诵读古代诗词……注重积累、感悟和运用，提高自己的欣赏品位"的要求。通过阅读思考，中考生如果能够体会到这首诗歌源于生活真实，诗人用恰当的艺术手法聚焦典型，反映当时百姓疾苦的情怀，也就读出了这道题的"弦外之音"。

"淑章谈古诗词"始终保持开放的态度，不断汲取新的资源，进行新的探索，它从不封闭保守，也不盲目趋时：它是"教与学"思接千载、视通万里的坚实桥梁！

诵诗词美韵　沁诗香墨心

呼和浩特市教育教学研究中心　李丽

"绿树阴浓夏日长，楼台倒影入池塘。水晶帘动微风起，满架蔷薇一院香"。时光飞逝，在依然繁花似锦、暑热氤氲的时光里，感到夜晚凉风伴着秋虫呢喃的瞬间，才发现夏已远去，秋已至。一种季节的眷恋，从心底油然而生。

初秋时节，蓦然回首，作为有着二十七年从教经历的幼儿教师，我时常在思考，如何在活动中帮助孩子们感受汉语的节奏和韵律美，同时帮助孩子们体会到身为中国人的自信和自豪。古诗词作为优质的教学内容，是幼儿教师的必选材料。古诗词的语言简练，意境优美，可以增加幼儿对中华优秀传统文化的了解和认识，加强幼儿对汉语的鉴赏能力和对美的感受能力，对培养幼儿良好的文化修养有积极的、潜移默化的影响。

但是，古诗词语言精练抽象，内容多离幼儿生活较远，活动设计有难度；再有，青年教师对古诗词的阅读不够与理解表浅，教学基本功比较薄弱。这些成了长期以来困扰幼儿教师教学设计的问题，使幼儿园的古诗词教学活动的质量难以提升。

我担任呼和浩特市的学前教育教研员后，针对幼儿园青年教师教学工作中的问题，对照《3—6岁儿童学习与发展指南》中语言领域、社会领域的相关要求，设计了关于古诗词的教研活动，并以市级名师工作室的骨干教师示范带动，将古诗词教学活动作为研修主题，进行研究，鼓励青年教师大胆设计、现场展示古诗词的教学活动。古诗词教学活动设计有难度，教师对字词的解释不准确，对诗词中描写的景色和诗人表达的意境的描述不够充分，这些让活动的效果不尽如人意。

偶然的机会，我读到了《北方新报》"淑章谈古诗词"栏目，很有启发。我就邀请了李淑章教授对全市的幼儿园青年教师进行了古诗词主题的培训。针对大家的困惑，老先生进行了主题为《古诗词与幼儿教师语言与文学修养》的讲座，并以《咏鹅》为例，进行了现场示范教学。李淑章教授通过与幼儿简短的互动和提问，帮助幼儿理解了古诗的意思。老师和幼儿一同诵读古诗，放慢活动节奏，引导幼儿主动参与，和孩子们一起流利诵读；教师以故事的形式给幼儿讲解《咏鹅》的创作背景；之后通过提问，帮助幼儿理解古诗意思。"猜猜看，这首诗有几种颜色？为什么？"关于动静"这首诗哪句是描写动作的？"在观察图片的基础上，鼓励幼儿用语句描述"鹅"的外形特征和颜色，再将幼儿的语句与诗句相对照，体会诗句语言的精练和准确。

以杜甫的《绝句》为例，进行示范教学。李淑章教授带领幼儿反复多次朗诵古诗，根据幼儿的学习情况进行提问："前两句写了几种颜色？为什么？""前两句哪些东西离杜甫近？哪些东西离杜甫远？""前两句哪些是动景？哪些是静景？"这样的问题引导幼儿感知诗句描写的景色的动静结合的意境，了解诗人描写景色的远近顺序。帮助幼儿熟悉和理解古诗的涵义，尝试体会诗人看到大自然风光的心情。

活动结束部分，老先生总结：教古诗就要把每一个字、每一个词、每一句话以及作者的情况都弄清楚，如果不清楚就讲不好古诗。

针对幼儿园青年教师古诗词教学活动存在的问题，李淑章教授也提出中肯的建议：教案书写方面，书面材料的标点符号有误，偶有病句出现。活动目标的表述有误，如"能够运用听、看、肢体等多种器官……"中，听、看不属于器官，搭配不正确。其次标点符号运用不正确。组织活动中，教师普通话发音有些不正确，幼儿教师的普通话需要规范，"氛"要读"fēn"，"室"读"shì"。古诗词是语言的艺术，需要在活动设计中体现诗词的意境。

李淑章教授提出，教好诗要丰富自己的底蕴，做到三个"弄清楚"：一要弄清楚诗表现的是什么情怀；二要弄清楚古诗哪些词句表现出什么艺术特点；三要弄清楚古诗词会引发什么思想，引起什么样的行动。

经过专家的示范和培训，引发了青年教师对古诗词阅读、朗诵的兴趣，对活动设计也有了全新的思路，为今后的教学活动设计和组织提供了更好的创意。我们大家都喜欢上了《北方新报》的"淑章谈古诗词"栏目，坚持阅读并分享。

"首夏犹清和，芳草亦未歇"。 告别夏的翠绿，走进金色的秋。关于古诗词教学的话题，在幼儿园青年教师的业务提升中是个历久弥新的主题。我想：真正的学习，在专家的指导下，需要内化和完善，需要在教学中不断地实践。

从现在开始，让我们一起大声诵读古诗词吧！"诵诗词美韵，沁诗香墨心"，树立远大志向，让孩子和老师在古诗词活动中丰盈成长，坚定地向着未来的目标一直努力下去。

一文一字见其人

——读"淑章谈古诗词"

呼和浩特市第二中学高中部　贾娜

"妈妈，以后我见了李淑章爷爷，你也让李爷爷教我古诗吧！"一天晚上，我正看《北方新报》"淑章谈古诗词"专栏时，还不懂事的女儿突然笑着对我说。她知道我往往在晚上读李老师写的赏析古诗词的文章，所以才如此说。听后，我赶紧说："不是李爷爷，而是太爷爷，李老师和你太姥姥同岁啊！"是啊，李老师早已步入耄耋之年了。

于是，我的脑海里呈现出在呼和浩特市三十六中的礼堂里，数九寒天，李老师他穿着薄外套作讲座的样子。当我读到这位耄耋老人连续两年在"淑章谈古诗词"专栏发表的百篇文章时，李老师仿佛就在眼前，他一文一字地解析着古诗词，我穿梭在一首首古诗词中，尽情地呼吸着新鲜而又浓厚的文学气息。

例如，《上邪》这是一首千古绝唱的爱情诗，李老师联系曹禺的剧作《王昭君》，阐明这首诗不仅表现男女之间的爱情，而且也蕴含着人与人、民族与民族、国家与国家之间那种和谐相处与真诚合作的情怀。他在赏析时，既做到了"一千个读者就有一千个哈姆雷特"，也做到了"一千个哈姆雷特仍是哈姆雷特"的解读准则。

再如，赏析《回乡偶书》时，李老师写道："诗人为什么要写成'笑问客从何处来'，却不写成'问道客从何处来'呢？这个'笑'字，好在哪里？"赏析《赠汪伦》时，李老师写道："你能根据诗的意思编成儿童剧吗？在剧中，你准备扮演哪个角色？"

还有，赏析《江南》一诗的结尾处时，李老师写道："读了《江南》，你会想到朱自清的《荷塘月色》吗？你记得'曲曲折折的荷塘上面，弥望的是田田的叶子……'这样的句子吗？还记得朱自清在这篇散文中引用过的《西洲曲》里的'采莲南塘秋，莲花过人头；低头弄莲子，莲子清如水……'的诗句吗？另外，你读过周敦颐写的《爱莲说》吗？能背诵吗？你认为莲花的主要特点有哪些？如果你试着模仿《江南》的某一两种写法，写一首诗或一篇散文，是不是更好？"

赏析《游子吟》时，李老师引用了汪国真《母爱》中的诗句："我们也爱母亲，但和母亲爱我们不一样：我们爱母亲是溪流，母亲爱我们是海洋"。"溪流"，这不正是对《游子吟》中"寸草心"的诠释吗？而"海洋"，不也正好是对其中"三春晖"的注解吗？

这些教学设想不正是新课标中语文核心素养"语言建构与运用""思维发展与提升""审美鉴赏与创造""文化传承与理解"

四个方面的具体体现吗？

所谓"一文一字见其人"。李老师赏析诗词，宛如上课一样与读者交流，他致力于学术研究笔耕不辍，钟情于教学探究诲人不倦，徜徉于美好生活快乐无限。这使我想到我的教学，想到李老师几十年一直站在讲台上娓娓道来的样子，更想到一位语文老师怎样讲课，才能点燃学生想象的智慧之灯，从而激发他们爱上语文、爱上中华民族文化的情感。

以后的日子，我还会继续学习李老师的"淑章谈古诗词"，并把这些中华古诗词的故事讲给我的学生和我的孩子。

"淑章谈古诗词"是我追读的一个栏目

东方学校六年级　戴元元

《北方新报》中栏目很多，我最喜欢的莫过于"淑章谈古诗词"这个栏目，李淑章教授从不同的角度赏析古诗，从内容到作者，从作者到时代，每一首诗都寄托着诗人的情感，都是时代的写照。

谭嗣同因戊戌变法失败被杀，死前他面不改色，高声呐喊："有心杀贼，无力回天，死得其所，快哉快哉！"既书写了谭嗣同目睹时代落幕的叹息，也抒发了对自己无力回天的惆怅与无奈。在那个慈禧太后大权独揽、外国侵略者虎视眈眈的时代，有多少仁人志士"有心杀贼，无力回天"。

李教授的评论令人印象深刻：古今中外视死如归的仁人志士，他们的壮举不是源于对某种宗教的信仰，而是对国家的热爱，当谭嗣同面对屠刀，连喊两个"快哉"时，那是怎样一种气壮山河的力量，又是怎样一种震天撼地的声响。壮哉！谭嗣同！

连载两年多的"淑章谈古诗词"，给了我一个难得的、跟着名家学习古诗词的机会。我不仅对这些诗词内容有了更深刻的理解，背诵古诗词也不再让我感到烦恼。

跋
不得不说的几段话

李淑章

第一段

《众里寻他千百度：淑章谈古诗词》源于《北方新报》专栏"淑章谈古诗词"。该栏目从 2018 年 6 月 6 日开到 2020 年 8 月 20 日两年多的时间内，共刊载拙作百篇。这里，除向《北方新报》所有同志表示感激外，特向该报李德斌总编与《内蒙古日报》孙亚辉总编深深鞠躬！

第二段

拙作连载后，我逐篇发于朋友圈里。结果有幸得到老朽国内外的学生与友朋的鼓励、鞭策与批评，他们之中，有的把我见诸《北方新报》或朋友圈的文章一篇不漏地搜集起来，然后复印成册，供自己与孩子阅读；有的学生正好是语文老师，他们讲古诗词欣赏时，引用了我的解析，并且自豪地告诉学生："这是我老师的创见！"更使我感到意外与激动的是，有两位耄耋老者，居然徒步到《北方新报》要了我的电话号码，最终与我成为朋友。

以上，均使我多次老泪潸然！

第三段

2020年，"淑章谈古诗词"满百后，报社拟出合订本发行。恰在此时，时任中华书局副总编辑的尹涛先生一行三人光临寒舍，垂读拙作若干篇后，表达了中华书局有意出版的想法。老朽虽然受宠若惊，但也有半信半疑之感！哪里想到，现在竟然成为现实。

第四段

"福无双至双双至"。去年突然得知，我所在的内蒙古师范大学要评选学术论著，规定说，退休老师也可参与。由于有《北方新报》的影响与中华书局的许诺，于是我就把《淑章谈古诗词》报了上去。结果居然评上了。

这岂不是"福无双至双双至"吗？

更使我高兴的是，拙作付梓之前，又承蒙全国语文教育界久负盛名的钱梦龙师友、内蒙古语文教育界人尽皆知的余家骥教授，以及叶嘉莹国学大师之高足陆有富教授竭诚推荐。这里，敬致谢忱！

2022年7月13日